Une dangereuse collaboration

Un protecteur si troublant

CINDY DEES

Une dangereuse collaboration

Traduction française de
PASCALE DOMÉJEAN

BLACK ROSE

HARLEQUIN

Collection : BLACK ROSE

Titre original :
COLTON IN THE LINE OF FIRE

HARPERCOLLINS FRANCE
83-85, boulevard Vincent-Auriol, 75646 PARIS CEDEX 13
Service Lectrices — Tél. : 01 45 82 47 47 - www.harlequin.fr
ISBN 978-2-2804-8907-2 — ISSN 1950-2753

Composé et édité par HarperCollins France.
Imprimé en mai 2023 par CPI Black Print (Barcelone)
en utilisant 100% d'électricité renouvelable.
Dépôt légal : juin 2023.

FSC
www.fsc.org
MIXTE
Papier issu de sources responsables
FSC® C159065

Pour limiter l'empreinte environnementale de ses livres, HarperCollins France s'engage à n'utiliser que du papier fabriqué à partir de bois provenant de forêts gérées durablement et de manière responsable.

- 1 -

Lorsque Yvette Colton croisait le regard du lieutenant de police Reese Carpenter, des images de draps froissés et de corps enlacés lui venaient inévitablement à l'esprit.

Et en ce moment, il était justement en train de la regarder, alors qu'il se penchait au-dessus du comptoir qui délimitait la zone d'accueil de son laboratoire. Comment une femme pouvait-elle se concentrer sur son travail avec un homme aussi sexy dans les parages ? Elle dut user de toute sa volonté pour ne pas se laisser aller à le dévisager bouche bée.

— Tu as quelque chose pour moi ?

Il était brun, avec des yeux bleus dignes d'une star de cinéma, qui brillaient de charme, d'intelligence et d'espièglerie. Le voir faisait immanquablement surgir en elle des pensées inavouables.

— Allô, la lune ? Ici la terre.

Elle cligna des yeux, chassant de son esprit l'image du coéquipier de sa sœur l'enlaçant dans une étreinte passionnée.

— Quoi encore ? demanda-t-elle d'un ton agacé.

Reese Carpenter n'était pas seulement beau à couper le souffle : c'était également un enquiquineur hors pair. Un M. Je-sais-tout qui n'arrêtait pas de lui dire comment faire son travail. C'était peut-être le premier laboratoire de police scientifique dont elle avait la charge, mais elle avait été formée par les experts les plus reconnus, et le lieutenant Carpenter serait bien avisé de s'en souvenir !

— Il faut que tu m'aides, déclara son importun visiteur. J'ai besoin que tu trouves un élément concret qui me permette d'inculper Markus Dexter. Je *sais* que c'est lui le coupable.

Il faisait allusion à un double meurtre commis il y avait vingt-six ans de cela : celui d'Olivia Harrison et d'un détective privé, Fenton Crane. Leurs cadavres avaient été retrouvés l'été dernier dans les murs de l'entrepôt de Crest View à Braxville, dans le Kansas, alors que l'on procédait à des travaux de rénovation. Pour compliquer le tout, le bâtiment venait d'être entièrement soufflé par une explosion.

— Je ne peux pas aller plus vite, *lieutenant*. Je suis seule dans ce laboratoire, sans aucun technicien pour m'aider, et je n'ai pas que ça à faire ! Pour le moment, je suis en train de tester la teneur en arsenic des décombres de l'entrepôt.

— Et tu en as trouvé ?

— Pas dans cet échantillon. Mais apparemment, le bois traité à l'arsenic, qui avait été importé de Chine, n'a été utilisé que pour la structure des murs extérieurs.

Elle reporta son attention sur l'éprouvette qu'elle tenait à la main, mais il souffla avec impatience. Elle leva les yeux une fois de plus, surprise qu'il s'attarde ainsi dans son laboratoire.

— Il faut absolument que je trouve un élément qui prouve la culpabilité de Dexter ! s'exclama-t-il.

— Je pensais que tu enquêtais avec impartialité et détachement et que tu te laissais guider par les faits, au lieu d'essayer de débusquer ceux qui pouvaient étayer tes théories.

Il souffla un peu plus fort, pivota sur ses talons et sortit de son laboratoire. Il valait mieux : lorsqu'il était là devant elle, dans son costume qui faisait ressortir l'élégance de sa silhouette, elle ne pouvait penser à rien d'autre.

Une heure plus tard, Reese Carpenter était déjà de retour.

— Du nouveau ? s'enquit-il sans préambule.

— Non, et je ne trouverai rien si tu interromps sans cesse mon travail, répliqua-t-elle.

Cette fois-ci, il avait quitté sa veste, sa chemise blanche mettait en valeur ses épaules carrées. Il était mince mais athlétique, et ses manches relevées découvraient des bras musclés qui avaient conservé leur bronzage d'été.

Elle ne retint de son expression que l'éclair d'irritation qui passa dans ses yeux bleus, avant qu'il tourne à nouveau les talons et sorte sans ajouter un mot.

Une autre heure s'écoula. Cette fois-ci, il se contenta de passer la tête dans l'embrasure de la porte.

— Toujours rien ?

— Sors d'ici, Carpenter ! s'exclama-t-elle.

Elle était penchée sur un spectromètre, occupée à recalibrer cette satanée machine afin de pouvoir tester les derniers échantillons de bois recueillis sur le site de l'explosion de l'entrepôt de Crest View.

Elle ajouta, pour bien faire passer le message :

— Et ne reviens pas avant que je t'appelle ou que tu aies trouvé une excellente raison de le faire !

Exactement une heure plus tard, la porte de son laboratoire s'ouvrit à nouveau.

Elle ne prit même pas la peine de lever la tête.

— Carpenter, je n'ai même plus besoin de regarder ma montre. Tu as programmé une alarme pour te rappeler de venir m'importuner ?

— Exactement.

Elle coula un regard dans sa direction.

— J'espère que tu as conscience que ce n'est pas ainsi

que tu vas m'aider à avancer ? Tu auras beau insister, je ne pourrai pas aller plus vite… au contraire.

Il haussa les épaules et sourit, pas le moins du monde affecté.

Mon Dieu, son sourire était aussi craquant que son regard ! À la fois enjôleur et sexy. Elle baissa les yeux vers l'écran de son ordinateur pour se donner une contenance.

— Au moins, éteins ton alarme ! marmonna-t-elle. Tu me rends folle.

— Ce n'est pas un problème pour moi. Ce qui le serait, c'est que je te sois complètement indifférent.

Elle releva brusquement la tête. Était-il en train de tester une nouvelle tactique ? Puisque la harceler ne donnait rien, essayait-il maintenant de la séduire ? Aïe !

En ce moment, elle était en train de dissoudre un échantillon du ciment qui jointait les briques de l'entrepôt de Crest View dans une solution, afin de l'analyser au spectromètre. Elle espérait ainsi déterminer la composition chimique de l'explosif utilisé pour souffler le bâtiment, et peut-être y trouver des traces d'arsenic provenant du bois contaminé.

— Va-t'en. Et cesse de me harceler. Tu es insupportable !

Elle brandit l'agitateur en verre dont elle allait se servir pour remuer le contenu de l'éprouvette, et, le pointant vers lui comme une baguette magique, lança sur un ton incantatoire :

— *Vade retro, homo horribilis !*

Il rit, et, si c'était possible, l'étincelle moqueuse qui dansait dans ses yeux se fit plus vive encore.

— J'ai compris. Mais reconnais tout de même que je suis un spécimen d'*homo horribilis* particulièrement mignon.

Elle plissa les paupières.

— Les enfants sont mignons. Cela ne signifie pas pour autant que j'aie envie d'en voir courir dans mon laboratoire.

— Tu veux dire que je me comporte comme un enfant ? demanda-t-il, l'air sombre.

— Peut-être bien…, répliqua-t-elle sur un ton de défi.

Zut ! Il fallait qu'elle se surveille. Elle avait la langue bien pendue, et cela lui attirait pas mal d'ennuis. Et en ce moment, elle faisait face à un lieutenant de police qui la considérait avec des yeux d'une froideur arctique.

— Nous en reparlerons, murmura-t-il. Je pense que je peux te faire changer d'avis très vite.

— Ah bon ! Et comment ? lança-t-elle.

Bon sang, elle aurait mieux fait de se taire ! La première règle, lorsqu'on avait affaire à un mâle alpha, était de ne jamais, au grand jamais, le défier.

Reese contourna rapidement le comptoir et vint se placer devant elle, la toisant de toute sa hauteur. Elle avait l'impression qu'il l'attirait comme un aimant. Mais comment parvenait-il à réaliser ce tour de force : passer en un instant de la froideur incarnée à la séduction faite homme ?

C'était grâce à ses yeux… ses yeux qui éveillaient son désir à chaque fois qu'elle croisait son regard.

Mais une chose était certaine : cet homme n'était pas pour elle. Jamais elle ne sortirait avec le coéquipier de sa sœur ! Comme tous les aînés, Jordana était beaucoup trop protectrice, et elle mettrait certainement à profit les longues heures qu'elle passait chaque jour avec Reese pour lui soutirer tous les détails de leur relation.

Mon Dieu, que ne donnerait-elle pas pour arriver à gérer cet homme si irritant avec la même habileté que sa sœur ! Il était une épine dans le pied, ne cessant de faire des commentaires sur son travail, lui reprochant la moindre entorse au règlement, la surveillant comme un aigle prêt à fondre sur elle au moindre écart.

Ce n'était pas qu'elle refuse d'adhérer à de si hauts standards, c'était la façon insupportable dont il se comportait qui la mettait hors d'elle. Plus d'une fois au cours de l'année passée, elle s'était sérieusement demandé si elle n'allait pas l'étrangler. Et elle, au moins, saurait comment se débarrasser du corps !

Non. Reese Carpenter pourrait toujours aller essayer son charme sur une pauvre fille qui n'aurait pas la moindre idée du tyran qui se cachait derrière son sourire enjôleur.

Elle se rendit compte qu'elle retenait sa respiration, et recula d'un pas en soufflant.

— Que fais-tu ici, Carpenter ?

— C'est Reese, pour les inti…

Elle l'interrompit.

— Nous ne sommes pas intimes.

Il soutint son regard, et ses lèvres se relevèrent en un sourire lent, sexy, craquant…

Non, non, non ! Elle ne devait pas lui donner le moindre encouragement.

— Et qu'ont donné les analyses des cadavres retrouvés dans les murs de l'entrepôt ? demanda Reese d'un ton soudain très professionnel.

Sa capacité à changer de registre en un quart de seconde la subjuguait.

Malgré elle, elle sentit la morsure du dépit : elle qui voulait qu'il arrête de flirter, elle aurait dû se réjouir ! Décidément, il fallait qu'elle se ressaisisse.

Elle s'éclaircit la voix, leva la tête pour se grandir, et prit l'air aussi compétent qu'elle le pouvait.

— Je viens tout juste d'avoir les résultats de l'analyse des insectes enfermés dans les murs avec les corps.

— Et tu as appris qu'ils sont eux aussi morts il y a vingt-six ans ? demanda-t-il sèchement. Nous savons déjà qu'Olivia et Fenton ont été tués à cette période à cause de la date de construction de l'entrepôt où ils ont été retrouvés.

Je ne comprends pas pourquoi tu as gaspillé l'argent de la police pour une analyse inutile.

— Parce que je fais bien mon travail, répliqua-t-elle du tac au tac, et que j'ai immédiatement remarqué que le type d'insectes retrouvés avec chaque corps était différent. Mais comme je ne suis pas entomologiste, j'ai dépensé un peu de ton précieux budget pour demander à un expert de les examiner.

— Et… ?

— Et les insectes qui étaient auprès du cadavre de la femme étaient essentiellement des moustiques, des mouches, et, plus intéressant, des perce-oreilles.

— Qu'ont-ils de particulier ?

— Ce sont des insectes que l'on voit essentiellement au printemps.

— Bon…

— Parmi les insectes retrouvés près du cadavre de l'homme, il y avait des araignées, des puces, mais également des punaises.

— Des punaises…

Elle hocha la tête.

— Oui. Et on en trouve essentiellement à l'automne. En étudiant les insectes, on peut donc en conclure que les deux corps découverts dans les murs y ont été enfermés à quelques mois d'intervalle. Environ six. Le cadavre d'Olivia Harrison a été emmuré au printemps, alors que celui de M. Crane l'a été en automne.

Elle parlait avec animation, comme elle le faisait lorsque ses analyses donnaient des résultats intéressants.

— Si l'on part de l'hypothèse que le tueur a caché les corps rapidement après leur mort, nous pouvons en conclure qu'ils ont été tués à plusieurs mois d'écart, conclut-elle d'un ton triomphant. Il s'agit donc de deux meurtres bien distincts.

Reese poussa un grognement.

— Quoi ? bafouilla-t-elle.

Elle s'attendait à plus d'enthousiasme de sa part.

— Nous n'avions déjà pas assez de personnel pour enquêter sur *un* meurtre. Et maintenant, tu me dis qu'il y en a *deux* ?

— Je pense toujours qu'ils ont été commis par la même personne. Les victimes ont toutes les deux été frappées sur la nuque par une personne d'environ un mètre quatre-vingts. Dans les deux cas, les coups ont été assenés par un droitier, avec la même force et certainement avec la même arme. Vous cherchez toujours un seul tueur. Mais il y a deux scènes de crime. Deux mobiles.

— On peut difficilement parler de scènes de crime : vingt-six ans se sont écoulés depuis que les cadavres ont été emmurés. Tous les indices qui auraient pu être exploités ont disparu il y a bien longtemps... Et qu'ont donné les analyses des éléments que nous avons rapportés de la maison de Markus Dexter ? poursuivit Reese Carpenter.

Dexter – l'un des deux principaux associés de Colton Construction, l'entreprise qui avait bâti l'entrepôt de Crest View en utilisant du bois contaminé – était le suspect numéro un, depuis qu'il avait mystérieusement disparu juste après la découverte des deux cadavres, l'été dernier.

— J'étudie tous les éléments que l'on me donne aussi vite que possible, mais je suis seule ici, et il me faudra du temps pour tout analyser.

Les policiers qui avaient perquisitionné le domicile de Dexter avaient rapporté plusieurs centaines de sachets contenant des indices. L'analyse de certains nécessitait la mise en œuvre de techniques très sophistiquées, mais pour l'heure, elle n'avait toujours pas terminé d'entrer la description du contenu de chaque sachet dans la base de données.

— Tu as trouvé quelque chose qui puisse établir un lien entre Dexter et ces meurtres ? demanda Reese.

Elle décela dans sa voix une note de désespoir qui éveilla sa sympathie.

— Pas encore.

— Mais tu vas continuer à chercher ? Il faut que tu m'aides, Yvette. Il *faut* que je puisse prouver la culpabilité de Dexter.

Il était tout de même un peu insistant.

— Malheureusement, il n'y avait pas un chandelier dans le tiroir du bureau avec une petite carte indiquant : « Arme utilisée par le colonel Moutarde pour le meurtre ».

— Tu es toujours si susceptible ?

— Quand on m'explique comment faire mon travail et que l'on m'interrompt constamment, oui.

Il leva les mains en l'air.

— D'accord. Je sais comprendre les allusions subtiles. Je m'en vais.

Mais Reese n'était pas sitôt sorti que la porte de son laboratoire s'ouvrait à nouveau.

La tête de Reese apparut.

— J'étais en train de partir lorsque ces cartons de dossiers venant de Colton Construction sont arrivés.

Cartons ? Au pluriel ? Elle gémit mentalement.

Il poursuivit :

— L'assistant de Fitz Colton vient de les envoyer. Apparemment, tu les avais demandés ?

Il sortit dans le couloir et revint en poussant un chariot sur lequel quatre cartons de près d'un mètre de long étaient entassés. Il déposa chacun d'eux sur le comptoir qui se dressait entre eux. D'après leur poids, elle comprit qu'ils devaient contenir tous les dossiers de Markus Dexter, qui avait passé près de trente ans dans l'entreprise.

Elle gémit, à voix haute cette fois. Lorsqu'elle avait

accepté ce poste dans sa petite ville natale après avoir travaillé pour le laboratoire d'analyses du FBI à Quantico, elle s'était dit qu'elle allait renouer avec sa famille et qu'elle aurait certainement une qualité de vie appréciable. Mais elle savait maintenant à quoi elle allait occuper ses soirées pour tout le mois à venir !

Lors du réveillon du nouvel an, à la demande de ses sœurs Jordana et Bridgette, elle avait pris la résolution de ne plus vivre cloîtrée dans son laboratoire et de sortir un peu, de rencontrer quelqu'un peut-être… Mais une semaine plus tard, elle comprenait déjà que rien n'allait changer. Bon, ça avait été un beau rêve pendant le temps où elle y avait cru…

Reese la surprit en lui demandant :

— Tu as besoin d'aide pour classer le contenu de ces boîtes ?

— Euh… non. Ça ira. Je suis certaine que tu as déjà assez à faire comme ça.

Un léger pli se creusa entre ses sourcils.

— Tu en es sûre ? demanda-t-il calmement. Ça fait beaucoup de dossiers.

Mon Dieu ! Non seulement ses yeux, mais sa voix elle aussi parvenait à faire affluer à son esprit des pensées qui la faisaient rougir intérieurement. Elle sentit son cœur s'emballer. Mais ce fut surtout son accent de douceur, de sollicitude presque, qui la toucha.

Personne ne se faisait jamais de souci pour elle. Elle était intelligente, posée, organisée. Elle savait ce qu'elle attendait de la vie, et se débrouillait très bien toute seule. Du moins, c'était ce que pensaient les autres lorsqu'ils la regardaient.

Personne ne voyait la jeune femme solitaire qui se sentait parfois comme une intruse dans sa propre famille. Les Colton avaient des personnalités fortes, des vies palpitantes, des amours éperdues, des querelles épiques, des rires tonitruants. Elle était celle que l'on ne remarquait pas… Une petite dernière arrivée sur le tard, alors que les triplés accaparaient toute l'attention de la famille. Elle était trop jeune pour participer aux sorties organisées pour ses frères et sœurs plus âgés, et la plupart du temps, on l'oubliait.

— Si tu changes d'avis et que tu veux de l'aide, dis-le-moi, d'accord ?

Reese se retourna et quitta le laboratoire. Il se mouvait avec la grâce naturelle et la souplesse d'un joueur de tennis. Rien à voir avec elle, qui était une empotée de première.

Elle poussa un soupir et ouvrit le carton le plus proche. Bon… Il était presque trop lourd pour qu'elle puisse le déposer à terre sans le faire tomber. Zut. Et dire que Reese les avait soulevés avec tant de facilité lorsqu'il les avait posés sur le comptoir ! Ces boîtes étaient pleines à ras bord de ce qui semblait être des milliers de documents. Et c'était son travail de regarder chacun d'entre eux. Beurk…

Quelque peu déprimée, elle s'assit devant son ordinateur pour enregistrer dans la base de données les quatre cartons qu'elle venait de recevoir. Il fallait qu'ils puissent être suivis à tout moment de l'enquête. Elle était toujours très rigoureuse dans sa gestion des indices matériels. Son pire cauchemar était de mal stocker ou de contaminer un élément, et qu'un meurtrier puisse échapper à la justice par sa faute.

Elle passa le reste de la journée à cataloguer les centaines d'empreintes digitales qui avaient été relevées lors de la perquisition de la villa de Dexter. L'heure où la majorité du personnel quittait le bureau de police arriva. Son laboratoire était situé au sous-sol, et elle entendit le changement d'équipe de police à l'étage supérieur, avec le bruit caractéristique de chaises tirées sur le sol accompagné du murmure diffus de conversations et de rires. Puis, vers 18 heures, le silence se fit.

Le mercredi soir, la pinte de bière était à moitié prix au Dusty Rusty Pub, et beaucoup de policiers s'y retrouvaient après leur journée de travail. Lorsque Yvette était arrivée à Braxville, elle avait été invitée à se joindre à eux, mais elle n'avait pas encore eu le loisir de le faire. Apparemment, il y aurait du monde ce soir : les policiers voulaient fêter la fin des festivités du nouvel an, qui était pour eux la pire période de l'année.

Elle avait pensé s'y rendre, pour respecter la résolution prise quelques jours plus tôt, mais ces cartons changeaient la donne : elle allait donc passer la soirée à éplucher des contrats de construction poussiéreux… Bourreau de travail un jour, bourreau de travail toujours !

Autant se mettre à l'aise. Elle éteignit les néons du plafond et alluma la jolie lampe de bureau qu'elle avait achetée chez un antiquaire, et ramenée dans son laboratoire pour y ajouter une touche personnelle. Puis elle ôta ses chaussures, enfila une paire de chaussettes épaisses, sélectionna une playlist de musique classique sur son ordinateur, et se prépara une tasse de thé au son d'un nocturne de Chopin.

— Bon, il va falloir que je me contente de ma propre compagnie ce soir !

Elle travaillait depuis environ deux heures – assez pour savoir qu'étudier le contenu de ces cartons allait être un calvaire – lorsque la porte de son laboratoire s'ouvrit soudain.

— Encore toi ? Que se passe-t-il ? demanda-t-elle lorsque la tête de Reese Carpenter apparut dans l'embrasure de la porte.

Il entra, portant une grande boîte en carton dans sa main gauche, et un pack de bière dans sa main droite.

— J'étais certain de te trouver ici. J'ai vu Jordana et

Clint au Dusty Rusty, et ils ont parié que, comme d'habitude, tu serais encore en train de travailler.

— C'est peut-être à cause d'un lieutenant de police qui me harcèle en exigeant que je lui fournisse des résultats sur-le-champ, comme par magie.

— Effectivement, c'est inadmissible que des policiers mettent ainsi la pression sur leurs collaborateurs.

— Ah. Et que fais-tu ici à cette heure ?

Il lui retourna la question.

— Et toi, que fais-tu ici à cette heure ?

Elle haussa les épaules.

— Je croule sous le travail.

— J'arrive pour te sauver.

— Sérieusement, pourquoi es-tu là, Reese ?

— Pour t'inviter. Que dirais-tu d'une pizza et d'une bière, tout en étudiant les dossiers de Markus Dexter ?

Pardon ?

- 2 -

Pourquoi fallait-il qu'elle ait l'air si choquée par la perspective de passer la soirée avec lui ? Il n'était pas si dangereux ! De nombreuses femmes lui avaient déjà dit qu'il avait un côté rebelle, et cela semblait leur plaire. Mais en réalité, il était policier dans l'âme, entièrement dévoué à sa tâche : faire respecter la loi et prévaloir la justice.

Reese avança dans le laboratoire.

— Éclairage tamisé ? Musique d'ambiance ? Tu attendais quelqu'un, Yvette ?

Elle ôta prestement ses pieds joliment enveloppés dans d'épaisses chaussettes, et se redressa sur sa chaise.

— Certainement pas ! Jamais je ne…

— C'est bon, l'interrompit-il. Si tu veux rencontrer ton amoureux ici, ne te gêne pas. Certes, un rendez-vous dans un laboratoire de police scientifique a un petit côté pervers, mais ça ne me regarde pas.

— Quel amoureux ? marmonna-t-elle.

Il leva les sourcils. Yvette n'avait personne dans sa vie ? Il avait du mal à le croire.

— Ah bon ? Tu n'es pas engagée dans une relation torride ? demanda-t-il en déposant la pizza et la bière sur le comptoir.

Elle leva les yeux au ciel.

— Il est hors de question que je discute de ma vie privée avec toi !

Il haussa les épaules.

— Tu le pourrais, pourtant : je sais garder un secret. Je connais tous ceux de ta sœur, par exemple.

— Ah bon ? Et lesquels ?

Il eut un large sourire.

— Bien essayé, mais je ne dirai rien ! Que fais-tu ici à cette heure ? demanda-t-il en observant la pile de documents qui recouvraient son bureau habituellement si bien rangé.

Comme il le pensait, elle était en train de travailler sur le contenu des énormes cartons qu'il lui avait apportés cet après-midi.

Elle leva vers lui ses grands yeux noirs qui le faisaient fondre.

— Tu n'as pas répondu à ma question, Reese. Pourquoi es-tu là ?

Elle avait la peau lisse, sans la moindre imperfection, comme veloutée… Ce n'était pas un qualificatif qui lui venait souvent à l'esprit, mais la sienne l'était. Et elle était si belle avec sa magnifique chevelure auburn et ses yeux noirs ! Il ne comprenait pas pourquoi tous les célibataires du poste de police ne lui tournaient pas autour, mais tant pis pour eux s'ils ne l'avaient pas remarquée !

Il prit une des chaises disposées autour de la table de conférence, la fit glisser jusqu'à son bureau, et s'assit en face d'elle avant de lui répondre.

— Je suis ici parce que je me suis dit que tu aurais certainement besoin de nourriture… et peut-être d'aide.

— Non. Pas vraiment.

— Eh bien, en voici tout de même.

Un sourire se dessina lentement sur sa bouche qu'il rêvait d'embrasser. Elle baissa légèrement le menton et lui coula un regard en coin, les yeux brillants de plaisir.

Bon sang, qu'elle était sexy !

Doucement ! Il ne cherchait pas à nouer une relation, et surtout pas avec la petite sœur de sa coéquipière. Les choses ne pourraient que mal se terminer. Il était hors de question qu'il se trouve pris entre deux Colton !

— Quel est ton système ? se hâta-t-il de lui demander.

— Mon système ?

Elle le regarda, l'air perplexe.

— Tu n'envisages tout de même pas d'étudier chaque pièce de ces cartons une à une ? demanda-t-il, incrédule.

Elle se laissa aller contre le dossier de sa chaise, et dit d'un ton excédé :

— Et comment ferais-tu ? Je t'en prie, fais-moi profiter de tes lumières !

— Eh bien, répondit-il en balayant du regard les papiers étalés sur la table, je suppose que la plupart des documents que contiennent ces cartons ont un rapport avec la construction : il peut s'agir de factures, d'achat de matériaux, de contrats, de dessins, de permis… ce genre de choses.

— C'est effectivement ce que j'ai trouvé jusque-là, répondit-elle d'un ton glacial.

— A priori, rien de cela n'a de lien avec nos meurtres. Je te propose de faire un tas avec ce genre de documents. Puis un autre avec des éléments plus personnels : la correspondance, les plaintes, etc. Celui-ci méritera une étude plus poussée. Puis, si le nom d'un des clients revient régulièrement dans ce tas, il n'y aura plus qu'à chercher dans le premier les documents qui se rapportent à lui.

Elle eut l'air agacé, mais accepta sa proposition d'un haussement d'épaules.

— Ça sera certainement un peu plus rapide, reconnut-elle.

Un peu ? Cela lui épargnerait des jours, voire des semaines de travail. Mais il était prêt à se montrer magnanime dans la victoire.

— Tu pourrais jeter un premier coup d'œil sur chaque dossier, et me donner tous ceux que tu considères comme sans intérêt. Je les rangerai par ordre alphabétique, par nom de client.

— Classe-les d'abord par année, puis par ordre alphabétique pour chaque année, lui demanda-t-elle.

Il haussa les épaules.

— D'accord. Allons-y. Nous devrions avoir fini en quelques heures.

Elle se redressa, et tendit la main vers la pile de dossiers la plus proche.

— J'ai déjà regardé ceux-ci. Ils ne contiennent rien d'intéressant. Tu peux les classer pendant que je m'attaque aux suivants.

Ils réussirent vite à trouver un rythme de travail : elle sortait des piles entières de dossiers des boîtes en carton, puis les lui passait un à un pour qu'il puisse les classer par date et par nom. Ils étaient tous deux concentrés et organisés, et finalement très efficaces.

Environ une heure plus tard, il déclara qu'il était temps de faire une pause.

— C'est la récréation ! Tu veux de la pizza ou une bière ?

— Pizza.

Il lui servit une part de la pizza qu'il avait achetée chez Torrentino.

— Tu te rends compte que j'étais à l'école primaire avec Gus Torrentino ? lui demanda-t-elle. Je me sens vieille tout d'un coup !

— Sa sœur aînée, Mia, était avec moi au lycée. C'était une fille sympa.

— Son frère était un imbécile. Il tirait ma queue-de-cheval.

— Tu lui as cassé la figure ? demanda-t-il d'un ton moqueur.

Gus avait toujours été très baraqué, et il aimait imaginer une petite Yvette défiant ce grand garçon.

— D'après mes souvenirs, je lui ai envoyé un coup de pied dans les tibias. Je ne savais pas encore qu'il fallait viser plus haut.

— Tu étais donc une enfant violente ? demanda-t-il d'un ton pince-sans-rire.

Elle lui jeta un regard noir.

— Les gens avaient – et ils ont toujours – tendance à me tapoter les cheveux et à me traiter comme si j'étais une petite chose sans défense.

Il ouvrit une canette de bière et en prit une gorgée.

— C'est noté : Yvette n'est pas une petite chose sans défense.

Elle lui fit une grimace.

— Merci de ne pas essayer de me convaincre que Gus n'avait pas trouvé d'autre moyen d'attirer mon attention !

— C'était de la brutalité, et rien d'autre. Si Gus avait valu la peine, il t'aurait mieux traitée que ça. Mes parents m'ont toujours appris à bien me comporter avec les filles.

— J'aime tes parents.

— Tu les as déjà rencontrés ?

— Non, mais ils me plaisent déjà. Ils t'ont bien élevé, ou du moins, ils ont essayé. Maintenant, il va falloir que je comprenne quand tout a dérapé.

Il lui sourit, pas le moins du monde vexé par cette pique.

Lorsqu'elle lui sourit en retour, il sentit son cœur se serrer. Ce fut un moment intime, rendu plus chaleureux encore par l'éclairage tamisé et la douce musique qui les enveloppait. Tout en balayant du regard le reste du laboratoire, il remarqua :

— Qui aurait cru que cet endroit puisse être romantique ?

— Un endroit n'est pas romantique en soi. Ce sont les gens qui le rendent romantique.

— Et que trouves-tu romantique ? demanda-t-il.

Il était étonné de s'entendre parler avec cette voix rauque. Il n'était pourtant pas amoureux de cette femme, n'est-ce pas ?

— Laisse-moi deviner, poursuivit-il. Un beau restaurant, du bon vin, des bougies, un bijou dans un écrin…

Elle sembla étonnée qu'il ait vu juste… comme si c'était compliqué ! Mais non : dès qu'elle l'avait pu, elle avait fui Braxville pour aller dans une grande ville de la côte Est.

— Et toi, que trouves-tu romantique ?

— J'aime le grand air, la montagne, la mer…

Elle eut un petit rire.

— Alors, pourquoi es-tu resté dans le Kansas ? Il n'y a ni mer ni montagnes. Juste des pâturages et des champs !

— L'est du Kansas est un peu montagneux, répliqua-t-il, comme pour se justifier.

— Si l'on insiste sur le « un peu », dit-elle avec un sourire.

— Oui, mais c'est chez moi. La famille et les amis sont bien plus importants que la proximité d'une plage ou d'une station de ski.

Il remarqua son léger froncement de sourcils. Elle ne pensait donc pas que les liens familiaux étaient essentiels ? Cela le surprit. Les Colton formaient un clan vivant, chaleureux, et il aurait cru que pour elle aussi, vivre auprès des siens était capital.

— Qu'est-ce qui ne va pas avec ta famille ? demanda-t-il, curieux de le savoir.

Elle sembla surprise par cette question si directe.

— Tout va bien, répondit-elle sur la défensive.

Que taisait-elle sur sa famille ? Il sentait qu'il y avait un mystère, et cela ne fit qu'accroître sa curiosité.

Elle tendit la main vers une autre pile de dossiers en même temps que lui, et leurs doigts s'effleurèrent. Il sentit monter en lui quelque chose qu'il aurait été bien en peine de définir, et il prit soudain pleinement conscience de leur proximité.

Elle déclara sur un ton qui sonnait étrangement faux :

— Nous ferions mieux de nous remettre au travail.

Il se laissa aller contre le dossier de sa chaise et étira ses épaules en arrière.

— Qu'aimes-tu faire lorsque tu n'es pas ici, enchaînée à ton bureau ?

Elle leva la tête, l'air surpris.

— Hum… J'aime jardiner.

C'était logique : sa maison blanche, toute pimpante avec son large porche et son toit à pignons, était entourée d'un jardin planté de fleurs aux couleurs vives.

— Et quoi d'autre ?

— Pas grand-chose…

La façon dont elle éludait ses questions éveillait sa curiosité.

— Rien d'autre, vraiment ?

Elle détourna le regard.

— Il m'arrive de jouer en ligne pour décompresser après une longue journée au travail.

— Quels jeux aimes-tu ?

Elle en cita quelques-uns parmi les plus populaires et les moins violents.

— Nous pourrions essayer de nous connecter ensemble un de ces jours, lança-t-il.

Elle cligna des paupières, l'air interloqué.

— Tu joues en ligne ?

— C'est bon pour les réflexes, et ça aide à se détendre. La prochaine fois que je me connecterai, je t'enverrai un message.

— D'accord, répondit-elle avec l'air d'en douter.

— J'imagine que nous avons donc rendez-vous pour une autre soirée !

Il était certainement encore plus surpris qu'elle ! Elle n'était pas du tout son type de femme. Il aimait la nature, la pêche, les grands espaces, et elle était une citadine sophistiquée et élégante… Ils ne jouaient pas dans la même cour !

Il saisit le dossier qu'elle lui tendait et leva les yeux, surprenant le regard songeur qu'elle posait sur lui. Elle tourna rapidement la tête, et ses joues se teintèrent de rose. Elle rougissait ? À cause de lui ? Il fut heureux de constater qu'il jouissait encore d'un certain succès avec les femmes. Il l'avait crue totalement insensible à son charme.

Après une autre heure passée à classer les dossiers, il réclama une deuxième pause et, cette fois, il ne lui demanda pas ce qu'elle voulait : il décapsula une canette de bière et la lui tendit. Elle en prit une petite gorgée avec délicatesse, ce qui le fit sourire.

— Tu n'as qu'à pencher la tête en arrière et boire, remarqua-t-il.

— Si tu es en sueur après avoir passé une journée à travailler dehors l'été, peut-être… Mais je ne cherche pas à me désaltérer : je savoure.

Il croisa son regard et, à nouveau, quelque chose se passa entre eux. Une étincelle… Une conscience aiguë de sa présence…

Bon sang ! Qui aurait cru qu'il puisse être attiré par une femme si délicate et raffinée, lui qui était si terre à terre ?

Ses joues rosirent à nouveau. Il lui sourit, et elle esquissa un sourire en retour. Bon sang ! Soit il ne comprenait rien à rien, soit Yvette Colton flirtait avec lui…

Elle posa de côté sa canette de bière presque pleine et se remit au travail.

— Il ne reste plus qu'un carton, annonça-t-elle. À nous deux, nous aurons fini ce soir.

Il ne comptait plus le nombre de fois où il s'était coupé les doigts sur le tranchant des feuilles, et il avait du mal à garder les yeux ouverts lorsqu'elle lui passa enfin le dernier dossier, trois heures plus tard.

— Pfff ! s'exclama-t-il. C'était long ! Combien de documents avons-nous classés dans les informations personnelles ?

— Une trentaine seulement. Rien à voir avec les quelque cinq cents dossiers qu'il y avait au départ !

Il tendit le poing levé, et elle le considéra, ne comprenant visiblement pas où il voulait en venir.

— On *checke* ? proposa-t-il.

— Oh…

Elle avança son poing délicat et cogna légèrement le sien.

— J'espère que tu ne donnes pas des coups comme ça, remarqua-t-il. Tes frères ne t'ont pas appris qu'il faut placer le pouce sous tes doigts ?

— Ils ne m'ont pas appris grand-chose. Les triplés étaient toujours ensemble, et mon frère aîné, Tyler, était beaucoup plus âgé que moi. Il se contentait de tolérer ma présence.

Il lui prit la main, la déplia, pressa son pouce sur sa paume, et referma doucement ses doigts dessus.

— Voilà. Maintenant, tu sauras donner un coup de poing.

— Tu crois que c'est utile ?

— Ça peut toujours servir.

— Nous sommes à Braxville, pas dans le Far West !

— Crois-moi, Braxville n'est pas si tranquille que tu veux bien le croire !

— Au cas où tu l'aurais oublié, je travaille moi aussi pour la police !

Elle était si susceptible ! Comme un chaton prêt à sortir les griffes.

— Je ne l'ai pas oublié, mais tu ne quittes pas souvent ton laboratoire. Tu n'es pas sur le terrain comme moi.

Elle éclata d'un rire vibrant et chaleureux, qui formait un contraste saisissant avec son attitude d'ordinaire froide et distante. Il pencha la tête sur le côté, et la dévisagea alors qu'elle redevenait sérieuse.

— Qu'y a-t-il ? demanda-t-elle, l'air surpris.

— Tu ne cesses de m'étonner.

— Je n'ai absolument rien d'étonnant, protesta-t-elle.

— Tu vois ? C'est justement ça. Lorsque quelqu'un approche, tu le repousses immédiatement. Pourquoi ?

— Je ne suis pas comme ça !

— Cela fait un an que je passe régulièrement dans ton laboratoire pour te demander des analyses, et je ne sais rien de toi. Absolument rien. Vas-y, Yvette. Dis-moi quelque chose que personne ici ne sait !

— Je n'ai pas à livrer les détails de ma vie privée à mes collègues ! Ça ne serait pas professionnel.

— Je comprends. Mais tout le monde se connaît à Braxville, et le département de police est comme une grande famille. Pourtant, tu te tiens à l'écart. Tu te penses trop bien pour nous ?

— Bien sûr que non ! C'est ridicule !

— Alors, quel est le problème ?

Pourquoi se sentait-il obligé d'insister ? Il n'en avait pas la moindre idée. Mais elle l'avait intrigué depuis qu'elle était arrivée.

— Je n'ai pas de problème. C'est peut-être toi qui en as un, Reese : tu es trop curieux.

Il rit de bon cœur.

— Bien sûr que je suis curieux : je suis policier. C'est dans la fiche de poste !

— Eh bien, je n'ai commis aucun crime et je ne fais pas l'objet d'une enquête. Donc, tu peux aller chercher ailleurs. En fait, tu devrais rentrer chez toi. Je ne m'étais pas rendu compte qu'il était si tard.

— Nous pourrions regarder cette trentaine de dossiers…

— Rentre chez toi ! Ouste !

C'était inédit pour lui : il n'arrivait pas souvent qu'une femme le mette ainsi à la porte. Il se leva et referma le carton contenant le reste de la pizza.

— Tu veux ça ? demanda-t-il d'un ton bourru.

— Non, merci.

— Bien. Je peux la garder pour mon petit déjeuner.

— Beurk, marmonna-t-elle. Un vrai petit déjeuner de célibataire !

— Parce que toi, tu prends des œufs Bénédicte, des toasts coupés en triangle, et un jus d'oranges fraîchement pressées chaque matin ?

Elle souffla avec dépit.

— Pas vraiment. La plupart du temps, j'oublie même de prendre une tasse de café avant de partir. Je suis si occupée avec ces deux affaires en ce moment que j'ai à peine le temps de manger ou de dormir… Alors, tu parles de cuisiner !

— Je connais ça, répondit-il avec chaleur.

En ce moment, ses collègues et lui ne comptaient pas leurs heures pour arriver à résoudre le mystère des deux cadavres emmurés vingt-six ans plus tôt, et pour comprendre pourquoi plusieurs employés de Colton Construction avaient été empoisonnés à l'arsenic.

Il se dirigea vers la porte et était presque sorti lorsqu'elle l'appela doucement.

— Merci de m'avoir m'aidée… et de m'avoir expliqué comment procéder.

Il ne s'attendait pas à ce qu'elle s'adresse à lui ainsi après la façon dont elle l'avait congédié. Étrange créature, cette Yvette Colton ! Un croisement entre un chaton angora et un porc-épic. Ça devait donner quelque chose comme un hérisson. Et il aimait les hérissons.

- 3 -

Lorsque Yvette se leva, jeudi matin, elle se sentait d'humeur étonnamment joyeuse. Mais pourquoi donc ? Le temps était froid et gris… un de ces jours poisseux où il ne faisait pas encore assez froid pour qu'il neige. Mais on prévoyait que les températures allaient baisser et que quelques flocons allaient tomber ce soir. Malgré tout, elle sauta hors du lit, pleine d'énergie et heureuse.

C'était étrange… Elle qui croulait sous le travail, depuis quand se sentait-elle si légère à l'idée de retourner dans son laboratoire ? Elle était en train de mettre la dernière main à sa coiffure – un chignon flou assez élaboré – lorsqu'elle s'immobilisa, en se regardant dans le miroir. Mais que faisait-elle donc ? Elle ne s'apprêtait jamais pour aller travailler. Et pourtant elle était là, à se pomponner comme si elle se rendait à un rendez-vous galant.

Reese. C'était à cause de lui. À cause de lui et de ses yeux si sexy qu'ils lui en faisaient perdre la tête.

Que lui arrivait-il ? Depuis quand une once d'attention masculine avait-elle le pouvoir de l'envoyer en orbite comme si elle avait quinze ans ? Reese n'était même pas son type d'homme. En plus de cela, il était éminemment agaçant, toujours à lui dire comment faire son travail au lieu de s'occuper de ses affaires. En fait, il était tout ce qu'elle n'aimait pas.

D'ailleurs, elle n'avait même pas envie d'une relation sérieuse pour le moment ! Elle voulait simplement sortir, rencontrer du monde… Trouver celui avec lequel elle allait faire sa vie n'était pas à l'ordre du jour.

Mais il serait agréable de ressentir cette excitation joyeuse de temps en temps, de tester de nouveaux restaurants, des endroits branchés, de partir en week-end… Depuis qu'elle était revenue à Braxville, elle ne faisait que travailler. Travailler et dormir. Depuis quand était-elle devenue si ennuyeuse ?

Elle choisit de s'habiller simplement, d'une chemise en oxford blanc et d'un pantalon cigarette kaki : il ne fallait pas qu'elle donne l'impression d'avoir fait trop d'efforts vestimentaires. Elle enfila ses bottes et attrapa un anorak en duvet, puisqu'elle sentait bien que l'air s'était déjà refroidi.

Elle avait passé trop de temps à se préparer et ne put s'arrêter en chemin pour prendre une tasse de café. Zut. Elle allait devoir se contenter de la lavasse acide du poste de police…

Lorsqu'elle arriva, les policiers venaient de terminer le débriefing de la matinée, et ils s'attardaient pour échanger quelques nouvelles avant de se mettre au travail.

— Yvie ! l'appela sa sœur du fond de la salle.

Elle s'approcha du bureau de Jordana, qui était placé en face de celui de Reese. Sa sœur, toujours chaleureuse et extravertie, la serra dans ses bras.

— Tu es superbe ! s'écria-t-elle. Il y a une raison particulière ?

Difficile de faire une entrée discrète lorsqu'on se trouvait en compagnie de Jordana !

— Je ne peux pas me maquiller sans subir un interrogatoire en règle ?

— D'accord ! s'exclama Jordana en levant les mains. Je n'ai rien dit.

Reese s'approcha de son bureau et y déposa une tasse de café fumante.

— Bonjour, Yvette.

Elle commença à lui sourire, puis s'interrompit lorsqu'elle se souvint que sa sœur, toujours si curieuse, n'allait pas perdre une miette de leur conversation.

Effectivement, Jordana les observait d'un air inquisiteur. Elle demanda à point nommé :

— Comment s'est passée votre soirée à deux ?

Yvette la regarda avec surprise.

— Tu savais ?

— Oh ! c'est contre moi que Reese a perdu le pari.

— Quel pari ? demanda Yvette en sentant son cœur se serrer.

Elle se tourna vers Reese. Très certainement, c'était lui qui avait eu cette idée.

Jordana continuait à parler derrière elle.

— J'ai parié avec Reese que je le battrais aux fléchettes. Le perdant devait venir t'aider à classer tous ces dossiers hier.

Yvette s'approcha de Reese et le regarda avec colère.

— Tu as perdu un pari ? Et c'est pour cela que tu m'as aidée ?

Elle se sentait trahie : ainsi, il n'était pas venu parce qu'il l'appréciait, qu'il avait envie d'être avec elle, ou tout simplement parce qu'il estimait que c'était normal… C'était parce qu'il avait perdu un pari !

Et elle était là, peinturlurée comme un clown parce qu'elle avait cru qu'elle lui plaisait et qu'il avait peut-être envie d'aller plus loin… Mais non : on avait seulement eu pitié d'elle ! C'était une humiliation cuisante.

Il haussa les épaules.

— Quelle importance ? Nous avons bien avancé !

Elle n'avait jamais brillé par sa maîtrise d'elle-même. Elle serra le poing, et frappa Reese aussi fort qu'elle le put sur l'estomac. Elle ne dut pas lui faire bien mal, parce qu'elle était frêle et qu'il avait des abdos en acier trempé. Elle eut presque l'impression que son poing rebondissait.

La douleur irradia dans toute sa main : c'était sa punition pour avoir réagi de manière totalement stupide.

Elle leva les yeux vers Reese avec horreur alors qu'il la dévisageait, l'air totalement ahuri.

Plus furieuse contre elle-même que contre lui, elle lâcha entre ses dents :

— Merci de m'avoir appris à donner un coup de poing, abruti !

Le silence s'était fait dans la salle. Elle pivota sur ses talons, et, la tête haute, les joues en feu, elle sortit sous les regards éberlués de tous les policiers.

Reese regarda Yvette s'éloigner, pensif. D'ordinaire, il n'était pas homme à tolérer qu'on lève la main sur lui sans réagir. Mais l'éclair qu'il avait surpris dans les yeux d'Yvette juste avant qu'elle le frappe l'avait retenu.

Il y avait lu de la douleur.

Elle avait cru qu'il lui avait proposé son aide parce qu'il l'appréciait. Et elle était blessée en pensant qu'il n'avait agi ainsi que parce qu'il avait perdu un pari. Avant qu'elle se détourne, il avait aussi vu passer une lueur de honte dans ses yeux noirs, qui avaient semblé soudain humides.

Bon sang ! Il ne supportait pas de voir une femme pleurer. Et maintenant, il se sentait mal. Yvette avait raison : il avait totalement manqué de délicatesse. Lorsque sa coéquipière avait commencé à évoquer leur pari, il aurait dû immédiatement lui dire qu'il avait aimé travailler avec elle la nuit dernière. Mais il avait été si surpris par la rapidité et la violence de sa réaction qu'il n'en avait pas eu le temps.

Quel imbécile il faisait !

Il était vrai que sans ce pari, il ne serait jamais venu l'aider. Mais il avait passé un très bon moment avec elle, et avait été heureux d'entrevoir la femme passionnée qui se cachait derrière l'apparence de froideur et de réserve qu'elle offrait d'ordinaire au monde.

Il entendit soudain un souffle plein de colère. Sa coéquipière s'était placée devant lui, là où Yvette se trouvait quelques instants plus tôt. Elle aussi avait les poings serrés et, par prudence, il contracta les abdos.

— Qu'as-tu fait à ma petite sœur ? lança-t-elle d'une voix rageuse.

— Doucement, Jordana. Je l'ai simplement aidée à classer les dossiers de Markus Dexter. Il ne s'est absolument rien passé, je te le jure !

Sa coéquipière sembla se détendre un peu, mais elle garda les poings serrés.

Mon Dieu, ces Colton étaient de vraies tigresses !

— Va le lui demander si tu ne me crois pas, ajouta-t-il désespérément, tout en surveillant prudemment les poings de Jordana. Je te le répète : il ne s'est rien passé.

Elle le regarda fixement pendant quelques instants encore, puis hocha brièvement la tête. Il se hâta de changer de sujet.

— Où en sont les recherches pour retrouver Dexter ? L'examen des transactions effectuées sur ses cartes de crédit a donné quelque chose ?

Elle poussa un soupir et, Dieu merci, adopta elle aussi un ton professionnel.

— Ça n'a rien donné. Il est complètement sorti des radars.

— Ce qui est on ne peut plus suspect…

Il sentit un élan de frustration monter en lui. Ses collègues et lui étaient en train de passer à côté de quelque chose : un lien, un élément qui prouverait que Markus Dexter avait tué Olivia Harrison ainsi que l'homme plus âgé retrouvé à ses côtés, Fenton Crane.

D'après leurs suppositions, le détective privé, Crane, était venu à Braxville pour enquêter sur la disparition de la jeune femme, et ses recherches avaient entraîné sa mort. Mais il leur fallait encore trouver le mobile du meurtre d'Olivia. La théorie de Reese était que Dexter et elle avaient entretenu une relation. Il était de notoriété publique que Dexter collectionnait les maîtresses, mais pour le moment, ils n'avaient aucune preuve.

— Il faudrait arriver à prouver que Dexter et Olivia couchaient ensemble. Mais comment ? songea Reese à voix haute.

— Je n'en ai pas la moindre idée. Yvette t'a dit qu'elle avait quelque chose, lors de ta énième incursion dans son laboratoire cette semaine ?

Ainsi, elle l'avait remarqué ? Après ce qui s'était passé ce matin, il ferait mieux d'espacer un peu ses visites…

— Ta sœur a eu les résultats de l'analyse des insectes retrouvés auprès des cadavres. Apparemment, Olivia Harrison a été tuée au printemps, et Crane en automne.

Jordana hocha la tête.

— Cela coïncide avec notre théorie selon laquelle Crane enquêtait sur la disparition d'Olivia, et qu'il est tombé sur son tueur.

— Oui, mais nous avons tout de même besoin d'une preuve.

— Ou d'une confession. Si nous parvenons à retrouver Dexter et à l'arrêter, je suis certaine que nous pourrons lui faire cracher le morceau. Ce n'est pas un héros !

— Je vois que tu n'apprécies pas l'associé de ton père !

— Non. C'est Dexter qui a eu l'idée de faire venir du bois traité à l'arsenic de Chine. Je pense que c'est un escroc et un lâche, qui a pris la fuite dès que les conséquences de ses crimes l'ont rattrapé.

— Ton père va plaider coupable et témoigner contre Dexter dans le procès du bois contaminé ? demanda-t-il.

Il connaissait déjà la réponse à cette question, mais personne ne devait savoir qu'il avait joué un rôle dans les négociations préparatoires.

Elle hocha la tête.

— Oui. C'est ce que lui a conseillé son avocat.

— Ton père va faire de la prison ?

— Pas d'après ce que j'ai entendu. Il va déposer contre Dexter, et le procureur va ordonner la vente de son entreprise pour indemniser les victimes de l'empoisonnement à l'arsenic et leurs familles.

— Aïe ! La sanction est lourde !

Elle haussa les épaules.

— Même sans Colton Construction, mes parents auront toujours beaucoup d'argent. Ils ont pas mal de biens immobiliers, et Braxville grandit si vite que les prix montent en flèche.

Elle ajouta :

— Si nous ne parvenons pas à inculper Dexter de meurtre, nous pourrons au moins le coincer pour usage illégal de matériaux de construction contaminés à l'arsenic.

— Si cet homme possède ne serait-ce qu'un soupçon de jugeote, il est en route pour Tahiti en ce moment, commenta-t-il.

— On peut toujours espérer qu'il n'en a pas !

Reese se laissa tomber sur sa chaise, songeur. S'il avait de la jugeote, lui aussi, il éviterait de tourner autour de la petite sœur de Jordana Colton. Sa coéquipière était prête à fondre sur lui à la seule idée qu'il puisse avoir flirté avec elle.

Dommage… Yvette était une des femmes les plus fascinantes qu'il ait rencontrées depuis longtemps. Il ne pouvait résister à ce qui l'intriguait. Et une chose était certaine : Yvette l'intriguait tout particulièrement…

- 4 -

Yvette s'enfuit vers son laboratoire pour y cacher sa honte. Bon sang ! Elle venait de frapper un policier devant tous ses collègues ! Dès que le commandant Roger Hilton aurait vent de l'incident, elle ne doutait pas qu'il la convoquerait pour une réprimande bien sentie.

Quelle idiote ! Elle n'aurait jamais dû se laisser emporter par ses émotions. Elle n'était plus une enfant !

Tout en se morigénant, elle se saisit au hasard d'un des sachets rapportés de la maison de Markus Dexter. Elle jeta un coup d'œil à l'intérieur et vit qu'il contenait des agendas, chacun portant le numéro de l'année sur sa tranche.

Elle en prit un et l'ouvrit. Elle remarqua immédiatement que tous les rendez-vous et toutes les réunions n'étaient consignés que par des initiales. Elle ouvrit d'autres agendas mais dans tous, Dexter avait adopté la même notation. Il n'utilisait *jamais* de noms.

C'était pour le moins étrange…

Par curiosité, elle sortit au hasard un dossier de la pile correspondant à la même année, que Reese avait si soigneusement formée la veille.

Ne pense pas à cet abruti, Yvette !

Ce dossier concernait un immeuble résidentiel qui avait été bâti par Colton Construction. Elle le parcourut et trouva des notes prises par Dexter, concernant une réunion qui s'était tenue en avril. Le jour et la date étaient spécifiés en haut de la feuille. Parfait.

Elle nota mentalement le nom du client, Randall Pardo, et ouvrit l'agenda de Dexter à la date indiquée. Ah bon ? Sur la case correspondant au jour et à l'heure de la réunion figuraient les initiales O.Q. Se pouvait-il que Dexter utilise un code dans son propre agenda ?

Était-il paranoïaque à ce point ?

Elle s'assit à son bureau et tenta de déterminer comment passer de R.P. à O.Q. Il ne lui fallut pas longtemps pour découvrir que si elle inversait l'ordre des initiales, elle obtenait P.R. Et que si, ensuite, elle prenait la lettre précédente dans l'alphabet, elle aboutissait à O.Q.

Elle étudia la notation de quelques autres rendez-vous, et son hypothèse se vérifia. Elle chercha ensuite l'agenda correspondant à la période où le meurtre avait été commis, et tenta de voir si le même code avait été utilisé. Visiblement non… Elle l'essaya alors avec tous les autres agendas, mais il ne fonctionnait que pour cette seule année.

Markus Dexter changeait donc de code à chaque agenda ? Impressionnant ! Mais que cachait-il donc ? Son attitude était caractéristique des personnes qui menaient une double vie.

Elle remarqua également que, particulièrement dans les agendas les plus anciens, beaucoup de ses rendez-vous avaient lieu le soir, parfois même tard dans la nuit. Mais l'année qui avait suivi les meurtres d'Olivia Harrison et de Fenton Crane, même les heures des réunions avaient été cryptées.

Elle prit son téléphone et appela sa sœur.

— Jordana ?

— Yvette ! Tu vas bien ? Que s'est-il passé entre…

Elle interrompit sèchement sa sœur.

— C'est un appel professionnel. J'ai devant moi les

agendas de Markus Dexter, et j'ai pensé que tu aimerais savoir que pour noter ses rendez-vous, il n'utilisait jamais de noms, mais des initiales, et qu'il codait même ces initiales… et en plus, le système changeait chaque année !

— C'est fou !

— Dis-moi : tu faisais partie de l'équipe qui a fouillé la maison de Dexter ?

— Non, mais c'est Reese qui a dirigé les opérations. Pourquoi ?

— Je serais curieuse de savoir s'ils ont découvert des cachettes secrètes : des compartiments dissimulés, des tiroirs à double fond, des creux sous les lattes de plancher… ce genre de choses.

— Je n'en ai pas la moindre idée. Je vais demander à Reese de t'appeler.

— Ou tu peux me transmettre sa réponse.

— Mais que s'est-il donc passé entre vous hier soir ? demanda Jordana avec insistance.

— Rien. Absolument rien. Il est arrivé avec une pizza et de la bière, et il a classé les dossiers par ordre alphabétique pendant que je les triais en deux tas : ceux qui semblaient présenter un intérêt particulier, et les autres.

— Il s'est montré un peu trop entreprenant avec toi ?

Elle avait beau être très en colère contre Reese et elle-même, elle n'allait pas mentir en prétendant qu'il ne s'était pas comporté en gentleman.

— Non, Jordana. Il ne s'est rien passé de tel.

— Alors, pourquoi tu l'as…

— Je croule sous le travail. Je n'ai vraiment pas le temps de bavarder.

— Bien. Écoute, puisque je t'ai au bout du fil, tu veux venir avec moi demain soir au Dusty Rusty ? Il y aura quelques autres policiers. Nous allons fêter la retraite de Lou Hovitz.

— Ça ne va pas être…

— Avant que tu refuses, l'interrompit Jordana, je te signale que, vis-à-vis de Reese, il vaut mieux que tu fasses acte de présence. Après ce qui s'est passé ce matin, il faut qu'on te voie faire ami-ami avec lui…

Faire ami-ami avec Reese Carpenter était la dernière chose dont elle avait envie. Mais Jordana avait raison.

Elle souffla.

— Bien. J'irai à cette soirée au Dusty Rusty.

— Parfait ! Je vais le dire à Reese.

— Jorda…

Sa sœur raccrocha avant qu'elle puisse lui demander de n'en rien faire. Elle n'aurait su dire si Jordana essayait simplement de veiller à la bonne ambiance du département de police, ou si elle voulait mettre Reese et elle en présence l'un de l'autre pour voir ce qui allait se passer.

Bon courage, sœurette !

Au moins, l'entreprise de harcèlement de Reese n'eut pas lieu aujourd'hui : pas de visite intempestive à chaque heure. Elle fut tout d'abord soulagée de retrouver le calme de son laboratoire. Mais alors que le temps passait, elle se surprit à espérer que la porte s'ouvre.

Le sentiment de honte qui la rongeait fit peu à peu place à de l'agacement contre elle-même : comment pouvait-elle regretter les incursions de ce lieutenant de police éminemment pénible dans son laboratoire ? Mais ses taquineries et son humour lui manquaient… sans parler de ses yeux.

Dans l'après-midi, elle étudia le dossier établi par l'équipe qui avait procédé à la perquisition pour voir s'ils avaient trouvé des cachettes secrètes. Rien de tel n'y figurait… ce qui l'amenait à penser qu'ils avaient loupé quelque chose. Un homme qui inventait un nouveau code chaque année pour noter ses rendez-vous – dont beaucoup se déroulaient la nuit, bien après les heures de bureau – ne pouvait qu'avoir des secrets… et beaucoup.

Lorsqu'elle se décida enfin à rentrer chez elle, elle se rendit compte qu'il était déjà près de 22 heures. Elle avait réussi à déchiffrer les codes de la plupart des agendas les plus récents. Ils étaient en général assez simples. Mais ceux que Markus Dexter utilisait à l'époque du meurtre semblaient beaucoup plus élaborés. Avait-il plus à cacher ?

Quoi qu'il en soit, sa conviction que l'équipe qui avait effectué la perquisition n'avait pas tout vu était intacte. Bien sûr, Reese ne l'écouterait jamais si elle lui disait qu'il était certainement passé à côté de quelque chose : il pensait toujours tout savoir mieux que les autres, et lui expliquait même comment elle devait faire son travail !

Elle aurait rêvé de le remettre à sa place, ne serait-ce qu'une fois. Ce serait une telle satisfaction de se révéler plus compétente que lui !

En fait…

Elle attrapa son sac et son anorak. Et si elle lui rabattait le caquet en trouvant elle-même la cachette qu'il n'avait pas découverte ? Tout excitée par cette idée, elle se dirigea vers le cabinet où étaient stockées les preuves matérielles de l'enquête, pour voir s'il s'y trouvait une clé de la maison. La police avait demandé à Mary Dexter de ne pas y résider tant que son époux n'aurait pas été appréhendé.

Oui, la police avait bien une clé du domicile des Dexter. Elle indiqua sur le registre qu'elle la prenait, et sortit rapidement du laboratoire pour rejoindre sa voiture.

La nuit était froide et venteuse. Des flocons de neige zébraient le halo de ses phares, et les routes étaient couvertes de verglas. La tempête annoncée était bien là, et les policiers allaient certainement être appelés à se rendre sur les lieux des carambolages qui ne manqueraient pas d'avoir lieu. Elle conduisit prudemment, et gara sa voiture devant la vaste demeure des Dexter.

Le domicile avait été placé sous surveillance au cas où Markus Dexter reviendrait, mais elle ne vit aucune voiture de police devant la maison. L'unité chargée de ce travail devait avoir été appelée ailleurs. Ce n'était pas étonnant, vu l'état des routes.

Elle se dirigea rapidement vers la porte d'entrée, et se glissa à l'intérieur. Par où devait-elle commencer ses recherches ? L'endroit le plus évident était le bureau de Markus Dexter.

Il était situé à droite de l'entrée. L'endroit était indéniablement masculin, avec des boiseries sombres et de larges fauteuils en cuir. Elle prit son temps pour examiner les meubles – le bureau, les tables, les armoires de classement –, puis la pièce elle-même : les étagères, les murs, et même le sol et le plafond. Elle ne remarqua rien qui puisse ressembler à une cachette secrète.

Elle parcourut le reste du rez-de-chaussée et ne vit aucune autre pièce que Markus ait pu considérer comme personnelle. Elle monta l'escalier et trouva une salle de billard, qu'elle passa au peigne fin. Rien. Elle alla ensuite dans la suite parentale. C'était un espace partagé, mais il y aurait peut-être une armoire, un placard même, qui ne serait qu'à lui…

Bon sang, et si elle se trompait ? Elle se sentit soudain soulagée d'être venue seule ici : au moins, personne ne serait témoin de sa déconfiture. Elle aurait détesté donner à Reese une raison supplémentaire de se moquer d'elle.

Elle s'immobilisa au milieu la chambre à coucher pour réfléchir. Elle passait à côté de quelque chose…

Et pourquoi la cachette ne se trouverait-elle pas dans un espace de la maison qui était souvent inutilisé, comme un grenier ? Il y en avait probablement un sous le toit pentu de la maison. Il lui fallut quelques minutes pour trouver une porte située au fond d'un couloir. Elle l'ouvrit, et vit un escalier étroit qui se perdait dans l'ombre. Une bouffée d'air froid s'abattit sur elle.

Oui.

Elle chercha un interrupteur à tâtons, mais n'en trouva pas. Elle sortit alors de son sac la petite lampe torche qu'elle emportait toujours avec elle. La pointant vers le sol, elle remarqua une couche de poussière sur laquelle se dessinaient des empreintes de pas : visiblement, l'équipe de police était passée par ici.

Elle referma la porte derrière elle et commença à monter l'escalier.

À chaque pas, le froid s'intensifiait, et certaines marches grincèrent bruyamment, comme dans un mauvais film d'horreur. Elle arriva dans l'espace situé sous le toit, et vit devant elle des étagères chargées de boîtes en plastique, ainsi que des portants sur lesquels étaient suspendus des vêtements rangés dans des housses.

La partie située derrière elle contenait un bric-à-brac digne de l'antre d'un brocanteur : c'était un empilement de cartons, de lampes cassées, de vieux meubles et de bibelots… Exactement le genre d'endroit où elle imaginait Markus Dexter dissimuler quelque chose.

Avec précaution, elle avança dans ce fatras et se mit au travail, soulevant les coussins des fauteuils, ouvrant les tiroirs, les boîtes, même si sa quête s'apparentait à celle d'une aiguille dans une botte de foin.

Elle avait passé tant de temps à fouiller ce grenier glacé que ses doigts étaient gourds, lorsqu'elle eut l'impression d'entendre du bruit en bas. Elle s'immobilisa et prêta l'oreille. C'était certainement la patrouille de police : en reprenant leur surveillance, ils avaient probablement remarqué sa voiture et venaient la saluer.

Elle s'apprêta à les appeler, mais un frisson d'appréhension subit la parcourut.

Elle se dirigea vers une des lucarnes et regarda du côté de la rue. C'était étrange : une berline était garée devant la maison, mais ce n'était pas un véhicule de police.

Alors, qui était en bas ?

Elle entendit le bruit d'une porte que l'on refermait à l'étage inférieur.

Bon. Il était maintenant certain que quelqu'un d'autre se trouvait dans la maison. Et apparemment, il ne s'agissait pas d'un policier.

Elle fut soudain prise de panique. Il fallait qu'elle s'enfuie… immédiatement !

Une porte s'ouvrit non loin d'elle. Celle qui menait au grenier ?

Son sang se glaça. Elle devait faire quelque chose !

Elle entendit un grincement…

Oh ! mon Dieu, mon Dieu, mon Dieu !

Elle regarda rapidement autour d'elle. Il n'y avait qu'une seule issue, donc pas moyen de sortir furtivement.

Elle n'avait qu'une solution : se cacher…

Frénétiquement, elle chercha un endroit où elle pouvait se blottir. Sur la pointe des pieds, elle recula pour s'accroupir dans l'angle où la toiture rejoignait le plancher, et se cacha derrière un portant en métal rouillé sur lequel étaient suspendus des vêtements démodés. Elle éteignit sa lampe torche puis, tout en masquant l'éclat de l'écran de son téléphone, elle envoya un message au standard de la police.

> C'est Yvette Colton. Je suis dans la maison des Dexter. Quelqu'un vient de s'y introduire. Si ce sont des policiers, dites-leur de s'identifier. Sinon, envoyez immédiatement du renfort.

Une marche grinça bruyamment.

Elle jeta un coup d'œil furtif sur le côté du portant.

Mon Dieu, faites que ce soit un policier en uniforme !

Elle était si angoissée qu'elle en avait le tournis lorsque soudain, une silhouette épaisse se dessina au haut de la cage d'escalier.

C'était un homme qui portait un pardessus de couleur sombre, pas un uniforme de policier. La silhouette se détourna et alluma une lampe torche. Yvette réprima l'envie de se recroqueviller : il était beaucoup plus facile de capter le mouvement que de distinguer des formes figées. Donc, le seul espoir qu'elle avait de passer inaperçue était de rester parfaitement immobile, et d'espérer que sa cachette était assez bonne.

Le bruissement de boîtes que l'on faisait glisser sur le sol s'éleva dans le silence.

Elle évalua la distance entre elle et l'escalier. Non, impossible de s'échapper sans être vue. Elle avait des notions de self-défense, mais elle ne donnait pas cher d'elle si elle devait se battre contre un adversaire si charpenté… surtout lorsqu'elle était seule, dans le noir, sans personne à proximité pour venir à son aide.

L'homme mettait du temps à trouver ce qu'il voulait. Elle l'entendait pousser de temps en temps un grognement ou un juron tout en continuant à s'affairer. Mais que cherchait-il donc ?

Était-ce Markus Dexter ? Ou un ami qu'il aurait envoyé ici pour qu'il lui rapporte quelque chose ? Ou tout simplement un voleur ?

Le bruit d'un moteur s'éleva dans le silence profond de la nuit. Elle vit la silhouette se redresser brusquement et s'immobiliser. Manifestement, l'homme prêtait l'oreille avec la même attention qu'elle. S'agissait-il d'une voiture de police, ou de celle d'un complice ?

L'homme ouvrit un coffre et en vida le contenu à terre.

Il ramassa quelque chose et se retourna, puis se dirigea rapidement vers l'escalier.

Bon sang ! Il semblait avoir trouvé ce qu'il cherchait, et s'apprêtait maintenant à s'enfuir avec ! Et si c'était ce qu'elle était venue chercher ici ? Elle ne pouvait pas laisser ce type partir avec.

Elle sortit de sa cachette et alluma sa lampe torche en hurlant :

— Police ! Arrêtez-vous !

L'homme vacilla et mit le bras devant ses yeux pour se protéger de l'éblouissement, l'empêchant de distinguer ses traits.

— Les mains en l'air ! Croisez les doigts derrière la nuque ! cria-t-elle en s'approchant aussi rapidement de lui qu'elle le pouvait.

Que n'aurait-elle donné pour être armée en ce moment ! Tout en se frayant un chemin parmi les meubles et les cartons, elle attrapa au passage un long bougeoir posé sur une boîte.

Mais l'homme n'avait visiblement pas l'intention de lui obéir. Alors qu'elle approchait, brandissant sa lampe torche sur ses yeux dans l'espoir qu'ainsi, il ne remarquerait pas sa jeunesse et sa petite taille, il recula dans l'ombre.

Elle tenta de lui bloquer l'accès à l'escalier, mais il se rua sur elle en tenant quelque chose de carré et volumineux devant lui. Elle tomba sur le dos, et sa tête heurta le sol assez fort pour qu'elle en voie trente-six chandelles et qu'elle lâche sa lampe torche et le bougeoir.

Alors qu'il s'apprêtait à la frapper, elle enroula le bras autour de sa cheville. Il trébucha, et laissa échapper l'objet qu'il tenait. Mais il réussit à libérer sa jambe d'un coup de pied vigoureux.

Une voix s'éleva de l'étage inférieur.

— Yvette ! Où es-tu ?

L'homme, qui s'était retourné pour ramasser ce qu'il avait laissé tomber, sursauta. Pendant une seconde, il sembla hésiter, puis s'engouffra dans l'escalier, dévalant les marches quatre à quatre. Elle tenta de se redresser, mais elle avait la nausée et la tête qui tournait. Elle était incapable de se mettre debout, et encore moins de le poursuivre.

— En haut ! cria-t-elle faiblement.

Elle entendit quelqu'un courir, des portes qui claquaient, le moteur d'une voiture vrombir… Puis le silence se fit à nouveau. Elle restait à terre, tout étourdie, la joue contre le sol froid, rongée par un sentiment d'échec.

L'homme s'était enfui… Elle aurait dû réussir à l'arrêter, mais il lui avait filé sous le nez.

— Yvette ! Bon sang, où es-tu ?

— Dans le grenier, parvint-elle à répondre.

Un rayon de lumière éclaira la cage d'escalier, et quelqu'un courut vers elle. Par réflexe, elle se prépara à une nouvelle attaque.

— Yvette ?

Elle connaissait cette voix. *Reese !*

Elle poussa un soupir tremblant et soudain, les larmes se mirent à ruisseler sur ses joues. Elle était vivante… Elle avait bien cru que sa dernière heure était arrivée.

De grandes mains la saisirent délicatement pour l'aider à s'asseoir. Elle se surprit elle-même au moins autant qu'elle surprit Reese lorsqu'elle se jeta dans ses bras et laissa couler ses larmes. Elle le serra fort contre elle, absorbant sa chaleur et sa force avec reconnaissance, emplissant ses poumons du parfum de son eau de toilette. Ce n'était pas qu'elle l'appréciait. C'était seulement… qu'il la rassurait.

— C'est bon. Il est parti, murmura Reese dans ses cheveux.

Puis il demanda :

— Mais que s'est-il passé ?

— Je… Il… Couru… Tombé…

Elle était trop essoufflée pour pouvoir parler, et sa poitrine était si serrée qu'elle ne pouvait pas respirer. Et soudain, elle se mit à sangloter en frissonnant. Les mots refusaient de sortir. Elle ressentait seulement un immense soulagement que quelqu'un – n'importe qui – soit venu à son aide et qu'elle n'ait pas laissé la vie dans cette entreprise désastreuse.

— C'est le contrecoup. Une attaque de panique. Ça va aller, murmura Reese.

Elle sentit ses bras se resserrer autour d'elle, et il attendit patiemment qu'elle se calme.

Elle devait bien reconnaître qu'il se comportait avec tact. Mais cela ne rachetait pas tous ses défauts !

Finalement, il demanda à nouveau :

— Il t'a frappée ? J'ai besoin que tu me racontes ce qui s'est passé.

Petit à petit, sa terreur cédait dans la chaleur de son étreinte.

— Et maintenant, tu peux parler ? demanda-t-il un peu plus tard.

Elle hocha la tête contre lui.

Oui. Elle pouvait essayer.

Elle s'écarta de lui et il la lâcha, lui faisant immédiatement regretter le réconfort de ses bras. Elle tenta de se lever, mais Reese appuya doucement sur ses épaules pour l'en empêcher.

— Pas trop vite ! Où as-tu mal ?

— À la tête.

Elle sentit qu'il passait doucement les doigts dans ses cheveux.

— Eh bien, tu as une belle bosse ! Ici… Il t'a frappée ?

Elle cligna des paupières lorsqu'il dirigea le faisceau de sa lampe vers elle.

— Tu peux éviter de me mettre cette lumière dans les yeux ? J'ai déjà assez mal à la tête comme ça !

— Pardon.

Le faisceau se dirigea vers le plafond, et pour la première fois depuis qu'il était arrivé, elle distingua les traits de son visage. Ils étaient crispés par l'inquiétude.

— Je suis heureux que tu parles à nouveau. Tu peux me raconter ce qui s'est passé ?

— Quelqu'un est entré. Je l'ai entendu quand il était en bas. Puis il est monté ici. J'avais appelé du renfort mais ils… enfin, tu n'étais pas encore là. L'homme a trouvé quelque chose et il était sur le point de partir avec. Il fallait que je l'arrête, mais il a foncé sur moi et il…

Elle s'interrompit, non seulement parce qu'elle bafouillait, mais aussi parce qu'une pensée terrible lui était venue à l'esprit.

— Il l'a emporté avec lui ? demanda-t-elle avec angoisse.

Le moindre mouvement de la tête lui faisait un mal de chien.

— Emporté quoi ?

— Un coffret, ou un objet de la taille d'une boîte à chaussures.

— Tu veux parler de ça ? On dirait un coffret à bijoux.

Reese, qui était accroupi auprès d'elle, se redressa et se dirigea vers une boîte en bois qui était sur le sol, près de la cage d'escalier.

— Oui. Je suis presque certaine que c'est ce qu'il était venu chercher.

— Tu sais qui c'était ? Tu pourrais le reconnaître ?

— Non, je n'ai jamais vu son visage. Il faisait trop sombre et il s'est caché quand j'ai braqué ma lampe sur lui.

— Et que s'est-il passé ensuite ?

— Il s'est précipité sur moi et m'a fait tomber. C'est à ce moment-là que je me suis cognée. Mais je l'ai attrapé par la jambe, et il a laissé tomber le coffret. Puis il s'est dégagé, et il s'est enfui. Tu l'as vu ?

— Non. Je suis passé par l'escalier principal, mais il a dû emprunter celui qui est situé à l'arrière, et sortir par la cuisine. Lorsque j'ai compris qu'il avait réussi à m'éviter, je suis redescendu. Mais j'ai seulement vu une voiture s'éloigner. Je n'ai même pas réussi à distinguer le modèle ni la marque, sans parler d'un numéro de plaque, expliqua-t-il d'un air dépité.

Elle sentit à nouveau la nausée monter en elle, et elle plaqua la main sur sa bouche. Il n'était pas question qu'elle vomisse devant Reese Carpenter.

— Tu n'as pas l'air en forme, Yvie.

— Je ne me *sens* pas en forme, marmonna-t-elle.

— Partons d'ici. Tu peux marcher ?

Elle n'était même pas certaine de pouvoir se mettre debout. Reese se baissa et, la saisissant sous les bras, il l'aida à se relever. Elle vacilla lorsqu'elle sentit le sang marteler ses tempes. Elle dut même pousser un gémissement, car Reese vint vite à ses côtés et lui passa le bras autour de la taille.

— Vas-y doucement, murmura-t-il. Prends ton temps. Et si tu veux faire une pause, dis-le-moi.

Elle devait bien reconnaître que pour une fois, il ne se conduisait pas comme un abruti. Avec douceur, il l'aida à regagner l'étage inférieur, la portant presque, et la guida vers un petit canapé.

— Tu peux rester seule ici, le temps que j'aille te chercher un verre d'eau ?

Elle commença à hocher la tête, mais elle sentit le sang cogner contre son crâne.

— Oui, lâcha-t-elle dans un souffle.

Il s'éloigna rapidement, et elle sentit à nouveau la panique monter en elle. Elle était seule. Vulnérable. Et cette grande maison vide lui donnait la chair de poule. Elle fut soulagée lorsqu'il revint, portant un verre rempli d'eau.

— Voilà. Ne bois pas trop vite.

Lorsqu'elle eut pris le verre qu'il lui tendait, il sortit son téléphone portable, et demanda qu'on envoie immédiatement une voiture de patrouille chez les Dexter.

Mais, étant donné la météo et l'état des routes, le « immédiatement » se transforma en une demi-heure. Assez pour qu'elle commence à se sentir un peu mieux et puisse envisager de partir d'ici par ses propres moyens. Elle écouta Reese demander aux policiers en uniforme de bien fermer la maison et d'y poser des scellés.

Puis il vint la rejoindre et se tint devant elle, le coffret coincé sous le bras. Elle remarqua pour la première fois qu'il portait un jean et un sweat à capuche de l'université du Kansas qui le faisaient paraître beaucoup plus jeune et moins intimidant que les costumes de couleur sombre dans lesquels elle le voyait d'habitude.

— Tu peux marcher, ou tu as besoin que je te porte ? demanda-t-il.

— Je n'ai pas besoin d'aide.

— Je t'ai entendue. Mais je n'ai pas envie que tu tombes dans l'escalier et que tu te cognes à nouveau la tête.

— Je peux le faire.

Il répondit fermement :

— Yvette, je suis certain que tu peux le faire. Mais laisse-moi t'aider. D'accord ?

— Mais…

— Fais-moi plaisir. Je serais beaucoup plus tranquille. Imagine de quoi j'aurais l'air si tu tombais dans l'escalier et que tu te brisais le cou ?

Comment aurait-elle pu dire non ?

— Faisons une trêve, poursuivit-il. Juste pour ce soir.

Tu pourras me redonner un coup de poing dans l'estomac sans raison demain, si tu en as envie.

Elle pinça les lèvres et le laissa la guider le long du couloir, l'aider à descendre l'escalier et à sortir de la maison. Mais lorsqu'il l'emmena vers son véhicule, elle protesta :

— Je me sens parfaitement capable de conduire.

— Tu es encore toute tremblante. Tu peux à peine marcher. Il est hors de question que je te laisse prendre le volant. D'ailleurs, les routes sont dangereuses. Mon 4x4 se comporte beaucoup mieux que ta caisse à savon sur la neige et la glace.

Elle voulut protester, mais il lui cloua le bec avec un regard compatissant qui la laissa sans voix.

Bon, d'accord.

Elle le regarda ouvrir la portière du passager, poser le coffret à bijoux à l'intérieur de sa voiture, puis il la prit par la taille et la souleva avec une facilité désarmante.

Il contourna le véhicule et vint s'installer sur le siège du conducteur. La lueur du tableau de bord soulignait son profil.

— Comment t'es-tu retrouvé chez les Dexter ce soir ? pensa-t-elle soudain à lui demander.

— Le standard m'a appelé. J'habite à dix minutes d'ici, et toutes les autres unités étaient occupées.

— J'ai eu de la chance !

— Je suis désolé de ne pas être arrivé avant que l'homme te fasse du mal.

— Tu es arrivé à temps pour lui faire peur et le faire lâcher ceci, dit-elle en touchant le coffret en bois posé entre eux.

— Tu as une idée de ce qu'il contient ?

— Aucune. Il me tarde de le regarder de plus près.

— D’abord, c’est moi qui vais te regarder, répliqua-t-il.

Elle leva les yeux vers lui, mais il était concentré sur la route, et son visage était impassible.

Que voulait-il donc dire ?

- 5 -

Reese gara son 4x4 dans le bâtiment attenant à son chalet, situé un peu en dehors de la ville. Il aimait cet endroit. Il avait acheté le terrain, et avait construit cette maison de ses propres mains. Il lui avait fallu près de trois ans pour y parvenir, et, en son for intérieur, il était sacrément fier de ce qu'il avait accompli.

Il contourna le véhicule et alla ouvrir la portière du passager pour aider Yvette à sortir. Elle semblait toute frêle sur le siège de ce gros 4x4. Il avait failli avoir une attaque cardiaque lorsqu'il l'avait vue allongée sur le sol du grenier des Dexter. Elle avait eu de la chance que l'homme ne l'ait pas poussée dans l'escalier : il aurait pu la tuer.

Il allait la prendre par la taille pour l'aider à descendre, lorsqu'elle eut un mouvement de recul.

— C'est la trêve, tu te souviens ? murmura-t-il.

Elle hocha la tête et le laissa la soulever de son siège pour la déposer à terre.

— C'est par là, lui dit-il en la guidant vers sa maison.

— Waouh ! C'est superbe ! s'exclama Yvette en entrant dans l'immense pièce à vivre. Ça a toujours été comme ça, ou tu as fait des travaux ?

— C'est moi qui l'ai construite, marmonna-t-il.

— Tu as bâti ta maison toi-même ? Entièrement ? C'est impressionnant !

— J'ai acheté ce terrain lorsque je suis entré à la police de Braxville, et j'ai fait les choses petit à petit, lorsque j'avais assez de temps et d'argent.

— Bravo ! Comment as-tu fait pour installer ces énormes poutres là-haut ?

Elle désignait le plafond en ogive et la magnifique charpente qui le soutenait.

— Cela m'a coûté un fût de bière pour attirer ici assez de collègues un week-end, et qu'ils m'aident à les monter.

— Je n'avais pas la moindre idée que tu savais faire tout ça !

Il haussa les épaules.

— J'aime le travail manuel. Mais mon métier ne me laisse pas beaucoup de temps…

— Surtout avec un meurtrier en fuite, marmonna-t-elle.

— Exactement.

Il tendit les bras vers ses épaules.

— Laisse-moi prendre ton anorak. Tu peux t'asseoir près de la cheminée pendant que je te prépare quelque chose de chaud à boire. Tu aimes le thé, n'est-ce pas ?

Elle le regarda, l'air surpris.

— C'est exact. Comment le sais-tu ?

— Cela fait un an que tu viens à toutes les réunions avec une tasse de thé. Je serais un piètre policier si je ne l'avais pas remarqué.

Il emplit une bouilloire d'eau qu'il fit chauffer pendant qu'il cherchait du thé dans son placard. Il en avait par ici… Bingo ! Il sortit la boîte cabossée en priant pour que le thé n'ait pas perdu son arôme. Il n'aurait su dire depuis combien de temps il l'avait dans son placard, même s'il lui semblait que sa mère l'avait apporté l'été dernier.

— Je peux allumer un feu ? demanda Yvette.

— Je vais le faire. Laisse-moi juste le temps de faire ton thé.

— Je peux m'en occuper.

Il haussa les épaules et déposa deux grands mugs, du sucre et du lait sur un plateau. Puis il versa l'eau chaude dans les tasses, y plongea deux sachets de thé, et porta le tout jusqu'à la table basse située devant la cheminée.

Yvette était assise sur le socle en pierre ; elle se penchait en avant pour souffler sur de petites flammes qu'elle tentait de faire grandir.

— Pourquoi tu n'utilises pas le soufflet ? demanda-t-il en le lui tendant.

Elle roula des yeux et commença à l'actionner, envoyant de petites bouffées d'air sur son feu.

— Dis-moi, Yvie, pourquoi tu ne veux jamais recevoir l'assistance de personne ?

— Tu te trompes : ça ne me pose aucun problème.

Il souffla en secouant la tête.

— Tout à l'heure, tu étais à peine consciente, et tu ne voulais pas que je t'aide à te mettre debout ni à marcher. Et là, tu insistes pour allumer le feu toute seule.

Elle fronça les sourcils, mais ne le regarda pas.

— J'ai une théorie là-dessus, annonça-t-il.

— Vas-y.

— Tu es la petite dernière des Colton, c'est bien cela ?

— Je déteste cette expression.

— Exactement ! Je parierais que toute ta famille t'a toujours traitée comme si tu n'étais pas capable de faire les choses par toi-même.

Elle le regarda, les yeux écarquillés.

— Comment le sais-tu ?

— Je suis policier. C'est mon métier d'étudier le comportement des gens.

Elle secoua la tête.

— Ça n'est pas parfois épuisant de toujours tout savoir

sur tout ? demanda-t-elle en le gratifiant d'un de ces regards en coin qui le faisaient craquer.

Il se contenta de sourire.

— Écoute, déclara-t-il, il faut que je te pose quelques questions sur ce qui s'est passé chez les Dexter. Ensuite, je cesserai d'être policier pour le reste de la soirée, et nous pourrons bavarder tranquillement. D'accord ?

— Hum… D'accord.

Il écouta avec intérêt sa théorie selon laquelle il était fort probable qu'une personne aussi secrète que Markus Dexter ait pu cacher des choses dans sa maison. C'était logique. Il fut moins enthousiaste lorsqu'elle lui raconta comment elle avait décidé d'aller fouiller elle-même la maison des Dexter pour voir si son équipe et lui n'étaient pas passés à côté de quelque chose.

Il ravala un commentaire caustique, se retenant de lui faire remarquer qu'elle se mêlait de ce qui ne la regardait pas.

Ressentait-elle la même chose lorsqu'il lui donnait des conseils ? Il essayait seulement de l'aider. Il savait que c'était le premier laboratoire qu'elle dirigeait, et il avait un master en criminalistique. Pendant ses études, il avait appris une ou deux choses qui pouvaient être utiles et…

Une fois encore, il se demanda s'il se comportait comme le M. Je-sais-tout qu'elle l'accusait d'être. Il avait toujours détesté ce genre de personnes.

— Ça va ? demanda Yvette, le tirant de ses pensées.

— Oui. Pourquoi tu me demandes ça ?

— Tu semblais songeur.

Il soupira.

— J'étais en train de me demander si tu avais raison…

— À propos de quoi ?

— Je suis peut-être devenu comme mon père.

— C'est-à-dire ?

— Il sait toujours tout sur tout. Il ne cesse de prodiguer des conseils à qui veut bien l'entendre.

— Ah.

— Tu peux préciser ta pensée ?

— J'ai seulement dit : « Ah ».

Il devait bien reconnaître qu'elle avait le triomphe modeste. Elle aurait pu prendre un malin plaisir à enfoncer le clou, mais elle n'en fit rien… ce dont il lui fut immensément reconnaissant.

Il se secoua mentalement.

— Bon, d'accord : tu es allée chez les Dexter, et tu as commencé à fouiller leur maison.

— Oui. Mais je n'ai rien trouvé ni au rez-de-chaussée ni au premier étage. Alors, je suis allée dans le grenier. J'étais en train de le fouiller quand j'ai entendu quelqu'un entrer dans la maison.

— Tu l'as appelé ?

— Non. J'ai regardé par la fenêtre du grenier, et je n'ai pas vu de voiture de police. Alors, je me suis dit que ça devait être une intrusion.

— Et c'est à ce moment-là que tu as appelé du renfort.

— Oui.

— Et ensuite ? demanda-t-il lorsqu'elle resta silencieuse.

— L'homme est monté dans le grenier, et je me suis cachée.

— Bon réflexe.

— Vraiment ? demanda-t-elle d'une toute petite voix.

— Absolument. Il n'était pas possible de savoir si l'individu était dangereux ou non.

Elle poursuivit :

— Pendant que j'attendais du renfort, j'ai vu l'homme parcourir le grenier comme s'il cherchait quelque chose. Quand il a trouvé ce coffret, il s'est immédiatement dirigé vers l'escalier, et j'ai paniqué. Je craignais qu'il ne s'en aille avec ce que j'étais venue chercher.

— Alors, tu t'es dit que ce serait une bonne idée d'affronter ce type… et de faire quoi ? D'exiger qu'il te remette son butin ?

— Je n'ai pas réfléchi. J'ai crié « Police ! » et je lui ai ordonné de rester où il était.

— En théorie, tu n'es pas policière…, commença-t-il.

— Je le sais bien ! Mais il allait partir. Il fallait que je l'arrête, d'une manière ou d'une autre !

— Mais au lieu de rester sagement les mains en l'air, il s'est jeté sur toi, t'a fait tomber et s'est enfui, termina Reese. Qu'as-tu fait pour qu'il lâche la boîte ?

— Je l'ai attrapé par la jambe alors qu'il passait devant moi en courant. Il a trébuché, et elle lui a échappé. C'était juste au moment où tu m'appelais. Il s'est tout d'abord retourné pour la ramasser, mais quand il t'a entendu, il s'est enfui.

— Tu penses qu'il pourrait s'agir de Markus Dexter ?

— Je n'ai jamais vu son visage. Il mesurait environ un mètre quatre-vingts et portait un long pardessus. Il avait un bonnet et des gants. Il pourrait s'agir de n'importe qui : il est tout à fait possible que Markus ait demandé à quelqu'un de venir ici pour lui rapporter ce coffret à bijoux. Cela pourrait expliquer pourquoi l'homme a pris un certain temps à le retrouver.

— Bon sang ! marmonna Reese.

— Je sais que tu rêves de pouvoir incriminer Dexter, mais je ne peux pas prétendre que c'est lui alors que je n'en suis pas sûre.

— Bien sûr que non ! acquiesça-t-il. Nous finirons bien par le pincer de toute manière. Tu voudrais regarder le coffret avec moi ? Je serais curieux de savoir ce qu'il contient.

— Il faudrait l'apporter à mon laboratoire.

Il regarda par la fenêtre.

— Il fait de plus en plus mauvais. Bientôt, les routes seront impraticables.

— Quel entêté ! grommela-t-elle.

— Disons plutôt terre à terre, répliqua-t-il du tac au tac.

— Tu n'étais pas censé m'entendre.

— Pardon. J'ai une excellente ouïe.

Elle plissa les paupières.

— Je saurais m'en souvenir. Tu aurais un petit tournevis, une loupe et une pince à épiler ? Peut-être aussi une lampe qui éclaire bien ? Et un kit de prise d'empreintes digitales ?

— La réponse à toutes tes questions est oui. Je vais rassembler tout ce matériel sur la table de la cuisine.

— Et moi, je vais aller chercher mon téléphone, répondit-elle.

— Pourquoi ?

— Pour prendre des photos. J'en ai besoin pour cataloguer le coffret correctement dans le fichier… En supposant que tu veuilles toujours l'ouvrir ce soir, ajouta-t-elle sèchement.

— Oui. J'ai vraiment envie de voir ce qui comptait tant pour ce type qu'il n'a pas hésité à te faire du mal.

— Je vais bien.

— Oui. Mais si tu avais été plus près des marches, tu aurais pu faire une mauvaise chute.

Il fut surpris de constater combien son cœur se serrait à l'idée qu'il ait pu la trouver gisant au pied de cet escalier étroit. Il avait appris depuis longtemps à mettre ses émotions à distance dans son travail, mais cette capacité semblait l'avoir soudainement déserté.

Elle parut surprise de l'entendre parler avec autant de chaleur. Ignorait-elle donc que pour lui, elle était… Le cours de ses pensées s'arrêta net.

Qu'était-elle pour lui ? Certainement plus qu'une

collègue. Une amie ? Quelqu'un qu'il pourrait aimer ? Il n'en savait rien.

Ils s'installèrent autour de la table de la cuisine. Reese fixa une lampe d'architecte sur le bord et observa, fasciné, le changement d'attitude qui se fit soudain chez Yvette. Elle était entièrement concentrée sur le coffret, et plus rien d'autre ne semblait exister.

Elle photographia tout d'abord la boîte sous tous les angles, lui demandant même de la retourner. Lorsqu'elle fut satisfaite des clichés qu'elle avait pris, elle finit par lui faire un signe de tête.

— Tu peux l'ouvrir, maintenant.

Mais lorsqu'il tenta de soulever le couvercle, il n'y parvint pas.

— Tu peux forcer la serrure ? demanda-t-elle.

— Je peux essayer, mais je ne pense pas que ce soit un coffret normal. J'ai l'impression que le mécanisme de fermeture est très sophistiqué.

— Qu'est-ce qui te fait dire ça ?

— Tu vois cette pièce du couvercle ? On peut la faire un peu coulisser sur le côté.

Elle se pencha pour regarder ce qu'il lui montrait, et il sentit les notes délicates de son parfum. À moins que ce ne soit l'odeur de ses cheveux… Quoi qu'il en soit, c'était une senteur très sophistiquée. Cette femme était beaucoup trop bien pour lui !

— Alors, pousse-la, répondit-elle d'un ton impatient.

— Pour réussir à ouvrir ce genre de coffret, il faut déplacer les pièces dans un ordre très précis.

Il étudia le coffret pendant un moment et ajouta :

— Le mécanisme a l'air particulièrement compliqué. La première chose à faire est de déterminer quels sont les éléments mobiles.

Elle hocha la tête et se pencha près de son épaule pour

étudier l'objet, alors qu'il en tapotait chacun des côtés. Ensemble, ils remarquèrent quelques panneaux, ressorts et gonds qui semblaient légèrement différents.

— Regarde cette pièce ici, murmura-t-elle. Tu n'as pas l'impression que cette fleur pourrait glisser, et pas les autres ?

— Si. Tu es très observatrice.

— Police scientifique ! C'est le métier qui veut ça.

— C'est logique, murmura-t-il. Tu es prête à essayer de l'ouvrir ?

— C'est bon. Vas-y.

Il commença à manipuler la boîte. Encore. Et encore.

Rien ne marchait.

— Tu veux essayer ? demanda-t-il en tendant le coffret à Yvette. Autant partager avec toi la frustration de n'arriver à rien !

Elle s'activa à son tour sur le coffret avant de le lui rendre.

— J'ai besoin de boire quelque chose d'un peu plus fort que du thé pour arriver à percer ce mystère, déclara-t-elle comme à regret.

Il lui sourit, et elle lui sourit en réponse. Ce fut un moment de complicité. Agréable. Très agréable…

— Nous pourrions également donner un coup de marteau dessus, suggéra-t-il.

— N'y pense même pas ! C'est une preuve. Nous ne pouvons pas la détruire parce que nous sommes impatients.

Il leva les mains en signe de capitulation.

— Ce n'était qu'une idée.

— Au pire, nous pourrons toujours la passer aux rayons X. On dirait qu'il y a un objet en métal dedans. Nous verrons peut-être ce dont il s'agit.

— Tricheuse ! la taquina-t-il. Tu abandonnes vite !

Elle haussa les épaules.

— Je suis pragmatique. Je sais quand il faut arrêter les frais.

Elle leva vers lui ses grands yeux noirs. Il pourrait se perdre à jamais dedans s'il n'y prenait pas garde.

— Effectivement. Arrêtons ça, déclara-t-il en désignant la boîte d'un coup de menton. J'ai un paquet de chamallows dans mon placard. Ça te dirait d'en faire griller quelques-uns ?

Il eut un choc en voyant son visage s'illuminer de joie. Elle était toujours très jolie, mais soudain, elle était d'une beauté à couper le souffle.

Il ressentit alors le besoin irrépressible de faire naître à nouveau ce sourire éclatant sur ses lèvres.

Ils apportèrent les chamallows et deux longues tiges en métal près de la cheminée. Il commença à tourner sa brochette précautionneusement, la gardant à la bonne distance des flammes pour que ses chamallows dorent uniformément… et il regarda avec horreur Yvette approcher les siens assez près du feu pour qu'ils s'embrasent presque instantanément.

Elle les retira et souffla dessus pour éteindre la flamme.

— Tu en veux d'autres ?

Elle le regarda avec étonnement.

— Non. C'est comme ça que je les aime.

Puis elle ôta les morceaux carbonisés et tout gluants de sa brochette, souffla dessus pour les refroidir et les mit en bouche.

— Bien sûr, c'est comme ça que tu les aimes, grommela-t-il en retirant du feu sa brochette délicatement et uniformément grillée.

— Tu veux dire que je ne suis pas comme toi une maniaque de la cuisson du chamallow ?

— Effectivement, j'arrive à dominer mon impatience, et je ne les transforme pas en morceaux de charbon.

— À chacun sa manière, répliqua-t-elle.

Il secoua la tête et mit son chamallow en bouche. Hum ! Un délice !

Yvette en avait déjà remis un autre sur sa brochette et était en train d'incinérer le pauvre bonbon. Elle tourna les yeux vers lui et le surprit en train d'observer son profil parfait. Il sentit le rouge lui monter au visage. Avec un peu de chance, elle penserait que cela était dû à la chaleur du feu.

— Écoute-moi, Reese, pourquoi tu n'essayerais pas d'en manger un des miens pour changer ? Rien que pour voir si tu l'aimes.

— D'accord, mais seulement si tu acceptes d'en goûter un préparé à ma manière.

— Pas de problème, répliqua-t-elle avec une lueur de défi dans les yeux.

Elle souffla sur son chamallow pour en éteindre la flamme, et le retira de la brochette.

— Ouvre la bouche, lui ordonna-t-elle avec un sourire.

Il lui obéit, et son cœur s'arrêta lorsqu'il la sentit glisser le bonbon dans sa bouche. Il referma les lèvres sur ses doigts. Elle s'immobilisa et leva les yeux vers lui avant de retirer ses doigts. Lentement. Sensuellement.

— Tu aimes ? demanda-t-elle.

Il aimait la douce rondeur de ses doigts.

— J'adore le contraste entre les parties caramélisées et celles qui ont une texture fondante. Pas toi ?

— Certes, mais je préfère tout de même ma façon de faire. À toi !

Il fit rôtir un chamallow jusqu'à ce qu'il soit délicatement gonflé et doré… Une perfection !

— Goûte.

Il le lui tendit et elle se pencha en avant. Elle lui attrapa le poignet de sa petite main et prit délicatement le chamallow dans sa bouche.

Avait-elle fait exprès de lui caresser les doigts de ses lèvres ?

Elle avait bien pris son temps pour le faire.

Elle se rassit, la tête penchée sur le côté, les yeux fermés, et savoura le bonbon. Elle qui, dans le travail, semblait parfois froide et détachée était donc si sensuelle ? Mon Dieu !

Il l'imaginait, les yeux fermés comme en ce moment, la tête en arrière, le corps tout entier arc-bouté, savourant le plaisir qu'il lui donnait…

Bon sang ! Ne sois pas stupide !

Jordana le tuerait s'il touchait à sa petite sœur ! Une petite sœur moins sage qu'il n'y paraissait, et qui flirtait avec lui s'il interprétait correctement les signaux qu'elle envoyait. Les chutes de neige n'avaient pas tout à fait rendu les routes impraticables, mais la tempête faisait rage à l'extérieur, et ils étaient seuls, au beau milieu de la nuit, confortablement installés devant un feu dansant et crépitant. On pouvait difficilement imaginer un cadre plus romantique, selon lui. Et elle semblait penser la même chose.

Sa voix douce le tira de ses pensées.

— Tu as un peu de chamallow sur le coin de la bouche. Là.

De son pouce, elle lui essuya délicatement la commissure des lèvres.

— Tu l'as enlevé ? demanda-t-il d'une voix nettement plus rauque qu'à l'accoutumée.

— Non. Hum…

Elle se pencha lentement, sans cesser de le regarder.

— Je suppose que je vais devoir le faire autrement.

Elle s'approcha de lui lentement, lui laissant le temps de s'écarter. Mais il resta parfaitement immobile, osant à peine croire que cette femme si belle venait vers lui, toujours plus près.

Doucement, si légèrement qu'il le sentit à peine, elle

approcha la bouche de la sienne. Ses lèvres étaient douces et fermes et alors…

Je dois rêver…

Elle lui lécha le coin de la bouche. C'était un contact très léger, mais il était impossible de ne pas interpréter clairement son geste. Et soudain, il eut l'impression qu'il n'y avait plus assez d'oxygène dans la pièce.

— Là, murmura-t-elle. C'est mieux.

Avec la même lenteur, en lui laissant aussi le temps de se retirer si elle le voulait, il glissa la main sur sa nuque, puis dans ses cheveux, et avec toute la douceur dont il était capable, il l'attira à lui.

Il lui caressa la bouche de ses lèvres, en un geste qui était plus une invitation qu'un véritable baiser. Elle leva un peu le menton et leurs lèvres se rencontrèrent à nouveau, plus fermement cette fois.

Sa bouche était douce et accueillante. Il sentait la chaleur des flammes sur un côté de son visage, et la fraîcheur de la grande pièce sur l'autre. La lumière et l'ombre. Le chaud et le froid. Le yin et le yang. Yvette et lui. Ils étaient opposés, et pourtant complémentaires.

Il n'était pas homme à en faire trop pour un premier baiser. Alors, il s'éloigna un peu d'elle et murmura :

— Là, c'est beaucoup mieux.

Cette fois, ce fut elle qui enfouit les mains dans ses cheveux et l'attira à elle, en murmurant d'une voix un peu essoufflée :

— Tu crois que je vais te laisser partir ? Tu rêves !

- 6 -

Yvette ressentit un profond soulagement lorsque Reese la prit dans ses bras et l'attira sur ses genoux. Il était grand et fort, mais infiniment délicat avec elle. Elle sentait ses jambes fermes et musclées sous les siennes, et là, tout contre lui, elle avait l'impression d'être à l'abri du danger, comme enveloppée d'un cocon de chaleur et de douceur.

— Tu sembles si fragile, murmura-t-il. J'ai l'impression de tenir un oiseau !

— Tu ne vas pas me casser, je te l'assure !

Il poussa un soupir en posant les lèvres sur elle. Dieu merci, il ne lui enfonça pas la langue jusqu'aux amygdales en un baiser baveux. Au contraire, il l'embrassa avec délicatesse, lui effleurant la bouche de ses lèvres et affermissant progressivement ce contact.

Il embrassait vraiment très bien. Quant à elle, elle devait manquer de pratique…

Il s'écarta très légèrement d'elle.

— À quoi penses-tu ?

— Pourquoi tu me poses cette question ?

— Tu t'es raidie.

Il avait senti cela ? Eh bien ! Il était particulièrement attentif à elle. Pour une fois, elle trouvait son sens de l'observation particulièrement bienvenu… Délicieux, même !

— J'étais en train de me demander où tu avais appris à embrasser aussi bien.

— Derrière le gymnase, en seconde, j'imagine.

— Avec ta première petite amie ?

— Pas exactement. Avec la grande sœur de mon meilleur ami. Elle voulait apprendre à embrasser, et elle ne m'entraînait là que pour perfectionner sa technique.

— C'est ce qu'elle te disait ! rétorqua Yvette.

Il sourit, et ce fut une sensation exquise que de sentir ses lèvres se relever contre sa bouche, imprégnant leur baiser de joie et d'humour. Elle caressa ses cheveux coupés court sur la nuque, songeant que tout en lui était net et soigné.

Mais alors, il pencha la tête et approfondit leur baiser. La légèreté et l'humour firent place à quelque chose de plus sombre, plus ardent, plus primitif, et elle sentit l'excitation monter en elle.

Elle avait toujours eu un faible pour les mauvais garçons, et c'était certainement la raison pour laquelle elle n'avait personne dans sa vie. Maintenant qu'elle était adulte, elle avait assez de bon sens pour éviter de sortir avec ce genre d'hommes, mais ceux qui étaient calmes et sensés l'ennuyaient profondément.

Reese semblait savoir être à la fois raisonnable et plus instinctif, plus sauvage… Alors, qui sait ?

Elle sentit les bras de Reese se raidir autour d'elle, et il poussa un gémissement étouffé, comme s'il contenait difficilement son désir. Pour elle ? Qu'il soit béni ! Aucun homme ne semblait l'avoir regardée avec intérêt depuis qu'elle était revenue à Braxville.

Il lui caressa le dos avec douceur cependant, comme s'il savourait ce moment et voulait qu'il soit parfait.

Elle sentit l'impatience monter en elle et prit l'initiative, effleurant sa joue de légers baisers jusqu'à son oreille. Elle lui en mordilla le lobe et il poussa un gémissement, puis resserra son étreinte. Elle se mit à califourchon sur lui. C'était mieux. Maintenant, elle était à la bonne hauteur pour l'embrasser.

Oh…

Et pour remarquer ce contact dur derrière la fermeture Éclair de son jean, maintenant qu'elle le chevauchait de la manière la plus suggestive qui soit.

Il valait mieux qu'elle se place autrement avant qu'il soit mal à l'aise. Elle tenta de se soulever sur ses genoux, mais Reese la rassit avec une facilité qui lui coupa le souffle. Il se tourna un peu, cependant, la faisant glisser sur le côté pour mettre fin à ce contact si intime. Mais jamais il n'interrompit leur baiser qui était maintenant devenu ouvertement sexuel.

Il passa la langue sur sa lèvre inférieure et la prit entre ses dents. Elle retint son souffle et fut choquée de constater qu'elle s'arc-boutait contre lui. Elle se sentait tout étourdie, heureuse qu'il continue à l'enlacer et à la stabiliser.

Il glissa la bouche le long de son cou, et elle rejeta la tête en arrière pour lui offrir sa gorge. Sa bouche, qui était brûlante contre sa peau, s'aventura dans l'encolure de son chemisier.

Il l'écarta un peu plus pour pouvoir l'embrasser dans son décolleté. Mais lorsqu'il s'arrêta sur le haut de sa poitrine et remonta vers le cou, le désir d'arracher ce vêtement surgit en elle.

Elle lui caressait frénétiquement le visage. Elle voulait le toucher, être toujours plus proche de lui, et elle glissa les mains sous son sweat-shirt. Zut ! Il avait un T-shirt. Elle tira dessus avec impatience.

Alors, enfin, elle sentit sa peau : chaude, douce, masculine.

Eh bien : il n'avait pas une once de gras ! Sous la paume de ses mains, son corps était ferme, solide… comme l'homme lui-même. Elle n'était peut-être pas toujours d'accord avec lui, mais elle respectait ses convictions.

Reese se laissa glisser à terre, sans jamais la lâcher, et il l'allongea sur l'épais tapis devant la cheminée. Elle se pressait contre son corps robuste et chaud, et ne pouvait se rassasier de ce contact. Lorsqu'il se pencha vers elle, elle l'accueillit à bras ouverts, et il l'embrassa longuement, prenant son temps, ce dont elle lui fut incroyablement reconnaissante.

La plupart des hommes avec lesquels elle était sortie semblaient suivre une check-list, enchaînant rapidement les étapes pour en arriver au plus vite à un rapport également bâclé. Mais Reese… Reese allait lentement, et savourait chaque moment. Il se pouvait même qu'il n'ait pas l'intention d'aller plus loin ce soir.

Elle aimait la liberté que cela lui offrait : elle n'avait aucune pression, et pouvait profiter du moment sans avoir à se blinder mentalement, et se préparer à être assaillie de récriminations si elle disait non.

Reese finit par se redresser sur son coude, et écarta doucement les cheveux de son visage.

— Je pourrais te regarder des jours et des nuits entières sans jamais m'en lasser, murmura-t-il.

— J'imagine qu'après un moment, tu aurais mal aux yeux.

— Pourquoi tu te rabaisses constamment ? lui demanda-t-il, l'air curieux.

— Ça évite aux autres d'avoir à le faire, j'imagine.

Il eut un petit sourire.

— Je reconnais ici le bébé de la famille qui a eu à endurer les taquineries des aînés.

— Je reconnais ici un homme qui sait bien comment sont mes frères et mes sœurs !

— Jordana est particulièrement espiègle, mais c'est appréciable lorsqu'il faut détendre l'atmosphère.

Il eut soudain l'air inquiet et s'assit brusquement.

— D'ailleurs, à ce propos, j'espère que tu te sens à l'aise avec moi ?

Elle s'assit elle aussi, mais plus lentement.

— Tout à fait ! En fait, j'étais en train de me dire que c'était particulièrement agréable de ne pas me sentir obligée de finir la soirée dans ton lit.

— C'est vrai ?

— Oui. Tu es un gentleman, et j'y suis particulièrement sensible.

Il eut un sourire un peu gêné.

— On m'a déjà dit que j'étais vieux jeu. Les femmes qui ne cherchent qu'une histoire d'un soir n'apprécient pas vraiment mon envie de les connaître avant de coucher avec elles.

Il haussa les épaules.

— Mais d'abord, je veux…

Il s'interrompit.

— Quoi ? demanda-t-elle, brûlant de savoir ce qu'il aimait avant de coucher avec quelqu'un.

Non qu'elle se sente concernée…

Mais qui essayait-elle de leurrer ? Elle rêvait d'en arriver là !

— Je veux leur parler, établir un lien fort.

— C'est une conception très chevaleresque !

Il leva les yeux vers elle, ne sachant trop si elle se moquait de lui ou non. Elle sourit et ajouta :

— Je le pense vraiment.

Elle se pencha en avant et mit la main sur sa joue. Puis lentement, avec douceur, elle y déposa un léger baiser. Jamais elle n'avait autant aimé embrasser un homme.

Il poussa un soupir, avant de lui effleurer le nez de ses lèvres.

— Il est tard, et la circulation doit être très difficile

maintenant. Je n'aurais pas dû te retenir aussi longtemps. Je suis désolé. C'était égoïste de ma part.

— Tu m'as vue me plaindre ? répliqua-t-elle.

Il sourit et se mit debout, puis lui tendit la main pour l'aider à se relever.

— Donne-moi cinq minutes pour chauffer la voiture et mettre les chaînes sur les pneus, d'accord ?

Il sortit de la maison, et elle rapporta les mugs et les chamallows sur la table de la cuisine.

Quelques minutes plus tard, il revint, accompagné d'une bouffée d'air froid, et annonça :

— J'apporterai le coffret dans ton laboratoire demain matin.

— Merci.

— Couvre-toi bien. Il fait frisquet dehors.

C'était un piètre mot pour désigner le froid qui lui coupa presque la respiration. Glacial était plus approprié.

Reese la suivit jusqu'à la portière du passager, et l'aida lorsqu'elle monta dans la voiture. D'habitude, elle détestait se sentir petite. Mais avec lui, c'était différent. Peut-être parce que lui-même semblait tant aimer cela.

Il referma soigneusement la portière derrière elle et alla s'installer sur le siège du conducteur. Puis il fit marche arrière pour sortir du garage, et s'engagea sur la route, ou plutôt sur le ruban blanc qui devait indiquer son emplacement.

La neige tombait en rafales, zébrant le halo lumineux des phares. Elle resta silencieuse, le laissant se concentrer sur sa conduite. Mais lorsqu'il tourna à gauche là où il aurait dû aller à droite, elle intervint :

— La maison des Dexter est de l'autre côté. C'est là où j'ai laissé ma voiture.

— Tu as des chaînes pour tes pneus ?

— Non.

— Voilà. Je te raccompagne chez toi ce soir. Je viendrai

te chercher demain matin et je te conduirai jusqu'à ta voiture… Enfin, si la tempête s'est calmée et si l'état des routes s'est amélioré.

— Mais c'est trop loin !

— Je ne t'ai pas demandé la permission. Je t'ai seulement dit ce que je faisais.

— Tu es si autoritaire ! Et têtu. Et suffisant.

Il haussa les épaules, sans sembler le moins du monde affecté.

— Tu as une idée plus sûre ?

Plus sûre ? Non. Plus pratique ? Évidemment.

Il dut interpréter son silence comme un consentement, car il déclara :

— À quelle heure veux-tu que je vienne te chercher ? 8 h 30, c'est trop tôt ? J'ai une réunion à 9 heures.

— Je… Non. Je veux dire, oui. Tu peux venir me chercher à 8 h 30.

Elle ajouta en soufflant :

— C'est bien.

Comment se faisait-il qu'il ait toujours le dernier mot ? c'était vraiment agaçant !

Il s'engagea dans l'allée de sa maison, dont le toit était déjà recouvert d'une épaisse couche de neige. Il coupa le moteur, mais déclara :

— Ne sors pas. Je vais venir t'aider.

— Reese, je peux marcher jusque chez moi seule.

— Et pourtant, je vais t'aider. J'ai des semelles appropriées, et je vois que ton allée est verglacée. La dernière chose dont j'ai besoin, c'est que l'experte de la police scientifique qui m'assiste dans mon enquête se casse la jambe.

Et voilà. Une fois encore, il avait le dernier mot. Qu'il aille au diable !

Il la souleva de son siège, la déposa à terre, et lui entoura la taille de son bras. Elle fut contrariée lorsque, sous l'effet d'une violente rafale de vent, elle glissa. Reese la rattrapa et l'aida à se stabiliser, et ils parvinrent ensuite jusqu'à sa porte d'entrée sans autre incident.

Elle tourna la clé dans la serrure, ouvrit la porte et, la main sur la poignée, se retourna pour remercier Reese.

Il la devança.

— Merci pour ce soir. Repose-toi, et appelle-moi si tu as des étourdissements, des nausées, ou des signes de confusion.

Elle reconnut les signes d'alerte d'une commotion cérébrale.

— Oui. Je n'y manquerai pas.

— À demain.

Il se pencha, lui donna un dernier baiser prolongé, et la poussa doucement à l'intérieur.

Elle se prépara à aller dormir dans un état presque second. Mon Dieu, elle était vraiment mordue ! Elle programma même la sonnerie de son réveil une demi-heure plus tôt pour avoir plus de temps pour se préparer.

Son lit était glacial lorsqu'elle entra dedans. La chaleur des bras de Reese lui manqua cruellement lorsqu'elle s'endormit, rêvant de baisers qui avaient la saveur sucrée des chamallows.

La tempête faisait encore rage au-dehors lorsque son réveil sonna, la tirant d'un rêve exquis où évoluait un lieutenant de police qui embrassait délicieusement bien. Zut ! Elle qui espérait pouvoir mettre des vêtements seyants aujourd'hui allait devoir se déguiser en Bibendum.

Elle enfila un jean, un pull à col roulé blanc et un épais chandail bleu clair. Puis elle tira ses cheveux en arrière et apporta un soin tout particulier à son maquillage. Enfin, elle mit une paire d'après-ski et prépara son manteau, ainsi que son bonnet bleu ciel avec son pompon blanc, des mitaines et une écharpe assorties.

À 8 h 30 pétantes, le 4x4 gris métallisé de Reese s'engagea dans l'allée menant à sa maison. Ce type était aussi précis qu'une horloge ! À la vérité, c'était rassurant de savoir qu'il serait toujours là où il l'avait dit, à l'heure annoncée. Elle était sortie avec assez d'hommes peu fiables pour apprécier sa ponctualité.

Elle enfila rapidement son manteau et finit de se préparer alors qu'il sortait de voiture et venait jusqu'à sa maison. Elle ouvrit la porte juste au moment où il arrivait sous le porche.

— Bonjour ! lança-t-elle joyeusement.

— Bonjour. Tu es toujours d'aussi bonne humeur le matin ?

— D'habitude, pas avant d'avoir bu mon café, répondit-elle en riant. Mais j'aime la neige. Je l'ai toujours aimée.

Il l'aida à monter dans son 4x4 et démarra. Un silence confortable s'établit entre eux, mais elle remarqua soudain qu'il ne la conduisait pas à la maison des Dexter comme prévu.

— Où allons-nous ?

— Mon rendez-vous de 9 heures a été annulé. J'ai pensé que tu aimerais prendre une tasse de café, ou peut-être même un petit déjeuner, et que je pourrais t'emmener au travail. Tu es d'accord ? demanda-t-il en lui jetant un coup d'œil.

Elle lui sourit, songeant que sa voiture attendrait bien quelques heures de plus, et il poursuivit :

— Je considère que c'est oui !

Il s'arrêta à la cafétéria du coin, qui était fort heureusement ouverte et étonnamment pleine. Apparemment, de nombreuses entreprises étaient fermées ce matin, et, étant donné le nombre d'enfants qui s'y trouvaient, les écoles aussi.

Un couple se leva pour partir juste au moment où ils

entraient, et une serveuse les guida vers la table qu'ils occupaient, avant de la desservir. Ils se glissèrent dans l'alcôve, et Yvette sentit sur eux le poids des regards, parfois discrets, parfois ostensibles.

— Pourquoi les gens nous regardent ? Mon mascara a coulé ? murmura-t-elle.

— Non. Tu es parfaite. Ils nous observent parce que je suis avec la plus jolie fille de Braxville.

Elle sourit en l'entendant parler avec tant de chaleur.

— Flatteur ! En fait, je pense qu'ils sont jaloux parce que je suis avec le célibataire le plus convoité de la ville.

Il souffla avec dérision.

— C'est certainement un de tes frères qui détient le titre !

— Mes frères sont officiellement hors concours depuis qu'ils ont trouvé l'âme sœur. Tu ne le savais pas ?

— C'est ce que Jordana m'a dit. Je suis heureux pour eux.

— Peut-être que toutes les femmes qui sont ici sont tes anciennes conquêtes, et qu'elles ont pitié de moi.

Reese repartit, manifestement content de lui :

— Je ne sors jamais avec des femmes de Braxville.

Ah bon ? C'était surprenant.

— Pourquoi pas ?

— Imagine que je doive enquêter sur l'une d'elles, ou l'arrêter, un jour… Ça serait pour le moins gênant.

— Alors, tu n'as pas l'intention de sortir avec moi ?

Elle détesta s'entendre parler avec cette petite voix.

— Avec toi, c'est différent. Tu fais partie de la maison.

— Hum… J'aurais dit de toi que tu es le genre d'hommes à ne pas sortir avec une collègue.

— Oui, mais je ne travaille pas vraiment avec toi. Nos chemins se croisent parfois, mais tu ne fais pas partie de ma hiérarchie, ni moi de la tienne. Mais il est vrai que je veux pouvoir exercer mon métier sans entraves.

Il haussa les épaules et conclut :

— C'est une question d'éthique.

— C'est tout toi ! Tu es vraiment un parangon de vertu !

Elle aurait juré avoir vu à nouveau cette lueur sexy dans ses yeux.

— Je ne suis pas toujours si vertueux…

Leurs regards se croisèrent, et la tension sexuelle qui surgit entre eux était telle qu'elle la ressentit dans tout son corps.

Mais ils étaient dans un endroit public, où se pressait la moitié de la ville. Elle détourna rapidement le regard.

— Tu n'as plus trop mal à l'arrière du crâne après le choc d'hier ? demanda Reese d'une voix relativement neutre.

— J'ai pris un cachet d'aspirine en me levant, et ça va.

Il s'appuya sur le dossier de la banquette et prit une gorgée d'eau avant de changer de sujet.

— Comment va ta famille ? Ces derniers mois ont dû être difficiles, avec ton père inculpé pour empoisonnement à l'arsenic, puis ces cadavres découverts dans un bâtiment construit par son entreprise.

— Si seulement c'était tout…, soupira-t-elle.

— Ah bon ? Que se passe-t-il ?

Il semblait véritablement intéressé, et pas habité par une simple curiosité. C'est peut-être la raison pour laquelle elle lui répondit avec sincérité. D'ailleurs, il aurait certainement tenté d'en savoir plus auprès de Jordana si elle s'était contentée d'allusions.

— Les choses ne vont plus du tout entre mes parents, et je ne sais pas bien pourquoi. Mais la brouille semble sérieuse. Ces derniers temps, on a l'impression qu'ils sont de parfaits étrangers l'un pour l'autre. Ma mère ignore complètement mon père.

Elle haussa les épaules.

— Mais au moins, mes frères et sœurs ont l'air d'être

heureux. Ils ont tous trouvé l'amour. Il ne reste que moi, ajouta-t-elle avec mélancolie.

— Peut-être que tu l'as déjà trouvé et que tu ne le sais pas encore.

Elle leva le regard vers Reese, et ses yeux étaient étonnamment sérieux. Elle ne s'attendait pas à cela. Parlait-il de lui ? Ils se connaissaient à peine. Ils s'étaient seulement embrassés après avoir grillé des chamallows. Tu parles d'une histoire !

Une femme âgée vêtue d'un tablier s'approcha d'eux avec un large sourire.

— Bonjour, Reese. Quel temps ! Comment sont les routes ?

— Bonjour, Lola ! Elles sont très glissantes. Mais apparemment, les chutes de neige vont s'arrêter vers midi.

— Bien. Peut-être que lorsque ma journée de travail sera finie, je pourrai rentrer chez moi sans risquer l'accident ! Que voulez-vous à manger, mes petits ?

— Le petit déjeuner complet, répondirent en même temps Yvette et Reese.

— Comment voulez-vous vos œufs au plat ? demanda la serveuse, prête à noter leur commande.

— Pas trop cuits, déclara Yvette.

— Bien cuits, répondit Reese.

— Bacon ou saucisses ?

— Bacon, repartit Yvette.

— Saucisses, intervint Reese.

Bien entendu ! Jamais ils n'arriveraient à s'entendre sur quoi que ce soit.

Lola s'éloigna, et Yvette sourit avec regret.

— Nous sommes opposés en tout, n'est-ce pas ?

Il haussa les épaules.

— Nous voulions tous les deux un petit déjeuner complet.

C'est déjà une façon d'être d'accord. Et honnêtement, je trouverais très ennuyeux que nous soyons toujours d'accord.

— Souviens-t'en la prochaine fois que tu viendras dans mon laboratoire pour m'expliquer comment faire mon travail !

Il sourit, et, saisissant la cafetière fumante que Lola venait de déposer sur la table, lui emplit sa tasse.

— Tu le préfères noir ? demanda-t-il.

Yvette lui lança un regard cinglant.

— Avec du lait et du sucre, bien sûr. Si tu penses à ce que tu aimerais et que tu choisis systématiquement le contraire, tu as de bonnes chances de tomber juste.

Il leva les yeux au ciel et lui passa le petit pot de lait et le sucrier.

— J'aurais dû deviner que tu aimais que ton café ait un goût de crème glacée après la façon dont tu as dévoré ces chamallows hier soir.

Elle lui fit un petit sourire taquin.

— Finalement, ceux que j'ai préférés, c'étaient ceux qui étaient sur tes lèvres.

La lueur de ses yeux bleus se fit soudain presque incandescente.

— Nous sommes encore d'accord, tu vois ? Et nous pourrions essayer cela sur d'autres parties de notre anatomie une prochaine fois…

Elle en eut le souffle coupé.

— Hum… ça semble…

Elle chercha le mot, et déclara :

— Prometteur.

Waouh ! Si elle ne se trompait pas, elle venait d'accepter de coucher avec ce lieutenant de police si sexy…

Fort heureusement, leur petit déjeuner arriva avant qu'elle se consume sur sa chaise, réduite en cendres par la lueur qui brillait dans les yeux de Reese. Ils mangèrent rapidement. Peut-être était-il tout aussi déconcerté qu'elle par la tournure qu'avait prise leur conversation.

Elle insista pour payer la note, pour le remercier d'avoir accouru à son secours hier soir et d'être venu la chercher ce matin. En quittant la cafétéria, elle eut à nouveau la sensation qu'ils étaient la cible de tous les regards, et elle eut pleinement conscience du contact léger de la main de Reese sur le creux de ses reins lorsqu'ils atteignirent la porte. Était-ce seulement par courtoisie ? Ou voulait-il envoyer un signal subtil aux autres hommes de la salle pour leur montrer qu'elle était à lui ? Quoi qu'il en soit, elle sentit son cœur palpiter à ce geste à la fois doux et possessif.

— Que vas-tu faire aujourd'hui ? demanda-t-il en se garant sur le parking du bâtiment de la police.

— Voir ce qu'il y a à l'intérieur de ce truc, répondit-elle en tapotant le coffret à bijoux qui était sur le siège entre eux.

— Appelle-moi si tu es coincée, proposa Reese.

— D'accord. Et toi ? demanda-t-elle alors qu'ils avançaient prudemment en direction du bâtiment sur le sol verglacé.

— Je vais reprendre mon dossier sur ce double meurtre une fois de plus, et voir si mon attention est attirée par un détail maintenant que je sais, grâce à toi, que ces meurtres ont eu lieu à deux moments différents de l'année… et que Markus Dexter est secret à l'excès.

— Appelle-moi toi aussi si tu es coincé !

Il poussa la porte du bâtiment et la lui tint.

— Oh ! et Yvette, tu pourrais venir à mon bureau à un moment ou un autre de la journée pour faire une déposition officielle sur ce qui s'est passé la nuit dernière ?

— Bien sûr.

— Il me tarde de te voir.

Ils échangèrent un sourire rapide et allèrent chacun de leur côté, Reese vers son bureau et elle vers son laboratoire au sous-sol. Quelle belle manière de commencer la journée ! Elle se sentait pleine d'énergie après ce petit déjeuner – et cette conversation – avec Reese. C'était pour elle une victoire qu'ils soient passés de leurs chamailleries habituelles à ces échanges légers pleins de sous-entendus. Apparemment, quelques chamallows et quelques baisers pouvaient vous changer un homme !

- 7 -

Un rapide passage aux rayons X de ce qu'Yvette appelait « la boîte infernale » révéla une information capitale : elle contenait une clé en métal.

La totalité du coffret lui-même était en bois, cependant, et la radio ne lui fut d'aucune utilité pour déterminer comment l'ouvrir. Yvette entreprit donc des recherches sur Internet, concernant les mécanismes utilisés pour ce type de boîtes. Il ne lui fallut pas longtemps pour comprendre que celle qu'elle avait entre les mains était une pièce unique de fabrication artisanale, ce qui n'était pas une bonne nouvelle.

Mais elle en apprit assez pour commencer à savoir comment la manipuler, et où trouver les éléments cachés. Pourtant, la suggestion de Reese de donner un bon coup de marteau dessus lui vint de plus en plus fréquemment à l'esprit au fur et à mesure que la journée avançait.

Elle était penchée sur le coffret, entièrement concentrée, ne parvenant à continuer à le tourner en tous sens que par la seule force de sa volonté, lorsqu'une main atterrit sur son épaule. Elle se retourna avec un sursaut.

— Doucement, Yvie ! s'exclama Reese en reculant.

— Désolée ! J'étais tellement absorbée par ce que je faisais que je ne t'ai pas entendu entrer. Je sais ce qu'il y a à l'intérieur de la boîte !

— Tu as réussi à l'ouvrir ? demanda-t-il. Montre-moi comment tu as fait !

— Non, je l'ai passée aux rayons X. Elle contient une clé. Mais je n'ai pas encore compris comment fonctionne le mécanisme. Une chose est sûre cependant : ce truc est fait de couches successives. Chaque boîte est enfermée dans une autre boîte. Celui qui l'a fabriquée était véritablement diabolique ! Tu veux m'aider ?

— J'aimerais beaucoup pouvoir le faire, mais le rendez-vous que je devais avoir ce matin a été déplacé, et je vais devoir y aller d'ici un quart d'heure. Je passais simplement pour voir comment tu allais, et m'assurer que tu avais mangé.

Manger ? Ah oui. Elle jeta un coup d'œil à la grosse horloge sur le mur, au-dessus de la porte. Il allait bientôt être 15 heures. Elle haussa les épaules.

— Je grignoterai quelque chose quand j'aurai faim.

— Je ne suis pas étonné que tu ne sois pas plus grosse qu'un hamster ! Tu ne manges pas assez.

— Un hamster ? s'écria-t-elle. Je te fais penser à un rongeur ?

Il sourit.

— Un joli petit rongeur qu'on aurait envie de prendre dans ses bras pour le caresser, mais qui vous mord dès que vous essayez de le faire.

— Je devrais te donner un autre coup dans l'estomac.

Son sourire s'élargit.

— Tu peux essayer. Mais maintenant que je sais que tu es plutôt impulsive, je serai sur mes gardes.

Il lui tendit un sac en papier.

— Je suis sorti pour déjeuner, et je t'ai pris un sandwich. Au cas où…

— Si c'est le tien, je ne le prendrai pas.

— Non, Yvie. Je l'ai acheté exprès pour toi. Jordana

m'a dit que tu aimais ceux au jambon avec du pain de seigle. J'ai demandé qu'on y ajoute de la moutarde et des cornichons… Exactement le contraire de ce que j'aurais fait pour moi !

— C'est parfait !

— Bien sûr, répondit-il d'un ton ironique.

Waouh ! Il avait découvert quel était son sandwich préféré ? D'après son expérience, les hommes ne se donnaient tant de mal que lorsqu'ils étaient sérieusement intéressés par une femme.

— Hum. Merci !

Elle prit le sac en papier kraft et lui sourit.

— C'est vraiment gentil de ta part.

— J'aimerais beaucoup t'aider à ouvrir ce coffret, mais il faut que j'y aille. N'oublie pas de venir me voir pour faire une déposition sur ce qui s'est passé hier soir.

— Je le ferai.

Mais lorsqu'elle eut mangé son sandwich et se fut remise au travail, le temps fila à nouveau. Quand elle leva à nouveau les yeux vers l'horloge, il était près de 17 heures. Zut ! Elle ferma son laboratoire et se dirigea rapidement à l'étage supérieur. Le changement d'équipe allait bientôt avoir lieu, ce qui signifiait que les policiers qui travaillaient depuis ce matin étaient encore là, et que ceux qui allaient prendre la relève commençaient à arriver. Elle se fraya un chemin parmi eux pour aller vers le bureau de Reese. Il leva la tête et ses yeux s'illuminèrent.

Elle sentit la chaleur l'envahir alors qu'elle lui souriait en retour.

— Tu es venue pour ta déposition ?

— Affirmatif.

— Assieds-toi, répondit-il d'un ton formel.

Elle s'installa en face de lui, et il poussa un bloc-notes vers elle, ainsi qu'un stylo.

— J'ai besoin que tu écrives ce qui s'est passé la nuit dernière chez les Dexter. Tu dois mentionner tous les détails dont tu te souviens.

— Il y en a beaucoup…

— Alors, ce sera une longue déposition. C'est tout.

— D'accord, dit-elle, craignant d'avoir des crampes aux doigts avant d'avoir terminé sa rédaction.

En se mordant la lèvre inférieure, elle se mit à écrire. Du coin de l'œil, elle remarqua que plusieurs policiers les observaient. Plus elle écrivait, plus le visage de Reese s'assombrissait. Finalement, elle leva les yeux et lui demanda :

— Je ne fais pas les choses comme il faut ?

— C'est parfait. Continue.

— Alors, pourquoi as-tu l'air furieux ?

— Furieux ? Pas du tout. Continue, Yvette.

Elle baissa la tête et écrivit les dernières lignes, racontant comment Reese était arrivé pour la tirer d'affaire. Alors qu'elle déposait son stylo, des rires fusèrent derrière elle, et elle se retourna. Des policiers détournèrent le regard en toussotant.

Elle leva les yeux vers Reese, qui avait l'air sur le point de commettre un meurtre.

— Que se passe-t-il ? marmonna-t-elle.

— Ces types ricanaient derrière ton dos. Ignore-les.

— Ils ricanaient ?

Il soupira.

— Ils me faisaient des grimaces parce que tu étais assise à mon bureau.

Elle fronça les sourcils.

— Je ne comprends pas…

— Ils ont eu l'air de te trouver très à leur goût et me faisaient signe de t'emballer.

— Oh ! alors, je sais quoi faire, répliqua-t-elle avec désinvolture.

Elle se leva et contourna le bureau de Reese, qui la considérait avec méfiance. Elle lui prit le visage entre les mains, se pencha et l'embrassa à pleine bouche.

Reese resta tout d'abord immobile, mais lorsqu'elle le taquina de sa langue, il glissa la main dans ses cheveux et l'attira à lui, pour l'embrasser plus profondément encore.

Elle sentit son cœur se mettre à battre furieusement, et ses jambes se dérobèrent sous elle. Il embrassait divinement bien. Elle pourrait se perdre dans…

Mon Dieu, ils étaient au beau milieu d'un bureau empli de monde !

Elle arracha sa bouche de la sienne et se redressa brusquement en haletant. Reese leva le regard vers elle. Ses yeux étaient assombris par la passion, et il semblait déstabilisé, lui aussi.

— Bien ! parvint-elle à dire.

Elle croisa son regard et le soutint pendant un bref instant, puis pivota sur ses talons et partit. Elle dut faire appel à toute sa volonté pour ne pas se mettre à courir.

Mais lorsqu'elle passa devant le groupe de policiers qui étaient maintenant bouche bée, elle se ressaisit assez pour leur lancer :

— C'est toujours un plaisir de venir ici, messieurs. Oh ! et il embrasse comme un dieu !

Elle sortit, la tête haute, avant de s'adosser à un mur pour reprendre sa respiration. Quand allait-elle apprendre à se maîtriser ? Ses élans incontrôlés lui avaient déjà attiré pas mal d'ennuis. Elle n'arrivait pas à croire qu'elle venait d'embrasser Reese Carpenter devant tout le monde. Et qu'il l'avait embrassée en retour.

Fort heureusement, elle parvint à rejoindre son laboratoire sans croiser personne. Elle avait le visage en feu, et des mèches de cheveux s'échappaient de son chignon, que Reese avait un peu malmené pendant leur baiser. Elle devait avoir l'air d'une furie. Une furie qu'un homme sexy en diable venait d'embrasser.

Mon Dieu ! Elle venait de tout faire foirer avec Reese. Jamais il ne lui pardonnerait de l'avoir mis dans cette situation. À quoi pensait-elle donc ? Il lui plaisait. Beaucoup. Cela faisait bien longtemps qu'elle n'avait pas vu un homme qui l'intéresse autant, avec lequel elle ait envie de nouer une relation durable. Ils étaient très différents l'un de l'autre, mais étonnamment compatibles… Et il avait fallu qu'elle l'embarrasse ainsi devant ses collègues. Elle était la femme la plus stupide du monde !

Si c'était possible, elle sentit ses joues brûler plus encore.

Le pire, c'est qu'elle aurait dû savoir que c'était une bêtise. Si elle avait appris une chose avec ses trois frères aînés, c'était qu'il ne fallait jamais réagir à la provocation. Mais aujourd'hui, il avait suffi d'un coup d'œil à ces policiers pour qu'elle n'ait plus qu'une envie : effacer ce sourire goguenard de leurs visages.

Elle s'engouffra dans les toilettes des femmes pour se recoiffer, mais elle ne put rien faire pour cacher le gonflement de ses lèvres rosies et éteindre la lueur sauvage de son regard.

Profites-en bien, ma petite, parce que tu peux être certaine que tu as fait fuir cet homme !

Reese Carpenter avait peut-être un côté indompté en lui, mais pas lorsqu'il était au travail. Jamais.

Déprimée, furieuse contre elle-même, elle jeta un coup d'œil dans le couloir. Personne. Elle se faufila au-dehors et rejoignit rapidement son laboratoire, poussant un soupir de soulagement lorsqu'elle y parvint sans avoir été vue.

Mais elle n'avait pas plus tôt refermé la porte derrière elle que son portable sonna. Avec une grimace, elle le sortit de sa poche pour voir qui appelait.

Jordana.

Elle aurait adoré ne pas décrocher, mas sa sœur savait où elle pourrait la trouver, et elle n'était pas du genre à abandonner avant d'avoir obtenu ce qu'elle voulait.

— Coucou, Jordana !

— Tu peux m'expliquer ce qui vient de se passer ?

Rassemblant tous ses talents de comédienne pour feindre l'innocence, Yvette répondit :

— De quoi parles-tu ?

— Tu as embrassé Reese ? Devant tout le monde ?

La voix de sa sœur devenait un peu plus aiguë à chaque syllabe. C'était plutôt inhabituel pour elle.

— Ah, ça… Oui.

Mon Dieu, elle espérait avoir l'air détaché. À la vérité, elle se sentait maintenant au bord de l'évanouissement.

— Qu'est-ce qui t'a pris ?

— Je pensais que les types qui se moquaient de Reese et moi méritaient d'être remis à leur place.

— Et tu t'es dit qu'embrasser mon coéquipier était la meilleure façon de le faire ? Tu connais les policiers ? On ne parle plus que de ça !

Yvette ferma les yeux avec découragement. Jordana avait raison. Comme partout ailleurs, les commérages allaient ici bon train.

— Bon, d'accord. Tu as raison. J'aurais dû comprendre que ça ne clouerait le bec à personne.

— Je pensais que vous vous détestiez, Reese et toi. Il se passe quelque chose entre vous que je devrais savoir ? demanda Jordana d'un air soupçonneux.

— Oh que non !

Dès qu'elle prononça ces mots, elle sut que c'était un mensonge. Enfin, en partie. Oui, il se passait quelque chose. Une trêve, apparemment. Une sacrée trêve, en fait ! Mais non, il n'y avait rien que sa sœur doive savoir.

— Tu pourrais arrêter de te comporter comme ça,

Yvie ? tu dois comprendre que ton attitude ne me facilite pas les choses au travail.

— Je suis désolée, Jordana. J'aurais dû y penser. Mais ça m'a rendue folle quand j'ai vu ces types se moquer de nous.

Jordana eut un petit rire.

— Ce n'est pas comme si tu avais toujours su te maîtriser !

— Merci.

— Bon, Yvie, je t'adore. Mais nous savons toutes les deux que tu ne contrôles pas toujours tes réactions !

Elle poussa un soupir.

— C'est vrai. Je m'excuserai auprès de Reese la prochaine fois que je le verrai.

— Ça, c'est entre vous deux. Quant à moi, j'essayerai de calmer les choses ici, avec les autres policiers. Je leur dirai qu'il n'y a rien entre vous deux, et que vous ne pouvez pas vous supporter.

— Hum… D'accord. Merci.

— Tu viendras tout de même à la soirée organisée pour la retraite de Lou ?

— Je ne crois pas. Pas après ça.

— Dégonflée !

Les Colton avaient beaucoup de défauts, mais jamais ils ne reculaient devant les difficultés. Cela les avait parfois mis dans des situations compliquées, et apparemment, c'était ce qui allait se produire.

— Bon, j'irai à ta soirée, soupira Yvette.

Jordana raccrocha avant qu'elle puisse se raviser.

Ce soir, elle devrait calmer les soupçons de Jordana, et la convaincre que Reese et elle étaient…

Étaient quoi ?

Des amis ?

Un peu plus que cela ?

Deux personnes qui ne se supportaient pas, mais étaient très attirées l'une par l'autre ?

Bon sang, si seulement elle le savait !

Mais une chose était certaine : elle se sentait mal de ne pas avoir été totalement honnête avec sa sœur. Reese et Jordana étaient coéquipiers. Ils devaient avoir une confiance totale l'un dans l'autre : leur vie pouvait en dépendre.

Elle n'avait pas le droit d'interférer dans leur relation professionnelle. Elle soupira et s'apprêta à rappeler Jordana. Mais un message surgit sur l'écran de son téléphone, et ses doigts s'immobilisèrent. C'était Reese.

Je viens te chercher dans 10 min. Tiens-toi prête.

Bon…

- 8 -

Reese était si autoritaire, si agaçant ! Il pensait donc qu'il avait le droit de lui donner des ordres comme ça ?

Yvette tempéra elle-même son irritation. Elle lui devait des excuses. Elle s'était conduite de manière totalement inappropriée et avait mis Reese dans une situation gênante. Il était temps qu'elle subisse les conséquences de son attitude irresponsable.

L'humeur sombre, elle alla ranger le coffret et éteignit les machines du laboratoire. Lorsque Reese arriva, elle était déjà prête et sortit immédiatement, puis referma la porte derrière elle.

— Allons-y, lui dit-il d'un ton sec.

Au moins, il avait la décence de ne pas la mettre en pièces avant d'avoir quitté les lieux. Elle devait reconnaître qu'il avait une certaine classe.

Sans un mot, il sortit du bâtiment et la guida jusqu'à un parking situé à l'arrière. Il faisait nuit dehors, et il marchait à si grandes enjambées qu'elle dut presque courir pour rester à sa hauteur.

Il ouvrit la portière de son 4x4 pour qu'elle puisse s'installer sur le siège du passager, et la referma derrière elle sans rien lui dire. En fait, il sortit du parking, s'engagea dans la rue, et fit le trajet jusqu'à la maison des Dexter où se trouvait encore sa voiture, sans desserrer la mâchoire. Était-il si en colère contre elle ?

Il gara son 4x4 derrière son véhicule, et elle bafouilla.

— Je suis désolée, Reese. Ça m'a rendue folle de voir qu'ils se moquaient de toi, de nous, et je n'ai pas réfléchi. Je suis vraiment désolée de t'avoir mis dans cette situation, et je n'aurais jamais dû réagir ainsi, surtout devant tes collègues. Ce n'était pas professionnel de ma part, et surtout, c'était stupide.

Il se pencha vers elle et, tout en l'enlaçant, déposa un baiser dur sur ses lèvres. Puis il l'embrassa avec la même passion qu'elle avait mise dans son geste tout à l'heure.

Elle resta immobile, sous le choc. Que se passait-il ? essayait-il de se venger ? Ou alors, cela pouvait-il signifier qu'il n'était pas aussi en colère contre elle qu'elle le croyait ? Voulait-il la punir ? Lui dire que c'était fini ? Lui montrer ce qu'elle ne pourrait plus jamais avoir ?

Mais le baiser lui-même devint si intense qu'elle ne pensa bientôt plus à rien d'autre qu'à Reese, à ses lèvres, à son corps contre le sien, à ses bras qui la serraient fermement contre lui.

Sa bouche était chaude et avait le goût du café. Elle se perdit dans ce baiser.

Même en cet instant, grâce à lui, elle se sentait désirée, belle… Elle savourait la solidité de son torse, la force de ses bras. Il avait la respiration saccadée, et elle exultait d'avoir cet effet sur lui. Il lui couvrit le visage de baisers et alla mordiller le lobe de son oreille. Si c'était un baiser d'adieu, Reese allait lui manquer plus qu'elle ne pourrait jamais le dire…

— La prochaine fois que tu voudras m'embrasser comme ça, fais-le en privé, tu veux bien ? murmura-t-il contre son cou.

Elle s'immobilisa. L'avait-elle bien entendu ? La

prochaine fois ? Il était prêt à recommencer, à continuer sa relation avec elle ?

— D'accord, répondit-elle d'une voix haletante.

Elle pencha la tête en arrière pour qu'il puisse l'embrasser dans le cou, ce qu'il fit immédiatement.

Il lui caressait la peau de ses lèvres, et souffla contre elle :

— Parce que je n'ai plus envie d'arrêter après avoir commencé comme ça !

Elle s'écarta assez de lui pour voir son visage, mais elle ne put distinguer l'expression de son regard dans l'obscurité de l'habitacle.

— Ça veut dire que tu me pardonnes ? demanda-t-elle d'une petite voix.

— Oui.

— Tu es fâché contre moi ?

— Non.

— Tu en es sûr ?

Il la regarda un long moment avant de lui répondre.

— Oui, j'en suis sûr.

Elle eut un petit sourire.

— Je ne peux pas te dire à quel point je suis soulagée ! Je pensais que tu ne voudrais plus me voir.

Il eut un large sourire.

— Tu plaisantes ? Pour tous mes collègues, je suis devenu un héros.

— Pourquoi ? bafouilla-t-elle.

— Les gens te voient souvent comme une princesse inaccessible. Ils découvrent que tu es humaine.

— Ne me raconte pas d'histoires ! Ils doivent s'en donner à cœur joie !

— Effectivement.

Un lent sourire se dessina sur son visage.

— Mais ils sont tous jaloux de moi.

— Pourquoi ?

En posant à nouveau les lèvres sur sa bouche, il murmura :

— Eh bien, parce qu'on peut dire que tu m'as vraiment embrassé !

Les fenêtres du 4x4 étaient complètement embuées lorsque Reese s'écarta d'elle avec un soupir.

— Je ne veux pas te faire l'amour dans ma voiture. Du moins, pas la première fois. Mais si nous n'arrêtons pas rapidement, c'est ce qui va se produire.

Elle regarda autour d'elle.

— Si tu pousses ton siège et que je me mets…

— Arrête.

Il y avait assez de regret dans sa voix pour qu'elle ait pitié de lui et ne continue pas à décrire ce qu'elle imaginait pourtant très bien.

— Tu vas à la soirée que Lou organise pour fêter sa retraite ? demanda-t-il d'un ton désinvolte.

Zut. Elle avait complètement oublié cela.

— Je pense que je vais m'abstenir de…

Il l'interrompit.

— Ça me rendrait vraiment service que tu viennes, ne serait-ce que pour quelques minutes.

— Pourquoi ?

— Hum… Ces deux derniers jours, j'ai été au centre de pas mal de conversations. Ça ne me facilite pas le travail.

— Je suis désolée.

— Ce n'est pas grave. J'ai simplement besoin que tu viennes prendre un verre, que tu me parles naturellement pendant quelques minutes, et ensuite, nous pourrons partir chacun de notre côté. Mais le commandant se demande si nous pouvons encore travailler ensemble, et je n'aimerais pas que les… incidents de ces derniers jours puissent nous nuire professionnellement.

Elle ne voulait surtout pas compromettre l'avancement de Reese… ni que cela ait un impact sur sa propre carrière.

— Je comprends. Je viendrai. Je te dois bien ça, après ce que tu as fait pour moi hier chez les Dexter.

— Tu ne me dois rien. Je faisais seulement mon travail ! protesta-t-il.

— Mais c'est moi qui t'ai mis dans une situation embarrassante. Alors, je viendrai.

Elle grimpa dans sa voiture et le suivit jusqu'au Dusty Rusty. Le parking était presque plein, mais elle trouva une place.

Elle laissa Reese entrer dans le pub le premier et attendit quelques instants. Il ne fallait pas qu'on puisse suspecter qu'ils étaient arrivés ensemble. Lorsqu'elle jugea qu'il s'était écoulé assez de temps, elle prit une inspiration profonde, sortit de sa voiture, et se dirigea vers le pub.

Il fallait seulement qu'elle soit naturelle. Elle allait y arriver. Reese et elle ne pouvaient pas se supporter, mais pour le moment, c'était la trêve. Il n'était qu'un enquiquineur qui la rendait folle.

Oui. Assez folle pour qu'elle l'embrasse à en oublier tout le reste.

Elle risquait de ne pas être très crédible…

Elle pénétra dans le pub et fut assaillie par la chaleur, le bruit et l'odeur de la bière. Sans compter celle de la sueur.

— Hé, Yvie !

C'était la voix de sa sœur.

Elle se retourna, mais ne put voir Jordana dans la foule. Bon sang, parfois, elle aurait adoré être un peu plus grande ! Elle se mit sur la pointe des pieds et tendit le cou pour regarder autour d'elle. Elle finit par repérer les cheveux auburn de sa sœur qui était accoudée au comptoir.

— Tu veux une bière ? lui proposa Clint, le compagnon de Jordana, lorsqu'elle les rejoignit enfin.

— Je déteste ça, lui répondit-elle en criant pour se

faire entendre. Je vais prendre une eau gazeuse avec une tranche de citron.

Ce n'était pas de l'alcool, mais ça avait un petit air de cocktail. Cela lui éviterait d'avoir à expliquer plusieurs fois que la moindre quantité d'alcool lui faisait tourner la tête. De plus, elle avait pour habitude de ne jamais boire avec ses collègues.

Lorsque son verre arriva enfin, Jordana et Clint avaient les mains entrelacées, et semblaient au milieu d'une conversation intense. Alors, elle s'éloigna.

— Reste ! s'écria Jordana. Nous avons quelque chose à t'annoncer.

Elle se retourna vers eux. Ils rayonnaient littéralement de bonheur. Malgré elle, un pincement d'envie lui serra le cœur. C'était une telle chance de trouver un type bien et de tomber raide dingue amoureuse de lui ! Elle remarqua la façon dont Jordana se laissait aller contre Clint, et l'attitude protectrice qu'il adoptait inconsciemment. Oui, connaître cela un jour serait merveilleux.

— Qu'y a-t-il ?

Elle se pencha vers eux afin d'éviter d'avoir à hurler pour être entendue.

— J'ai décidé d'aller vivre à Chicago avec Clint. Son congé est terminé et il doit retourner travailler. Je vais m'installer là-bas.

Yvette était sous le choc. De tous ses frères et sœurs, Jordana était celle qui semblait le plus attachée à Braxville. Et elle avait un métier qu'elle aimait ici.

— Et ton travail ? Que vas-tu faire là-bas ?

— Tyler m'a proposé un poste dans sa société.

Tyler, leur frère aîné, dirigeait une entreprise de sécurité.

— Mais elle est basée à Wichita, pas à Chicago ! répliqua Yvette, désorientée.

— Il ouvre une agence à Chicago et m'a proposé de la diriger.

Yvette regarda alternativement Jordana et Clint. Ils continuaient à rayonner. C'en était presque agaçant !

— Vous allez beaucoup me manquer, mais je suis heureuse pour vous.

Jordana repoussa une mèche de ses cheveux, et Yvette surprit un éclat sur la main gauche de sa sœur. Elle poussa un cri en la saisissant.

— Clint t'a demandée en mariage ! Quand donc ?

— Cet après-midi… Quand je lui ai annoncé que j'acceptais la proposition de Tyler, et que j'allais venir vivre avec lui à Chicago.

La bague était très belle : c'était un magnifique diamant entouré de pierres précieuses plus petites, taillées en baguette.

— Eh bien, s'exclama Yvette, tu es armée maintenant : si tu frappes quelqu'un avec ça, tu le mets à terre !

— J'espère bien que diriger une agence de sécurité sera plus calme qu'être dans la police, répliqua Jordana.

Yvette secoua la tête avec scepticisme.

Clint lui sourit.

— Je lui dis sans arrêt de lever le pied, mais je doute que cela arrive un jour !

Yvette se mit à rire.

— Je te souhaite bonne chance ! Les Colton n'ont pas l'habitude de faire les choses à moitié.

— Je l'avais remarqué, répliqua Clint.

Yvette prit sa sœur dans ses bras.

— Je suis très heureuse pour vous deux. Et maintenant, si vous le voulez bien, il faut que je trouve ton coéquipier, Jordana, et que je me comporte avec lui comme si de rien n'était pour rassurer nos chefs.

Elle se détourna et s'éloigna rapidement avant que sa sœur puisse la presser de questions, cherchant du regard le commandant Roger Hilton et Reese. S'ils étaient ensemble ou près l'un de l'autre, elle pourrait rejoindre Reese, lui parler pendant une ou deux minutes, et repartir.

À l'arrière du pub se trouvait une salle avec des cibles de fléchettes sur un mur, et une piste de danse de l'autre côté. Des écrans placés en hauteur diffusaient différents événements sportifs en direct. Fort heureusement, le son était coupé, ils n'ajoutaient pas au vacarme ambiant. Pratiquement tous les policiers, pompiers et secouristes du coin étaient là ce soir pour fêter la retraite de Lou Hovitz.

Yvette continua à se frayer un chemin dans la foule en cherchant les deux hommes du regard. C'était étonnant de constater combien on pouvait se sentir seul au milieu de tant de monde. Elle avait laissé tous ses amis derrière elle lorsqu'elle avait quitté la Virginie, et elle ressentait cruellement cette perte ce soir.

— Pourquoi cet air triste ? Cria une voix masculine à son oreille.

Elle sursauta, et se retourna pour faire face à Reese.

— D'où sors-tu ?

— J'ai joué aux fléchettes contre ta sœur, et une fois de plus, j'ai perdu.

— Il y a une cible dans le salon de billard de mon père. Jordana a lancé des fléchettes toute sa vie. C'est la championne de la famille.

— Tu plaisantes ?

— Je te le jure sur ma tête !

Il poussa un juron, puis s'adressa à elle.

— Merci d'être venue.

— Tu sais où est Roger Hilton ? C'est lui qui doit nous voir ensemble ce soir.

— Il danse avec sa femme.

Elle jeta un regard en direction de la piste. Il y avait tant de monde qu'elle ne repéra même pas les Hilton.

— Tu veux que nous attendions qu'ils s'arrêtent, et nous irons leur dire un mot ?

— J'ai une meilleure idée. Viens danser avec moi.

Reese lui prit son verre des mains et le déposa sur une table, avec sa chope de bière à moitié vide. Puis il la prit par la taille et l'emmena vers la piste avant qu'elle ait eu le temps de refuser.

Les premiers accords d'un air de country venaient de résonner, et Reese l'entraîna avec assurance. Elle le laissa la guider, se fiant entièrement à lui.

Il avait la main fermement posée sur sa taille et leurs jambes se frôlaient parfois. Elle devait pencher la tête en arrière pour le regarder, ce qui lui faisait un peu perdre l'équilibre. À plusieurs reprises, elle dut serrer la main sur son épaule pour se rattraper.

Sans s'en rendre compte, elle dut se rapprocher un peu plus de lui à chaque fois, car elle finit par avoir la poitrine plaquée contre lui. Elle se mit à respirer plus rapidement, mais cela n'avait rien à voir avec le rythme de la danse… plutôt à toutes les pensées inavouables que son cavalier faisait naître en elle.

L'air se termina et fut suivi d'un slow langoureux qui la fit fondre. Du moins, elle espérait que c'était la chanson qui avait cet effet spectaculaire sur elle, car sinon, c'était Reese.

Il la regarda. Ses yeux bleus paraissaient noirs dans la lumière tamisée du bar. Ou peut-être était-ce parce que leur pupille était dilatée. Quoi qu'il en soit, une lueur intense y brillait. Mon Dieu, ressentait-il lui aussi cette attirance qui la consumait ?

Il l'attirait toujours plus près de lui, et elle sentit son corps dur et chaud plaqué contre elle. Une fois encore, elle songea qu'il n'avait pas une once de graisse. Tout en lui semblait solide, plein d'énergie.

Et en ce moment, cette énergie était concentrée sur

elle. Elle la sentait irradier en elle, pénétrer dans tout son corps, la faire vibrer tout entière jusqu'à ce qu'elle ait l'impression de ne plus faire qu'un avec lui. En bref, elle était consumée par le désir.

Tout en évoluant lentement parmi les couples de danseurs, Reese la guida vers l'endroit le plus sombre de la piste.

Il baissa la tête vers elle, et lui effleura la tempe de ses lèvres. C'était le baiser le plus léger qui soit. Ce n'en était peut-être même pas un. Mais alors, il murmura :

— Je suis le seul à ressentir cela, ou toi aussi tu as l'impression qu'il se passe quelque chose d'inhabituel entre nous ?

Elle dut faire appel à toute sa raison pour ne pas se jeter sur lui, ici et maintenant.

— Il faut que nous freinions un peu les choses, marmonna-t-il. Tu sais… Pour nos carrières…

— C'est vrai… Pour nos carrières…

Mon Dieu : comment se faisait-il qu'elle parle avec cette voix haletante ? Ils ne faisaient que se balancer lentement au rythme de la musique. Il n'y avait pas de quoi perdre son souffle !

Elle se rendit soudain compte qu'elle se penchait contre lui, comme si elle voulait absorber sa chaleur. Elle savoura la sensation de leurs corps l'un contre l'autre. Ils se complétaient à merveille.

À en juger par la façon dont elle sentait le torse de Reese se soulever, elle comprit qu'il appréciait ce moment tout autant qu'elle.

Ayons l'air détaché. Nos carrières… Le commandant…

Non. Rien ne parvenait à lui faire oublier la chaleur qu'elle sentait dans son bas-ventre… Son bas-ventre qui ne demandait qu'à accueillir le sexe de Reese, qu'elle sentait dur et dressé contre elle.

Il se retourna vers l'endroit le plus sombre, pour la cacher aux regards de tous. Alors, de sa main, il lui souleva le menton. Lorsqu'il se pencha et l'embrassa avec une avidité primitive, elle se mit sur la pointe des pieds et répondit à son baiser de tout son être.

À bout de souffle, elle reposa ses talons sur le sol et enfouit son visage dans sa chemise. Il avait une odeur masculine, à laquelle se mêlaient de délicieuses notes citronnées et acidulées. Rien que cela attisait son désir de manière presque insoutenable.

— Partons d'ici, murmura-t-il contre sa tempe.

— Oui. Mais il faut que Hilton nous voie.

— Oublions-le…

— Je ne veux pas te nuire professionnellement.

Eh bien ! Jamais elle n'aurait cru qu'elle était capable de formuler une phrase entière !

— Oublions ça aussi. Partons.

Il la surprit en la poussant vers le mur derrière elle. Elle trébucha, et ressentit un choc lorsque la paroi se déroba et qu'une vague de froid s'abattit sur son dos.

Une porte. Une sortie de secours, apparemment.

Reese la poussa à l'extérieur, et la porte se referma derrière eux.

— Mon manteau…

— J'enverrai un message à ta sœur pour lui demander de le prendre, marmonna-t-il contre son cou.

Elle rejeta la tête en arrière, savourant le contact de sa bouche contre sa peau.

— Alors…

Un frisson de plaisir lui coupa la parole. Elle reprit d'une voix haletante :

— Jamais tu n'arriveras à la convaincre qu'il n'y a rien entre nous.

— Je me moque de ce qu'elle peut penser, murmura-t-il en continuant à l'embrasser.

— Tu dis ça maintenant. Mais tu sais comment elle peut être !

Il rit, et elle sentit les vibrations de son torse dans tout son corps.

— Oui, je le sais.

Il se redressa et, posant son bras sur ses épaules, il l'attira à lui.

— Viens. Il fait très froid ici.

Il l'emmena vers son 4x4 et l'aida à s'installer à l'intérieur. Puis il prit un plaid sur le siège arrière et l'en enveloppa.

Il vint alors s'installer au volant, mit le contact, et lui montra un bouton rond.

— Dans trois minutes, tourne-le complètement à droite. Cela va réchauffer la voiture.

Il rouvrit sa portière.

— Où vas-tu ?

— Chercher nos manteaux.

— Le mien est blanc avec une ceinture…

Il l'interrompit doucement.

— Je le sais. Je travaille avec toi. Je te vois arriver tous les jours. Je connais tes manteaux.

— C'est vrai ? demanda-t-elle, incrédule.

— Celui que je préfère, c'est l'anorak bleu clair, lança-t-il d'un ton désinvolte en sortant.

Bouche bée, elle le regarda partir en courant dans la nuit. Il faisait attention à ses vêtements ? Quelle conclusion devait-elle en tirer ? Était-il seulement observateur, ou cela voulait-il dire autre chose ?

Elle ne savait toujours pas quoi en penser lorsque Reese entra à nouveau dans l'habitacle, accompagné d'une bouffée d'air glacial.

— Il fait de plus en plus froid dehors ! remarqua Reese en lui tendant son manteau. J'ai l'impression qu'une autre tempête arrive.

— Je devrais ramener ma voiture à la maison…

— Je vais te raccompagner. Les routes vont commencer à être glissantes.

— Il va bien falloir que j'aille chercher ma voiture à un moment ou un autre !

— Cela ne lui fera pas de mal de passer la nuit dehors. D'ailleurs, ça ne sera pas la seule : de nombreux invités de Lou auront bu et devront prendre un taxi pour rentrer.

— Tu étais en train de boire une bière quand je t'ai vu. Tu penses que tu peux conduire ? demanda-t-elle.

Il baissa un peu la tête.

— J'achète toujours une bière et j'en verse la moitié dans les toilettes. Puis je me promène avec le verre à moitié vide pendant le reste de la soirée.

— Tu ne bois pas ? demanda-t-elle avec surprise.

— Pas souvent. Et certainement pas quand je dois reprendre ma voiture. Et toi ? Qu'avais-tu dans ton verre ?

— De l'eau gazeuse et une tranche de citron, confessa-t-elle.

Il éclata de rire.

— Qui aurait cru que nous serions tous les deux si rabat-joie ?

— Parlez pour vous-même, lieutenant, répliqua-t-elle vivement.

À regret, elle poursuivit :

— Je suis en train d'essayer de redorer mon image dans le service. Si je laisse mon véhicule ici, tout le monde va savoir que je suis partie avec quelqu'un d'autre, et cela ne va pas m'aider… Même si j'apprécie ta proposition, il faut que je reprenne ma voiture.

Il soupira.

— Bien. Alors, je vais te suivre jusque chez toi. Si les routes sont trop mauvaises ou si tu as des ennuis, je serai là pour t'aider. Et sois prudente : il y a du verglas.

C'était le fléau des routes du Kansas à cette époque de l'année. Le soleil faisait fondre la neige et la glace dans la journée, et la nuit, lorsque les températures devenaient négatives, les flaques d'eau ainsi formées devenaient des miroirs glacés qui étaient très traîtres.

— Je vais faire attention, c'est promis.

Elle enfila son manteau, sortit du 4x4 et avança jusqu'à sa voiture dans la couche de neige déjà épaisse. Reese l'aida à nettoyer son pare-brise et ses fenêtres pendant que l'intérieur de la voiture se réchauffait.

Lorsqu'elle fut prête à partir, elle leva le pouce pour indiquer à Reese que tout était OK, et il retourna dans son 4x4. En roulant avec une prudence extrême, elle réussit à retourner chez elle sans encombre, alors qu'il la suivait à distance. Elle gara sa voiture, et se dirigea ensuite vers le véhicule de Reese. Il baissa la vitre en la voyant approcher.

— Tu veux entrer ? Il n'est pas tard. Je peux nous préparer quelque chose à manger.

— Tu sais cuisiner ?

— Je ne vois pas pourquoi tu as l'air si surpris ! J'ai réussi à survivre depuis que je ne vis plus chez mes parents, ce qui veut dire que je prépare mes repas depuis plusieurs années.

Il roula les yeux et coupa le contact.

— Oui, mais est-ce mangeable ?

— Entre et viens tester !

— Je relève toujours les défis !

Il la suivit jusqu'à la cuisine, où elle commença à rassembler quelques ingrédients.

En souriant, il la fit reculer contre le mur et l'embrassa lentement, prenant tout son temps. Mon Dieu, jamais elle ne pourrait se lasser de ses baisers ! Il lui fallut quelques instants pour se rendre compte qu'elle avait les mains pleines de laitue et de carottes. Il recula, et elle posa les légumes sur le plan de travail, puis sortit une planche à découper et un couteau.

— Je peux t'aider ? proposa-t-il.

— Assieds-toi, dit-elle en désignant la table de la pointe de son long couteau.

En souriant, il leva les mains et déclara :

— C'est toujours la trêve, n'est-ce pas ?

— Oui, sauf si tu te moques de mes talents de cuisinière.

— Oui madame ! répliqua-t-il.

La lueur sexy s'était réveillée et dansait dans son regard, la faisant penser à ce qu'elle aimerait faire avec lui sur la table de la cuisine, et qui n'avait rien à voir avec la préparation des repas. Décidément, cet homme était dangereux !

Elle se força à se concentrer sur ses gestes. Elle avait des steaks au réfrigérateur, et elle fit chauffer une poêle sur le feu. Elle y ajouta une noisette de beurre, entailla la viande des deux côtés avant de la déposer dedans, et enfourna le tout. Pendant que la bavette terminait de cuire, elle prépara une salade avec des œufs mollets, de la laitue romaine, des carottes, des oignons, et du bacon.

Elle mit Reese au travail, lui demandant d'équeuter des haricots verts qu'elle fit cuire avec des échalotes et du persil. Juste au moment où elle plaçait la salade sur la table, le minuteur du four se mit à sonner. Elle regarda les haricots qui sentaient délicieusement bon. *Oui.* Elle sortit rapidement les steaks du four, les dressa sur un plat avec les haricots, et déposa le tout sur la table avec un grand geste.

C'était un pur hasard que la cuisson de tous les aliments se soit terminée en même temps, mais elle était prête à s'en attribuer le mérite.

Elle s'assit à côté de lui avec un sourire.

— Bon appétit !

— Je dois reconnaître que je suis impressionné.

— Tu n'as encore rien goûté !

Il coupa son steak et le jus se mêla au beurre. Il était cuit à point, tendre, et extrêmement goûteux. Là encore, elle avait eu de la chance… Mais les quelques illusions que Reese Carpenter pourrait entretenir sur ses talents de cuisinière ne lui feraient pas grand mal.

Il poussa un soupir de plaisir.

— C'est délicieux !

Il mangea son steak avec enthousiasme, tout en échangeant quelques plaisanteries avec elle.

Ce ne fut qu'à la fin du repas qu'elle trouva enfin le courage de lui poser la question qui la tracassait depuis que Reese lui avait dit qu'il lui pardonnait.

— Comment ont réagi tes collègues lorsque j'ai quitté la pièce tout à l'heure ?

Il leva la tête de son assiette maintenant vide, et lui fit un large sourire.

— En fait, ils en sont restés bouche bée. Ils étaient tellement choqués qu'ils ne savaient plus quoi dire. Depuis que je les connais, c'est la première fois qu'on leur a coupé le sifflet !

Elle fit la grimace.

— Je suis désolée.

Il se renversa sur sa chaise avec un soupir d'aise.

— Ce steak était sacrément bon ! Merci.

— Je n'ai rien de bien intéressant à t'offrir pour le dessert… Seulement un peu de glace et quelques fraises.

— Je n'ai plus faim. Merci !

Elle se laissa elle aussi aller contre le dossier de sa chaise.

— Comment Jordana a-t-elle appris ce qui s'était passé si vite ? Elle m'a appelée presque immédiatement.

— Je pense que quelqu'un a dû lui envoyer un message, répondit-il.

Il fronça le front et poursuivit :

— Elle était en colère ?

— Contre moi ? Oui.

— Hum… Je pense qu'il va falloir que je lui parle de toi.

Il ne semblait pas enchanté par cette perspective.

— Je suis désolée…

— Arrête de t'excuser. Tu n'as rien fait de mal.

Elle commença à se lever pour débarrasser la table, mais Reese lui attrapa le poignet et la rassit.

— Non. Tu as cuisiné. Je vais faire la vaisselle.

Quelques instants plus tard, les manches relevées et l'éponge à la main, plus sexy que jamais si c'était possible, il lança par-dessus son épaule :

— J'ai oublié de te demander si tu avais réussi à ouvrir le coffret.

— Pas encore. J'avance, mais ça me donne bien du fil à retordre !

Reese murmura :

— Ce qui nous amène à la question suivante : que peut donc ouvrir cette clé si bien cachée ?

— Dexter, en admettant que le coffret lui appartienne, s'est donné beaucoup de mal pour la dissimuler, c'est certain.

Reese répondit :

— J'ai lancé une recherche préalable à partir de la radiographie de la clé. Je pense qu'elle ouvre un coffre-fort.

— C'est intéressant…

— Je l'ai montrée aux employés de la banque de Braxville, et ils disent que ce n'est pas chez eux.

— Il peut s'agir d'une banque de Wichita, suggéra-t-elle, ou de Kansas City ?

Il hocha la tête et s'empara d'un torchon pour commencer à essuyer la vaisselle.

— J'ai déjà commencé à envoyer l'image à quelques établissements de Wichita. Je continuerai demain.

Il déposa la dernière assiette sur le torchon sec qu'il avait étalé auprès de l'évier. Elle avait un lave-vaisselle en parfait état de marche, mais elle avait pris beaucoup de plaisir à regarder cet homme si viril faire la vaisselle.

Elle se leva et, se penchant contre son dos, elle lui enlaça la taille.

— Merci d'avoir lavé la vaisselle ! Et merci encore de m'avoir pardonné pour ce baiser.

Il se retourna et l'enlaça à son tour. Posant le menton sur sa tête, il lui dit tranquillement :

— Je ne suis pas cet enquiquineur pour lequel tu sembles parfois me prendre.

— Tu te trompes complètement ! Même si… je dois tout de même reconnaître que la pensée m'a déjà traversé l'esprit.

Elle sentit son torse se soulever lorsqu'il rit.

— J'aime que tu saches me remettre à ma place.

— Je pensais que c'était toi qui me remettais toujours à ma place. Tu n'arrêtes pas de m'expliquer comment je dois faire mon travail et gérer mon laboratoire !

— Absolument pas, rétorqua-t-il. Je me contente de faire des suggestions utiles.

Elle éclata de rire.

— D'accord ! Mais tu les fais avec beaucoup d'insistance.

— Je suis désolé si j'ai été un peu trop lourd. Je voulais seulement que tu réussisses.

Surprise, elle s'écarta de lui pour pouvoir le regarder.

— Pardon ?

— Lorsque tu as été embauchée, plusieurs personnes ont émis des doutes sur ta capacité à diriger ce laboratoire. Ils hésitaient à embaucher une femme, et qui plus est une femme si jeune. Je faisais partie de la commission de recrutement et tu étais de loin la candidate la plus qualifiée pour ce poste. Je t'ai soutenue dès le début, avant même que tu sois sélectionnée.

— Vraiment ?

Il lui lança encore ce sourire en coin qui était si craquant.

Elle dit doucement :

— Et moi qui pensais que tu n'arrêtais pas de me critiquer et que tu voulais me faire partir…

— Non. C'était exactement le contraire.

Elle posa doucement la paume de la main sur sa joue.

— Merci, Reese.

— Tu n'as pas à me remercier. Tu méritais cet emploi, et tu t'es immédiatement révélée très compétente.

— Maintenant, je me sens tout embarrassée, confessa-t-elle.

— Tu n'as pas à l'être. Prends ce qui te revient.

— Je ne te savais pas si féministe ! J'imagine que ta mère n'y est pas pour rien.

Il se mit à rire.

— Elle me botterait les fesses si je ne me montrais pas respectueux à l'égard des femmes ! En parlant de nos parents, poursuivit-il, quelqu'un t'a dit que ton père devait venir demain matin au poste de police, pour y faire une déclaration ?

— Non.

Pour un temps, elle avait oublié le procès pour empoisonnement à l'arsenic, tout occupée qu'elle était par ce fameux coffret qui lui résistait, son infatuation pour Reese, et le baiser enflammé qu'elle lui avait donné devant tous ses collègues.

— C'est mauvais pour lui ?

Il haussa les épaules.

— Il y aura certainement des journalistes. Ce n'est jamais agréable.

Bon… Ce n'était pas encourageant.

Elle conduisit Reese dans son salon qu'elle avait décoré de rideaux en chintz fleuri et d'un canapé assorti. L'atmosphère était à la fois simple et chaleureuse, avec quelques meubles modernes et d'autres chinés çà et là. Une large cheminée apportait solidité et stabilité à cet ensemble.

— C'est une pièce très agréable, remarqua Reese.

— Tu ne te sens pas mal à l'aise dans une ambiance aussi féminine ? demanda-t-elle, doutant de sa sincérité.

— Il se trouve que j'aime beaucoup les filles. Et d'après mon expérience, elles vivent souvent dans des ambiances féminines.

Il tendit la main et coinça une mèche de cheveux derrière son oreille. De ses doigts, il suivit le contour de son oreille avec légèreté.

— Pourquoi je te détestais ? demanda-t-elle soudain.

— Parce que l'amour et la haine sont au fond très proches ?

L'amour ? C'était un grand mot. Mais il avait raison. Les tensions qui avaient émaillé leurs rapports au cours de l'année passée s'étaient très soudainement muées en quelque chose de sexuel et d'intime. Cela ne serait jamais arrivé s'il n'y avait pas eu entre eux une forte attraction, inconsciente ou non.

Elle chercha un sujet de conversation plus neutre et finit par bafouiller :

— Tu sais qui sera ton coéquipier lorsque Jordana aura quitté Braxville ?

Reese s'immobilisa, la regardant fixement.

— Pardon ?

— Jordana a dû t'en parler : elle va vivre à Chicago avec Clint.

— Je… Bon sang !

Il se détourna en passant la main dans ses cheveux bruns.

— Oh ! zut ! Elle ne te l'a pas encore annoncé ! Je suis désolée.

Elle fit un pas vers lui et lui posa doucement la main sur le bras.

Il se retourna vivement mais la bouscula dans son élan, et dut la prendre dans ses bras pour la retenir.

— Désolé, murmura-t-il.

— Non. C'est moi… Je pensais… Je suis si stupide !

Il l'embrassa avec fureur, et elle accueillit sa colère, et ce qui ressemblait à du chagrin. Mais soudain, elle sentit un changement s'opérer en lui, et il devint plus sombre, plus farouche.

Il se pressa contre elle, l'embrassant de tout son corps, et elle se jeta contre lui. Elle ne pouvait se rassasier de cet homme. Il la fit reculer contre la porte avant d'enfoncer sa cuisse entre les siennes, l'empêchant de s'échapper… Non qu'elle en ait la moindre envie ! Elle le sentait contre son entrejambe, et retint son souffle à cette délicieuse sensation.

Il plongea les mains dans ses cheveux, la langue dans sa bouche, et elle retourna son baiser, l'invitant à aller toujours plus loin.

Il dut se rendre compte qu'il l'écrasait, car il se retourna brusquement en la portant dans ses bras jusqu'à ce qu'il se retrouve dos à la porte et que ce soit elle qui se presse contre lui, l'embrassant avec toute l'intensité refoulée qui avait monté entre eux pendant des mois.

Leur baiser était humide et chaud, comme une lutte entre deux personnes qui échappait peu à peu à tout contrôle… Et elle exultait. Elle sentait son sexe dur, et elle se pressait avidement contre lui. La pointe de ses seins se frottait sur son torse, et elle avait l'impression d'être légère, pleine d'énergie et vibrante de désir.

Reese s'écarta peu à peu d'elle et ses mains, qui lui caressaient frénétiquement le dos, s'immobilisèrent. Elle leva les yeux vers lui, surprise.

— Je suis désolé, soupira-t-il. Je n'aurais pas dû me jeter sur toi comme ça pour lutter contre ma frustration.

Elle eut un petit sourire et lui dit avec ironie :

— Cela dépend de quelle frustration tu parles.

— Perdre une autre coéquipière… Je ne l'ai pas vu venir.

— Une *autre* coéquipière ? répéta-t-elle.

Encore contre lui, elle sentit tout son corps se raidir. Il ferma les yeux, et elle lui attrapa la main et le conduisit vers le canapé.

— Assieds-toi. Parle-moi, Reese. Pourquoi tu as réagi ainsi ?

Il secoua la tête et fit mine de se lever, mais elle appuya les mains sur ses épaules et il se rassit. Elle n'avait pas la force de l'obliger à faire quoi que ce soit, mais il suivit son geste.

— Parle-moi.

Il ferma les yeux un moment et lorsqu'il les rouvrit, son regard était terne.

— J'ai perdu ma première coéquipière il y a quelques années. Elle est morte, abattue par une arme à feu lors d'une arrestation qui a mal tourné. J'ai vu le pistolet, mais c'était trop tard. J'ai essayé de dégainer, mais je n'ai pas été assez rapide. Elle a été touchée.

Il regarda par-dessus son épaule, dans le vide, revivant visiblement la scène.

— Il y avait tant de sang… La balle l'a touchée à l'aorte. Elle est morte en deux minutes. L'ambulance n'a pas eu le temps d'arriver. Il n'y avait personne… Juste moi qui lui tenais la main alors que la vie la quittait peu à peu.

— Oh ! Reese, je suis désolée ! Je l'ignorais.

— Tu ne pouvais pas le savoir.

— Bon, déclara-t-elle d'un ton plus enjoué, Jordana n'est pas en train de mourir. Elle va seulement vivre auprès de son fiancé. D'ailleurs, Clint l'a demandée en mariage aujourd'hui.

— C'est bien. Je sais qu'ils sont heureux ensemble.

Elle répondit d'un ton pince-sans-rire :

— Ils sont tellement amoureux qu'ils en deviennent parfois niais !

Ah… elle obtint un léger sourire. C'était au moins ça.

— Jordana va souvent revenir, poursuivit-elle. Toute sa famille est à Braxville. Et pour elle, tu en fais partie.

— Elle est la sœur agaçante que je n'ai jamais eue, déclara Reese comme à regret.

Dieu merci, c'était Jordana qui occupait ce rôle, et pas elle !

Ils échangèrent un regard à la fois embarrassé et plein de chaleur. Puis il s'éclaircit la voix.

— Bon, maintenant, il faut vraiment que je m'en aille.

— Mais si nous décidions d'allonger la trêve ?

— Si je reste plus longtemps, nous allons passer d'une trêve à un traité de paix, répliqua-t-il.

— Et qu'y aurait-il de mal à cela ?

Il se leva et se dirigea vers la porte du salon.

— Je ne suis pas comme ça. Si nous commençons une relation, nous devons bien faire les choses.

Elle fronça les sourcils.

— Mais nous ne faisons rien du tout en ce moment !

— Patience, Yvie.

— Tu me connais ? Je ne sais pas ce qu'est la patience !

Il eut un rire un peu rauque.

— Alors, ça va être mouvementé !

Elle lui lança un regard noir.

— Que vais-je faire de toi ? demanda-t-elle sans vraiment attendre de réponse.

— Tu vas t'approcher de moi pour que je puisse te dire au revoir et te remercier pour ce délicieux dîner, puis tu vas me raccompagner jusqu'à la porte d'entrée. Sinon, demain matin, les voisins vont se demander à qui appartient la voiture qui est garée dans ton allée.

— Je connais à peine leurs noms. Reste.

— Ne me tente pas. J'ai pour règle de ne jamais coucher chez une femme pour notre première soirée ensemble.

— Je pensais que notre première soirée ensemble était celle où tu m'avais aidée à classer les dossiers.

Il eut un léger sourire, puis il l'attira à lui, la serra brusquement dans ses bras et déposa un baiser sur le sommet de sa tête.

Elle l'accompagna tout de même jusqu'à la porte d'entrée. La lumière dorée des lampadaires se reflétait sur la neige qui était tombée ces dernières heures, et éclairait doucement le vestibule.

Reese la prit à nouveau dans ses bras, et l'embrassa lentement, profondément. Elle lui rendit son baiser en s'abandonnant complètement. Elle aimait tout dans la sensation de son corps dur et solide contre elle, de sa bouche chaude et douce, de sa langue qui se mêlait à la sienne avec impudence.

Elle approfondit leur baiser et il poussa un grognement. Juste au moment où elle pensait avoir vaincu ses dernières résistances et l'avoir convaincu de la suivre dans sa chambre, il se redressa brusquement et fit un pas en arrière.

— Je ne vais pas pouvoir résister à la tentation !

Et pourtant, il venait tout juste de mettre un terme à leur baiser.

— Reste, lui dit-elle doucement.

— Pas ce soir. Mais bientôt. Lorsque nous serons plus sûrs l'un de l'autre.

Comment aurait-elle pu être plus sûre qu'elle voulait faire l'amour avec lui ?

— Tu vas rêver de moi ce soir, lui dit-il doucement, déposant un léger baiser sur le bout de son nez.

Il ouvrit la porte et sortit sous le porche.

— Peut-être que non, répliqua-t-elle.

— Je parie un café que si !

— Tu veux toujours avoir raison ! le taquina-t-elle en souriant.

— Pas du tout ! C'est seulement que je sais exactement ce dont je parle, lança-t-il en se retournant et en s'éloignant.

En riant, elle le suivit jusqu'à la balustrade du porche, au-delà de laquelle la neige s'était déposée en une couche épaisse où les pas de Reese s'enfonçaient.

— C'est ce que tu te dis tout le temps !

Soudain, il se retourna et revint rapidement vers elle, parcourant la distance qui les séparait à grandes enjambées, puis il déposa sur ses lèvres un baiser brusque.

— Tu vas rêver de moi, répéta-t-il.

Elle était certaine qu'elle le ferait… Un rêve peuplé de slows langoureux, de baisers fiévreux et de rires, beaucoup de rires…

Et lorsqu'elle se réveilla le lendemain matin, un sourire aux lèvres, il lui était difficile d'en vouloir à Reese d'avoir eu raison.

- 9 -

Reese parcourut du regard le hall de l'hôtel de police, qui avait été aménagé pour la conférence de presse de ce matin. Une dizaine de journalistes se pressaient déjà autour de l'estrade installée pour l'occasion, et d'autres ne cessaient d'arriver. Les camions des équipes de télévision occupaient tout le parking, sur lequel s'élevait maintenant une forêt de paraboles.

Il reconnut plusieurs journalistes des chaînes nationales et fit la grimace. L'événement allait être très médiatisé. Il avait tenté d'avertir Yvette hier soir, mais il doutait qu'elle ait compris le retentissement qu'aurait cette conférence de presse.

Le commandant de police Roger Hilton s'approcha de lui.

— Tout va bien ? Colton est prêt ?

Fitz Colton devait d'abord faire une déclaration reconnaissant sa culpabilité dans l'affaire du bois traité à l'arsenic. Puis Hilton interviendrait brièvement. Ce ne serait qu'ensuite que Reese allait lâcher la bombe… chose qui ne l'aurait pas dérangé le moins du monde quelques jours auparavant. Mais maintenant qu'il connaissait mieux Yvette, il s'en voulait terriblement d'avoir accepté ce rôle.

Ce qui allait se passer avait été négocié avec Fitz Colton

et son avocat, mais aucun des enfants de Fitz n'en avait la moindre idée. Il fallait que leurs réactions soient spontanées et naturelles pour que ce plan fonctionne.

Le hall continua à se remplir alors que l'heure de la conférence de presse approchait. Deux des frères d'Yvette, Brooks et Tyler Colton, entrèrent ensemble et restèrent debout au fond de la salle, observant d'un air sombre la foule qui se pressait maintenant. Gwen, la compagne de Brooks, n'était pas là ce matin, mais la fiancée de Tyler, Ashley Hart, entra avec Bridgette – l'autre sœur d'Yvette – et les deux femmes s'approchèrent des frères Colton. Neil Colton arriva ensuite avec sa compagne, Elise Willis, qui était maire de Braxville, mais ils se séparèrent lorsqu'elle alla saluer des journalistes.

Jordana était à son bureau en ce moment, et n'avait certainement aucune idée de la foule qui se pressait ici. Dans quelques minutes, il lui enverrait un message pour lui dire de venir, à moins que le vacarme que faisaient la cinquantaine de journalistes et leurs équipes occupées à effectuer les derniers ajustements de maquillage, d'éclairage et de prise de vue, ne l'attire ici auparavant.

À part Jordana, Yvette était la seule des enfants de Fitz Colton qui n'était pas encore arrivée. Et elle allait entrer dans le hall d'un instant à l'autre pour rejoindre son laboratoire. Reese détestait l'idée de ne pas avoir pu la prévenir, mais il était nécessaire qu'elle ne sache rien.

À vrai dire, il était surpris qu'elle ne soit pas encore arrivée. Théoriquement, sa journée de travail commençait à 9 heures, mais elle était souvent là beaucoup plus tôt. Peut-être sa prédiction s'était-elle réalisée et Yvette s'était-elle réveillée tard, après avoir rêvé de lui… Il sourit légèrement à l'idée de pouvoir la taquiner.

Quelqu'un lui toucha le coude et il sursauta. C'était Jordana.

— Que se passe-t-il ? marmonna-t-elle.

— La presse a été avertie que ton père allait faire une déclaration ce matin.

— Bon sang ! Quel cirque ! On ne peut pas faire sortir tous ces gens d'ici ?

— Ton père va arriver d'un instant à l'autre. C'est trop tard.

— Mais les journalistes vont le descendre sans chercher à savoir s'il est innocent ou coupable !

— C'est trop tard, répéta-t-il. Si tu les fais sortir maintenant, ils vont accuser la police de Braxville d'avoir cédé à la pression, et de protéger ton père parce qu'il est riche et puissant. Dans son intérêt, tu dois laisser la presse faire son travail.

Ils avaient longuement débattu pour savoir s'il fallait mettre Jordana dans le secret ou non, mais Roger Hilton et le procureur avaient été d'accord avec Reese : Jordana n'accepterait pas de jouer la comédie.

Il lui dit calmement :

— Appelle Clint. Demande-lui de venir pour te soutenir. En l'attendant, tu pourrais aller rejoindre tes frères et sœurs. Ils sont là-bas, au fond. Je vais aider Roger Hilton à répondre aux questions des journalistes. Il vaut mieux que ce ne soit pas une Colton qui le fasse !

— Oui. Tu as raison. Merci de t'en charger.

Il fit la grimace. Il était certain que Jordana n'aurait plus la même attitude à son égard à l'issue de la conférence de presse.

Bon. Il s'était occupé d'une sœur Colton. Maintenant, si Yvette voulait bien arriver, il allait tenter de la convaincre d'aller dans son laboratoire et de fuir ce cirque médiatique… car c'était le mot juste pour désigner ce qui allait avoir lieu.

Yvette entra sur le parking et stoppa sa voiture. L'endroit était empli de vans portant les noms de chaînes de télévision, dont la majorité étaient nationales.

Oh ! mon Dieu ! Ça devait être pour son père.

Elle sentit la panique l'envahir. Ce n'était pas bon. Vraiment pas bon.

Elle se rendit sur le plus petit parking situé à l'arrière du bâtiment et trouva une place tout au fond, contre une congère qui l'empêcha presque d'ouvrir la portière. Elle parvint à peine à l'entrebâiller, et fut heureuse d'être assez mince pour pouvoir se glisser au-dehors.

Traverser le parking sur le verglas fut délicat. Lorsqu'elle entra enfin dans le bâtiment, elle fut tentée d'aller se cacher dans son laboratoire, loin du bruit et des caméras. Mais toute sa famille était certainement là pour soutenir son père, et elle ne voulait pas se montrer déloyale.

À regret, elle se dirigea vers l'avant du bâtiment. Elle ne s'était jamais sentie proche de son père : du plus loin qu'elle s'en souvienne, il passait le plus clair de son temps à travailler pour bâtir son empire.

Lorsqu'elle arriva dans le hall du bâtiment, elle retint son souffle en voyant la foule qui s'était massée là. Elle reconnut plusieurs journalistes. Toutes les chaînes à large audience étaient là. Non ! La scène lui était presque physiquement insupportable.

Elle aperçut le dos de Reese devant elle et s'approcha de lui. Il se retourna, et l'expression inquiète de son visage s'illumina d'un bref sourire plein de complicité.

— Te voilà, murmura-t-il. Je me demandais si tu allais arriver avant que le show commence.

— C'est horrible ! On ne peut rien faire pour chasser tous ces journalistes ?

Il haussa les épaules.

— Tu as entendu parler de la liberté de la presse…

— Et la chute d'un homme riche et puissant est particulièrement vendeuse !

— Je suis désolé, Yvette. Je te protégerais de tout cela si je le pouvais. Le mieux est que tu descendes dans ton laboratoire. Je t'enverrai un message quand tout sera fini.

— Je veux rester avec ma famille.

Il soupira.

— Je me doutais que tu réagirais ainsi. Bon, j'aurais au moins essayé. Tes frères et sœurs sont là-bas, au fond, dit-il en désignant l'endroit.

Il ajouta avec un sourire :

— Je suis bien obligé de te le dire, puisque tu es trop petite pour les voir !

— Très drôle !

Elle s'éloigna et fut bientôt happée par la foule. Il tentait de la suivre du regard lorsqu'on entendit du bruit venant de l'entrée du bâtiment. Les projecteurs s'allumèrent et les journalistes se mirent à parler dans leurs micros.

Il aperçut tout d'abord la chevelure rousse de Lilly Colton qui sortait d'un taxi. Il se sentit mal pour elle. Elle, qui était infirmière et se dévouait corps et âme pour ses malades, avait dû beaucoup souffrir lorsqu'elle avait appris que les malversations de son époux et de son partenaire financier avaient eu pour résultat la maladie et même la mort de certains employés de Colton Construction.

Fitz sortit derrière elle, et le taxi s'éloigna.

Comme c'était prévisible, les journalistes se précipitèrent vers eux et les empêchèrent d'atteindre les portes de l'hôtel de police. Reese poussa un soupir et parla dans le micro fixé sur le col de son costume.

— Il nous faut quelques hommes en uniforme pour faire entrer M. et Mme Colton dans le bâtiment.

Les policiers arrivèrent rapidement et escortèrent le couple dans le hall. Lilly se dirigea vers ses enfants. Au moins, elle serait entourée de ceux qu'elle aimait lorsque la tempête se déchaînerait. Elle, contrairement à ses enfants, était au courant de ce qui allait suivre.

Fitz monta sur l'estrade. Il s'approcha du micro et sortit de la poche de sa veste une feuille de papier pliée. Le silence se fit dans la salle alors qu'il s'éclaircissait la voix.

— Bonjour à tous. Comme vous le savez, Colton Construction, dont je suis un des dirigeants, est accusé d'avoir utilisé du bois traité à l'arsenic pour certaines de ses réalisations. Plusieurs employés sont tombés malades, et certains sont même morts des conséquences de leur exposition à ce bois empoisonné. Je suis ici aujourd'hui pour reconnaître ma culpabilité dans cette affaire, et faire face à mes responsabilités. De plus, en tant qu'actionnaire principal détenant cinquante et un pour cent des parts, je voudrais annoncer que j'ai décidé de vendre l'entreprise pour financer l'accord conclu avec le procureur du district de Braxville.

Reese connaissait par cœur ce qui allait suivre. Il était présent lorsque cette déclaration avait été rédigée, et il savait que Fitz Colton allait maintenant expliquer la façon dont le produit de la vente allait être réparti par un avocat, choisi à la fois par lui-même et par le procureur.

Pendant que Fitz poursuivait sa lecture, Reese tenta d'apercevoir Yvette dans la foule, pour s'assurer qu'elle tenait le choc. Le pire restait à venir.

Il la vit enfin. Elle était pâle et semblait tendue. Se sentait-elle coupable d'avoir, par ses analyses, démontré que le bois utilisé pour la construction était la raison pour laquelle certains employés de l'entreprise Colton avaient été contaminés ? Seul Fitz Colton était à blâmer : c'était lui qui avait accepté la proposition de Markus Dexter consistant à importer du bois de Chine pour diminuer les coûts, alors qu'il était de notoriété publique qu'il était contaminé à l'arsenic.

Ce traitement était utilisé pour tuer les insectes xylophages, mais était interdit aux États-Unis précisément pour les raisons qui avaient conduit Fitz Colton devant la justice : il pouvait provoquer des cancers chez les personnes manipulant ou travaillant le bois empoisonné.

Reese se retourna pour voir où Fitz Colton en était dans sa déclaration.

— … et tout le bénéfice de la vente sera versé à un fonds administré par un avocat choisi conjointement par la défense et l'accusation. Cette somme servira à indemniser les victimes et leurs familles. Je regrette infiniment les décisions qui ont mené à cette tragédie. J'assume ma part de responsabilité, et je promets de faire tout ce qui sera en mon pouvoir pour atténuer les conséquences désastreuses de mes décisions pour les employés de Colton Construction et leurs familles.

Dès que Fitz s'arrêta de parler et leva les yeux de son papier, tous les journalistes se mirent à lui poser des questions, lui demandant quel était le montant que percevraient les employés, et s'il allait purger une peine de prison.

Pour Reese qui se trouvait juste à côté du podium, le bruit était assourdissant. Bon sang ! Il comprenait maintenant pourquoi on pouvait parler de curée médiatique !

Roger Hilton s'avança sur l'estrade et leva les mains pour demander le silence. Il fallut un certain temps avant que les journalistes obtempèrent. Le commandant fit alors une brève déclaration expliquant que la police de Braxville allait faire son possible pour que l'enquête se poursuive dans la transparence la plus totale. Puis il conclut :

— Et maintenant, je vais laisser le lieutenant Reese Carpenter répondre à vos questions sur l'enquête.

C'était à lui. Reese monta sur l'estrade et s'avança vers le micro.

— L'enquête concernant l'empoisonnement à l'arsenic est toujours en cours et en conséquence, je ne vais pas pouvoir répondre à des questions portant sur les détails de l'affaire. Mais je voudrais évoquer une autre enquête que nous sommes en train de mener. Ainsi que la plupart d'entre vous le savent déjà, les cadavres de deux personnes que nous avons identifiées comme étant Fenton Crane et Olivia Harrison ont été découverts dans les murs d'un bâtiment construit par l'entreprise Colton. Aujourd'hui, nous allons procéder à l'arrestation de M. Colton non seulement pour l'empoisonnement de ses employés, mais également pour son implication dans ce double meurtre.

Il fut interrompu par une exclamation de surprise et une salve de questions qui provenaient de la foule devant lui.

Mais surtout, beaucoup de caméras se tournèrent à cette annonce inattendue pour surprendre la réaction des Colton. C'était précisément la raison pour laquelle il n'avait pas mis Yvette ou Jordana dans la confidence.

Comme on aurait pu s'y attendre, les membres de la famille semblaient sous le choc, à la fois inquiets et furieux. L'expression de leur désarroi était aussi vive que le procureur et lui l'espéraient. Mon Dieu, pourvu que leurs réactions soient assez convaincantes pour que Dexter pense que Fitz Colton avait véritablement été arrêté pour les meurtres d'Olivia Harrison et de Fenton Crane !

Sinon, cette pauvre famille aurait souffert pour rien.

Les lumières et les caméras se braquèrent enfin à nouveau sur lui.

Il plissa les paupières, aveuglé par la lumière, essayant désespérément d'apercevoir la famille Colton ou au moins de repérer la mince silhouette d'Yvette parmi ses frères et sœurs, pour lui donner silencieusement tout le soutien moral qu'il pouvait. Mais il ne parvint pas à la distinguer.

Quelqu'un cria :

— Avez-vous la preuve que Fitz Colton a tué ces deux personnes ?

Reese lui répondit :

— L'enquête sur les meurtres d'Olivia Harrison et de Fenton Crane est en cours elle aussi, et je ne suis pas autorisé à la commenter. Mais je peux tout de même vous dire que, même si nous connaissons l'identité des victimes, nous savons très peu de choses sur leur vie et les circonstances qui les ont menées à cette fin tragique. C'est pourquoi nous souhaiterions lancer un appel à témoins, et si quelqu'un a des informations à leur sujet, nous lui demandons de bien vouloir prendre contact avec la police de Braxville.

Il donna ensuite le numéro de téléphone ainsi que l'adresse mail du service concerné.

Il passa le quart d'heure suivant à répondre aux journalistes qui tentaient tour à tour de lui faire lâcher quelques informations, leur répétant inlassablement qu'il ne pouvait pas leur donner de détails précis sur des enquêtes en cours.

Finalement, l'un d'eux posa enfin la question qu'il attendait.

— Où est le partenaire de Fitz Colton, Markus Dexter ? Va-t-il être lui aussi inculpé dans l'une de ces deux affaires ?

Reese se pencha vers le micro.

— Fitz Colton est le principal actionnaire de Colton Construction, et à ce titre, il assume l'entière responsabilité de l'empoisonnement de ses employés. En ce qui concerne l'enquête pour le double meurtre, nous découvrons de nouveaux éléments chaque jour, mais rien qui incrimine Markus Dexter.

— Et ces nouveaux éléments indiquent que Fitz Colton est le coupable ? renchérit le reporter. D'où son arrestation ?

Reese sourit et haussa les épaules.

— Je suis désolé. Je ne peux pas répondre à votre question. Je peux simplement vous dire qu'à l'issue de cette conférence de presse, nous allons procéder à l'arrestation de M. Colton et qu'il va devoir répondre à nos questions.

Il avait fait en sorte de sous-entendre clairement par le ton de sa voix que Fitz Colton était effectivement coupable.

Il était maintenant temps de mettre fin à la conférence de presse.

— Au revoir, et merci à tous d'être venus aujourd'hui.

Il éteignit le micro et descendit de l'estrade, cherchant Yvette du regard.

Il n'avait pas besoin de la voir pour savoir exactement comment elle avait réagi à l'arrestation de son père pour les meurtres d'Olivia Harrison et de Fenton Crane. Elle devait être dans une colère noire. Elle savait mieux que quiconque que les éléments qu'ils avaient recueillis jusque-là n'incriminaient son père en aucune manière.

Il n'avait pas fallu grand-chose pour persuader Fitz Colton de les aider : il était furieux que Dexter les ait mis, lui et son entreprise adorée, dans cette situation en le convainquant d'acheter le bois contaminé. Si en plus son associé s'était servi d'un bâtiment construit par l'entreprise Colton pour cacher des cadavres, il ne voulait pas qu'il puisse échapper à la justice.

Maintenant, il ne restait plus qu'à espérer que ce simulacre ferait sortir Markus Dexter de la clandestinité. S'il pensait qu'il avait été innocenté, on pouvait espérer qu'il allait cesser de se cacher.

Comme il devait s'y attendre, Reese fut pris d'assaut par les journalistes qui tentèrent de lui arracher quelques bribes d'information supplémentaires. Il finit par répondre sèchement « Pas de commentaire » à toutes leurs questions, alors qu'il se frayait un chemin à travers la foule pour tenter de rejoindre Yvette.

Il fallait absolument qu'il la trouve.

- 10 -

Yvette avait le visage en feu et parvenait à peine à respirer.

Bon sang ! C'était une attaque de panique. Il fallait qu'elle parte d'ici, loin de cette foule. Et surtout, il fallait qu'elle évite Reese. Comment pouvait-il accuser son père de meurtre ?

Elle entendait les voix pleines de colère de ses frères et de ses sœurs, et elle prit soudain conscience qu'ils ne lui parlaient pas. Bien entendu ! Pour eux, elle était une traîtresse. L'experte scientifique qui, à leur insu, avait fourni à la police les éléments servant à inculper leur père d'un crime qu'il n'avait pas commis. Elle ressentit leur défiance et leur hostilité avec une acuité douloureuse.

C'était subtil, mais ils s'étaient tous imperceptiblement éloignés d'elle et entouraient maintenant leur mère, formant autour d'elle un cercle protecteur dont elle était exclue.

Avec une infinie tristesse, elle se détourna et se fraya un chemin dans la foule, sans savoir où elle allait. Elle voulait seulement partir d'ici.

— Vous êtes la fille de Fitz Colton, n'est-ce pas ? lui demanda un journaliste en lui fourrant un micro sous le nez.

— Euh, non, bafouilla-t-elle.

Un autre journaliste se rapprocha.

— Vous êtes bien l'experte scientifique de la police de Braxville ?

Il demanda à son confrère :

— Tu dis qu'elle est la fille de Fitz Colton ?

Les deux reporters se tournèrent à nouveau vers elle.

— Vous avez enquêté sur votre propre père ? Et vous avez prouvé qu'il était le meurtrier ? Que pense-t-il de tout cela ? Hé, les gars ! C'est la fille de Colton ! C'est certainement elle qui a découvert les éléments qui l'ont incriminé !

Il lui fut alors impossible d'échapper à l'assaut des journalistes. Ils se ruèrent sur elle, l'entourant de si près qu'elle ne pouvait plus bouger, et à peine respirer. Elle était aveuglée par les projecteurs, les micros s'agitaient sous son nez, et les voix se mêlaient en une cacophonie assourdissante l'empêchant de distinguer le moindre mot… ce qui était certainement préférable.

La panique qu'elle ressentait s'intensifia jusqu'à ce que sa vision se brouille et qu'elle ait un étourdissement. Les questions et accusations se succédaient sans lui laisser le moindre répit, et elle avait l'impression de se noyer. Elle dut réprimer l'envie de hurler pour qu'on vienne à son secours.

Comment Reese avait-il pu lui faire cela ? À elle, mais aussi à toute sa famille, et à son père ? Il n'était pas l'assassin. De cela, elle était certaine. Aucun élément n'avait jamais établi le moindre lien entre lui et ces cadavres. Et ce n'était pas lui qui avait fui lorsqu'on les avait découverts. Non, c'était son partenaire, Markus Dexter !

Quant à elle, elle n'était pas stupide au point d'analyser des preuves matérielles d'une affaire où son père pouvait être impliqué, même de très loin. Elle avait confié ce travail à d'autres laboratoires, se contentant de répertorier les preuves, de déterminer les tests à effectuer dessus, et de les expédier. C'était le B.A.BA de l'analyse scientifique : éviter tout ce qui pourrait faire naître une suspicion de conflit d'intérêts.

Elle chercha désespérément de l'aide autour d'elle pour échapper à l'attention frénétique des journalistes, et vit Reese qui descendait de l'estrade. Il plongea dans la foule, semblant se diriger droit sur elle.

Il pourrait peut-être l'aider à se sortir de ce cauchemar, pourtant il était la dernière personne qu'elle voulait voir. Elle se retourna pour tenter de lui échapper. Mais dans cette foule, il lui était presque impossible d'avancer.

Soudain, une main attrapa son coude, et elle pivota, bien déterminée à dire à Reese ce qu'elle pensait de la façon dont il s'était comporté avec son père. Sauf que ce n'était pas lui.

L'homme qui se trouvait devant elle était un peu plus grand, avec des yeux foncés et des cheveux blonds. Il avait une cinquantaine d'années et semblait en excellente forme physique.

— Oh ! oncle Shep, bafouilla-t-elle. Je ne savais pas que tu étais là !

Rapidement, il l'entraîna à l'arrière du bâtiment, loin de la foule des journalistes.

— Je suis arrivé à temps pour entendre la fin de la conférence de presse. Je voulais apporter mon soutien à mon frère et à sa famille. Tu vas bien, Yvie ?

— En fait non, pas du tout.

Son oncle, le plus jeune frère de Fitz, la prit dans ses bras et la serra contre lui, lui apportant le réconfort dont elle avait besoin en ce moment.

— C'est faux, marmonna-t-elle contre lui. Il ne l'a pas fait.

— Je le sais, Yvie. Mon frère se conduit parfois comme un parfait imbécile, mais il n'est pas un tueur. Et tu vas le prouver. Je peux faire quelque chose pour toi ? T'emmener boire quelque chose, loin de ce cirque ?

Elle regarda son oncle avec gratitude. Depuis qu'elle était toute petite, il avait toujours été là lorsqu'elle en avait eu besoin. Même si sa carrière d'officier de marine l'avait amené à voyager dans le monde entier, il était toujours resté en contact avec elle, l'appelant pendant ses voyages pour lui décrire les ports exotiques où il faisait escale. De temps en temps, elle recevait un petit paquet avec une babiole venant du bout du monde. Il avait été proche de tous ses neveux et nièces, mais le lien qui existait entre eux était spécial.

Quand les triplés monopolisaient toute l'attention de la famille, et que la petite Yvie, calme et tranquille, était presque oubliée, il était venu une fois lors de l'une de ses permissions, et l'avait emmenée à Kansas City, elle seule. Ils étaient allés voir un match de base-ball, avaient visité un musée, et il l'avait même invitée dans un grand restaurant. Il était celui qui la voyait vraiment quand personne d'autre ne la remarquait.

Il était à l'hôpital quand elle s'était cassé la jambe après une chute de cheval lorsqu'elle avait treize ans. Il l'avait ensuite aidée à vaincre sa peur et à remonter en selle, l'accompagnant dans ses sorties et restant à ses côtés jusqu'à ce qu'elle n'ait plus peur. Lorsqu'elle avait eu seize ans, il lui avait appris à conduire la voiture dont son père lui avait négligemment donné les clés un matin avant de partir travailler.

Il était même là le jour du bal célébrant la fin de ses études secondaires : il l'avait regardée partir avec son cavalier en lui disant qu'elle était magnifique, et qu'il était très fier d'elle. Son père était encore au bureau ce soir-là.

Elle sourit avec gratitude à son oncle.

— Merci d'être toujours là quand j'ai besoin d'aide. C'est toi le meilleur !

Et il lui répondit, comme à chaque fois :

— Non. C'est toi la meilleure !

Ils échangèrent des sourires complices.

— Que vas-tu faire maintenant, Yvie ?

— Descendre dans mon laboratoire.

— Tu ne veux pas partir d'ici ? demanda-t-il en jetant un coup d'œil vers le hall d'entrée.

— Je croule sous le travail. Et j'ai en particulier beaucoup à faire sur ce double meurtre.

— D'accord. Il faut prouver l'innocence de Fitz. Toute la famille se retrouve ce soir pour le dîner. Tu seras là, j'espère ?

Elle n'en avait pas entendu parler. Quand elle disait qu'elle se sentait exclue…

— Bien sûr, répondit-elle avec découragement.

Comme si elle avait besoin de cela ! Ils allaient tous lui sauter dessus !

Shep la serra encore dans ses bras avant de lui dire :

— Va dans ton laboratoire. Je reste ici pour m'assurer que personne ne va te suivre.

— Je t'aime tant, oncle Shep !

Il la regarda avec chaleur.

— Je t'aime aussi, Yvette. Je suis fier de toi. Et maintenant, file ! Je vois quelques journalistes qui arrivent.

— Au revoir ! s'écria-t-elle en s'élançant vers son laboratoire.

Elle réussit à s'y rendre sans être interceptée. Lorsqu'elle arriva, elle referma la porte derrière elle et s'y adossa, à bout de souffle. Elle était enfin en sécurité.

Enfin, pas tout à fait.

Reese allait certainement venir d'un instant à l'autre. Et elle ne voulait pas lui parler.

Non seulement ce qu'il avait déclaré pendant la conférence de presse était faux, mais il avait agi dans son dos. En tant que directrice du service de police scientifique, elle ne pouvait pas l'accepter, mais sur un plan personnel, cela lui était encore plus intolérable.

Elle ressentait un profond sentiment de trahison et ne voulait plus jamais le revoir.

Elle ferma donc la porte à clé avant de rouler une serviette qu'elle plaça devant la porte, pour que la lumière ne filtre pas par-dessous. Voilà. Maintenant, tout le monde – y compris Reese – croirait certainement qu'elle était rentrée chez elle pour la journée. Elle allait peut-être pouvoir travailler en paix.

Elle se retourna et considéra les étagères sur lesquelles étaient empilés les objets rapportés de la maison des Dexter, les dossiers qu'elle avait classés avec Reese, et cette fameuse boîte. Parmi tous ces éléments, il devait bien s'en trouver un prouvant que Dexter avait tué Olivia Harrison et Fenton Crane !

Elle prit le coffret et se dirigea vers son bureau. Il fallait qu'elle ouvre ce satané engin, ou qu'elle se résolve à donner un coup de marteau dessus.

Au bout d'une heure, un panneau de bois coulissa enfin et révéla un compartiment tapissé de velours noir. À l'intérieur se trouvait une clé en métal. Elle prit tout d'abord quelques clichés puis, après avoir enfilé des gants en latex, elle la sortit du coffret et l'examina, cherchant une marque distinctive. Rien. C'était simplement une clé.

Elle chercha alors des empreintes digitales et en remarqua Une, certes partielle, mais qui semblait assez nette pour qu'elle puisse l'exploiter.

En la comparant avec celles du couple Dexter qu'elle avait dans ses documents, il lui fallut moins d'une minute pour vérifier qu'elle appartenait à Markus. C'était donc bien sa clé…

Elle en fit un moulage, puis la glissa dans un sachet et l'enregistra parmi les preuves matérielles. Puis elle consigna par écrit le détail de toutes les manipulations qu'elle avait dû effectuer pour réussir à ouvrir le coffret. Lorsqu'elle eut terminé, elle le réassembla, le plaça lui aussi dans un sac et le répertoria. Il était trop volumineux pour entrer dans le coffre-fort qu'elle utilisait pour conserver les preuves matérielles importantes, mais elle put y déposer la clé.

Il était maintenant temps de s'attaquer aux éléments rapportés de la perquisition de la maison des Dexter. Le premier sachet qu'elle ouvrit contenait une brosse à cheveux pour homme. Quelques filaments noirs aux racines argentées étaient pris dans les poils de sanglier. Étant donné que Mary Dexter était blonde, il y avait fort à parier qu'il s'agissait des cheveux de Markus.

Il n'avait pas laissé d'échantillon d'ADN avant de disparaître, et elle se réjouissait d'en avoir enfin un. S'ils trouvaient des traces d'ADN exploitables sur les cadavres – qui étaient étudiés en ce moment par un laboratoire spécialisé – ils pourraient toujours les comparer à celui de Dexter.

Elle tira plusieurs cheveux de la brosse et les déposa dans un sachet plastique. Même si elle avait les compétences professionnelles pour procéder à cette analyse, elle n'avait pas ici l'équipement nécessaire, et elle voulait que les résultats soient certifiés par le FBI. Alors, elle prépara un colis pour envoyer les échantillons, et l'apporta dans la boîte aux lettres située au fond du couloir, avant de retourner s'enfermer à nouveau dans son laboratoire.

C'était lâche d'éviter ainsi Reese, mais elle était tellement en colère contre lui qu'elle n'était pas certaine de ne pas lui mettre son poing dans la figure si elle le voyait. Comment osait-il affirmer que son père était impliqué dans un crime alors qu'il n'y avait pas le moindre indice matériel permettant de l'affirmer ?

Comment avait-elle pu lui faire confiance ? Elle pensait qu'il était un bon policier, et un homme honnête. Apparemment, il n'était ni l'un ni l'autre. Quel abruti ! Et dire qu'elle était prête à tomber amoureuse de lui ! La nuit dernière, elle avait même rêvé qu'ils se mariaient. Non !

Elle se lança à corps perdu dans le travail, et réussit à passer en revue la plupart des preuves matérielles qui avaient été rapportées de chez les Dexter.

À 17 heures, elle entendit les bruits habituels des chaises raclant le sol, ainsi que les rires et les éclats de voix qui signalaient le changement d'équipe. À regret, elle commença à ranger ses affaires, et sortit du laboratoire.

Elle jeta un coup d'œil dans le couloir. Personne. Elle courut jusqu'à l'escalier du fond, le grimpa au pas de course, et rejoignit sa voiture à la hâte. Elle faillit déraper sur une plaque de verglas en sortant du parking mais finalement, elle réussit à maintenir la voiture sur la chaussée et poussa un soupir de soulagement. Mon Dieu, elle détestait devoir se cacher ainsi !

Après s'être demandé si elle devait ou non passer chez elle se changer avant de se rendre chez ses parents, elle décida de retarder un peu le moment redouté, et d'aller enfiler des vêtements plus confortables. Lorsqu'elle fut dans sa petite maison, il lui devint encore plus difficile de quitter ce cocon. Il lui fallut un temps fou pour mettre un jean, lâcher et brosser ses cheveux, et refaire son maquillage.

Finalement, arriva le moment où il fallut bien se résoudre à partir. Avec un soupir, elle prit ses clés et se dirigea vers sa voiture.

Alors qu'elle s'approchait de la propriété de ses parents, elle se surprit à ralentir de plus en plus.

Depuis quand était-elle devenue si peureuse ?

Depuis que Reese Carpenter l'avait placée dans une situation impossible. Voilà.

Elle décida que, si la soirée se passait trop mal, elle prétexterait qu'elle avait une réunion le lendemain matin, et elle s'enfuirait.

Toute l'allée et le terre-plein situé devant la maison étaient encombrés de voitures. Oh ! joie ! Tout le clan était là ce soir. Elle sentit son estomac se tordre.

Si elle avait de la chance, elle parviendrait à entrer par la cuisine et à se mêler à la foule sans que personne se rende compte qu'elle venait d'arriver. C'était d'ailleurs ce qu'elle faisait souvent.

Lorsqu'elle ouvrit la porte arrière, elle fut assaillie par l'odeur du fameux chili de sa mère, et par le bruit de conversations animées. Elle avait l'impression que tous s'étaient rassemblés autour de l'îlot central de l'immense cuisine, et parlaient.

— Hé, regardez qui arrive ! s'exclama son frère Neil.

Elle qui voulait faire une entrée discrète, c'était loupé ! Ils s'interrompirent pour se tourner vers elle.

— Bonsoir, tout le monde ! marmonna-t-elle. Faites comme si je n'étais pas là.

Après l'avoir saluée, ils poursuivent leur conversation joyeuse, et, fort heureusement, le moment où elle était au centre de l'attention passa. Elle fut soulagée, mais aussi surprise : elle s'était attendue à ce que tous la pressent de questions dès qu'elle entrerait. Comment se faisait-il qu'ils n'aient aucune question à lui poser sur l'arrestation de leur père ?

Et ils semblaient aussi étonnamment joyeux pour des enfants qui venaient d'apprendre que leur père avait été arrêté pour meurtre.

C'était étrange.

Sa mère quitta ses fourneaux et vint la serrer dans ses bras.

— Comment vas-tu, ma chérie ? lui demanda-t-elle, l'air compatissant.

— Hum… Ça va. Je croule sous le travail. Et toi, maman, comment vas-tu ?

Malgré les cernes qu'elle avait sous les yeux, sa mère lui répondit :

— Je vais bien, ma chérie.

— Tu en es certaine ? Tu as l'air épuisée.

— Ces derniers jours ont été un peu difficiles. Mais ça finira par aller mieux.

— Comment peux-tu dire cela ? Papa vient d'être arrêté pour meurtre !

— Fitz vient de m'envoyer un message pour dire qu'il va arriver d'un instant à l'autre. Il t'expliquera la situation.

— Papa va venir ?

— Oui, ma chérie. Il a été libéré sous caution.

La seule idée que son père ait dû payer une caution pour être libre hérissait Yvette.

— Il t'expliquera tout lorsqu'il arrivera, ma chérie. Je préfère que ce soit lui. Il a déjà parlé à tes frères et sœurs cet après-midi, mais personne ne savait où tu étais, et tu ne répondais pas au téléphone.

— J'avais beaucoup de travail, bafouilla-t-elle.

L'avant-dernière personne qu'elle avait envie de voir – après Reese, bien sûr – était son père. La réunion de ce soir n'avait rien de formel à en juger par la cocotte emplie de chili qui mijotait sur le feu, et le grand plat de pommes de terre au four qui était posé sur le comptoir, à disposition de tous. Chacun pouvait arriver et se servir quand bon lui semblait, mais apparemment, ils devaient tous rester au moins jusqu'à l'arrivée de Fitz. Il était le patriarche, après tout.

Yvette avait fini son repas et était en train de rincer son assiette lorsque la porte de la cuisine s'ouvrit et qu'une rafale d'air glacé s'engouffra dans la pièce. Deux hommes entrèrent, et elle se retourna pour dire bonjour à son pè…

Reese ? Mais que faisait-il ici ?

— Bonjour ma chérie, lui dit Fitz en la serrant négligemment dans ses bras, avant d'aller prendre une assiette.

Il ajouta :

— Servez-vous, Reese. Il y en a pour tout le monde.

Yvette s'approcha de Reese et lui lança à voix basse :

— Tu as quand même un sacré toupet de venir ici après ce qui s'est passé !

Elle fut surprise d'entendre son père lui répondre.

— Pas si vite, Yvette ! C'est Reese qui m'a ramené du poste de police. La moindre des choses est de lui proposer de manger avec nous pour le remercier.

Le remercier ? *Le remercier ?* Son père ne devait absolument rien à Reese Carpenter !

Reese murmura quelque chose à son père, et elle surprit quelques mots.

— … l'impression qu'elle voudrait me tordre le cou… dois partir…

— Laissez-moi un instant pour la calmer et avaler quelque chose. Puis je vais accepter votre proposition de m'emmener à l'aéroport.

L'emmener à l'aéroport ? Et pourquoi son père était-il si condescendant envers elle ? Parfois, elle en avait assez que toute sa famille la traite comme si elle avait douze ans. Elle se détourna en soufflant rageusement et sortit de la cuisine.

— Attends, Yvie.

Elle s'immobilisa.

Son père s'approcha d'elle, et elle fut bien obligée de se tourner vers lui.

— Avant que tu t'énerves et que tu dises des bêtises, il y a quelque chose que tu dois savoir, déclara-t-il.

— Et de quoi s'agit-il ?

— Lorsque j'ai négocié ma peine avec le procureur dans le cadre du procès pour empoisonnement à l'arsenic, j'ai accepté que la police fasse semblant de m'arrêter pour le meurtre d'Olivia Harrison et de Fenton Crane. Ils espèrent que cela va attirer Markus hors de sa cachette.

— Tu… Ils… Quoi ?

— Tout ce qui s'est passé ce matin était une mise en scène. Ta mère était au courant, mais la police tenait à ce que le reste de la famille ne sache rien pour que vos réactions soient les plus naturelles possible.

— Jordana était au courant ? *Elle* est dans la police.

— Non. Personne à part ta mère, le procureur, et Reese. Et mon avocat, bien entendu.

— Bien entendu, répéta-t-elle sèchement.

Mais Reese savait. Et il ne lui avait rien dit. Il l'avait laissée entrer dans le hall où se tenait la conférence de presse, la jetant ainsi en pâture aux journalistes. Sa famille lui en avait terriblement voulu, et il l'avait laissée faire face à leur réprobation toute seule.

Comme si sa déclaration suffisait à tout expliquer, Fitz se retourna et se dirigea vers l'escalier.

— Je reviens tout de suite, Reese. Ma valise est déjà prête.

Elle regarda Reese et lui demanda d'un ton sec :

— Où va-t-il ?

— À l'aéroport.

Elle souffla avec agacement.

— Mais pour partir où ?

— Je ne le lui ai pas demandé.

— Tu es en train de me mentir ? s'exclama-t-elle d'une voix dure.

— Non !

— Et pourquoi je devrais te croire ?

— Je ne t'ai jamais menti, Yvie.

— Ah ! pourtant, tu ne m'as rien dit pour ce matin.

— Je ne pouvais pas le faire. Mais je t'avais prévenue qu'il y aurait certainement beaucoup de journalistes.

— Tu m'as menti !

Elle s'apprêtait à poursuivre, mais Fitz revint en portant deux énormes valises.

Lilly apparut dans le couloir et demanda froidement à Fitz :

— Tu as pris tout ce que tu voulais ?

— J'ai laissé des instructions à mon assistante pour lui dire où envoyer les boîtes qui sont encore dans le dressing.

— Bien.

Lilly se retourna et partit. Son visage était d'une froideur qu'Yvette ne lui connaissait pas.

Mais que se passait-il donc ici ?

Elle regarda alternativement Fitz, puis Reese.

— J'ai loupé quelque chose ?

Fitz répondit comme si de rien n'était :

— Ta mère et moi allons divorcer.

— Pardon ?

— Ta mère t'expliquera. Je dois partir. Il ne faut pas que je loupe mon avion. Reese ? Nous pouvons y aller ?

Reese fit un pas vers elle.

— J'aimerais te parler.

Elle le toisa.

— Je n'ai rien à te dire.

Il cligna des paupières, mais répondit d'un ton calme.

— D'accord. Mais moi, si.

— Comme quoi ? répliqua-t-elle durement.

— Pas ici. Pas maintenant. Reste avec ta famille ce soir. Nous pourrons nous voir demain.

Rien n'était moins sûr.

Reese poussa un soupir et s'empara d'une des valises de Fitz. Il ne chercha pas à croiser son regard. Il prenait la fuite ? Avec son lâche de père ? Elle était tellement abasourdie qu'elle resta debout, immobile, alors que les deux hommes sortaient.

La porte se referma, et elle resta dans la maison où résonnaient les conversations et les rires. C'était comme si rien ne s'était passé. Comme si sa famille ne venait pas d'imploser sous ses yeux.

Elle avait l'impression d'avoir des semelles de plomb lorsqu'elle pénétra à nouveau dans la cuisine. Sa mère et Jordana étaient debout côte à côte devant l'évier, en train de rincer des assiettes et de les mettre dans le lave-vaisselle.

— Maman ? demanda Yvette d'une petite voix. Papa vient de me dire. Tu vas bien ?

Lilly se retourna et s'essuya les mains sur un torchon, tout en s'appuyant sur le comptoir.

— Ça va aller, ma chérie. Je te l'assure.

— Mais…

Elle s'élança vers sa mère et la prit dans ses bras. Elle voulait la réconforter, mais elle la sentit forte, solide, et ce fut finalement elle qui se laissa consoler.

Lorsque le choc fut passé, Yvette s'écarta pour regarder sa mère.

— Que s'est-il passé ?

— Oh ! ma chérie, cela fait des années que les choses vont mal. Cela a peut-être même commencé avant la naissance des triplés. Ton père a toujours préféré le travail à sa famille. Je suis restée pour vous, les enfants. Et, pour être honnête, parce que c'était plus facile. Mais au cours des six derniers mois, la situation a changé.

— Alors, c'est à cause de cette affaire d'empoisonnement à l'arsenic ?

— Pas exactement.

Lilly poursuivit d'une voix tendue :

— J'ai accepté de rester avec ton père le temps que durerait le procès. Mais maintenant que tout est terminé, je suis libre d'aller de l'avant. Et c'est exactement ce que j'ai l'intention de faire.

Yvette dévisagea sa mère. Elle semblait très fatiguée. À nouveau, elle la prit dans ses bras.

— Oh ! maman, je suis désolée !

Lilly se dégagea assez vite, les yeux humides, et sortit rapidement de la pièce.

— Bravo ! marmonna Jordana en se lançant à sa suite.

Yvette resta seule dans la cuisine, se sentant coupable d'avoir fait pleurer sa mère alors qu'elle cherchait à la réconforter. Mais comme d'habitude, elle avait fait exactement le contraire de ce qu'elle aurait dû. Elle avait toujours l'impression d'être le vilain petit canard de la famille Colton.

— Hé, Yvie ! Pourquoi cet air sombre ?

Oncle Shep. Toujours là pour prendre soin d'elle lorsqu'elle était invisible pour les autres.

— Je viens d'apprendre que mes parents allaient divorcer. Mais tu resteras toujours mon oncle préféré, n'est-ce pas ?

Il lui sourit.

— Bien sûr ! Tout ira bien. Je me fais seulement du souci pour ta mère. Elle a tellement souffert ces derniers temps !

Elle prit les mains de son oncle et les serra.

— Tu seras là pour elle, n'est-ce pas ?

— Si elle le veut bien.

— Elle t'aime très fort. Bien sûr qu'elle le voudra.

Une expression étrange passa dans les yeux de son oncle.

— Va avec ta mère, tes frères et tes sœurs. Je vais vous laisser et aller dormir dans l'annexe.

— Mais…

Il la prit par les épaules, la fit pivoter et la poussa vers le salon.

— Va.

- 11 -

Lorsque Yvette se réveilla samedi matin, le temps était gris et humide, et les nuages bas dans le ciel. On avait annoncé des chutes de neige à partir de la fin de la matinée. Parfait. Elle pourrait aller se terrer dans son laboratoire, et personne ne viendrait l'y déranger. Comme Reese par exemple…

Une heure plus tard, elle était déjà au travail, et avait décidé de terminer l'examen des objets rapportés de la maison des Dexter. Malheureusement, elle ne trouva rien d'intéressant.

Ensuite, elle tenta à nouveau de déchiffrer les codes que Dexter avait utilisés pour ses agendas, avec un peu plus de succès cette fois. Il était clair que l'homme avait une vie nocturne très active. Presque toutes ses soirées étaient occupées, parfois jusque tard dans la nuit. Et sa femme ne s'était jamais doutée qu'il avait des maîtresses ?

Elle avala l'en-cas qu'elle avait acheté et termina son rapport sur les analyses du bois contaminé à l'arsenic. Ses dernières découvertes ne servaient plus à rien maintenant que son père avait conclu un accord avec le procureur, et elle aurait pu se contenter de quelques lignes. Mais elle s'acquitta scrupuleusement de sa tâche. Elle avait toujours pensé qu'il fallait bien faire les choses.

Enfin, il n'y eut plus aucun objet sur les deux longues

paillasses de son laboratoire : tout était maintenant trié, répertorié et rangé. Satisfaite de voir que l'ordre était revenu, elle éteignit les ordinateurs et les lumières, et partit.

Elle fut surprise de constater qu'il était près de 20 heures, et que le parking était maintenant tout blanc. Sa petite voiture ressemblait à un cupcake sous l'épaisse couche de neige qui la recouvrait, elle n'allait pas pouvoir la démarrer avant d'avoir dégagé le pot d'échappement.

Elle se dirigea vers l'arrière de son véhicule et se pencha pour écarter la neige de ses mains gantées.

Du coin de l'œil, elle devina l'ombre qui surgissait et se précipitait sur elle. Elle eut juste le temps de se retourner, de lever les mains pour se protéger, et de se mettre à crier. Mais son agresseur était déjà en train de la pousser violemment à terre.

Il s'avéra que la couche neigeuse n'était pas assez épaisse pour amortir vraiment le choc. Son épaule et sa tête heurtèrent violemment le sol, et elle vit des étoiles danser.

Elle suffoquait sous le poids de son assaillant, et la panique s'empara d'elle alors qu'elle tentait vainement d'emplir ses poumons.

Elle distingua vaguement quelque chose de sombre et long – un bras peut-être – qui s'éleva devant elle et s'abattit sur son visage. Elle tenta de l'éviter, mais encaissa le coup sur sa tempe gauche.

Elle eut l'impression que sa tête allait exploser.

Elle se laissa happer par le néant. Tout plutôt que cette douleur atroce.

Puis elle n'eut plus conscience de rien.

Reese s'appuya un instant sur le manche de sa pelle pour reprendre son souffle. La neige reflétait la lumière douce des réverbères et illuminait la nuit de sa blancheur laiteuse. Il aimait cette atmosphère calme et sereine.

Il avait presque fini de dégager son allée et celle de sa vieille voisine. Il allait prendre son service à minuit et devait pouvoir sortir son véhicule du garage.

L'activité physique avait quelque peu réussi à dissiper la frustration qu'il ressentait à l'idée de ne pas avoir pu faire entendre raison à Yvette hier soir. Il comprenait sa colère, et regrettait que ce ne soit pas lui qui lui ait appris que cette conférence de presse n'était qu'un simulacre. On ne pouvait d'ailleurs pas dire que Fitz Colton l'ait fait avec beaucoup de délicatesse, mais c'était ainsi… Maintenant, il pouvait seulement lui présenter ses sincères excuses, et faire tout ce qui était en son pouvoir pour obtenir son pardon.

La manière dont son père lui avait annoncé que sa mère et lui allaient divorcer n'avait pas arrangé les choses. Il aurait vraiment aimé être avec Yvette pour la réconforter la nuit dernière, mais elle ne voulait pas le voir en ce moment.

Il avait l'impression que la neige tombait moins dru. Il espérait qu'Yvette allait bien, et qu'elle avait pensé à aller faire des provisions avant que la tempête s'abatte sur la ville. Selon les prévisions, les chutes de neige seraient abondantes, et les routes difficilement praticables.

Il fut tenté d'aller chez elle pour s'assurer qu'elle allait bien, mais elle était tellement en colère contre lui la nuit dernière qu'il se dit qu'il valait mieux laisser passer un jour ou deux avant d'essayer de lui parler. Il la connaissait, maintenant !

D'ailleurs, il pensait qu'une bonne partie de sa colère était en fait dirigée contre son père, pas contre lui. Il devait la laisser gérer cela elle-même. Mais une chose était certaine : contrairement à ce qu'avait fait son père, lui n'allait pas l'abandonner.

Il n'avait jamais apprécié Fitz Colton, qu'il avait toujours trouvé arrogant. Mais son dernier coup d'éclat – partir et laisser sa famille faire face seule aux conséquences de ses actes – était particulièrement égoïste. Choquant même.

Comment Yvette pouvait-elle être la fille de cet homme ? Ils n'avaient vraiment rien en commun !

Son téléphone se mit à vibrer dans sa parka. Il était à peine 21 heures et il était déjà appelé en renfort ? Zut !

Il sortit son téléphone et regarda l'écran. Avec surprise et soulagement, il constata que l'appel provenait d'Yvette. Dieu soit loué !

— Hé, Yvette. Je suis heureux que tu m'appelles !

— Ce n'est pas Yvette. C'est Lilly Colton. Vous êtes le lieutenant Carpenter ?

Il fut immédiatement saisi d'angoisse. Pourquoi la mère d'Yvette utilisait-elle son téléphone ? Il devait s'être passé quelque chose de grave. Mon Dieu, non !

— Oui, c'est le lieutenant Carpenter. Que se passe-t-il ? demanda-t-il d'un ton sec. Pourquoi m'appelez-vous sur le téléphone d'Yvette ?

— Je suis à l'hôpital. Yvette vient d'y être admise. Je pense que vous devriez venir.

Il courait déjà vers son garage, glissant sur la fine couche de neige qui s'était redéposée pendant qu'il dégageait l'allée de sa voisine.

— Que s'est-il passé ? Comment va-t-elle ?

— Nous ne savons pas grand-chose. Elle a perdu connaissance. Apparemment, elle a un traumatisme crânien.

Un traumatisme crânien ! Bon sang ! Ses réflexes de policier s'activèrent immédiatement. Avait-elle été agressée ? L'image du cadavre d'Olivia Harrison, dont le crâne avait été fracassé, surgit à son esprit. Il fut alors pris de panique et demanda, sans trop oser l'espérer :

— Elle est tombée ?

Lilly baissa la voix, et il lui sembla qu'elle mettait sa main devant le téléphone pour éviter qu'on l'entende.

— Les médecins pensent qu'on l'a frappée. C'est pourquoi je me suis dit qu'il fallait prévenir la police.

Il sauta dans son 4x4 et démarra.

— Je serai là d'ici un quart d'heure. Je suis déjà en chemin.

— Conduisez prudemment. Je vous attends dans le hall des urgences.

L'angoisse qu'il percevait dans la voix de Lilly Colton était palpable. Les choses n'étaient pas bonnes, si une infirmière expérimentée comme elle avait peur.

Il dut faire appel à toute sa maîtrise de lui-même pour ne pas écraser l'accélérateur alors qu'il se dirigeait vers l'hôpital. Seules la neige et le manque de visibilité le maintinrent proche de la vitesse limite autorisée.

Yvie avait été attaquée ? Par qui ? Où ? Comment ? Dans quel état était-elle ? Peut-être était-elle restée longtemps dehors avant qu'on la découvre et qu'elle soit transférée à l'hôpital. Et elle n'avait toujours pas repris connaissance… Ce n'était pas bon. Pas bon du tout.

Tiens bon, Yvie ! Ne me lâche pas !

Et il se mit à prier.

Il se gara devant l'hôpital et courut jusqu'aux urgences, dérapant sur le verglas. Lorsqu'il entra dans le hall, il remarqua immédiatement Lilly Colton qui attendait, près du couloir menant aux salles d'examen. Sans un mot, elle se retourna et présenta son badge pour en ouvrir la porte.

Il la suivit jusqu'à une petite salle emplie d'écrans qui bipaient. Au milieu, dans un lit, se trouvait Yvie, couverte d'électrodes et de perfusions. Elle était très pâle et semblait toute frêle.

Il eut l'impression que son cœur s'arrêtait. S'il avait pu

échanger leurs places en cet instant, il l'aurait fait sans hésiter.

— Comment va-t-elle ? demanda-t-il à voix basse.

— Le pronostic est réservé. On va lui faire une IRM dans quelques minutes, pour voir s'il y a une hémorragie cérébrale.

— Que s'est-il passé ? Vous le savez ?

— Quelqu'un l'a retrouvée inanimée sur le parking, derrière le bâtiment de la police. Elle était sur le sol, près de sa voiture. Apparemment, elle était en train de dégager le pot d'échappement lorsque c'est arrivé. Il y avait des traces de pas dans la neige. Elle était en hypothermie, et le policier qui l'a retrouvée dit qu'il y avait de la neige sur son manteau. Elle devait être là depuis un moment.

Il sentait son pouls s'accélérer au fur et à mesure que Lilly parlait. Sa gorge était tellement nouée qu'il eut du mal à demander :

— Sa température a augmenté ?

— Oui. Ils l'ont enveloppée d'une couverture électrique pendant le trajet en ambulance, et elle en a encore une sur elle en ce moment.

Il faillit prendre la main d'Yvette qui était posée, inerte, sur la couverture. Mais en cet instant, Yvette avait surtout besoin qu'il réagisse en policier.

Il ferma les yeux un instant, puis demanda brusquement :

— Vous dites qu'elle a un traumatisme crânien ?

— Oui. Elle a une petite bosse sur le côté droit, là. Cela pourrait avoir été causé par une chute.

Lilly désigna la bosse que l'on apercevait sous les cheveux toujours humides d'Yvette.

Il hocha la tête.

— Et puis, il y a cette bosse beaucoup plus grosse sur le côté gauche. Il est fort probable qu'on l'ait frappée à cet endroit avec…

La voix de Lilly se cassa, et elle s'interrompit un moment avant de poursuivre d'un ton admirablement professionnel :

— Un objet ressemblant à une matraque ou un tuyau.

Il poussa un juron.

— Bon. Ça vous ennuie si je prends une photographie de la blessure ?

— Pas du tout. C'est la raison pour laquelle je vous ai appelé. Quelqu'un a fait du mal à mon bébé.

Il serra brièvement Lilly dans ses bras.

— Je vais retrouver celui qui lui a fait ça.

Elle frissonna, puis recula en prenant une inspiration et le regarda en souriant bravement.

— Merci, murmura-t-elle. Ça a été une semaine difficile.

— Je suis désolé pour vous, madame Colton.

— Je vous en prie, appelez-moi Lilly.

— D'accord, Lilly. Moi, c'est Reese.

Ils échangèrent un bref sourire, puis il commença à prendre des photos des blessures d'Yvette. Il se blinda mentalement et demanda :

— A-t-elle d'autres blessures ?

— Quelques égratignures, mais c'est tout.

Il poussa un soupir. Dieu merci, elle n'avait pas été agressée sexuellement.

— On lui a volé quelque chose ? Son sac par exemple ?

— Je ne sais pas. Elle ne l'avait pas avec elle lorsqu'on l'a emmenée à l'hôpital. Il est peut-être resté sur le parking. Son téléphone était dans la poche de son jean.

Une infirmière entra dans la chambre.

— Nous allons l'emmener pour l'IRM. Tu veux venir avec elle, Lilly ?

— Bien sûr.

Lilly lui lança un regard d'excuse.

— Je suis désolée, Reese, mais vous ne pouvez pas venir. Vous voulez attendre dans le hall ?

— Combien de temps va durer l'IRM ?

— Environ une heure.

— Je pense que je vais aller voir l'endroit où Yvette a été retrouvée, mais j'essayerai d'être de retour avant la fin de l'examen. Appelez-moi s'il y a du nouveau… quoi que ce soit. Et si elle se réveille, je veux le savoir immédiatement.

Il avait beaucoup à faire dans l'heure qui suivait, alors il partit à la hâte.

Lorsqu'il arriva sur le parking de l'hôtel de police, plusieurs policiers étaient en train d'inspecter les lieux à l'aide de lampes torches. La zone était déjà entourée d'un ruban jaune, et il fut heureux de constater que ses collègues veillaient à ne pas marcher dessus.

Joe Brennan s'approcha de lui et lui demanda :

— Tu as entendu parler de ce qui est arrivé à Yvette Colton ?

— Oui. J'arrive tout juste de l'hôpital.

— Comment va-t-elle ?

— Elle n'a pas repris connaissance. Ils sont en train de lui faire une IRM pour vérifier qu'il n'y a pas d'hémorragie interne.

Son collègue poussa un juron.

— Que s'est-il passé ? Qui l'a trouvée ? demanda Reese.

— C'est moi, répondit Brennan. J'avais oublié mon sandwich dans ma voiture et lorsque je suis allé le chercher, j'ai remarqué quelque chose derrière la voiture d'Yvette Colton. Je me suis approché pour voir ce que c'était, et je l'ai vue, étendue à terre. Elle commençait à être recouverte de neige, elle était toute froide. J'ai appelé une ambulance, et les collègues et moi l'avons portée à l'intérieur et enveloppée dans des couvertures.

— Elle était dans quel état à ce moment-là ? demanda Reese.

— Elle était gelée, et elle avait une plaie qui saignait un

peu à la tête. Son pouls était faible. J'ai eu l'impression que sa blessure n'était pas simplement due à une chute, alors j'ai décidé de traiter l'endroit comme une scène de crime. J'ai demandé à Eric de prendre des photos et de regarder s'il voyait quelque chose.

— Tu as trouvé son sac ?

— Non. Elle en a un d'habitude ?

Reese hocha la tête.

— Il est rose. Avec des papillons en cuir sur le rabat.

Il écarta les mains d'une vingtaine de centimètres.

— Il est à peu près grand comme ça.

— Nous ne l'avons pas vu. Sa voiture est verrouillée, mais nous avons regardé à l'intérieur, et il ne semble pas y être. Elle l'a peut-être laissé dans le laboratoire ?

— Je vais aller voir. Merci de t'en être aussi bien occupé, Joe.

Reese sentait la panique monter en lui. Yvette avait été attaquée, et on l'avait laissée, gisant inconsciente dans la neige. Si Joe ne l'avait pas aperçue, qui sait combien de temps elle serait restée ainsi ? Elle aurait pu mourir de froid avant que quelqu'un la remarque !

Il sentit la colère monter en lui. Il allait retrouver celui qui avait fait ça, et le lui faire payer !

Il descendit au sous-sol et, dès qu'il arriva dans le long couloir, il remarqua que la porte du laboratoire était ouverte. Approchant prudemment, il se plaqua contre le mur et ouvrit la porte d'un coup de pied. Rien.

Il entra, et alluma l'interrupteur.

Bon sang !

L'endroit était sens dessus dessous, complètement saccagé. Il balaya la pièce du regard, vérifiant qu'il n'y avait aucun mouvement. Bon.

Il parcourut ensuite rapidement le laboratoire pour

s'assurer que personne ne s'y était caché. Puis, veillant à ne rien toucher, il sortit de la pièce et prit son téléphone.

— Hé, Joe. C'est Reese. Quelqu'un est entré dans le laboratoire d'Yvette. Il faudrait que tu viennes pour mettre en place une seconde scène de crime.

Il regarda attentivement la porte, avant d'examiner la serrure et le scanner qui permettaient de l'ouvrir. Il n'y avait aucun signe d'effraction. Alors, comment l'individu était-il entré ?

Bien sûr ! Avec le badge d'Yvette. Il devait se trouver dans son sac, celui qu'ils n'avaient pas retrouvé. On l'avait agressée dans le parking pour le lui voler, et venir ici chercher quelque chose. Mais quoi ?

Ils allaient devoir procéder à l'inventaire complet du laboratoire pour le déterminer. Mais plus tard. Maintenant qu'il savait que Joe Brennan avait les choses en main, il fallait qu'il retourne à l'hôpital.

Joe arriva avec du ruban de plastique jaune à la main, et jeta un coup d'œil dans le laboratoire. Il émit un sifflement.

— Eh bien ! C'est un beau bazar ! J'imagine que Mme Colton ne l'avait pas laissé comme ça !

Reese eut un rire forcé.

— Elle est aussi maniaque que moi.

— Tant que ça ?

— Mets du ruban et ne laisse entrer personne. Il va falloir répertorier tout ce qui se trouve ici, pour voir s'il manque quelque chose.

— Tu veux que je commence à lister les dégâts ? demanda Brennan.

— Ça serait bien. Je vais retourner à l'hôpital et attendre qu'Yvie reprenne connaissance.

— Dis-lui que j'espère qu'elle va vite se rétablir ! cria Joe dans son dos.

Il espérait seulement qu'elle se réveillerait et qu'il pourrait lui transmettre ce message. Tenaillé par une peur qu'il n'avait jamais connue, il retourna à l'hôpital, auprès d'Yvette.

- 12 -

Yvette avait été happée par le noir lorsqu'elle avait perdu connaissance, mais elle se réveilla dans une lumière aveuglante. Des martèlements assourdissants lui vrillaient le cerveau, et la douleur qu'elle ressentait était telle qu'elle n'eut plus qu'une envie : retomber à nouveau dans le néant.

La seconde fois qu'elle reprit connaissance, le silence était seulement rompu par de légers bips qui résonnaient à intervalles réguliers. Elle ouvrit les yeux, et vit qu'elle se trouvait dans un lit, au milieu d'une pièce à la lumière tamisée. On aurait cru un hôtel, mais elle remarqua le pied à perfusion placé à côté du lit, et le tube transparent qui allait jusqu'au dos de sa main.

Elle était dans un hôpital…

Et elle avait froid. Elle essaya de tirer la couverture, mais ses mains retombèrent faiblement à ses côtés.

Quelque chose de grand et sombre sortit de l'ombre, et elle fut saisie de peur. Elle ferma les yeux en détournant la tête, et une douleur fulgurante lui traversa le crâne. Elle était comme dans un état second, où seule s'imposait cette douleur qu'elle sentait palpiter derrière ses yeux. Elle pria pour sombrer à nouveau sans connaissance, mais cette fois, son corps refusa de coopérer. Seconde après seconde, sa souffrance devenait plus intense, plus précise.

— N'aie pas peur, Yvie, c'est moi.

Reese ?

Il s'approcha de son lit, écartant les mains comme pour lui prouver qu'elle n'avait rien à craindre.

Elle cligna des paupières pour tenter d'éclaircir sa vision, mais elle n'y parvint pas. Deux Reese étaient debout devant elle.

— Hé, Yvie, murmurèrent les jumeaux Reese avec douceur, comment te sens-tu ?

Elle se sentait dans un état pitoyable, et ne parvenait pas à répondre. C'était comme si son cerveau était mal connecté. Ou peut-être tout cela n'était-il qu'un rêve étrange… Elle avait l'esprit tout embrouillé.

— Tu veux que j'appelle l'infirmière ?

Pourquoi aurait-elle besoin d'une infirmière ? Qu'avait-elle donc ? Comment était-elle arrivée ici ? Mais elle n'arrivait pas à formuler toutes ces questions. Pourquoi ne pouvait-elle pas parler ? Elle sentit la terreur monter en elle. Elle hocha la tête, mais la douleur que cela provoqua était si intense qu'elle s'immobilisa immédiatement.

Fort heureusement, Reese sembla comprendre toutes les questions qu'elle aurait voulu lui poser, et y répondit.

— Tu es à l'hôpital, Yvette. Tout ira bien. Tu as eu une commotion cérébrale, mais tu as passé une IRM, et tu n'as pas d'hémorragie au cerveau. Les médecins ont voulu te garder en observation cette nuit, mais normalement, tout devrait rentrer dans l'ordre.

Reese poursuivit :

— Apparemment, quelqu'un t'a agressée quand tu es allée reprendre ta voiture sur le parking, et t'a frappée à la tête. Joe Brennan t'a trouvée étendue sur le sol, couverte de neige. Ta mère est ici. Elle travaillait quand tu as été admise à l'hôpital, et toute la nuit, elle est passée régulièrement pour voir comment tu allais.

Toute la nuit ? Quelle heure était-il ? Depuis combien de temps était-elle ici ? Reese était-il resté auprès d'elle tout le temps ? C'était vraiment gentil de sa part.

— Tu es en état de répondre à une ou deux questions ? Nous sommes en train d'essayer de comprendre ce qui s'est passé…

Oh ! il était ici en tant que lieutenant de police, pas comme un homme pour lequel elle comptait. Elle sentit la morsure du dépit, et les larmes lui montèrent aux yeux. Pleurait-elle à cause de Reese ? Elle était vraiment dans un piètre état !

Il lui essuya doucement une larme du bout de son pouce.

— Tu es en sécurité, Yvie. Personne ne va te faire de mal, je te le promets.

Il semblait penser qu'elle avait peur, mais il se trompait.

— Tu te souviens de ce qui t'est arrivé ? demanda-t-il en insistant avec douceur.

Elle devait bien reconnaître qu'il l'interrogeait avec beaucoup de délicatesse. Il se pencha sur elle, ses yeux bleus brillant comme des saphirs. Mon Dieu, qu'ils étaient beaux !

— Tu te souviens du moment où tu es partie du laboratoire ?

Elle ferma les yeux et tenta de se remémorer la scène. L'image de paillasses propres et nettes lui vint à l'esprit. Oui. Elle avait enfin terminé de classer tout ce qui avait été ramené de chez les Dexter. Elle se souvint avoir été satisfaite de pouvoir se dire que tout était enfin en ordre. Elle avait dû éteindre les ordinateurs et toutes les machines du laboratoire, puis les lumières, fermer la porte à clé derrière elle, et partir. Même si elle savait que c'était ainsi qu'elle procédait d'habitude, elle n'avait pas le moindre souvenir de l'avoir fait hier soir.

— Tu avais un sac quand tu as quitté le laboratoire ? lui demanda Reese.

Elle ouvrit les yeux et le regarda. Un sac ? Elle n'en avait pas la moindre idée !

Réfléchis…

Mais elle revoyait uniquement son laboratoire impeccablement rangé.

L'avait-on agressée pour le lui voler ? Et d'ailleurs, avait-elle été agressée ?

Elle s'apprêtait à lui poser la question lorsqu'un rai de lumière provenant du couloir lui fit tourner la tête vers la porte.

C'était une erreur. Elle eut l'impression que son crâne allait exploser.

Sa mère vint auprès du lit, et lui prit la main.

— Bonjour, ma chérie. Ta tête te fait très mal ?

Elle baissa doucement le menton pour acquiescer, mais ce simple mouvement lui causa à nouveau une souffrance presque intolérable.

— Cela fait longtemps que tu as eu une ampoule de morphine. Tu peux en avoir une autre. Tu la veux maintenant ?

Pour connaître enfin le soulagement que pouvait apporter un puissant antalgique, elle était prête à hocher la tête une fois de plus. Sa mère sortit de son champ de vision pour s'activer autour du pied à perfusion.

— Voilà, ma chérie. Dans une ou deux minutes, tu te sentiras déjà mieux. Et tu auras envie de dormir.

Reese murmura :

— Elle ne parle pas. C'est normal ?

Sa mère la considéra un instant, et répondit :

— Elle a reçu un coup sur la tête près de l'aire de Broca,

qui est le centre de la parole. S'il y a le moindre œdème dans cette partie du cerveau, cela pourrait l'empêcher de bien fonctionner, et expliquer pourquoi elle ne peut pas parler pour le moment.

Sa mère dut se rendre compte de l'effet que cette explication pouvait avoir sur elle, car elle se hâta d'ajouter :

— Ne t'inquiète pas, ma chérie. C'est temporaire. L'IRM a montré qu'il n'y a aucune lésion au cerveau. Lorsque les anti-inflammatoires de ta perfusion auront fait leur effet, tu seras un vrai moulin à paroles.

— Bien. Il faudrait qu'elle puisse nous donner des informations sur celui qui lui a fait ça le plus vite possible.

— Du calme, lieutenant ! La priorité est sa santé. Et en ce moment, elle a besoin de se reposer.

Reese leva les mains en signe de capitulation, et Yvette sourit faiblement, alors que la morphine qui coulait dans ses veines commençait à faire son œuvre et que ses yeux se fermaient.

Reese attendit qu'Yvette soit bien endormie avant de sortir de sa chambre. Il alla s'installer sur un siège du hall et sortit son téléphone.

— Hé, Jordana, c'est Reese.

— Que se passe-t-il ? Quelle heure est-il ?

— Hum… Environ 5 h 30 du matin. Désolé de t'appeler si tôt, mais je me suis dit que ta mère n'avait certainement pas eu le temps de le faire depuis qu'elle a pris son service hier soir. Yvette a été admise à l'hôpital.

— Que se passe-t-il ? demanda Jordana d'une voix soudain tout à fait réveillée.

Il lui expliqua rapidement ce qui s'était passé, et termina en lui disant :

— Écoute, ce ne sont pas mes affaires, mais j'ai

l'impression qu'Yvette se sent un peu… mise à l'écart… par vous tous…

— Mais pas du tout !

— Je pense que ça serait bien que vous le lui montriez.

— J'ai compris. Merci. Je vais appeler les troupes.

Quelque peu inquiet, il s'empressa d'ajouter :

— Ne venez pas tout de suite ! On vient de lui mettre de la morphine dans sa perfusion, elle est en train de dormir. Vous pourrez passer dans la journée.

— Mais rassure-moi : elle devrait vite se remettre, j'espère ?

— D'après ta mère, elle reparlera dès que les anti-inflammatoires feront leur effet. À part cela, j'ai surtout l'impression qu'elle a très mal à la tête.

— On sait qui lui a fait ça ?

— Pas encore. Mais apparemment, celui qui l'a agressée lui a volé son badge et est entré dans le laboratoire. Il l'a saccagé !

— On a volé quelque chose ? demanda immédiatement Jordana.

— Impossible de le dire pour le moment. On croirait que le laboratoire a été dévasté par une tornade ! Il va falloir tout ranger et tout inventorier pour le savoir.

— Ça va être un travail titanesque !

— Oui, c'est le moins qu'on puisse dire, répliqua-t-il avec une grimace.

— Bon… Je crois que je sais ce que je ferai lorsque j'aurai sonné le rappel de tous les Colton et que je les aurai envoyés à l'hôpital pour cajoler Yvette !

— Je reste à l'hôpital en attendant qu'Yvette se réveille et puisse faire sa déposition. Je vais en avoir besoin.

Il savait que Jordana n'était pas dupe : il n'était pas nécessaire qu'il reste au chevet de sa sœur. Il aurait très bien pu demander à une infirmière de le prévenir dès qu'Yvette serait sortie de son sommeil.

— D'accord. Tu peux m'appeler s'il y a du changement dans son état ? demanda Jordana d'un ton un peu trop dégagé.

— C'est promis.

Il hésita un instant, puis ajouta :

— Au fait, Yvette m'a appris que tu quittais Braxville pour Chicago. Elle s'est sentie très mal quand elle a compris que je l'ignorais.

— Je suis désolée ! s'exclama Jordana. C'est moi qui aurais dû te l'annoncer. Mais je retardais ce moment parce que j'ai beaucoup aimé travailler avec toi, et que ça m'est difficile de tout quitter…

— Écoute, tu as ma bénédiction pour aller vivre à Chicago et faire plein de beaux bébés avec Clint, si tu me donnes la tienne pour sortir avec Yvie.

— Je savais bien qu'il se passait quelque chose entre vous !

— C'est d'accord ? insista-t-il.

— Oui, mais tu n'as pas intérêt à lui briser le cœur, sinon tu auras affaire à moi !

— J'en suis parfaitement conscient, répliqua-t-il.

— Alors c'est d'accord.

Il raccrocha et remit son téléphone dans sa poche en secouant la tête. Il savait que Jordana ne plaisantait pas, et que tous les Colton se ligueraient contre lui s'il faisait du mal à Yvette. Mais il était prêt à courir ce risque. Il avait connu assez de femmes pour savoir qu'Yvette était spéciale, et parfaite pour lui. Et il aurait aimé penser que lui aussi était parfait pour elle et qu'il pourrait, par son calme, contrebalancer son impulsivité.

Il s'approcha de sa chambre et fut surpris d'entendre des bruits de voix derrière la porte. Il s'arrêta, ne sachant trop s'il devait entrer. S'il s'agissait d'un médecin venu examiner Yvette, il valait peut-être mieux qu'il attende ici.

— Tu me jures qu'elle ira bien ? demanda une voix d'homme.

— Je te le jure. Je prendrai soin de notre petite fille.

C'était Lilly Colton. Fitz était-il revenu lorsqu'il avait appris qu'Yvette avait été blessée ? Pourtant, Reese avait cru comprendre qu'il avait quitté les États-Unis…

— Elle est tout ce que j'ai, Lilly. Je ne peux pas la perdre, disait l'homme.

Lilly Colton répondit à voix basse :

— Nous n'allons pas la perdre. Et tu m'as, moi aussi.

Reese entendit des froissements, et il eut l'impression que l'homme et la femme se serraient dans les bras. Qui était-il ? Et pourquoi Lilly disait-elle qu'Yvette était leur petite fille ? Reese annonça son arrivée en s'éclaircissant la voix, et laissa s'écouler quelques secondes avant d'entrer dans la pièce.

Il fut saisi de stupeur, et dut faire appel à toute sa maîtrise de lui-même pour ne pas le montrer. Shepherd Colton ? Lilly et lui étaient amants ? Depuis quand ? Il sentait qu'il y avait des secrets bien gardés dans la famille Colton…

— Il y a du changement ? demanda-t-il à Lilly en désignant du menton le lit où Yvette somnolait, assommée par la morphine.

— Non. Si vous voulez rentrer chez vous pour dormir, je peux demander à l'infirmière de service de vous appeler lorsqu'elle se réveillera.

— C'est bon, je vais rester là. Il faudrait que je lui parle dès qu'elle sera en mesure de répondre à quelques questions.

Lilly haussa les épaules.

— C'est à vous de voir… Le fauteuil n'est vraiment pas confortable !

Mais peu de temps après le départ de la mère et de l'oncle

d'Yvette, une infirmière lui apporta un siège inclinable, en précisant que c'était à la demande de Lilly. Il ôta ses chaussures, s'allongea en dépliant sur lui le plaid qu'on avait également mis à sa disposition, et ferma les yeux.

Son cerveau restait en alerte : il ne cessait de repenser à la conversation qu'il avait surprise entre Shepherd Colton et Lilly. L'oncle d'Yvette avait déclaré qu'elle était tout ce qu'il avait, et Lilly avait bien dit « Notre petite fille » en parlant d'elle.

Était-il possible que l'oncle d'Yvette soit en réalité son père ? Ce que Reese connaissait de Fitz Colton pouvait bien expliquer pourquoi Lilly aurait eu besoin de chercher ailleurs un peu de tendresse et de soutien.

Yvette était-elle au courant ?

Jamais elle n'avait rien dit qui puisse le lui laisser penser.

Non. Il aurait parié que personne d'autre ne le savait… en admettant qu'il ait interprété correctement ce qu'il avait entendu.

Mais en son for intérieur, il savait qu'il ne se trompait pas.

Il passa un long moment à chercher le sommeil.

Lorsque Yvette se réveilla à nouveau, des rais de lumière filtraient à travers les stores, et l'horloge placée sur le mur en face de son lit indiquait qu'il était près de 10 heures.

Reese était allongé sur un siège inclinable, dans un coin, et dormait. Les traits de son visage étaient détendus, et il semblait plus jeune, moins intimidant. Elle aurait bien aimé qu'il cesse plus souvent de jouer le rôle du lieutenant de police pour être lui-même… un homme qui avait assez de compassion et de bienveillance pour passer la nuit à son chevet.

Elle savait qu'à la seconde où il se réveillerait, son regard se durcirait, et qu'il redeviendrait le policier qui voudrait savoir ce qui s'était passé hier.

Et que s'était-il vraiment passé ? Lorsqu'elle essayait de se remémorer les événements de la veille, elle revoyait surtout les paillasses de son laboratoire enfin débarrassées de tout ce qui les encombrait.

Mais maintenant, certains détails lui revenaient également à l'esprit, et elle était certaine d'avoir pris son sac rose avec des papillons pour aller travailler. Et comme elle ne le laissait jamais au travail, elle devait l'avoir avec elle lorsqu'elle était partie… Ce qui semblait signifier qu'effectivement, on le lui avait volé.

Elle avait un peu trop chaud et écarta une de ses couvertures. Puis elle prit la télécommande du lit et s'installa en position assise. Le ronronnement du moteur réveilla Reese qui se redressa brusquement en se frottant le visage.

— Bonjour, Yvette. Comment te sens-tu ? Tu peux parler maintenant ?

Elle ouvrit la bouche.

— Bonjour, croassa-t-elle.

— Tu peux parler !

Il écarta la couverture et se dirigea vers elle en chaussettes.

— Je n'aurais jamais cru que la perspective qu'une des filles Colton soit réduite au silence me tracasse ! s'exclama-t-il.

— C'est le commentaire le plus sexiste que j'aie jamais entendu, répliqua-t-elle sèchement.

Il sourit.

— Je pourrais avoir un verre d'eau ? demanda-t-elle. J'ai la gorge toute sèche.

— Je vais aller chercher une infirmière. Je ne voudrais surtout pas faire quelque chose qui puisse compromettre ton rétablissement.

Il sortit dans le couloir et revint immédiatement pour

mettre ses chaussures, plier la couverture qu'il avait utilisée et enfiler la veste de son costume. Elle poussa un soupir : le lieutenant Carpenter était de retour.

Elle déclara :

— Quand je suis partie travailler hier, j'ai pris mon sac rose avec des papillons dessus. Si je ne l'avais pas quand on m'a retrouvée, alors il a été volé.

Il hocha brièvement la tête et prit son téléphone. Puis il sortit dans le couloir, vraisemblablement pour appeler ses collèges. Juste à ce moment, une infirmière entra.

Son mal de tête, lancinant, venait nettement du côté gauche de son crâne. Elle leva la main et sentit un pansement à cet endroit.

— J'ai des points ? demanda-t-elle à l'infirmière.

— Ça n'a pas été nécessaire. Mais vous avez des strips pour bien refermer la plaie. N'y touchez pas.

Reese revint dans la chambre. Il était toujours au téléphone.

— Tu te souviens d'autre chose, Yvette ? De ton agresseur par exemple ?

— Je suis désolée : je n'ai aucun souvenir de l'attaque. La dernière chose que je me rappelle, c'est d'avoir regardé les paillasses du laboratoire, et de m'être réjouie de les voir enfin débarrassées de tous les objets qui les recouvraient.

Reese fit un petit bruit ironique, mais elle n'aurait su dire si cela lui était destiné ou s'il répondait à son interlocuteur.

Il mit fin à son appel.

— Vous savez quand Mlle Colton aura l'autorisation de sortir ? demanda-t-il à l'infirmière.

— Le neurologue veut la voir un peu plus tard dans la journée, et si tout se passe bien, je pense qu'il lui donnera le feu vert pour retourner chez elle.

La jeune femme se tourna vers Yvette.

— Vous vivez avec quelqu'un ? interrogea-t-elle en lançant un regard plein de sous-entendus à l'adresse de Reese.

— Non, répondit-elle.

— Vous ne pouvez pas rester seule. Vous avez eu une commotion cérébrale assez sérieuse. Il faut que quelqu'un vous surveille.

— C'est bon, intervint brusquement Reese. Je resterai avec elle. Ou plutôt, elle viendra chez moi.

- 13 -

Sous l'effet de la surprise, Yvette tourna la tête vers Reese dans un sursaut, ce qui était une très mauvaise idée. Une douleur fulgurante lui fendit le crâne et elle dut se laisser aller contre l'oreiller en fermant les yeux, respirant de manière saccadée jusqu'à ce que sa souffrance s'atténue quelque peu. Lorsqu'elle rouvrit les yeux, l'infirmière était partie.

— Je n'irai pas chez toi, déclara-t-elle avec fermeté.

— Et chez qui iras-tu, alors ? Si je me souviens bien, tous tes frères et sœurs viennent de commencer une relation amoureuse, je ne pense pas que tu te sentirais très à l'aise chez eux. Tes parents sont en train de divorcer, et n'ont pas l'esprit libre… En plus, j'ai envie de prendre soin de toi et de faire le nécessaire pour que tu sois bien.

— Mais…

— Mais rien du tout. Ne me dis pas que tu peux t'occuper de toi toute seule.

Elle pinça les lèvres. C'était effectivement ce qu'elle s'apprêtait à déclarer.

— Tu as entendu l'infirmière. Tu ne peux pas rester seule. Il n'y a pas à discuter. Tu vas venir chez moi. J'ai beaucoup de place, et ça me sera plus facile de prendre soin de toi dans ma maison.

Elle le regarda en fronçant les sourcils, mais dut admettre qu'il avait probablement raison.

L'arrivée de sa sœur Bridgette les empêcha de poursuivre cette discussion, et Reese sortit de la chambre pour les laisser parler à leur aise. Comme d'habitude, Bridgette était éclatante. Tout en elle rayonnait : sa peau dorée, ses cheveux blonds et sa personnalité chaleureuse.

— Hé, Yvette, comment te sens-tu ?

— Je suis en compote, confessa-t-elle.

— Je t'ai apporté une ou deux petites choses : du mascara, du rouge à lèvres, du blush… oh, et un peigne et une brosse à dents. C'est important de se sentir belle pour accueillir tout le clan Colton, non ?

— Tout le clan ? répéta Yvette avec un certain désarroi.

Bridgette se pencha et murmura :

— Jordana a battu le rappel, et je crois bien que toute la famille a l'intention de venir te voir aujourd'hui. Tu aurais dû nous appeler hier soir pour nous dire que tu étais là. Nous serions venus immédiatement !

— On m'a dit que je suis restée évanouie la majeure partie de la nuit.

Les yeux bleus de Bridgette, qui ressemblaient tant à ceux de leur mère, s'élargirent.

— Tu as été si grièvement blessée, Yvie ?

— Ce n'est rien. Ça va aller.

La dernière chose dont elle avait besoin était que toute sa famille s'achemine vers son chevet pour s'apitoyer sur elle.

— Je t'en prie, dis-leur de ne pas venir ! supplia-t-elle.

— C'est trop tard ! s'exclama Ashley Hart, la fiancée de Tyler, en entrant dans la chambre.

Yvette retint un gémissement.

— Tyler est en train de garer la voiture. Il va bientôt arriver, ajouta la jeune femme. Et je pense que j'ai vu Brooks et Neil entrer sur le parking.

Cette fois, Yvette s'autorisa à pousser un grognement, juste au moment où Tyler, le plus âgé et le plus sérieux de ses frères, pénétrait à son tour dans la chambre. Il vint l'embrasser, avant de se placer derrière Ashley et de lui enlacer la taille. Neil, l'avocat, entra juste après.

— Tu ne devrais pas être au tribunal, Neil ? lui lança Yvette.

— Non. Je suis libre en ce moment.

— Zut, grommela-t-elle.

Tout le monde éclata de rire lorsque Brooks, un des triplés, entra dans la chambre.

— J'ai loupé quelque chose ? s'enquit-il, l'air perplexe.

Au bout de quelques minutes d'une conversation légère et joyeuse, Yvette remarqua :

— Il est bien dommage que Jordana ne soit pas là pour profiter du rassemblement qu'elle a organisé !

— D'ailleurs, où est-elle ? s'interrogea Neil.

Comme si cette question l'avait fait apparaître, Jordana pénétra dans la pièce quelques instants plus tard.

— Je vois que tout le monde est ici, déclara-t-elle. Bien ! maman et Yvie le savent déjà, mais j'ai une annonce à vous faire : je vais aller vivre à Chicago avec Clint, et je vais diriger l'agence que Ty va ouvrir là-bas.

Les exclamations et les félicitations fusèrent, et Yvette fut ravie de constater que l'attention se concentrait maintenant sur Jordana. Elle était très touchée que toute sa famille se soit rassemblée autour d'elle, mais très franchement, voir tout le clan Colton était épuisant.

Soudain, une autre silhouette se dessina dans l'embrasure de la porte. Reese. Sa famille l'accueillit, et il se mêla sans aucune difficulté à la conversation.

Yvette remarqua que toute tension entre Jordana et lui semblait dissipée. Dieu merci ! Elle aurait détesté que sa révélation intempestive mette leur amitié à mal.

Ses frères et sœurs partirent un à un pour retourner à leurs occupations, et Jordana resta la dernière. Elle s'approcha du lit et se pencha sur elle, l'air inquiet.

— Tu as une idée de l'identité de celui qui t'a fait ça, sœurette ?

— Pas la moindre.

— Pas d'ennemis ? Pas de rupture qui se serait mal passée ?

— Il faudrait déjà qu'il y ait une rupture ! répliqua-t-elle.

Jordana sourit, mais son regard demeura sérieux.

— Je m'inquiète pour ta sécurité, Yvie. Tant que nous ne savons pas qui t'a agressée ni pourquoi, tu dois faire très attention.

Reese intervint :

— Ne t'inquiète pas, Jordana. Je vais l'emmener chez moi et je ne la quitterai pas un instant.

Jordana hocha la tête, l'air soulagé.

— Appelle-moi si tu as besoin d'aide. Yvette est parfois casse-pieds, surtout quand elle ne se sent pas bien.

— Bien sûr que non ! s'exclama Yvette. Je suis une patiente angélique.

Reese et Jordana éclatèrent de rire.

Soudain, Yvette sentit l'épuisement la gagner, et elle ferma les yeux.

Reese murmura à Jordana :

— Yvette a l'air un peu K.-O. Je crois que nous devrions la laisser se reposer.

Jordana planta un bisou sur la joue de sa sœur et sortit.

— Merci de l'avoir mise dehors, murmura Yvette.

— Je sais que c'était très important pour toi que ta famille se rassemble autour de toi, mais maintenant, il faut que tu te reposes.

— J'avais oublié ce sentiment de faire partie d'une famille nombreuse… Ou du moins, j'avais oublié pendant un temps les bons côtés du clan Colton.

Reese eut alors une réaction étrange : il sembla s'apprêter à lui dire quelque chose, puis referma la bouche et se détourna. Que se passait-il ?

Sans se retourner vers elle, il marmonna par-dessus son épaule :

— Je vais demander qu'un policier vienne surveiller ta chambre. Lorsqu'il sera arrivé, je partirai faire une ou deux choses. Mais je reviendrai vite pour voir comment tu vas. Pendant ce temps, repose-toi, d'accord ?

— D'accord.

Que lui arrivait-il ? Il soufflait le chaud et le froid, et elle ne savait plus où elle en était.

La porte se referma sur lui, et le silence tomba autour d'elle. Elle était enfin seule. Ses yeux se fermèrent.

Elle rêvait qu'elle courait après Reese alors qu'il s'éloignait d'elle à grandes enjambées. Elle le suppliait de revenir, et il ne se retournait même pas.

Elle se réveilla dans un sursaut, avec le sentiment d'être seule et perdue, abandonnée par tous ceux qu'elle aimait. Surprise de l'intensité de sa réaction à ce rêve stupide, elle essuya les larmes qui coulaient sur ses joues. Depuis quand était-elle devenue si sensible ?

Du pas de la porte, une voix masculine s'éleva, résonnant dans la petite pièce.

— Yvette ? Tu es réveillée ?

Si elle ne l'avait pas déjà été, elle le serait de toute façon !

— Je suis venu voir comment tu allais.

— Je me sens prête à partir d'ici.

Le médecin sourit tout en lui examinant la pupille de l'œil gauche avec une petite lumière éblouissante qui s'apparentait pour elle à un instrument de torture.

— C'est ce que disent tous mes patients.

Elle répondit sèchement.

— Vous voulez dire que personne n'aime être réveillé et malmené heure après heure ?

Son sourire s'élargit.

— Bien, je vois que tu n'as pas perdu le sens de l'humour, malgré ta mésaventure.

Une autre voix masculine s'éleva de la porte.

— Quel est le verdict, docteur ? Elle peut sortir aujourd'hui ?

Elle regarda derrière le médecin et aperçut Reese. Il était appuyé contre l'embrasure de la porte, et était beaucoup plus sexy qu'il n'en avait le droit.

— Elle peut partir, si et seulement si elle a constamment quelqu'un auprès d'elle pendant les prochaines vingt-quatre heures. Il va falloir la réveiller toutes les deux heures pendant au moins un jour de plus.

Yvette grommela :

— Vous avez décidé de m'épuiser ! C'est vraiment nécessaire ?

Le médecin la considéra d'un air sévère.

— Tu as eu une commotion sérieuse. Après un traumatisme crânien, il y a toujours le risque que l'on perde connaissance et que l'on entre dans le coma. Il faut réveiller régulièrement le patient pour être sûr que ce n'est pas le cas.

— Mais je vais bien !

Reese prit la parole.

— Vous pouvez être certain qu'elle sera réveillée toutes les deux heures précisément. Vous avez d'autres instructions ?

— Je vais lui prescrire des antalgiques et des antibiotiques, et je veux qu'elle continue à prendre des anti-inflammatoires pendant une semaine minimum pour éviter tout œdème cérébral.

— C'est compris, répondit brièvement Reese.

— Elle doit rester alitée demain pendant toute la journée.

Elle n'a le droit de se lever que pour aller aux toilettes. Et ensuite, elle doit essentiellement se reposer pendant trois ou quatre jours. Il va sans dire qu'elle ne doit absolument rien faire qui lui secoue la tête. Pas de sport ni d'activité physique soutenue pendant une semaine.

— Ça va être gai ! marmonna-t-elle.

Reese lui fit un large sourire, et elle lui retourna son regard le plus noir.

Le médecin sortit, et Reese déclara :

— Tu es si mignonne quand tu es en colère !

— À propos d'être en colère, nous n'avons toujours pas réglé cette histoire de mensonge, lui rappela-t-elle.

— Moi ? Je ne t'ai jamais menti.

— Si ce n'est pas un mensonge, comment appelles-tu le fait que tu ne m'aies rien dit pour mon père ?

— Il était essentiel que la réaction de tous ses enfants, toi y compris, soit spontanée. Et le but de toute cette mise en scène est d'appréhender un dangereux criminel, ne l'oublie pas… Mais si ça peut te faire du bien de le savoir, je m'en voulais terriblement d'avoir à te faire subir cela, déclara-t-il sobrement.

Effectivement, cela lui fit du bien. Mais elle n'allait pas le lui dire avant qu'il lui présente quelques excuses supplémentaires…

— Je te jure, Yvette, que jamais je ne…

Le médecin entra à nouveau dans la pièce, et Reese laissa sa phrase en suspens.

Le neurologue déclara de sa voix de stentor :

— J'ai établi une prescription et je l'ai envoyée pour qu'on te prépare tes médicaments. Mais avant d'aller les chercher, il y a quelques formalités de sortie à effectuer.

Pour un homme qui fréquentait beaucoup de patients qui avaient mal à la tête, il avait une voix particulièrement sonore.

— Merci, docteur, répondit-elle poliment.

Elle voulait dire à Reese qu'elle lui pardonnait son silence, et clore cet épisode une fois pour toutes, mais une infirmière entra et le chassa de la chambre.

Elle portait une planche sur laquelle étaient fixés quelques papiers, et la glissa sous le nez d'Yvette. Il lui fallut une demi-heure pour remplir une montagne de documents écrits en lettres beaucoup trop petites pour qu'un être normalement constitué puisse les lire, mais enfin, la femme lui tendit un grand sac en plastique.

— Voici vos vêtements et vos effets personnels. Vous voulez que je vous aide à les mettre ?

— Non, merci. Je peux le faire seule.

Pensaient-ils donc tous qu'elle était si atteinte ?

Elle était habillée et assise sur le bord du lit, et devait bien admettre malgré elle qu'un mal de tête monstre s'annonçait, lorsque Reese revint dans la chambre.

— Partons d'ici, déclara-t-il avec entrain.

— Dieu merci !

Elle se mit debout et eut l'impression qu'on lui transperçait le cerveau à coups de couteau.

Une main lui agrippa le coude, et elle distingua la silhouette de Reese auprès d'elle. Il avait de bons réflexes. Et il était observateur. Il avait dû remarquer à l'expression de son visage qu'elle avait mal, et s'était précipité pour la soutenir.

— Tu vas bien ? lui demanda-t-il avec assez de douceur pour ne pas augmenter son mal de tête.

— Oui, marmonna-t-elle.

— Menteuse !

— Emmène-moi hors d'ici. Je déteste les hôpitaux.

Il marcha à ses côtés pendant qu'une infirmière la poussait vers l'ascenseur dans un fauteuil roulant. Lorsque la porte s'ouvrit sur le rez-de-chaussée, il partit en courant, et il l'attendait déjà dans sa voiture quand elle sortit de l'hôpital. Il l'aida à monter dedans, referma la portière avec douceur et alla s'installer au volant.

— Je promets de conduire comme si je transportais les verres en cristal de ma grand-mère !

— Merci, répondit-elle dans un soupir.

Il sortit du parking.

— J'apprécie vraiment tout ce que tu as fait pour moi, reprit-elle. Si tu pouvais m'emmener jusqu'à ma voiture, je rentrerais chez moi, et je te laisserais tranquille pour les deux décennies à venir.

Reese fronça les sourcils, l'air sombre.

— Tu n'as pas entendu ce qu'a dit le médecin ? La seule raison pour laquelle il t'a laissée sortir d'ici est parce que j'ai dit que je resterais avec toi.

— Et je te remercie de l'avoir fait. Très sincèrement. Mais tout ira bien.

— Je te préviens, Yvette : si tu me répètes une fois encore que tu peux prendre soin de toi toute seule et que tu n'as pas besoin d'aide, tu vas m'entendre !

— Vas-y, je t'en prie.

Elle sentait déjà le sang lui marteler les tempes.

— Tu viens chez moi. Il n'y a pas à discuter.

— Tu es tellement têtu !

— Je ne suis pas le seul, répondit-il d'un ton sec.

Elle poussa un soupir d'irritation lorsqu'il passa devant chez elle. C'était à se demander s'il n'avait pas choisi cet itinéraire pour se moquer d'elle !

Pourtant, lorsqu'il pénétra lentement dans son garage et coupa le contact, elle se sentait épuisée et ne pensait plus qu'à deux choses : prendre des antalgiques et dormir, dans cet ordre. Il ouvrit la portière et elle s'apprêta à descendre, mais il s'avança et la surprit en la prenant dans ses bras.

— Reese ! Que fais-tu ?

Elle se rattrapa à son cou pour ne pas tomber.

— Il me semble que cela ne nécessite aucune explication, répondit-il en refermant la portière d'un coup de hanche et en se dirigeant vers la porte.

Il se pencha un peu pour qu'elle puisse appuyer sur la poignée et entra dans la maison, toujours en la portant. Il referma la porte derrière lui en s'appuyant dessus, puis alla la déposer – oh mon Dieu ! – dans sa chambre, sur son lit, avant de retourner chercher ses médicaments.

La pièce était nette et masculine. Son lit, fait de rondins poncés jusqu'à en être lisses et doux, semblait de facture artisanale. Elle aurait juré qu'il l'avait fait lui-même. Il y avait quelque chose de très intime à être étendue dessus, sachant qu'il l'avait fabriqué de ses propres mains.

Il revint avec plusieurs flacons qu'il déposa sur la table de nuit, puis alla chercher un grand verre d'eau. Il s'était procuré ses médicaments ? Quand ? Certainement lorsqu'elle remplissait les papiers…

Il la souleva à nouveau pour qu'elle puisse se glisser sous la couette, et la reposa doucement sur le matelas. Elle avait toujours les bras autour de son cou, et leurs visages étaient si proches l'un de l'autre qu'elle en avait le cœur serré.

— Je suis heureux de savoir que tu iras bien, murmura-t-il. Lorsque ta mère m'a appelé en me disant que tu étais blessée…

La voix de Reese s'étrangla.

— Je suis plus forte que je n'en ai l'air.

— Tu n'as pas à être forte pour moi, Yvie. Je vais prendre soin de toi et te protéger.

— Tu ne pourras pas être tout le temps là pour moi.

— Je peux essayer.

Leurs regards se croisèrent. Elle lut de l'angoisse dans le sien. Ses yeux étaient si bleus et si beaux qu'elle aurait pu s'y perdre à jamais.

— Embrasse-moi, Reese.

Ses lèvres se relevèrent.

— Je pensais que tu ne me le demanderais jamais.

— Ah bon ? Tu attendais que je te supplie ?

Il lui passa le doigt sur le front avec une infinie douceur.

— Tu as eu pas mal d'émotions ces derniers temps. Je voulais te laisser le temps de te remettre.

Il lui effleura la bouche, l'empêchant de lui rendre son baiser. Puis il pressa les lèvres un peu plus fermement, et elle enfouit ses doigts dans ses cheveux pour l'attirer à elle. Il résista, et elle finit par murmurer contre lui :

— Je ne vais pas me casser.

— Je le sais bien, mais je ne veux pas courir le risque de te faire du mal, murmura-t-il, refusant obstinément de laisser leur baiser s'enflammer.

Il prit son temps, cependant, lui caressant doucement les lèvres avec sa bouche. Lorsqu'elle commença à respirer plus fort et à sentir la chaleur monter en elle, il posa les mains sur ses épaules et l'appuya doucement sur la pile d'oreillers. Puis il se redressa et fit un pas en arrière.

— Mon Dieu, j'ai tellement envie de toi ! murmura-t-il.

— Alors n'arrête pas.

— Le médecin a dit : « Pas d'activité physique soutenue pendant une semaine. » Si je ne m'arrête pas maintenant, je crains que celle qui suivra le soit tout particulièrement !

— Eh bien, pourquoi pas ?

Il rit en la regardant.

— Tu veux que je t'apporte quelque chose ?

— Non, merci. Tu es vraiment rabat-joie !

— Toujours !

Elle leva les yeux vers lui. Il était temps de lui dire ce qui était maintenant clair pour elle.

— Reese, j'ai réfléchi à ce qui s'est passé lors de la

conférence de presse, et aux raisons pour lesquelles tu avais agi ainsi et… je voulais te dire que je te pardonne.

Il lui sourit avec chaleur et lui coinça une mèche de cheveux derrière l'oreille.

— Je suis heureux que les choses soient claires entre nous. Et maintenant, je vais te laisser tranquille pour que tu puisses dormir. Tu as l'air épuisée.

Elle l'était, mais elle répondit avec fermeté :

— Je vais bien.

— Yvie…

Il parlait d'un ton de reproche.

— Nous en avons déjà parlé, poursuivit-il. Tu n'as pas à te montrer toujours forte avec moi. Tu as le droit d'avoir mal, d'avoir peur ou d'être triste. Je penserai toujours autant de bien de toi. Je ne suis pas ton père.

Sur ces mots, il tourna les talons, avant de sortir de la chambre. Il n'était pas son père ? C'était bien vu de sa part ! Comment savait-il que la seule qualité que Fitz Colton appréciait chez ses enfants était la force ?

Elle regrettait que son père n'ait pas fait plus attention à elle lorsqu'elle était enfant, qu'il ne lui ait jamais dit qu'il l'aimait et qu'il était fier d'elle… Finalement, son oncle Shep l'avait toujours beaucoup plus soutenue.

Avec un soupir, elle sortit un comprimé d'un des flacons posés sur la table de nuit, et l'avala avec quelques gorgées d'eau. Lorsque le soulagement arriva, elle ferma les yeux et se laissa peu à peu gagner par la torpeur, dans l'atmosphère rassurante et protectrice du chalet de Reese, niché au milieu des bois.

- 14 -

Reese entrouvrit la porte pour jeter un coup d'œil à Yvette, mais elle était profondément endormie. Bien… Elle en avait besoin. Il programma la sonnerie de son téléphone pour la réveiller dans deux heures, et repartit.

Il alla alors dans la cuisine, et appela le poste de police.

— Allô, Jordana. Comment se passe le rangement du laboratoire de ta sœur ?

— Ça avance très lentement. Celui qui a fait ça l'a vraiment mis sens dessus dessous. Oh ! d'ailleurs, je voulais te dire que nous avons vérifié l'historique, et c'est bien le badge d'Yvette qui a été utilisé pour ouvrir la porte.

— Alors, quelqu'un l'a assommée, lui a volé son badge, et a pénétré dans le laboratoire…

— Apparemment.

— Il manque quelque chose ?

— Oui : cette boîte qui donnait tant de mal à Yvette.

Il eut l'impression de recevoir un coup de poing dans l'estomac : encore ce coffret ! Pourquoi était-il si important ? Ou plutôt, qu'ouvrait la clé qu'il contenait ?

— Et la clé ?

— Yvette l'a cataloguée et a indiqué qu'elle était conservée dans le coffre… qui, je suis heureuse de te l'apprendre, n'a pas été forcé.

C'était une bonne nouvelle.

— Comment va Yvie ? poursuivit Jordana.

— Elle est fatiguée. Elle a mal. Et elle refuse de se plaindre.

Il mit ensuite rapidement fin à la conversation, et alla sortir des légumes du réfrigérateur et une cocotte d'un placard pour préparer un ragoût de bœuf. Lorsque deux heures se furent écoulées, il alla voir Yvette, la réveillant seulement assez pour qu'elle marmonne dans un demi-sommeil qu'elle voulait qu'on la laisse tranquille.

Avec un sourire, il sortit de la chambre. Deux heures s'étaient presque écoulées et il s'apprêtait à aller voir Yvette à nouveau pour lui proposer de dîner légèrement, lorsqu'il remarqua l'éclat de phares dans son allée.

Qui venait le voir à cette heure-ci ?

Il se posta près de la fenêtre, et fut surpris de voir Lilly Colton sortir de sa voiture et s'approcher de la porte d'entrée. Quand il l'ouvrit, elle lui tendit un plat.

— C'est mon célèbre gâteau à la banane. Le préféré d'Yvette.

— Entrez, je vous en prie. Je suis certain que cela lui fera très plaisir !

— C'est normal. C'est mon bébé, répliqua Lilly un peu sèchement.

Elle lui rappela soudain irrésistiblement Yvette lorsqu'elle était agacée, et il sourit malgré lui.

— Maman ? Il me semblait bien avoir entendu ta voix.

Il se retourna pour voir Yvie debout dans l'embrasure de la porte, les cheveux ébouriffés, qui plissait les paupières pour ne pas être éblouie par l'éclat de la lumière de la cuisine.

— Tu ne dois pas te lever ! s'exclama-t-il.

— Je ne suis pas encore morte !

Lilly lui lança un regard complice et s'adressa avec douceur à sa fille.

— Ma chérie, tu as eu un traumatisme crânien sérieux. Je

suis certaine que le Dr Jones t'a dit de rester au lit pendant plusieurs jours, et de te reposer.

— Je ne peux pas dormir vingt-quatre heures par jour, maman !

— Non. Mais tu peux te reposer.

— Merci, intervint Reese. Yvie, tu as entendu ta mère : retourne te coucher. Je t'apporterai un bol du célèbre ragoût de *ma* mère, et si tu le manges, tu pourras avoir un morceau du fameux gâteau à la banane de *ta* mère.

— Du gâteau à la banane ! s'écria-t-elle.

De douleur, elle fronça presque instantanément les sourcils, et poursuivit d'une voix beaucoup plus basse :

— Merci, maman.

Lilly vint l'embrasser sur la joue et la serrer délicatement dans ses bras.

— Avec plaisir, ma chérie. Et si tu as besoin de quoi que ce soit, appelle-moi, d'accord ? Reese, si vous devez vous échapper, je serai heureuse de venir veiller un instant sur Yvie.

— Je ne suis pas une patiente si difficile que ça ! déclara Yvette d'un ton plaintif.

— Alors, que fais-tu debout ? répliqua-t-il avec ironie.

— Bon, j'abandonne. Je ne peux pas me battre contre vous deux. Je vais retourner au lit, ne serait-ce que pour y être un peu tranquille.

Elle lança par-dessus son épaule alors qu'elle s'éloignait :

— Et pour avoir du gâteau à la banane !

Il en profita pour se tourner vers Lilly et lui demanda :

— Comment allez-vous ? Je sais que cela ne me regarde pas, mais j'ai bien conscience que ces dernières semaines ont été particulièrement difficiles pour vous.

— C'est gentil de votre part de le demander, mais je vais étonnamment bien. J'ai rencontré plus de soutien que je ne le pensais, et je suis en paix avec ma décision de quitter Fitz.

Shepherd Colton faisait-il partie de ces soutiens ? Il eut soudain très envie de demander à Lilly pourquoi elle n'avait jamais révélé à Yvette qui était son père, mais cela n'était définitivement pas ses affaires.

Lilly partit ensuite rapidement, et Yvette l'appela pour lui dire qu'elle avait faim. Alors il repoussa cette affaire dans un coin de son esprit.

Yvette avait un secret. Elle aimait dormir dans le lit de Reese. Non seulement il était immense et confortable, mais il était imprégné de son odeur. Quand elle était blottie sous la couette, elle avait l'impression d'être auprès de lui.

Reese avait l'intention de demander que la police surveille sa maison lorsqu'il devrait se rendre au travail, mais Yvette avait protesté, lui faisant remarquer que personne à part les membres de sa famille ne savait qu'elle se trouvait ici, et qu'elle pouvait très bien rester seule quelques heures. Elle avait tellement insisté qu'il avait fini par céder, même si cette idée lui déplaisait.

Lorsque les vingt-quatre heures de surveillance avec des réveils réguliers prirent fin, il retourna travailler, veillant à revenir à chaque fois le plus vite possible. Il refusait de lui parler de ce qui se passait au poste de police, ce qu'elle interpréta comme un mauvais signe. Il ne voulait pas la stresser…

Petit à petit, son mal de tête s'atténua, et le quatrième jour, il avait presque entièrement disparu. Elle se sentait plutôt en forme et commençait à s'ennuyer. Lorsque Reese partit travailler le cinquième jour, elle se déclara fatiguée d'être fatiguée. Alors, elle se leva, et s'habilla dès qu'il eut quitté la maison.

Elle fit le ménage, inspecta les placards de la cuisine, et découvrit qu'elle avait tous les ingrédients nécessaires à la préparation d'une tarte aux pommes et de spaghettis bolognaise. Lorsque la sauce fut terminée, elle la laissa mijoter et alla allumer un feu dans la cheminée. Il était impossible de ne pas se souvenir des baisers qu'ils avaient échangés devant. Elle en voulait d'autres…

Avec l'idée de préparer ce moment, elle se rendit dans la remise où elle trouva des bougies. Elle mit la table pour deux, et confectionna une décoration avec des pommes de pin et des baies rouges qu'elle alla cueillir dehors. Lorsqu'elle recula pour observer son œuvre, elle ne fut pas mécontente du résultat.

Elle entendit le véhicule de Reese entrer dans le garage, et elle vérifia rapidement dans le miroir de la salle de bains qu'elle était bien maquillée et bien coiffée. Fort heureusement, sa mère lui avait apporté un sac avec quelques vêtements et affaires de toilette le lendemain du jour où elle était venue avec le gâteau à la banane.

Elle arriva juste au moment où Reese entrait dans la cuisine. Il s'arrêta net.

— Tu devais te reposer !

— Mais je *suis* reposée ! Je m'ennuie à mort, et cuisiner un bon repas était une détente. Vois ça comme une thérapie !

Il pendit son manteau et vint l'embrasser nonchalamment.

— J'aime entrer ici et te voir, confessa-t-il. Toute la journée lorsque je travaille, il me tarde que ce moment arrive. Tu trouves cela étrange ?

— Non, pas du tout.

En fait son cœur avait fait un bond, et une douce chaleur l'avait envahie.

Il tira la chaise pour qu'elle s'assoie à table.

— Installe-toi. Je vais nous servir.

Elle sourit lorsqu'il posa devant elle une assiette chargée d'un immense tas de spaghettis arrosé de sauce.

— Tu veux m'engraisser pour qu'aucun autre homme n'ait envie de me regarder ? murmura-t-elle.

Il se glissa sur sa chaise en souriant.

— Et si c'était le cas ?

— Alors, je dirais que les choses deviennent sérieuses entre nous.

Oups. Instantanément, l'atmosphère devint lourde, et ils se retrouvèrent tous deux à regarder maladroitement leurs assiettes.

Ils avalèrent une bouchée de spaghettis et cessèrent un instant de parler. Puis Reese déclara :

— Si tu t'ennuies, je pourrais peut-être te rapporter quelque chose de ton laboratoire pour que tu travailles dessus ? Rien de fatigant. Mais il faut que tu me promettes de ne pas trop…

— Ça serait merveilleux ! s'exclama-t-elle. Mon ordinateur, peut-être. Au moins, je pourrais lire mes mails et voir si j'ai reçu les résultats des analyses que j'ai demandées.

— Je te l'apporterai demain.

Il poursuivit avec prudence :

— Puisque je vois que tu es en forme, peut-être que le moment est venu de t'annoncer que celui qui t'a agressée sur le parking a également volé ton badge et s'est introduit dans ton laboratoire.

Elle retint son souffle.

— Il a volé quelque chose ?

— Le coffret. Et… ton laboratoire a été… mis à sac.

— Quoi ? Vraiment ?

— Jordana et deux autres policiers ont passé les derniers jours à essayer de remettre les choses en ordre du mieux qu'ils le pouvaient. L'assurance a accepté de prendre en charge le coût de remplacement du matériel endommagé.

— Quel matériel ? Endommagé comment ?

— Il ne s'agit que de quelques machines. Tu vas bien, c'est cela qui compte.

Elle se laissa aller contre le dossier de sa chaise, le regardant fixement.

À en juger par la façon dont il esquivait ses questions, les dégâts devaient être considérables.

— Seul le coffret a disparu ?

— Nous l'ignorons. Jordana a repris ta base de données et a essayé de déterminer s'il manquait d'autres objets, mais elle n'est pas experte en la matière. Je l'ai aidée de mon mieux, mais je n'ai pas ta compétence.

— Eh bien ! Je suis heureuse que tu reconnaisses enfin que j'en sais plus que toi sur mon métier.

Il fit la grimace.

— Tu pourrais me conduire au laboratoire demain pour que j'aille y jeter un coup d'œil ?

— Le médecin a dit que tu devais te reposer.

— Il m'a recommandé de rester alitée trois jours. Cela fait cinq jours depuis l'agression. Je vais bien.

Reese la regarda d'un air sardonique.

— J'aimerais bien qu'une fois pour toutes, tu arrêtes de dire « je vais bien » !

Elle leva les yeux au ciel.

— D'accord. J'ai complètement récupéré, je n'ai plus de maux de tête, et j'en ai assez d'être ici à ne rien faire. Je veux reprendre mon travail… et je veux qu'il contribue à mettre un meurtrier sous les verrous !

— Tu n'es pas bien ici ? Je pensais que tu aimais ma maison.

Bon sang, il avait l'air blessé !

Elle poussa un soupir, alors que toute indignation l'avait quittée.

— J'aime beaucoup ta maison. Ton chalet est

incroyablement confortable et chaleureux, et j'aime son calme et les arbres qui l'entourent… Mais j'ai un métier qui m'attend, des choses qui dépendent de moi. Comment te sentirais-tu si tu étais au beau milieu d'une enquête, et que tu doives t'interrompre pendant une semaine ?

— Ce que tu décris est plus ou moins ce qui s'est passé ces derniers jours, répliqua-t-il avec un soupir. Je devrais être à fond sur l'affaire Harrison-Crane, et au lieu de cela, je ne fais que de brèves apparitions au bureau, et je reviens vite ici pour m'assurer que tu te reposes bien. Et soyons clairs, je l'ai choisi, c'est ce que je veux.

Elle le regarda, troublée par ses paroles.

— Je ne veux pas t'empêcher de travailler. Ce que tu fais est important !

Il leva brusquement les yeux vers elle. Ils brillaient d'une lueur intense.

— Tu es encore plus importante. C'est tout.

Elle le considéra avec stupéfaction. Plus importante pour lui que sa précieuse carrière ?

— Tu en es sûr ? demanda-t-elle d'une petite voix.

Se penchant en avant, il lui prit les mains.

— Quand je t'ai vue, inanimée, sur ce lit d'hôpital, la terre s'est arrêtée de tourner. Et elle n'a recommencé que lorsque tu as repris connaissance et que tu m'as parlé.

— Je…

Il n'arrivait pas souvent qu'elle soit à court de mots, mais c'était le cas.

— Oui, murmura-t-il, c'est ça…

— Nous n'avons même pas… Nous nous connaissons à peine. C'est trop tôt…, bafouilla-t-elle.

— Je le sais. Mais c'est comme ça. Et je sais que tu es la femme de ma vie.

Elle fut soudain prise de panique : les choses étaient allées si vite !

— J'ai plein de manies et de défauts dont tu ne soupçonnes même pas l'existence. Je suis quelqu'un de difficile à vivre.

— C'est peut-être à moi d'en juger, non ? suggéra-t-il, l'air moqueur.

— C'est facile à dire pour toi. Tu es parfait, répliqua-t-elle.

— Oh ! ma chérie ! Je ne serais jamais assez bien pour toi. Je ne suis qu'un flic qui vient d'un coin paumé du Kansas. Et toi… tu es une princesse ici !

— Mon Dieu ! Je déteste être une Colton, parfois.

Il détourna les yeux, et elle songea qu'il avait déjà eu la même attitude, lorsqu'ils étaient à l'hôpital. De quoi parlaient-ils à cet instant ? Ah oui, de sa famille…

Reese se leva brusquement et apporta leurs assiettes vides vers l'évier.

— J'ai fait une tarte, annonça-t-elle.

— Ah bon ?

— Oui. Une tarte aux pommes. C'était le seul dessert que je pouvais préparer avec les ingrédients dont je disposais. Je ne savais pas si tu aimerais ou non.

— C'est ma tarte préférée !

— Moi aussi, j'adore. Surtout lorsqu'elle est chaude avec une boule de glace à la vanille dessus !

— Victoire ! Nous sommes enfin d'accord sur quelque chose !

Elle lui lança un regard acéré.

— Comment peux-tu dire que tu m'aimes, et me rappeler immédiatement après que nous ne sommes jamais d'accord sur rien ?

— Tu n'as jamais entendu que les contraires s'attirent ?

Il se retourna, les manches roulées, essuyant avec un torchon la grande casserole dans laquelle elle avait cuisiné.

— Ça n'a pas marché pour mes parents, répliqua-t-elle avec tristesse.

Reese répondit vivement :

— Quand la différence entre deux personnes est que l'un est un imbécile et pas l'autre, ce n'est pas une base très solide pour une relation.

— Tu n'aimes pas mon père, n'est-ce pas ?

— Non. Il s'est laissé convaincre par son associé de faire une chose qui a fini par causer la mort de plusieurs de ses employés, et il était parfaitement conscient du risque qu'il leur faisait courir. Et maintenant, il vous laisse tous tomber et subir seuls les conséquences de ses malversations.

— Tu sais où il est allé ? demanda-t-elle.

— J'ai une idée.

— Ah bon ? Où ?

— Je ne peux pas te le dire. Une des conditions qu'il a exigées pour signer l'accord passé avec le procureur était qu'aucun des membres de sa famille ne sache où il allait s'installer.

Elle se laissa aller contre le dossier de sa chaise, sous le choc. Elle avait conscience d'avoir la mâchoire qui pendait, mais elle n'arrivait pas à la refermer.

Reese se retourna pour la regarder. Il dut remarquer à quel point elle était choquée, car il s'approcha rapidement d'elle et, la forçant à se lever, il la prit dans ses bras et la serra.

La vaisselle était oubliée. Il se pencha, la souleva et la porta dans le salon, qui n'était éclairé que par le feu qui flambait dans la cheminée. Il s'assit sur le canapé et l'installa sur ses genoux.

— Je suis désolé d'avoir été celui qui te l'a appris, murmura-t-il.

— C'est moi qui t'ai annoncé que Jordana partait vivre à Chicago, donc nous sommes quittes. Mes frères et sœurs le savent ? Oh ! mon Dieu : et ma mère ?

Reese fit la grimace, et elle lui prit le visage entre ses mains et le força à la regarder.

— Ma mère le sait ? répéta-t-elle.

Il poussa un soupir.

— Je pense que c'est elle qui l'a demandé. Elle voulait une séparation nette et définitive de ton père.

Elle regarda Reese avec désarroi.

— Mais que lui a-t-il fait ? Ma mère n'est pas vindicative. Elle n'a jamais coupé les ponts avec quiconque de cette manière !

Il ferma les yeux pendant un moment. Lorsqu'il les rouvrit, ils étaient noyés d'une expression douloureuse.

— Tu devras le lui demander.

— Tu en sais plus que tu ne veux m'en dire, déclara-t-elle d'un ton accusateur.

À son crédit, il répondit franchement :

— J'ai mon idée. Mais ce n'est pas à moi de parler. Il faudra que tu évoques le sujet avec elle.

— Je vais le faire ! Et tout de suite !

— Tu devrais peut-être te reposer un peu après tout ce que tu as fait aujourd'hui !

— J'ai seulement cuisiné des spaghettis, répliqua-t-elle.

— Et une tarte délicieuse. Et tu as rangé toute la cuisine, si je ne me trompe pas.

— J'ai peut-être même fait un peu de ménage.

Elle marqua un temps d'arrêt avant d'ajouter :

— Mais je te jure que je vais…

Il lui lança un regard noir, et elle s'interrompit.

— Hum, restons-en là, répliqua Reese.

— Cela veut dire que tu accepterais de m'embrasser à nouveau devant le feu ?

Reese se mit à rire contre ses lèvres.

— Je pensais que tu ne me le demanderais jamais !

— Tu peux me le demander toi aussi, tu sais.

— D'ac. Tu veux qu'on se pelote ?

Elle éclata de rire.

— Tu peux faire mieux !

— Alors, que dirais-tu de : j'ai l'impression de t'avoir attendue toute ma vie. Maintenant que je t'ai enfin trouvée, je ne peux jamais me rassasier de toi. J'aime te tenir dans mes bras, j'aime la douceur de ta bouche, j'aime ta passion, ton intelligence, ton humour. Me ferais-tu l'honneur de consentir à faire passionnément l'amour avec moi ?

Faire l'amour ? Bon…

— C'est infiniment mieux !

— Mes sentiments trouvent-ils un écho en toi ?

Elle rit de cette expression désuète.

— Totalement !

— Et… ?

— Et quoi ?

— Tu acceptes ma proposition ?

— Ah, ça…

Elle fit semblant de réfléchir pendant quelques secondes. Puis elle répondit :

— Oui, bien sûr que j'accepte !

Il ne perdit pas de temps pour poser les lèvres sur sa bouche et la capturer pour un long baiser parfumé à la pomme et à la cannelle.

Puis il se leva, et l'aida à faire de même dans la lumière dansante des flammes. Lentement, tendrement, il lui caressa les épaules, et lui prit les mains qu'il porta à sa bouche pour les embrasser.

— Tu es si belle, souffla-t-il, si féminine !

Glissant les doigts dans sa chevelure, il en fit passer de longues mèches devant ses épaules.

— Tes cheveux sont doux comme de la soie.

Elle lui caressa le menton du bout des doigts.

— Et toi, tu es comme un porc-épic !

— Tu voudrais que j'aille me raser ?

— Non, j'aime ça. Ça fait un peu sauvage, viril. Je te préfère quand tu n'es pas sur ton trente et un avec des chaussures cirées et une chemise bien repassée. C'est l'homme qui est hors du bureau dont je suis d'abord tombée amoureuse.

— Tu es en train de me dire que tu es également tombée amoureuse du policier ?

— Peut-être…

Il pencha la tête sur le côté, la dévisageant d'un air interrogateur, et elle finit par céder.

— Bon, d'accord, je suis tombée amoureuse du policier aussi. J'aime tout ce que tu es.

Il poussa un long soupir alors qu'il semblait assimiler ses paroles. Ses yeux s'assombrirent et son regard devint sérieux.

— J'aime tout ce que tu es, moi aussi.

— Tout ce que tu connais, peut-être. Mais il y a encore beaucoup d'aspects que tu ignores.

— J'aimerais les découvrir, Yvie.

Très lentement, elle se mit sur la pointe des pieds, sans jamais cesser de le regarder. Elle s'immobilisa lorsque sa bouche fut presque contre la sienne et murmura :

— Moi aussi, j'aimerais ça.

Il l'embrassa, lentement au début, presque avec révérence. Il était si facile, si naturel de se plonger tout entière dans ce baiser ! Elle se sentait en parfaite sécurité, mais elle aimait aussi ce côté sauvage, brut, qu'elle pouvait percevoir en lui.

Elle approfondit leur baiser, faisant tout son possible pour l'éveiller. Elle se frotta légèrement le torse contre lui, savourant la façon dont la pointe de ses seins se raidit et devint si sensible qu'elle retint son souffle à ce contact.

La seule lumière du chalet était la lueur rougeoyante des flammes, tandis que l'ombre les enveloppait de mystère. Reese tendit la main vers le bas de son sweater, et marqua un temps alors qu'il s'apprêtait à le soulever.

— Voici les règles pour ce soir, déclara-t-il avec douceur.

Si tu as mal à la tête, tu me le diras immédiatement. C'est d'accord ?

— Mais si je fais ça, tu t'arrêteras. Et peut-être que je n'en aurai pas envie !

— Ce qui nous amène à la seconde règle. Le médecin a dit que tu ne devais pas avoir d'activité physique soutenue. Prends du plaisir en te ménageant.

— Ce n'est pas très réjouissant !

— Fais-moi confiance : tu pourras tout à fait apprécier sans trop en faire.

Il lui ôta son sweat-shirt, évitant soigneusement ses pansements. Ses plaies se refermaient bien, mais elle apprécia sa délicatesse.

Elle passa les mains sur son torse, goûtant la solidité de ses muscles sous le tissu de sa chemise. Elle commença alors à en défaire un à un les boutons. La chaleur et la solidité de son corps exerçaient sur elle un attrait presque irrésistible, et elle sentit l'excitation monter en elle.

Elle déboucla sa ceinture et la tira lentement, la faisant glisser sur sa taille étroite. Puis, lorsque la bande fut entièrement sortie des passants, elle la laissa tomber sur le sol.

Il lui ôta alors le T-shirt qu'elle portait, et lorsque son visage émergea, il demanda d'un air inquiet :

— Je ne t'ai pas fait mal ?

— Je te répondrais volontiers que je vais bien, mais tu te mettrais en colère !

— Promets-moi que si quoi que ce soit te fait mal, tu me le diras.

— Promis ! Y a-t-il d'autres règles à respecter, lieutenant ?

— J'ai laissé mon badge dans la cuisine. Je ne suis plus policier.

— Je préfère ! Tu ne vas plus te laisser accaparer par le travail. Je vais enfin t'avoir tout à moi.

— Je suis ici, entièrement à toi.

Elle lui prit le visage entre les mains.

— Et moi aussi. Je suis ici, entièrement à toi.

Il commença par l'embrasser derrière l'oreille, puis poursuivit le long de son cou, sur son épaule, et entre ses seins. Lorsqu'il atteignit la dentelle de son soutien-gorge, il se mit à genoux, puis continua à l'embrasser sur le ventre, jusqu'à la taille de son jean.

Il marqua alors un temps d'arrêt, puis le déboutonna et en baissa la fermeture Éclair. Alors, il le fit glisser lentement, tout en lui caressant les hanches et les cuisses.

Il ôta ensuite rapidement son pantalon. Ainsi qu'elle le soupçonnait, tout son corps était à la fois élancé et musclé.

— Tu ressembles à une déesse grecque, murmura-t-il.

— Oui. C'est tout moi ! Froide et dure !

Elle sentit le coin de ses lèvres se relever contre son épaule.

— Je voulais dire que ta peau est blanche et douce comme de l'albâtre… Et que tu es un exemple de perfection féminine.

— Moi ? Pas du tout !

Il soupira, et elle sentit son souffle chaud caresser son cou.

— Quand cesseras-tu de te dévaloriser ?

Ce fut à elle de pousser un soupir.

— Je suis désolée. Je plaisante toujours quand je suis mal à l'aise.

Il redressa brusquement la tête et la regarda.

— Pourquoi es-tu mal à l'aise ? Ça va trop vite pour toi ?

— Mon Dieu, non ! Je dirais plutôt que nous n'allons pas assez vite. Je n'ai qu'une envie : être allongée sur un lit tout contre toi. Mais je suis mal à l'aise parce que je me demande ce que tu penses en me regardant, avoua-t-elle.

Il sourit.

— Tu vas être obligée de me croire quand je te dis que

je te trouve belle… la femme la plus belle, la plus sexy et la plus désirable que j'aie jamais vue.

Waouh ! C'était agréable à entendre.

Il continuait à la caresser doucement tout en parlant.

— J'ai l'impression de t'avoir attendue toute ma vie. Et maintenant que tu es là, plus aucune autre femme ne m'intéresse. Aucune.

Avec douceur, il lui prit le visage entre ses mains un peu calleuses, épousant la forme de ses joues comme si elles étaient faites de la porcelaine la plus délicate. Puis il l'embrassa lentement pour le lui prouver, approfondissant graduellement leur baiser.

Sans cesser de l'embrasser, il se pencha, glissa le bras derrière ses cuisses, et la souleva. C'était l'avantage d'être petite et légère : un grand homme fort comme lui pouvait littéralement la cueillir et l'emporter.

— Tu as une contraception ? murmura-t-il.

Elle fut touchée qu'il s'en soucie.

— Je prends la pilule, et je n'ai pas eu de rapports depuis que je suis arrivée à Braxville. Je suis si peu susceptible d'avoir une maladie sexuellement transmissible que c'en est déprimant !

— Même chose pour moi. Je n'ai pas eu de relation depuis… bien plus longtemps que je ne saurais le dire ! Mais je vais mettre un préservatif.

— Merci.

— Je suis un homme prudent.

— Nous allons voir ça quand je me serai occupée de toi ! J'ai pour projet de te faire oublier toute modération !

Il rit.

— Il me tarde de voir ça !

Il se dirigea rapidement vers sa chambre et la déposa délicatement sur le matelas. Pour ne pas rompre ce contact si délicieux avec lui, elle garda les bras enlacés autour de son cou, le forçant à s'allonger auprès d'elle. Il se mit sur le coude et, penché sur elle, continua à l'embrasser.

Elle aimait la sensation de son corps qui la pressait contre le duvet de la couette, et ne pouvait s'en satisfaire. Elle l'attira à elle.

Il eut un petit rire contre sa bouche.

— Impatiente ?

— Oh oui !

— C'est une bonne chose que j'aime prendre mon temps et savourer chaque instant, parce que tout serait déjà terminé si je suivais ton rythme !

Elle émit un grognement du fond de la gorge.

— Le chaton a des griffes ?

Elle le fit rouler sur le dos et pressa son coude sur son torse en le regardant d'un air moqueur.

— Je ne suis pas un chaton, monsieur, mais un chat sauvage !

— Un chat sauvage tout petit, mais féroce, répliqua-t-il d'un air ironique, avant de la faire rouler à son tour pour se retrouver à nouveau sur elle.

Elle remarqua qu'il l'avait d'abord prise dans ses bras pour la protéger avant d'effectuer ce mouvement.

— Je te remercie d'être si délicat avec moi, Reese, vraiment. Mais je te le promets : je vais vraiment bien. Ma plaie s'est refermée, et mon cerveau fonctionne parfaitement… En tout cas, pas plus mal qu'avant…

Elle sentit ses lèvres chaudes et fermes se relever contre son épaule. Il l'embrassa et poursuivit jusqu'au creux de la gorge où il s'attarda, caressant de la langue cet endroit si sensible.

Elle enfouit son nez dans son cou. Elle ne parvenait pas à se rassasier de son odeur, qui se mêlait intimement à celle, propre et fraîche, de son eau de toilette. C'était le même parfum délicieusement masculin qui imprégnait son oreiller et les draps de son lit, et qui l'avait réconfortée pendant les moments difficiles des jours derniers.

Il dégrafa son soutien-gorge et fit glisser les bretelles le long de ses bras. Elle s'en débarrassa et poussa un soupir d'aise lorsque la paume chaude de sa main vint épouser la forme de ses seins, et que, du pouce, il en taquina le téton.

— Tu as froid ? murmura-t-il.

— Je ne sais même pas. Je suis trop excitée pour le sentir !

— Tu es parfaite…

Il se pencha et lui prit le bout de son sein entre les lèvres. Elle retint son souffle alors que de petites décharges électriques lui parcouraient tout le corps, puis elle tendit les bras et fit glisser son slip le long de ses hanches. Il l'aida et finit de l'enlever. L'envie de caresser son ventre plat fut irrésistible, et elle passa doucement la main dessus, descendant jusqu'à son sexe en érection. Quand elle le prit dans sa main, elle constata qu'il était chaud, et dur comme de la pierre. Inutile de lui demander s'il était excité !

Elle le sentit tressaillir alors qu'elle caressait du pouce l'extrémité à la peau satinée.

— Toujours déterminé à faire durer les préliminaires toute la nuit avant de me faire l'amour ? demanda-t-elle d'un ton moqueur.

— Allumeuse, marmonna-t-il contre sa poitrine.

Il faufila la main entre ses jambes.

Elle sentit la pulsation du sang à cet endroit si intime alors que du bout des doigts, il la caressait.

— Tu n'es pas la seule à vouloir aller plus vite, murmura-t-il.

— Mais je suis la seule à le dire !

Elle écarta les cuisses pour qu'il poursuive son exploration. Ses doigts s'aventurèrent plus loin, et elle faillit jouir lorsqu'il lui effleura le clitoris.

— Je t'en prie, Reese, ne me fais pas attendre plus longtemps, sinon je vais mourir !

Il rit, et enfouit son visage dans son cou pour un moment.

— Nous sommes vraiment le yin et le yang.

— Eh bien, si ton yang ne veut pas s'activer, mon yin va te mettre sur le dos et s'occuper de toi !

Elle serra les doigts autour de son sexe et l'attira à elle, pour que son intention soit claire.

Il poussa un grognement, avant de s'éloigner d'elle. Elle s'apprêtait à protester lorsqu'elle comprit qu'il cherchait un préservatif dans le tiroir de sa table de nuit.

Alors, enfin, il s'allongea sur elle, en veillant à ne pas lui faire mal. Elle lui entoura la taille de ses jambes et l'attira à elle. Il résista un instant, puis il la pénétra d'un coup de reins lent et profond.

Il l'emplissait à merveille. Lorsqu'il commença à reculer, elle serra convulsivement les jambes autour de ses hanches, et il eut un petit rire.

— Je n'ai pas l'intention de partir !

Et pour appuyer sa promesse, il s'enfonça en elle, plus vigoureusement cette fois.

— Oh ! que c'est bon ! soupira-t-elle. J'ai eu tellement de chance de te trouver !

— Peut-être que c'est moi qui t'ai trouvée. Et Dieu sait que je te cherchais depuis longtemps.

Leurs sourires se muèrent en un baiser empli d'émerveillement et de joie partagés devant ce miracle.

Il commença à aller et venir, et elle accompagna son mouvement. Il conserva un rythme langoureux qui la rendait folle. Mais elle devait reconnaître que les sensations qui la traversaient étaient extraordinaires… Son sexe la caressait de toute sa longueur, et l'emmenait vers des sommets d'excitation jusque-là inconnus.

Et toujours, il la regardait, ne cachant pas le plaisir qu'il éprouvait, et laissant les traits de son visage exprimer la joie la plus parfaite.

Ils firent l'amour à plusieurs reprises. Lorsqu'ils recommencèrent alors qu'elle avait déjà connu plusieurs orgasmes, il accepta d'accélérer le rythme. Elle haletait alors que le plaisir lui contractait le corps tout entier.

— Plus vite ! souffla-t-elle.

— Je ne veux pas… te faire mal…

— Je t'en prie ! souffla-t-elle désespérément.

Elle le serra fermement avec ses jambes, l'obligeant à pénétrer plus profondément en elle, et lui agrippa le cou.

Il poussa un grognement et elle sentit tout son corps se tendre. Elle s'arc-bouta contre lui, elle aussi.

Soudain, son orgasme explosa et gagna son corps tout entier. Ils furent emportés ensemble par une vague de plaisir qui les laissa épuisés et rassasiés.

Il se laissa retomber contre elle mais même en cet instant, il veilla à ne pas lui faire mal.

Il se mit sur le côté, puis la prit tendrement dans ses bras.

— Je pense que nous avons passé avec succès le test de compatibilité sexuelle, remarqua-t-elle.

— Ah bon ? C'était un test ?

— Eh bien, nous aurions pu n'avoir aucune attirance l'un pour l'autre !

Il eut un petit rire.

— Ma chérie, nous avons été attirés l'un par l'autre dès le premier jour ! Il ne manquait que l'étincelle pour mettre le feu.

— Et provoquer une explosion !

Ils restèrent allongés en silence, leurs cœurs battant à l'unisson alors que le vent soufflait dans les sapins au-dehors. Elle était habitée par un sentiment de paix parfaite. Jamais de sa vie elle ne s'était sentie si bien avec quelqu'un. Elle se laissa gagner par l'engourdissement, blottie contre Reese qui semblait tout aussi comblé qu'elle.

Il murmura d'une voix ensommeillée :

— Combien de temps devrais-je attendre avant de te demander en mariage sans te faire peur ?

Soudain, elle se sentit parfaitement réveillée.

— Euh… Je ne sais pas. Certainement pas maintenant.

Reese ne répondit pas. Elle attendit un instant et, lorsqu'elle lui donna un petit coup sur le flanc, il laissa échapper un léger ronflement. Était-il seulement réveillé lorsqu'il lui avait posé cette question ? Elle se laissa retomber sur l'oreiller, tout abasourdie. Il pensait donc à la demander en mariage ? Même s'il était à moitié endormi ?

Elle était à la fois ravie et terrifiée par cette idée. Elle avait toujours obstinément refusé de s'engager. Était-elle prête à promettre à un homme – à *cet* homme – de passer le reste de sa vie avec lui ?

Demandait-il en mariage, dans un demi-sommeil, toutes les femmes avec lesquelles il avait partagé une nuit d'amour ? Ou pire, pensait-il vraiment ce qu'il disait ?

Elle ressentit soudain l'envie irrésistible de se glisser hors de ses bras, de son lit, et de s'enfuir.

- 15 -

Reese se réveilla paresseusement, avec un sentiment de bien-être intense. Il lui fallut une seconde pour reprendre complètement connaissance, et se souvenir de la cause de cette félicité. Yvie… Sa chère Yvie… Il soupçonnait qu'elle serait une amante généreuse et passionnée, et la nuit dernière avait comblé toutes ses attentes.

Il tendit le bras vers elle, et ne rencontra que des draps froids… un oreiller vide… Il se redressa avec inquiétude. Il sauta hors du lit et enfila rapidement un jean. Puis, pieds nus, il se dirigea vers la cuisine. Elle ne s'était tout de même pas enfuie ?

Il parvint à l'embrasure de la porte et s'arrêta. Yvette était debout devant la cuisinière et faisait frire du bacon dans une poêle. Elle avait enfilé la chemise qu'il portait la veille, ses jambes minces et galbées étaient nues. Instantanément, il sentit le désir monter en lui.

— Bonjour, ma chérie, murmura-t-il en s'avançant derrière elle et en la prenant dans ses bras. Tu aurais dû rester au lit et me laisser préparer le petit déjeuner pour toi.

— Je pensais que tu avais une réunion importante ce matin.

— Ah, le travail… Oui. Jordana et moi devons rencontrer Mary Dexter. Nous sommes persuadés qu'elle nous cache des choses sur son mari.

Il recula sa chaise pour qu'elle s'assoie, et déposa un léger baiser sur son cou.

— J'approuve votre tenue vestimentaire, mademoiselle Colton.

Elle lui jeta un coup d'œil par-dessus son épaule, et il vit ses yeux briller.

— Et j'approuve la vôtre, monsieur Carpenter. Vous pouvez venir prendre votre petit déjeuner torse nu quand vous voulez !

Il s'assit et tendit la main vers elle. Leurs doigts s'effleurèrent en un geste plein d'affection. Comment allait-il pouvoir passer des heures sans la toucher à nouveau ?

Malheureusement, il ne pouvait pas s'attarder ni lui faire l'amour avant de partir travailler. Il prit une douche rapide et roula des yeux lorsqu'il découvrit qu'Yvette s'était déjà lavée avant lui, et qu'il n'arrivait plus à trouver une seule serviette sèche dans la salle de bains.

Il alla en chercher une dans le placard, prêt à accepter ce désagrément mineur si cela signifiait qu'Yvette Colton faisait partie de sa vie. Il s'habilla, entra dans le salon… et s'arrêta net. Yvette l'y attendait, son manteau déjà enfilé. Elle se tenait près de la porte arrière, avec une expression déterminée sur le visage.

— Je vais devenir folle si je reste ici un jour de plus. Je te promets de ne pas travailler longtemps ! Et ma voiture est toujours sur le parking. Je pourrai retourner chez moi.

Il sentit un poids s'abattre sur sa poitrine.

— Je veux veiller sur toi jusqu'à ce que celui qui t'a agressée ait été appréhendé. Si tu veux rester chez toi, pas de problème. Je vais prendre quelques affaires de toilette, et je t'y rejoindrai ce soir…

Il ajouta :

— Si tu le veux bien. Je comprendrais que tu veuilles être un peu seule…

Elle se jeta dans ses bras.

— Bien sûr que je le veux bien ! Je n'étais pas certaine que tu aies envie qu'on te voie chez moi.

Il lui jeta un regard noir.

— Nous sommes ensemble, maintenant.

Il ajouta pour bien se faire comprendre, l'embrassant entre chaque mot :

— Tu. Es. À. Moi.

— Je ne suis la propriété de personne ! répliqua-t-elle.

Il leva les yeux au ciel.

— Ce n'est pas ce que je voulais dire, et tu le sais parfaitement.

Elle éclata de rire.

— C'est vrai, mais tu détesterais que je ne te remette pas à ta place !

Il la suivit jusqu'au garage, secouant la tête et souriant en lui-même : il n'allait pas s'ennuyer pendant les soixante-dix années à venir ! Il se dit qu'il ne devait pas oublier de demander à Jordana quelle sorte de bijoux Yvette aimait. Préférerait-elle une bague de fiançailles ornée du traditionnel diamant, ou une autre pierre ? Un beau saphir, peut-être, ou une émeraude ?

Ils arrivèrent sur leur lieu de travail et, après un rapide baiser dans l'escalier, il se dirigea vers la salle où il devait rencontrer Mary Dexter.

Elle arriva à l'heure pile, ce qui ne le surprit pas outre mesure, étant donné la façon impeccable dont elle tenait sa maison : elle avait manifestement un côté psychorigide. Jordana et lui s'étaient mis d'accord à l'avance pour l'interroger avec ménagement, afin d'essayer de la piéger.

Il lui servit une tasse de thé avec un peu de lait et du sucre – puisque c'était ce qu'elle avait demandé la dernière fois qu'elle était venue – et ils s'installèrent. Il était prévu que ce serait lui qui parlerait, et que Jordana resterait en retrait pour observer les réactions de Mary Dexter.

— Je vous remercie d'être venue ici ce matin, madame Dexter, déclara-t-il chaleureusement. Nous voulions vous informer qu'il y avait eu une intrusion dans votre domicile il y a quelques jours.

— On a volé quelque chose ? demanda-t-elle avec un peu trop de calme.

— Nous pensons que non… Mais la personne qui s'est introduite dans votre maison a laissé tomber cela avant de s'enfuir.

Il poussa vers elle une photo du coffret.

— Oh ! ce vieux machin ! lâcha-t-elle d'un ton méprisant.

— De quoi s'agit-il exactement ? demanda-t-il, l'air candide.

— D'une de ces boîtes avec un mécanisme d'ouverture caché. Elle est volumineuse et laide.

— Ce coffret a une valeur sentimentale pour votre époux ? poursuivit-il.

— Pas à ma connaissance, répondit Mary qui semblait maintenant sur ses gardes.

Bon sang, elle était coriace ! Il était temps de passer à autre chose.

Il se renversa nonchalamment sur son fauteuil.

— Quoi qu'il en soit, j'ai obtenu la permission que vous retourniez vivre chez vous.

— Merci, répondit-elle d'un ton sec.

— Je suis désolé que nous vous ayons ainsi embêtée.

Son air contrit sembla la désarmer.

— Je voulais également vous annoncer que votre époux est maintenant considéré par la police comme une personne disparue.

Disparue, et également recherchée pour meurtre, mais il omit à dessein de le préciser.

— À cet effet, nous allons intensifier nos efforts de recherche. Son absence prolongée nous inquiète, et nous voudrions être certains qu'il n'a pas de problèmes.

Le visage de Mary trahit une succession d'émotions contradictoires. Intéressant…

Il se pencha en avant et baissa la voix.

— Je peux vous parler en toute franchise ?

Elle hocha la tête d'un air hautain.

— Je me pose des questions sur la qualité du système de sécurité de votre domicile, madame. Je vous recommanderais de faire installer des détecteurs de mouvement et d'ouverture.

Une personne qui venait d'apprendre que l'on était rentré chez elle par effraction devait normalement manifester un peu de nervosité à l'idée de rester seule chez elle.

Mais Mary souffla avec mépris :

— Mon système de sécurité me convient parfaitement.

Elle n'était pas inquiétée par cette intrusion ? C'était intéressant. Cela confirmait que c'était vraisemblablement Markus qui s'était introduit dans la maison… et que Mary le savait.

— Si vous le désirez, nous pouvons continuer à surveiller votre domicile pendant quelques semaines. Il suffit de le dire.

Elle écarta cette suggestion d'un geste de la main.

C'était certain maintenant : c'était Markus qui avait pénétré dans la maison et avait violemment bousculé Yvette.

— Si vous voulez bien attendre ici un instant, je vais aller chercher les clés de votre domicile dans le coffre. Vous souhaitez une autre tasse de thé ? J'ai besoin de quelques minutes pour remplir les papiers nécessaires afin de pouvoir vous les rendre.

Il se leva, laissant à Jordana le soin de poursuivre la discussion avec Mary. Sa coéquipière la connaissait bien.

Si quelqu'un pouvait réussir à lui soutirer quelques informations, c'était elle.

Il remplit les papiers, récupéra les clés, puis s'attarda jusqu'à ce que Jordana lui envoie un message disant qu'il pouvait revenir.

Lorsque Mary Dexter eut quitté la pièce, il se retourna vers sa coéquipière.

— Alors ?

— Elle a passé les dernières semaines à Kansas City. Elle prétend qu'elle rendait visite à une amie, mais n'a pas précisé qui.

— Tu penses qu'elle y a retrouvé son mari ?

— C'est possible. Elle m'a donné le nom de l'hôtel où elle a séjourné. Je vais les appeler pour vérifier ses dires et demander si un homme était avec elle.

Il acquiesça et leva vivement la tête lorsqu'une mince silhouette qui s'approchait attira son attention. C'était celle d'Yvette.

— Pourquoi souris-tu comme un idiot ? lui demanda vivement Jordana.

— Yvette est là, murmura-t-il.

— On dirait que tu es bien mordu !

— Je vais l'épouser.

— *Pardon ?*

— Elle ne le sait pas encore, alors ne dis rien.

Il leva la tête, vit l'air stupéfait de Jordana, et lâcha :

— Et ne te mets pas en colère.

Ce fut tout ce qu'il eut le temps de dire avant qu'Yvette arrive auprès d'eux.

— Hé, j'ai des choses intéressantes à vous apprendre ! Vous voulez les nouvelles plus anciennes ou les plus récentes ?

— Les plus anciennes, répondit-il en même temps que Jordana.

— Bon. J'ai reçu les résultats d'une analyse ADN faite à partir d'un cheveu que j'avais récupéré sur la brosse à cheveux de Markus Dexter. Il faudra que je recueille un autre échantillon sur lui afin de confirmer les résultats, lorsque nous l'aurons retrouvé.

Jordana fronça les sourcils.

— Je ne comprends pas : en quoi est-il important de prouver qu'il s'agit bien de *son* cheveu ?

Reese devinait à l'expression d'Yvette qu'elle devait avoir fait une découverte capitale.

— Parce que celui à qui appartient ce cheveu est le père de Gwen, la fille d'Olivia Harrison.

Tout d'un coup, les pièces du puzzle s'assemblèrent. Il bafouilla :

— Markus Dexter est le père de Gwen Harrison ?

— Si ce cheveu lui appartient, oui.

Jordana intervint avec excitation :

— Voilà notre motif ! Olivia avait une liaison avec Markus Dexter, et les choses ont mal tourné. Alors il l'a tuée !

— Ils ont au moins couché une fois ensemble pour avoir cet enfant, mais cela ne signifie pas nécessairement qu'ils avaient une liaison, corrigea Yvette.

Reese demanda :

— Et quelle est la nouvelle la plus récente ?

— J'ai une piste pour la clé contenue dans le coffret.

Il se redressa sur sa chaise.

— Elle vient de l'entrepôt de douane de Kansas City.

Il resta bouche bée.

— L'entrepôt de douane ?

Jordana intervint :

— De quoi s'agit-il ?

— Ce sont des entrepôts qui acceptent des marchandises en provenance d'autres pays, expliqua Reese. On peut les stocker dans des box sans qu'elles passent par la douane. Ces marchandises sont pour ainsi dire dans un no man's land, entre deux pays, du moment qu'elles ne quittent pas cette zone.

Jordana fronça les sourcils.

— Mais pourquoi Markus Dexter aurait-il un box dans un entrepôt de douane ?

— Il y cache certainement quelque chose de valeur, répondit Yvette, et il ne veut pas que les autorités américaines soient au courant. Soit il veut éviter de payer des taxes, soit cette marchandise est illégale.

— Et nous pouvons obtenir un mandat de perquisition ? demanda Jordana.

Reese fit la grimace.

— Cela pourrait être difficile. Les marchandises entreposées là sont en transit entre deux pays. Il nous faut un mandat fédéral.

Jordana grogna.

— Bien. Je suppose que je vais passer le reste de la journée à faire de la paperasserie…

— Désolée, sœurette, murmura Yvette.

Reese remarqua :

— Je me demande si Mary Dexter sait que son mari a une fille.

Jordana croisa son regard.

— Il pourrait être intéressant de le lui apprendre. Mais nous allons devoir faire preuve d'habileté…

Yvette remarqua :

— Cette femme m'a toujours fait peur.

— Je me demande bien pourquoi, répliqua Jordana. Tu as toujours été sa préférée !

— Vraiment ? demanda Reese.

— Oui. Yvette était une petite fille calme, toujours propre et nette. Mary trouvait qu'elle était parfaite.

— Tu viens avec moi pour lâcher la bombe sur Mary ? demanda-t-il à Yvette.

— Hum, oui. Que veux-tu que je fasse ?

— Va chercher la brosse à cheveux de Markus, et rejoins-moi sur le parking.

Lorsqu'ils sonnèrent à la porte des Dexter quelques minutes plus tard, Mary Dexter vint leur ouvrir, et commença immédiatement à exprimer son ressentiment envers les policiers qui avaient parcouru sa maison en tous sens avec des chaussures pleines de boue et avaient sali ses tapis. Reese réussit enfin à placer un mot et lui présenta ses plus plates excuses, avant de lui demander s'ils pouvaient lui parler un instant.

Toujours très en colère, Mary les conduisit dans le salon, et le fit s'asseoir sur un sofa victorien particulièrement inconfortable. Mary et Yvette s'installèrent en face de lui sur un autre canapé.

Yvette ouvrit son sac et en sortit un sachet en plastique portant une étiquette. Elle demanda avec douceur :

— Mary, j'ai besoin de ton aide. Tu reconnais cette brosse à cheveux ?

— Montre-la-moi, déclara Mary d'un ton impérieux.

Yvette retourna le sac, révélant le monogramme gravé au dos de la brosse : un grand D entouré d'un M et d'un J.

— Où as-tu trouvé ça ? Je l'ai offerte à Markus pour son anniversaire il y a quelques années.

— Tu es sûre que c'est la sienne ?

— Je n'imagine pas qu'il y ait une autre personne à Braxville qui possède une brosse à cheveux de ce prix portant les mêmes initiales !

Yvette hocha la tête.

— Lorsque l'on regarde bien, on y voit quelques cheveux pris dans les soies de sanglier. Ce sont ceux de Markus ?

— Très certainement : on voit bien que les racines sont

blanches, et on reconnaît cette horrible teinture qu'il se met pour avoir l'air plus jeune. Mais pourquoi toutes ces questions ? demanda Mary en lui jetant un regard acéré.

Il répondit calmement.

— Eh bien, nous avons fait une analyse ADN de quelques cheveux pris dans cette brosse. Il s'avère que ce sont ceux du père génétique de Gwen Harrison.

— Markus ? Il est le père de cette fille ? Olivia et lui…

Elle s'interrompit, toute pâle et visiblement choquée.

Yvette lui prit la main et la tapota d'un air compatissant.

— Est-il possible que quelqu'un d'autre ait utilisé cette brosse ? Un invité qui aurait pu l'emprunter ?

— Un invité ? Non… Je ne me sens pas très bien…

Yvette se leva rapidement et l'aida à s'allonger sur le canapé. Reese attrapa quelques coussins et les lui tendit pour qu'elle les place derrière Mary.

— Oh ! Mary, je suis désolée ! murmura Yvette. Tu as été si courageuse toutes ces années, en gardant la tête haute malgré ces infidélités. Markus s'est très mal comporté envers toi.

— Toutes ces femmes ! gémit-elle. Et je n'ai jamais rien dit…

— Il t'a trahie de manière indigne, renchérit Yvette. C'est vraiment honteux !

— Comment a-t-il pu me faire ça ? sanglota Mary. Et quand je pense qu'il voulait que je l'aide à se sortir d'affaire !

Yvette jeta un bref coup d'œil à Reese par-dessus la tête de Mary, et il hocha imperceptiblement la tête.

— Il ne te mérite pas. Tu es trop bien pour lui !

— Il a utilisé ma fortune pour acheter des parts dans la société de ton père, et voilà comment il s'est comporté ! Je vais reprendre tout l'argent qu'il y a sur nos comptes ! Il est à moi, de toute façon. Il n'aurait pas un centime si je ne m'étais mariée avec lui, et si je n'avais pas accepté de financer ses entreprises commerciales.

— Et dire qu'il t'a laissée toute seule quand les choses se sont gâtées ! déclara Yvette avec indignation. Oh ! mon Dieu, quand tes amis vont savoir ça !

Mary poussa un gémissement, et ses doigts alourdis de diamants se posèrent sur son front.

— Je vais devoir partir, moi aussi.

— Tu ne vas pas le rejoindre, tout de même ? s'exclama Yvette d'un ton horrifié.

— Mon Dieu non ! Kansas City n'est pas assez loin pour cacher une telle honte. Mais je ne veux pas quitter le pays non plus. Oh ! mon Dieu ! Que vais-je faire ? J'ai de la famille sur la côte Ouest… Ma sœur… Nous ne nous sommes jamais entendues, mais je pourrais peut-être aller passer quelque temps chez elle.

— Je suis sûre qu'elle va comprendre, déclara Yvette d'un ton réconfortant.

Reese sortit son téléphone et tapa rapidement un message pour Jordana.

Dexter est à Kansas City. Il va bientôt quitter le pays. Préviens la police des frontières de ne pas le laisser quitter le territoire.

— Tu connais les détails du voyage ? demanda Yvette d'un ton dégagé.

— Non. Il était prévu qu'il parte seul et que je le rejoigne plus tard, mais je n'avais pas encore pris ma décision. J'étais fatiguée de ses combines, après toutes ces années et toutes ces femmes ! Je savais bien qu'il se passait des choses étranges !

Mary baissa la voix jusqu'à murmurer :

— Une fois, j'ai trouvé une liasse de billets au fond du tiroir de son bureau, et un faux permis de conduire. C'était sa photo, mais le nom était différent.

— Mais à quoi cela pouvait-il lui servir ? répondit Yvette.

— J'ai pensé que c'était pour aller à l'hôtel avec ses maîtresses !

— Tu te souviens du nom écrit dessus ? demanda Yvette, qui prit l'air convenablement offusqué.

— James McDowel. Comme si personne n'allait remarquer que ce sont ses initiales dans un autre ordre !

Discrètement, Reese fit signe à Yvette d'abréger leur conversation, et elle proposa à Mary d'appeler une amie pour venir veiller sur elle. Lorsque les choses furent arrangées, ils la saluèrent et partirent.

Ils s'éloignèrent de la maison des Dexter et, quelques centaines de mètres plus loin, il s'arrêta sur le bas-côté.

— Bravo, tu as été magnifique !

Il la prit dans ses bras, avant de déposer un baiser retentissant sur sa joue.

Avec un large sourire, elle déclara :

— J'adore interroger les gens ! Ça ne m'étonne pas que tu aimes tant ton métier !

Il rit devant tant d'enthousiasme.

— Je peux te convaincre de baptiser ton 4x4 ? demanda-t-elle, pleine d'espoir.

— Bientôt, ma chérie. En ce moment, je veux seulement te conduire chez toi et te mettre au lit.

— Oh ! voilà qui promet ! Tu m'y rejoindras ?

— Tu as besoin de te reposer, protesta-t-il.

— Ce dont j'ai besoin, c'est toi.

Il soupira.

— Tu es certainement la pire patiente que j'aie jamais vue.

— Je le sais. N'est-ce pas merveilleux ?

Et plus tard, ce fut en effet merveilleux de la déshabiller et de lui faire l'amour.

Mais la réalité finit par les rattraper. Elle prit la forme d'un message de Jordana. Sa coéquipière avait obtenu un accord verbal pour un mandat de perquisition du box de Markus Dexter dans l'entrepôt douanier. Il suffisait qu'ils se rendent à Kansas City pour y prendre le document, et ils sauraient enfin ce que Markus y cachait.

- 16 -

Lorsque Yvette se réveilla, la lumière orangée du soleil couchant baignait la chambre.

— Reese, appela-t-elle, tu es là ?

Pas de réponse. Il était certainement retourné travailler en la laissant se reposer, et elle avait dormi tout l'après-midi. Elle prit une douche, s'habilla, et remarqua qu'elle avait reçu plusieurs messages lorsqu'elle regarda son téléphone.

Le premier était de Reese.

Je suis parti à Kansas City. Je t'appellerai lorsque nous aurons arrêté Markus.

Parfait. Elle avait encore pas mal de mails et de paperasserie en retard après ces quelques jours où elle n'avait pas pu travailler. Elle alluma un petit feu, et était installée devant avec son ordinateur portable lorsqu'elle entendit le ronronnement d'un moteur.

C'était étrange : elle ne voyait pas la lueur des phares. Et elle ne reconnut pas non plus le bruit du moteur… Non, ce n'était pas Reese. Un de ses frères ou une de ses sœurs, peut-être… Lilly avait dû leur demander d'aller voir si elle allait bien. Cela lui ressemblait tout à fait !

On frappa fermement à la porte et elle se leva, un sourire aux lèvres.

— Bonjour…

Elle s'interrompit, cligna des paupières, et bafouilla :

— Que fais-tu là ?

— Viens avec moi. Immédiatement, gronda Markus Dexter.

— Je n'irai nulle part !

Il leva la main.

— On parie ?

Elle regardait sans en croire ses yeux le pistolet braqué sur son ventre.

— Tu plaisantes ?

— Je t'assure que non. Partons.

— Je vais devoir prendre des chaussures et un manteau.

Markus avait une barbe négligée et était encore plus hirsute que dans son souvenir. Mais ce qui était nouveau, c'était la dureté qui émanait de lui.

— Dépêche-toi.

Elle se retourna, tentant de maîtriser ses émotions pour réfléchir. Comment pouvait-elle signaler qu'elle avait été enlevée ? Il la suivit dans sa chambre où elle prit tout son temps pour dénicher ses bottes dans un placard, éparpillant toutes les paires de chaussures sur le sol. Elle fit tomber également plusieurs paires de chaussettes en ouvrant un tiroir. Puis elle attrapa son manteau et laissa tomber en douce une de ses mitaines en sortant. Elle ne pouvait pas faire mieux pour le moment.

Markus la fit asseoir sans ménagement sur le siège arrière de ce qui semblait être une berline de location, et lui attacha les mains devant elle. Il avait une piètre opinion de son instinct de survie s'il se contentait de cela, mais elle n'allait pas se plaindre.

Il démarra, et elle resta assise en silence sur le siège arrière, en essayant de deviner leur destination. Ils contournèrent le centre de Braxville en empruntant des petites routes, puis se dirigèrent vers l'est. Elle ne voulut pas attendre plus longtemps pour appeler à l'aide. Alors, elle glissa la main dans la poche de son jean, et en sortit discrètement son téléphone.

Il était difficile de rédiger un message les mains attachées, en tentant de cacher l'éclat de l'écran, mais elle finit par réussir à envoyer un SMS à Reese.

Kidnappée par Markus. Allons vers l'est dans berline grise. Pas blessée.

Reese regarda impatiemment par la fenêtre, alors que son téléphone portable vibrait. Il s'adressa au policier de Kansas City qui était posté devant l'autre fenêtre du petit bureau.

— Tu peux surveiller la porte d'entrée quelques instants ?

Ils observaient l'entrepôt de douane à partir de bureaux situés de l'autre côté de la rue. La nuit tombait et les lampadaires projetaient leur lueur blafarde sur le sol gelé. Il ne fallait aucune lumière dans le bureau, bien entendu, alors il s'écarta de la fenêtre pour regarder l'écran de son téléphone.

Le protégeant de sa main, il ouvrit le message d'Yvette, un sourire aux lèvres.

Puis il le lut.

S'il n'avait pas eu tant d'années d'expérience derrière lui, il aurait laissé tomber son téléphone dans sa panique. Il se mit à crier :

— Viens ici, Pat ! Oh ! mon Dieu ! Appelle le chef de la police ! Et le FBI, tant que tu y es !

— Que se passe-t-il ? demanda l'autre policier.

Il était plus facile de brandir le téléphone sous son nez que de tenter de le lui expliquer.

— Bon sang ! Je vais appeler la cellule de négociation aussi, s'exclama son collègue.

Mon Dieu, mon Dieu, mon Dieu !

Reese allait et venait dans la petite pièce comme un lion en cage.

Il songea qu'il pouvait répondre à Yvette… lui dire qu'il avait reçu son message. Mais qu'arriverait-il si son portable sonnait ? Cela la mettrait-il dans une situation dangereuse ?

Son collègue passa la tête dans la pièce.

— Viens avec moi. C'est l'unité d'intervention qui prend la relève. Quel est le numéro de téléphone de cette femme pour que nous puissions localiser son portable ?

Il le lui donna rapidement, puis sortit du bâtiment en courant et sauta dans une voiture banalisée avec son collègue de la police de Kansas City, qui fort heureusement conduisait comme si la vie d'Yvette en dépendait. Ensemble, ils se rendirent au quartier général.

Il ne leur fallut que deux minutes pour expliquer la situation aux membres de l'unité d'intervention qui étaient de garde. Ces types avaient l'habitude. Ils convoquèrent immédiatement toute l'équipe pour monter leur opération.

Deux autres minutes plus tard, une lumière clignotante rouge apparut sur un grand écran fixé au mur. Quelqu'un mit en fond une carte de la région, et il devint clair que Markus et Yvette se dirigeaient vers Kansas City.

Incapable de rester plus longtemps sans rien faire, Reese demanda au chef de l'unité d'intervention :

— Maintenant que nous avons repéré leur véhicule, je peux répondre à son message ? Lui dire que nous sommes prêts ?

Il attendit que les experts se concertent, rongé par l'angoisse.

L'un d'eux se tourna vers lui.

— Bon. Dites-lui que nous l'avons localisée, et demandez-lui de supprimer cette conversation de ses messages.

Il tapa rapidement :

Nous t'avons localisée. Il faut que tu détruises ces messages.

Il hésita un instant et ajouta :

Je t'aime. Je te promets que tout ira bien. TOUTE la police est là pour toi. Tiens bon et essaye de calmer Dexter.

Yvette ne répondit pas. Alors il se mit à prier. Il venait tout juste de la trouver. Il ne pouvait pas la perdre…

Yvette crut qu'elle allait craquer lorsque le message de Reese arriva enfin. Elle le lut rapidement, puis le supprima, ainsi qu'il le lui avait demandé. Ils étaient en ce moment en train de rouler sur une portion sombre de l'autoroute, et elle craignait que Markus ne remarque la lumière de l'écran de son téléphone. Alors, elle préféra attendre pour lui répondre.

Elle n'était pas surprise que Reese ait rassemblé toutes les forces de police possibles dès qu'il avait eu son message. Elle décida de suivre son conseil et d'essayer d'engager la conversation avec Markus.

— Je viens de découvrir que Gwen Harrison était ta fille.

La voiture fit une embardée et se redressa.

— De quoi parles-tu ?

— J'ai fait une analyse ADN d'un de tes cheveux. Olivia et toi êtes les parents biologiques de Gwen. Tu savais que vous aviez eu un enfant ensemble ?

Elle fut tentée d'ajouter « lorsque tu l'as tuée », mais s'arrêta à temps.

— Je ne connaissais même pas cette femme. Quant à avoir un enfant avec elle…

Bien… Il était de notoriété publique que les analyses ADN n'étaient pas fiables.

— Mary est très en colère. Elle a menacé de vider tous vos comptes. En fait, elle l'a peut-être déjà fait.

Markus répliqua avec mépris.

— Cette sotte a toujours cru qu'elle pouvait me mener

par le bout du nez à cause de la fortune de sa famille. Mais elle n'a jamais su que je mettais de l'argent de côté pour moi, sur des comptes dont elle ignore l'existence. Je n'ai rien laissé à cette vieille harpie !

— Une harpie ? Elle donne l'image d'une épouse calme et docile.

Cela mit Markus en fureur. Il entonna une diatribe contre sa femme, qui dura assez longtemps pour qu'ils arrivent dans la banlieue de Kansas City. Elle put alors écrire à Reese :

Nous approchons de Kansas City. Je t'aime, moi aussi.

Il lui répondit immédiatement, lui posant la question sur laquelle ils s'étaient tous entendus :

Es-tu en danger imminent ?

Presque immédiatement, il vit s'afficher sur son écran :

Non.

Dieu merci ! Il en tremblait de soulagement.

Il répondit :

La police vous suit dans des voitures banalisées. Le FBI et une unité d'intervention sont mobilisés à KC. Reste tranquille et ne le provoque pas.

— Tu sais qu'ils ont arrêté mon père pour cette affaire de bois contaminé à l'arsenic ? déclara-t-elle sur le ton de la conversation. Et la police est en train de l'interroger pour les meurtres d'Olivia Harrison et de Fenton Crane. Tu penses qu'il les a tués ?

— J'en suis persuadé.

— Et pourquoi ?

— C'est lui qui avait une liaison avec Olivia Harrison.

Je parierais que c'est lui le père de Gwen. Tu devrais tester son ADN.

Elle avait déjà le profil ADN de son père dans son fichier, et ce n'était pas celui qui était sorti comme étant de manière certaine le père de Gwen Harrison.

— Où allons-nous ?

— À l'entrepôt de douane de Kansas City. Tu vas m'aider à en sortir mon parachute doré. Et ensuite, je partirai.

— C'est quoi, cet entrepôt ? demanda-t-elle innocemment.

— Ne joue pas avec moi, Yvette. Tu es dans la police. Tu sais parfaitement pourquoi nous allons là.

— Et comment je vais t'aider ?

— Tais-toi. Je te le dirai quand nous y serons.

— Pas de problème, répondit-elle d'un ton égal.

Alors qu'ils s'engageaient dans la banlieue de Kansas City, elle prit le risque d'envoyer un message.

Nous allons à l'entrepôt de douane.

Elle pensait que Reese et la police le savaient déjà, mais cela ne leur ferait pas de mal d'avoir confirmation de la destination de Markus.

Peu de temps après, ils s'arrêtèrent devant un long bâtiment bas.

— Tu vas rentrer à l'intérieur devant moi, ordonna-t-il, et leur montrer le mandat que j'ai.

— Quel mandat ?

— Je connais quelqu'un qui m'en a fourni un faux. Tu vas le montrer, avec ta carte de police.

— Je ne l'ai pas.

— Moi, si.

Il brandit le joli sac rose qu'elle portait la nuit où elle avait été agressée.

— C'est toi qui m'as assommée sur le parking et qui as pris mon sac ? s'écria-t-elle.

— Tais-toi.

Il lui donna brutalement le sac.

— Montre ta carte de police au type qui est à la réception, ainsi que le mandat. Fais-lui ouvrir mon box. Je n'ai pas retrouvé ma clé. Pourtant, je l'ai cherchée partout dans ton laboratoire ! Où l'avais-tu mise ?

— Dans un coffre-fort où toutes les pièces importantes sont stockées.

Il poussa un juron, et continua à donner ses instructions.

— Quand le gardien nous laissera, tu mettras tout ce qui se trouve sur la table là-dedans, dit-il en soulevant un grand sac de voyage qui se trouvait sur le siège avant.

Il était clairement vide, Dieu merci. Lorsqu'elle l'avait aperçu en entrant dans la voiture, elle avait craint qu'il ne contienne des armes.

— Et quand j'aurai mon butin, nous partirons de l'entrepôt. Compris ?

Ils sortirent de la voiture, et elle attendit patiemment qu'il cache les liens de ses poignets sous les manches de son manteau. Puis il l'attrapa par le coude et la tira en grondant :

— Et ne fais pas rater les choses, Yvette. Sinon je te tue, et je tue le gardien. Sa vie est entre tes mains.

Elle se retint de regarder autour d'elle. Ce n'était pas nécessaire, d'ailleurs. Elle sentait que Reese était là, tout près, son regard fixé sur elle. Les membres de l'unité d'intervention étaient très certainement sur place eux aussi, prêts à intervenir si Markus devenait menaçant ou s'ils en recevaient l'ordre.

Un gardien était assis derrière un comptoir. Il leva les yeux vers eux. Son regard était dur et froid. Elle aurait parié que c'était un agent du FBI.

Markus lui donna un coup de coude. C'était à elle. Elle fut surprise d'éprouver des difficultés à parler. Jusque-là, elle n'avait ressenti aucune nervosité : elle était convaincue que Reese saurait la protéger, et que tout se passerait bien.

Mais là, alors que le pistolet de Markus était enfoncé dans son flanc et que le gardien la regardait intensément, elle prit pleinement conscience de la dangerosité de la situation.

— En quoi puis-je vous aider ? demanda l'homme.

— Je… je suis de la police de Braxville, et j'ai un mandat pour vérifier le contenu d'un de vos box.

Markus prit sa carte d'identité dans son sac et la tendit au gardien, avec le faux mandat.

L'employé regarda les documents pendant un instant, et les lui rendit. Elle commença à approcher ses mains liées pour les prendre, mais Markus s'en empara prestement.

— Vous avez la clé ? demanda le gardien.

— Non, répondit Markus.

— Alors je vais demander à quelqu'un de venir avec vous pour ouvrir le box.

Un second gardien, grand et athlétique – et qui avait également tout d'un agent du FBI – apparut alors derrière le premier homme.

— Suivez-moi, leur dit-il.

Il les précéda, s'avançant dans un long couloir où des portes étaient placées à intervalles réguliers. Il s'arrêta devant l'une d'elles.

— C'est ici. Vous voulez que je reste avec vous ?

Markus s'empressa de répondre :

— Ça ne sera pas nécessaire.

Le gardien ouvrit la porte du box.

Tout se passa alors très vite.

Markus la poussa à l'intérieur alors que le gardien sautait sur lui. Elle trébucha et tomba, et la porte se referma derrière elle dans un claquement.

Dans le noir complet, elle entendit Markus pousser un juron, et elle roula sur elle-même pour s'éloigner de lui.

Lorsque la lumière s'alluma, elle vit qu'elle était dans une petite pièce, d'environ deux mètres sur trois, au centre de laquelle se trouvait une table. Markus tenait son pistolet à deux mains et le pointait vers la porte.

Elle agrippa le pied de la table et se remit debout. Dessus étaient disposées des liasses de billets attachées par des élastiques. D'un coup d'œil, elle évalua la somme à au moins deux millions de dollars. Elle remarqua également deux passeports néo-zélandais, et des bijoux.

Markus lui lança le sac.

— Mets tout là-dedans.

Les mains toujours liées, elle se mit à charger maladroitement l'argent dans le sac, alors que Markus pressait l'oreille à la porte. Il poussa un juron.

— Bon, écoute-moi : nous allons sortir du bâtiment ensemble et reprendre ma voiture. Tu vas me conduire à l'aéroport, et je monterai dans un jet privé qui m'attend. Si tu m'aides, tu auras la vie sauve. Sinon, je t'explose la cervelle.

En la tenant sans ménagement devant lui, il la força à entrouvrir la porte.

— Je sors ! cria-t-il. Si vous tentez quoi que ce soit, elle est morte.

— Compris, répondit une voix familière.

Reese ? Il était là ? Elle sentit une vague de chaleur déferler sur son corps tremblant.

— Ouvre plus grand la porte, ordonna Markus, pressant son pistolet sur l'arrière de son crâne.

Elle sentait le métal froid du pistolet contre sa tête.

Elle lui obéit avec nervosité, priant pour que le doigt de Markus ne glisse pas sur la détente… à moins que ce ne soient les snipers qui ne la tuent accidentellement en tentant d'empêcher Markus de partir.

— Je sors la première ! cria-t-elle.

Son initiative surprit Markus, qui lui enfonça son arme dans le cou.

— Allons-y, dit-il sèchement en la poussant en avant.

Le couloir était maintenant empli d'hommes masqués en uniforme. Leurs armes étaient pointées en direction d'elle et Markus, et c'était la scène la plus effrayante qu'il lui ait jamais été donné de voir. Le regard de ces hommes était dur, sans émotion. Comme elle s'y attendait, Reese avait vraiment rassemblé toutes les forces de police disponibles.

Elle se glissa maladroitement dans la voiture avec Markus, qui ne cessa jamais de pointer son arme sur elle.

Lorsqu'elle démarra la voiture, il se baissa pour échapper aux regards, et braqua le pistolet sous sa mâchoire. Elle ne savait que trop bien que c'était un angle létal.

Ils furent escortés jusqu'à l'aéroport par des voitures de police. Elle en compta quatre devant, et une douzaine qui les suivaient en procession. Elle ne vit pas de grands vans, mais suspecta que l'unité d'intervention s'était rendue à l'aéroport par un autre chemin, pour y arriver avant eux. Les voitures de police devant elle roulaient bien en dessous de la vitesse maximale autorisée, ce qui plaidait en faveur de cette thèse.

Markus s'agitait à côté d'elle, et elle sentait sa propre nervosité croître.

Ils furent escortés jusque sur le tarmac, et avancèrent en direction d'un jet. Voilà, si Markus avait l'intention de la tuer, c'était maintenant qu'il allait le faire, lorsqu'il aurait pris les pilotes en otage et qu'elle ne lui serait plus utile.

— Vous êtes prêt, lieutenant Carpenter ? demanda un membre de l'unité d'intervention, après avoir remonté le col de la chemise de Reese.

— Oui. Allons-y.

Il sortit du van. Le jet que Markus avait loué était sur le tarmac. Sa porte était ouverte et l'escalier déplié. Deux agents du FBI vêtus de l'uniforme des pilotes se trouvaient dans le cockpit.

La berline grise s'arrêta devant le jet, et il vit une mince silhouette au volant. Markus allait se servir d'Yvette comme d'un bouclier humain, et il ne lui ferait aucun mal tant qu'ils seraient hors de l'avion : il était assez malin pour deviner que s'il tuait Yvette, les snipers de l'unité d'intervention l'abattraient.

La portière d'Yvette s'ouvrit. D'où il était, Reese vit Markus qui était pratiquement allongé sur ses genoux. Très lentement, elle sortit de la voiture, les mains derrière la nuque.

Reese s'avança, et elle le vit.

Leurs regards se croisèrent et pendant un instant, il n'y eut plus de situation de crise, plus de fou furieux avec une arme, plus d'unité d'intervention… Simplement eux deux, ici et maintenant, qui s'aimaient.

Et apparemment qui se comprenaient, car elle secoua très légèrement la tête, comme pour lui signifier de ne pas mettre son projet à exécution.

Il s'avança lentement, écartant bien les mains pour qu'elles soient visibles.

— Arrêtez-vous là ! lui cria Markus. Ne vous approchez pas, sinon je tire !

— Bonjour, monsieur Dexter. Je suis certain que vous vous souvenez de moi : je suis Reese Carpenter, de la police de Braxville.

— Que faites-vous ici ? demanda Dexter d'un air mauvais.

— Nous nous sommes déjà rencontrés. J'ai pensé qu'il vous serait plus facile de négocier avec moi qu'avec un inconnu.

— Que voulez-vous ?

C'était bon signe. Il était assez raisonnable pour mener une conversation et poser des questions sensées.

— Eh bien, j'aimerais faire un marché avec vous, monsieur Dexter : moi contre Mlle Colton.

— Non ! s'exclama-t-elle.

Il lui sourit tristement, et poursuivit, malgré ses protestations :

— Je me constituerai otage à sa place. Laissez-la partir. Elle n'a rien à voir là-dedans.

— Bien sûr que si ! répliqua Dexter avec un ricanement. C'est elle qui a accumulé les éléments à charge contre moi. D'abord, avec cette affaire d'arsenic, puis avec ces cadavres.

Reese acquiesça d'un air compréhensif, et déclara :

— Je dois reconnaître que j'ai été heureux d'arrêter l'auteur de ces meurtres, Fitz Colton.

Dexter se lança dans une tirade dénonçant l'inaction de la police, qui aurait dû procéder à cette arrestation depuis bien longtemps, et Reese le laissa s'époumoner. Et pendant ce temps, il s'approcha graduellement d'Yvette, jusqu'à en être presque à portée de bras.

Il voyait le pistolet tressauter sur son cou alors que Markus tempêtait. Il était terrorisé à l'idée que le doigt de Markus puisse glisser sur la détente, tuant ainsi la femme qu'il aimait.

Il n'avait plus le temps d'attendre.

Non, lut-il sur ses lèvres.

Bon sang, sa vie dépendait du fait qu'elle accepte de le laisser prendre le contrôle de la situation… juste une fois dans sa vie.

— Yvette, va à droite pour que je puisse prendre ta place, dit-il calmement.

— Non ! hurla Markus.

Reese croisa le regard d'Yvette, la suppliant silencieusement de lui faire confiance. De faire exactement ce qu'il lui dirait.

Elle cligna des paupières en hochant imperceptiblement la tête.

Alors il prononça simplement :

— Tombe.

Yvette relâcha tous ses muscles d'un coup, et laissa la gravité faire le reste. Le temps était suspendu alors que le tarmac se rapprochait d'elle, et la seule chose à laquelle elle pouvait penser était que, maintenant qu'elle n'était plus entre les deux hommes, Markus risquait de tirer sur Reese.

Un cri se forma dans sa gorge, et au moment où son corps rencontra le sol, il retentit en un hurlement aigu.

Une détonation claqua juste au-dessus de sa tête, l'assourdissant et vibrant en elle comme si elle avait été touchée. Reese poussa un grognement et tituba en arrière. Au centre de sa poitrine, sur sa chemise blanche, se dessinait un trou. Markus Dexter lui avait tiré dessus à bout portant.

— Non ! hurla-t-elle.

Elle se redressa et se lança sur Markus aussi fort qu'elle le put.

Elle le fit tomber à la renverse au moment où il tirait un deuxième coup de feu. Markus tomba lourdement en arrière, s'étalant sur le sol alors qu'elle lui agrippait toujours les jambes. Elle tenta de se redresser, mais quelque chose surgit à son côté, se déplaçant rapidement.

Reese. Il atterrit sur Markus et agrippa son poignet à deux mains, juste au-dessus de l'arme. Les deux hommes se battirent pour s'en emparer, et elle s'écarta pour ne pas gêner Reese. Elle se mit à genoux et cherchait comment l'aider, lorsqu'elle vit Markus s'éloigner d'elle en roulant, tenant Reese contre lui. Elle enfonça son poing dans ses reins du plus fort qu'elle le put.

Il grogna, et elle le frappa à nouveau. Il baissa les mains et l'arme disparut entre Markus et Reese. On entendit une autre détonation, cette fois-ci étouffée.

Les deux hommes s'affaissèrent, Markus tombant sur Reese.

— Non non non non non…, gémit-elle en se précipitant vers eux.

Elle attrapa l'épaule de Markus et le tira pour dégager Reese.

Elle venait à peine de le trouver. Il ne pouvait pas la laisser.

Elle mourrait sans lui. Elle était déjà morte…

- 17 -

Il y eut d'abord la douleur. Une douleur intense.

C'était comme si on lui avait ouvert la poitrine.

Il était incapable de respirer, de parler, de bouger.

Puis il y eut des mains… Tant de mains qui soulevaient le poids qui l'oppressait, qui le mettaient debout, qui ouvraient sa chemise…

Un policier lança sur un ton joyeux :

— Heureusement que tu avais un gilet pare-balles ! Sinon, tu serais mort !

Reese baissa les yeux et vit un morceau de plomb incrusté dans son gilet en Kevlar.

— Tu dois avoir bien mal ! poursuivit le type. Une balle tirée à bout portant ! Tu as eu de la chance que ce ne soit pas un plus gros calibre ! Même là, je parie que tu vas avoir un méga bleu sur le torse !

— Oui, certainement, réussit-il à dire malgré la douleur.

Puis quelqu'un se jeta dans ses bras… Il ressentit toute sa chaleur, sa douceur et sa force.

Yvette.

— Ma chérie, parvint-il à prononcer avant qu'elle manque de l'étouffer tant elle le serrait.

— Un peu d'air, souffla-t-il.

Elle relâcha un peu son étreinte. Mais pas beaucoup.

Tout le monde s'activait autour d'eux, alors que les policiers menottaient Markus et l'emmenaient.

— Ne me fais plus jamais peur comme ça ! murmura Yvette dans son cou.

Il tourna la tête et l'embrassa. Sans prêter attention à la douleur qu'il ressentait à la poitrine, il l'enlaça et la tint si serrée contre lui qu'il la souleva.

— J'ai cru que je mourais quand tu m'as dit de me laisser tomber à terre, confessa-t-elle. Tu allais te sacrifier pour moi.

— Oui, mais je savais que j'avais un gilet pare-balles.

— Mais s'il avait visé la tête ?

— Je vais bien, lui dit-il avec douceur.

— Non, tu ne vas pas bien ! Tu viens de te battre et d'essuyer un coup de feu, et tu vas avoir de beaux bleus !

Il lui sourit tout en la reposant à terre.

— Maintenant, tu sais ce que je ressens quand tu me dis que tu vas bien.

— Alors dorénavant, ces mots seront interdits !

— C'est d'accord ! répondit-il en riant.

Les jours suivants passèrent comme un tourbillon pour Yvette. Elle dut faire des dépositions pour la police, d'autres pour le FBI, et mettre la dernière main à l'enquête qui aboutit à l'inculpation de Markus Dexter pour les meurtres d'Olivia Harrison et de Fenton Crane. Les preuves s'accumulant contre lui, Dexter avait fini par avouer qu'il était bien le père de Gwen Harrison, et qu'il avait tué Olivia lorsque cette dernière lui avait demandé de divorcer pour pouvoir l'épouser.

Une des premières occasions où Yvette put enfin passer un moment calme avec Reese fut lorsqu'il vint la chercher avec son 4x4 deux semaines après son enlèvement, pour aller avec elle à Kansas City assister à une cérémonie organisée en l'honneur d'Olivia Harrison. Brooks, le frère d'Yvette, y fit un discours particulièrement touchant, évoquant Olivia et la fille merveilleuse qu'elle avait mise au monde.

Après ce moment d'émotion, Yvette remarqua que Brooks semblait avoir une conversation particulièrement intense avec Rita, la grand-mère de Gwen. Elle se conclut par une embrassade chaleureuse, et Yvette murmura à Reese, contre lequel elle était restée blottie depuis qu'ils étaient sortis de voiture :

— Je parierais que Brooks vient de demander la main de Gwen à sa grand-mère !

Sans surprise, à la fin de la réunion, Brooks mit un genou à terre et demanda à Gwen si elle voulait l'épouser. Elle accepta avec une joie pleine d'émotion, et tout le monde applaudit. Ce fut comme une lueur d'espoir après la noirceur de tous ces événements. Yvette était ravie pour eux deux. Après toutes les heures sombres que Gwen avait traversées, le futur semblait enfin plus radieux. Et elle n'avait jamais vu son frère plus heureux.

Tous retournèrent ensuite à Braxville, pour un dîner familial. Ce serait le dernier avant longtemps, puisque Jordana et Clint allaient partir à Chicago très prochainement. Alors, Yvette savoura le bruit joyeux des éclats de rire et des conversations animées.

Reese lui prit la main sous la table, et elle lui sourit, alors que leurs doigts s'entrelaçaient. Il lui serra la main, et sa bague de fiançailles toute neuve s'imprima légèrement dans sa chair. Elle devait encore s'y habituer, mais elle avait le reste de sa vie pour cela. Ils n'avaient pas encore prévu de date pour le mariage, toutefois elle souhaitait une petite cérémonie familiale, peut-être l'été prochain.

Vers la fin du repas, Bridgette réclama l'attention de tous.

Yvette fronça légèrement les sourcils : sa sœur n'était-elle pas en train de rougir ?

— Luke et moi avons quelque chose à vous annoncer. Vous vous souvenez qu'il a dû aller à Las Vegas il y a quelques semaines ? Je… J'y suis allée avec lui, et nous nous sommes mariés là-bas.

Tous poussèrent des exclamations ravies, et les félicitèrent chaleureusement.

— Nous avons également un heureux événement à vous annoncer, intervint Neil. Elise et moi avons appris hier que nous attendions des jumeaux !

Yvette en avait mal tellement elle souriait.

Brooks, assis à l'autre bout de la table, lança joyeusement :

— Plus d'autre annonce, tant que nous y sommes ?

La voix de Lilly s'éleva :

— Hum, à vrai dire, si.

Tout le monde se tut et la regarda avec étonnement.

Yvette fut encore plus surprise lorsque son oncle Shep se leva et vint se placer à côté de sa mère. Mais elle faillit carrément tomber de sa chaise lorsque Lilly lui prit la main et la pressa tendrement contre sa joue.

Lilly dit simplement :

— Shepherd et moi allons nous marier.

Le silence se fit dans la pièce.

Yvette les regarda, et sa stupéfaction fit peu à peu place à la joie.

Reese fut le premier à briser le silence.

— C'est fantastique ! Félicitations à vous deux ! Je vous souhaite beaucoup de bonheur.

Il leva son verre dans leur direction.

Il y eut comme un moment d'hésitation, puis tout le monde se mit à parler à la fois, félicitant Shep et Lilly, et riant de surprise… même si personne n'était vraiment étonné.

Il y avait toujours eu quelque chose entre eux deux.

Maintenant qu'Yvette y songeait, Lilly s'était appuyée sur Shep bien des fois alors que Fitz la laissait tomber.

Lilly ajouta tranquillement :

— Nous avons autre chose à vous dire. Normalement, nous devrions d'abord le faire en privé. Mais cette famille a toujours fonctionné selon la loi du « un pour tous, tous pour un ». En ayant cela à l'esprit, j'aimerais vous demander à tous d'apporter votre soutien inconditionnel à Yvette.

Yvette s'immobilisa. Tout le monde la regardait, et la main de Reese se serra autour de la sienne.

— Qu'y a-t-il ? demanda-t-elle d'une voix rauque.

Lilly lui répondit tranquillement :

— Ma chérie, Shepherd et moi avons quelque chose à te montrer.

Elle tendit une feuille de papier pliée à Jordana – assise à sa gauche – qui la fit passer à Clint, qui la lui donna. Yvette l'ouvrit en fronçant les sourcils.

C'était un test de paternité. Un test de paternité pour Yvette Elizabeth Colton.

Bon sang, mais que se passait-il ?

Elle parcourut la lettre du regard et resta bouche bée. Elle la relut.

Les larmes perlaient à ses yeux lorsqu'elle tendit la feuille à Reese, sans même le regarder. Elle se mit debout en trébuchant, et se dirigea vers sa mère…

Et son père.

Elle enlaça son oncle en le serrant du plus fort qu'elle le put.

— C'est vrai ? murmura-t-elle contre lui. Tu es vraiment mon père ?

Elle entendit que tout le monde retenait son souffle.

— Oui, ma chérie. J'en étais presque certain pendant toutes ces années. Mais quand tu étais à l'hôpital, après l'agression, j'ai demandé à ta mère la permission de faire un test ADN pour le prouver. Tu ne m'en veux pas ?

— Pas du tout ! s'exclama-t-elle. J'ai toujours secrètement regretté que tu ne sois pas mon véritable père.

Instantanément prise de remords, elle regarda sa mère, qui avait le visage ruisselant de larmes.

— Fitz n'était pas un père horrible. C'est seulement que lorsque j'avais besoin de soutien, oncle Shep était toujours là pour moi.

— Je le sais, ma chérie, répondit Lilly à travers ses larmes. Il était toujours là pour moi aussi. Et maintenant, il va faire officiellement partie de la famille.

Lilly regarda ses autres enfants.

— Votre père et moi avons eu une relation compliquée, et je n'ai pas toujours été parfaite, loin de là. Mais j'espère que vous me pardonnerez.

Jordana, qui était assise tout près de Lilly, se mit debout et alla serrer sa mère dans ses bras.

— Je t'aime, maman. Du moment que tu es heureuse, je suis heureuse pour toi.

Les autres enfants se levèrent tous, et Lilly et Yvette furent bientôt au centre d'embrassades entremêlées de rires et de larmes.

Elle finit par se sentir un peu étouffée et, utilisant sa petite taille à son avantage, elle réussit à se dégager. Reese était là juste devant elle, et il ouvrit les bras pour l'accueillir.

Avec soulagement, elle se laissa envelopper par sa chaleur et son amour.

— Comment vas-tu ? murmura-t-il contre son front.

— Je pourrais presque utiliser les mots interdits.

— Juste pour cette fois, je ne dirai rien si tu les prononces.

Elle leva les yeux vers lui avec adoration. Elle avait vraiment tout ce qu'elle pouvait désirer : l'homme qu'elle aimait, et le père dont elle avait toujours rêvé. Sa famille était au complet et heureuse. Les Colton avaient essuyé bien des tempêtes ces dernières années, mais ils en étaient sortis plus forts, plus soudés, et plus heureux que jamais.

— Oh ! Reese. Je vais bien. Je vais merveilleusement bien !

ELLE JAMES

Un protecteur si troublant

Traduction française de
HÉLÈNE COLOMBEAU

BLACK ROSE

HARLEQUIN

Titre original :
SETUP AT WHISKEY GULCH

- 1 -

Dallas Jones sortit du restaurant avec un grand gobelet de café à la main, prête à entamer sa garde de nuit. L'adjointe du shérif en aurait bien besoin pour se maintenir éveillée, car les soirs de semaine étaient plutôt calmes à Whiskey Gulch. On ne pouvait pas en dire autant en revanche des week-ends, quand les ouvriers agricoles et les quelques jeunes du coin se retrouvaient dans les deux bars du village… Là, la caféine n'était plus nécessaire.

À peine s'était-elle installée au volant de son SUV de service que Ouida Sims, une quinquagénaire aux cheveux blonds grisonnants, accourut vers elle.

— Adjointe Jones !

Dallas rouvrit la portière.

— Non, non, ne descendez pas ! Je voulais juste vous dire… Je me fais du souci pour Harold. Je ne l'ai pas vu depuis ce midi et il ne répond pas au téléphone. Je sais que ça ne passe pas toujours très bien ici, mais il se fait tard…

— Avait-il des choses prévues, cet après-midi ? s'enquit Dallas.

— En ce moment, il garde le ranch des Thatcher pendant leurs vacances au Mexique. C'est possible qu'il soit juste bien occupé et qu'il ait perdu la notion du temps, mais cela me rassurerait d'en avoir le cœur net.

— Ne vous faites pas de souci. Je vais aller voir au Rafter T Ranch si je le trouve.

— Merci.

Ouida eut un sourire gêné.

— Vous savez, il s'accroche depuis qu'il est sorti de désintoxication. Ça me ferait beaucoup de peine qu'il replonge. Il m'a promis qu'il ne boirait plus jamais une goutte d'alcool, mais je ne peux pas m'empêcher de m'inquiéter.

— Je comprends. Je vais y aller tout de suite, et je vous tiendrai au courant.

Ouida s'écarta du SUV pour la laisser partir. En quittant le parking, Dallas jeta un coup d'œil dans son rétroviseur et la vit qui se tordait les mains.

Voilà quelques mois seulement qu'elle avait intégré le bureau du shérif dans cette petite ville du Texas, et elle connaissait déjà la plupart des habitants. Ouida Sims était serveuse au restaurant. Son mari, lui, enchaînait les petits boulots. Depuis qu'il avait terminé sa cure un mois plus tôt, Harold semblait en forme. Il avait toujours un mot gentil pour Dallas quand il la croisait dans la rue. Par conséquent, cela ne la dérangeait pas de partir à sa recherche. Au contraire, elle avait l'impression de servir à quelque chose.

Dallas aimait travailler à Whiskey Gulch, même s'il lui avait fallu un peu de temps pour s'habituer à ce nouveau rythme après son départ de l'armée. Au début, elle avait craint de ne pas avoir grand-chose en commun avec les gens d'ici – jusqu'à ce qu'elle rencontre Trace Travis et son demi-frère Matt Hennessey.

Les deux hommes avaient servi au sein des forces d'opérations spéciales, Trace dans la Delta Force, Matt dans un commando de marine. C'étaient des experts en tactiques de guerre. Depuis son retour au ranch familial, Trace Travis avait embauché d'autres anciens compagnons d'armes pour l'aider sur l'exploitation et monter une agence de sécurité. Celle-ci s'était révélée bien utile dernièrement.

Dallas se plaisait ici. Ccrtes, le nombre d'interventions était plus limité que ce à quoi elle aurait été confrontée à Houston, Austin ou San Antonio, mais ils avaient tout de même du pain sur la planche. Suffisamment pour qu'elle ne s'ennuie pas.

Elle partit vers le sud en direction du Rafter T Ranch, attentive comme toujours à limiter sa vitesse. Au milieu d'une ligne droite, elle attrapa son gobelet pour avaler une gorgée de café, puis elle quitta la route des yeux pendant une seconde le temps de le reposer dans son emplacement. Lorsqu'elle releva la tête, un homme avait surgi devant elle et titubait sur la chaussée.

Elle écrasa les freins, tourna brusquement le volant pour l'éviter, mais il était trop près… L'aile du SUV le heurta, sans grande violence mais assez fort pour le projeter par terre.

Dallas mordit le fossé et s'arrêta quelques mètres plus loin, les mains tremblantes, le cœur battant à tout rompre. Après avoir enclenché ses warnings, elle sauta du SUV et courut vers l'homme qui gisait dans les graviers, tout en décrochant le micro de sa radio.

— Ici l'adjointe Dallas Jones. J'ai besoin d'une ambulance sur la route d'Old Mill, à cinq kilomètres au sud de Whiskey Gulch. Un homme vient de se faire renverser par un véhicule.

Le mien, en l'occurrence, ajouta-t-elle en pensée.

Elle s'agenouilla à côté de la victime.

— Monsieur ! Vous m'entendez ?

Il était étendu à plat ventre sur le bitume, complètement immobile.

Ne voulant pas risquer d'aggraver ses blessures en le déplaçant, elle chercha d'abord son pouls au niveau de sa carotide. Comme elle ne sentait rien, elle le retourna avec précaution sur le dos. Les phares de son véhicule étant sa seule source de lumière, elle ne pouvait distinguer clairement ses traits.

— Monsieur, vous m'entendez ? répéta-t-elle.

Pas de réponse, et toujours pas de pouls. Dallas débuta les gestes de réanimation, alternant trente compressions thoraciques et deux insufflations. Quand l'ambulance arriva, toutes sirènes hurlantes, elle commençait à fatiguer.

Les secouristes prirent le relais. L'un d'eux apporta un défibrillateur, mais au bout de trois chocs, le cœur n'était toujours pas reparti.

— On arrête, décida le chef. On ne peut plus rien pour lui.

Alors qu'il braquait le faisceau de sa torche sur le visage de la victime, Dallas porta une main à sa bouche en retenant un cri. Malgré le sang et les contusions, elle reconnaissait très bien cet homme.

C'était Harold Sims.

Levi avait passé la soirée sur les falaises au sud de la ville, à contempler les milliers d'étoiles qui constellaient le ciel texan. Il pensait à sa vie, à ses choix… tout en se demandant ce que faisait sa femme à cet instant.

Ou plutôt, son *ex*-femme.

La dernière fois qu'il avait vu autant d'étoiles, c'était en Afghanistan, par une nuit d'hiver glaciale. Juste avant de partir en mission, il avait contacté CeCe en appel vidéo. Elle lui avait paru distante, pressée d'écourter leur conversation. Toute la nuit, Levi avait eu du mal à se concentrer. Au matin, il avait fini par décider de quitter la Delta Force, sa famille de cœur, pour tenter de sauver son mariage.

Bien mal lui en avait pris… Quand il était rentré chez lui, l'appartement avait été vidé, et une demande de divorce l'attendait sur la table. Ainsi, il avait renoncé à sa carrière militaire pour rien. Certes, il aurait pu reprendre du service. Son expérience dans les opérations spéciales lui aurait même probablement permis de récupérer sa place au sein de son ancienne unité. Mais il n'était pas certain d'en avoir vraiment envie.

Le quotidien d'un opérateur de la Delta Force était accaparé par les entraînements et les missions. Cela ne laissait pas beaucoup de place pour le reste. Levi était curieux de voir à quoi ressemblait la vie en dehors de l'armée. S'il s'apercevait qu'il n'était pas fait pour ça, il pourrait toujours se réengager. D'ici là, on ne voudrait peut-être plus de lui, mais c'était un risque qu'il était prêt à prendre.

Voilà donc plusieurs heures qu'il était allongé sous les étoiles, à s'interroger sur son avenir. Avait-il pris la bonne décision en acceptant le job proposé par Trace Travis, un ancien de la Delta Force comme lui ? Pouvait-il mettre ses compétences au profit du monde civil ?

Seul l'avenir le lui dirait.

Alors que minuit approchait, le ciel commença à se couvrir de nuages. Levi songea qu'il ferait mieux de rentrer. Il devait se lever de bonne heure le lendemain pour participer aux tâches agricoles. Car lorsqu'ils ne résolvaient pas des enquêtes, les Éclaireurs s'occupaient du Whiskey Gulch Ranch. Au moins, ils ne restaient pas désœuvrés, ce qui pouvait vite devenir insupportable pour ces accros à l'adrénaline.

Levi grimpa dans son pick-up et repartit en direction de la ville. En distinguant des gyrophares au loin, il ralentit, avant d'être obligé de s'arrêter au bord de la route : une ambulance et un SUV du bureau du shérif bloquaient le passage. Il reconnut l'adjointe Dallas Jones, la seule femme du service.

D'après Trace, elle aussi avait fait partie de l'armée – de la police militaire, plus précisément. Pas étonnant qu'elle se soit reconvertie dans le maintien de l'ordre. Restait à savoir si ce changement de vie avait été volontaire ou subi…

Levi avait eu l'occasion de croiser la jeune femme peu après s'être installé à Whiskey Gulch. Il n'en avait pas pensé grand-chose, si ce n'est qu'elle était plutôt jolie pour une policière et qu'elle avait l'air assez réservée. À présent, éclairée par les phares du SUV et les lumières bleu et rouge de l'ambulance, elle semblait pâle et préoccupée.

Il descendit de son pick-up et s'avança vers elle.

— Je peux faire quelque chose pour aider ? demanda-t-il.

Elle secoua lentement la tête, comme hébétée.

— Que s'est-il passé ?

— Il a surgi de nulle part, juste devant moi. Sa femme… Oh ! mon Dieu, il faut que je la prévienne !

Levi posa une main sur son bras.

— Attendez, vous ne pouvez pas partir comme ça. Pourquoi ne pas me raconter ce qui est arrivé, plutôt ?

— Ce qui est arrivé ? Je n'y comprends rien.

— Dites-moi au moins qui est la victime.

— C'est Harold. Harold Sims. Sa femme s'inquiétait qu'il ne soit toujours pas rentré. Elle m'a demandé d'aller voir s'il n'était pas au Rafter T Ranch.

— Je ne connais pas ce ranch… Où est-il ?

— À quelques kilomètres d'ici. Je ne pensais pas tomber si vite sur Harold, et certainement pas en plein milieu de la route.

Elle déglutit péniblement, les yeux emplis de larmes.

— J'ai freiné, mais je n'ai pas pu l'éviter. Et je n'ai pas réussi à le réanimer.

— Vous avez fait tout ce qui était en votre pouvoir, lui assura Levi, touché par la détresse qui se lisait sur ses traits.

— Je n'ai pas fait assez, visiblement, rétorqua-t-elle. Ces hommes sont morts à cause de moi !

Levi fronça les sourcils.

— Il y a plusieurs victimes ?

Elle cligna des yeux, recula d'un pas.

— Non, pardon. Seulement Harold. Ça, c'était… Enfin, peu importe.

Une autre fois ? songea-t-il.

Qu'avait-elle bien pu vivre comme épreuve qui l'avait tant traumatisée ? L'adjointe, d'habitude si solide, si compétente, paraissait extrêmement vulnérable à cet instant. Levi avait beau être fatigué, il ne pouvait pas l'abandonner dans cet état.

— Je vais rester avec vous, d'accord ? lui dit-il.

Elle regarda un moment autour d'elle d'un air perdu, avant de se ressaisir.

— Ce n'est pas la peine, merci. Je vais déplacer ma voiture.

— Il n'y a pas d'urgence.

Ignorant sa remarque, elle alla garer le SUV sur le bas-côté. Puis elle sortit du coffre plusieurs fusées éclairantes, qu'elle alluma en amont et en aval de l'accident. Elle se planta ensuite au milieu de la chaussée, prête à faire la circulation en cas de besoin.

Quelques minutes plus tard, elle eut l'air surprise de constater que Levi n'avait pas bougé.

— Vous devriez partir, lui dit-elle en le rejoignant.

— Dès que je serai certain que tout va bien, répliqua-t-il.

— Ne vous en faites pas pour moi. Le shérif va bientôt arriver. D'ailleurs, j'imagine qu'il voudra faire embarquer le SUV pour les besoins de l'enquête, ajouta-t-elle, pensive.

— Si votre véhicule est remorqué, vous aurez besoin de quelqu'un pour vous ramener chez vous.

— Je pourrai rentrer avec le shérif.

— Dans ce cas, j'attends au moins qu'il soit là.

Elle leva les yeux au ciel.

— Comme vous voulez. Mais ne gênez pas les ambulanciers.

À cet instant, des phares apparurent au loin – ceux de plusieurs grosses motos qui approchaient en vrombissant. Le pilote à la tête du convoi ralentit et posa un pied à terre devant Dallas Jones.

— Qu'est-ce qui se passe ? s'enquit-il.

— Il y a eu un accident. Circulez, s'il vous plaît, répondit l'adjointe, qui avait retrouvé ses réflexes professionnels.

Le motard avait de longs cheveux gris attachés en queue-de-cheval et une grosse moustache poivre et sel. Il portait un débardeur sous sa veste en cuir, et Levi aperçut au dos de celle-ci le dessin d'un serpent blanc enroulé sur lui-même. Ses acolytes arboraient le même motif sur leurs blousons.

L'un d'eux descendit de sa moto et se dirigea vers l'ambulance.

— Monsieur, reculez, s'il vous plaît ! lui demanda Dallas Jones.

Comme il ne l'écoutait pas, elle s'adressa au moustachu, qui semblait être leur chef.

— S'il vous plaît, dites à vos hommes de reculer.

Pendant un long moment, il la fixa de son regard froid. Puis il cria à son comparse :

— Hé, Bulldog !

L'autre se retourna, et le chef lui fit signe de revenir. « Bulldog » obéit.

— On dirait Sims, observa-t-il en enfourchant de nouveau sa moto.

— T'es sûr ?

— Ouais, c'est lui.

L'homme aux cheveux gris serra les mâchoires.

— Allez, on y va.

Ils firent ronfler leurs moteurs et filèrent les uns derrière les autres dans un bruit assourdissant. La jeune adjointe parut soulagée de les voir partir.

Peu après, un véhicule arriva en provenance de Whiskey Gulch, gyrophares allumés, et se gara derrière le SUV de Jones. Le shérif Thomas Greer en descendit.

— Bonjour, Dallas, lança-t-il. Il paraît que vous avez besoin d'aide ?

— Oui, chef.

Elle l'entraîna vers le brancard que les secouristes étaient en train de charger dans l'ambulance. Levi resta en retrait, soucieux de ne pas les déranger dans leur travail. Le shérif souleva le drap qui recouvrait le visage de la victime.

— Harold Sims, murmura-t-il. Et dire qu'il avait enfin réussi à se soigner…

Il écouta attentivement le récit de son adjointe.

— Vous savez que je suis obligé de vous suspendre le temps de l'enquête, déclara-t-il lorsqu'elle eut terminé.

— Vous êtes déjà en sous-effectif, protesta la jeune femme.

— Je n'ai pas le choix.

— Et je veux participer à l'enquête.

— Dans la mesure où c'est vous qui l'avez percuté, ça ne va pas être possible.

— Mais c'était un accident ! Il a surgi devant moi, je n'ai rien pu faire !

— Peu importe. C'est la règle. Quand un agent de police est impliqué dans un accident mortel, il doit être suspendu de ses fonctions jusqu'à ce que la preuve soit faite de son innocence.

Les épaules de Dallas Jones s'affaissèrent.

— D'accord. Et pour le reste de ma garde ?

— Je vais vous remplacer le temps de trouver quelqu'un d'autre.

— Mais vous avez déjà travaillé toute la journée !

— Ne vous inquiétez pas pour moi. Je vais vous raccompagner au poste.

— Shérif, intervint Levi. Si vous devez rester ici pour effectuer des prélèvements, je peux reconduire votre adjointe à Whiskey Gulch.

Greer le dévisagea un moment, les yeux plissés.

— Vous êtes un des nouveaux qui travaillent au ranch de Trace Travis, c'est ça ?

— Oui, monsieur, répondit Levi en lui tendant la main. Levi Warren.

— Et vous aussi, vous êtes un ancien militaire ?

— C'est exact.

— Quel corps ?

— Armée de terre. Delta Force.

Greer sourit.

— Merci pour le service rendu à la nation.

— De même, shérif.

Ce dernier se tourna vers son adjointe.

— Ça ne vous dérange pas de repartir avec M. Warren ?

— Je préférerais rester ici pour vous aider.

— Je suis navré, Dallas, mais vous allez devoir rentrer. Et il me faudra votre déposition écrite.

— Très bien. Dans ce cas, j'accepte volontiers votre proposition, dit-elle à Levi.

Ensemble, ils quittèrent les lieux de l'accident. Alors qu'ils croisaient la dépanneuse sur la route, la jeune femme laissa échapper un soupir.

— Je suis désolé de ce qui est arrivé, murmura Levi.

— Pourquoi seriez-vous désolé ? Ce n'est pas vous qui avez renversé Harold.

— Vous n'avez pas à vous sentir coupable. Vous n'y êtes pour rien.

Elle pivota vers lui.

— Alors qui est responsable ? Je *dois* mener l'enquête,

ce n'est pas possible autrement. Il faut que je sache ce que faisait Harold en plein milieu de la route avec la tête en sang !

— Attendez… Il était blessé ?

Dallas se concentra un instant.

— Oui, son front saignait déjà avant que je le percute.

— Il ne faudra pas oublier de l'écrire dans votre déposition.

Elle acquiesça.

— J'aimerais beaucoup voir le rapport du médecin légiste. Mais j'imagine qu'on ne me le permettra pas, puisque je suis suspendue.

— Le shérif acceptera peut-être de vous tenir informée, vous ne croyez pas ?

— Possible. La question, c'est : qu'est-il arrivé à Sims ? Est-il tombé ou a-t-il été agressé ?

— Le médecin pourra certainement apporter quelques réponses sur ce point.

Levi jeta un coup d'œil vers la jeune femme. Elle regardait droit devant elle, les sourcils froncés.

— Ça va ? s'enquit-il.

— Moi, je vais bien, mais Harold est mort. Je veux savoir ce qu'il faisait là, tout seul au milieu de nulle part. Je veux savoir s'il y a un responsable dans cette affaire.

Le silence s'installa entre eux pendant plusieurs kilomètres. Devinant qu'elle ressassait l'accident, Levi tenta de lui changer les idées :

— Si j'en crois Travis, vous avez servi dans la police militaire ?

— En effet.

— Combien de temps ?

— Huit ans.

— Ça a dû être dur de partir, après toutes ces années…

— C'était le moment.

— J'en déduis que la décision venait de vous ?

Elle hocha la tête.

— Et vous ? demanda-t-elle en l'observant du coin de l'œil.

— Pour moi aussi, c'était le moment de partir.

— Combien de temps êtes-vous resté ?

— Onze ans.

Elle sourit.

— Vous n'étiez pas loin de la retraite. Pourquoi n'êtes-vous pas allé jusqu'au bout ?

— Traitez-moi de vieux, tant que vous y êtes ! J'ai démissionné pour sauver mon mariage.

— C'est courageux. Votre femme a dû apprécier.

Levi secoua la tête.

— Ça ne s'est pas vraiment passé comme ça, malheureusement.

Elle eut l'air curieuse d'en savoir plus, mais ils venaient d'arriver devant le bureau du shérif.

— Je peux attendre que vous ayez fini d'écrire votre déposition, si vous voulez.

— C'est gentil, mais j'ai ma camionnette.

— Ça vous dirait d'aller boire une bière ou un café, après ? se surprit-il à lui demander.

— Vous êtes du genre insistant, vous !

Il haussa les épaules.

— Je n'ai rien de mieux à faire.

— La plupart des gens dorment, à cette heure-ci.

— C'est ce que je fais aussi d'habitude, mais aujourd'hui, j'aurais dû fêter mes dix ans de mariage. Je n'ai pas vraiment envie de me coucher.

— Vous auriez pu passer la soirée avec vos copains du Whiskey Gulch Ranch, remarqua-t-elle.

— C'est vrai, mais ils sont tous en couple. Ça m'aurait encore plus démoralisé.

Elle détourna les yeux un instant, avant de reporter son attention sur lui.

— Ça va me prendre au moins vingt minutes, vous savez.

— Ce n'est pas un problème. Je crois que j'ai besoin de compagnie.

— Je crois que moi aussi, admit-elle avec un sourire contrit.

Et elle descendit du pick-up.

Pendant qu'il l'attendait, Levi se demanda ce qui lui avait pris de lui faire cette proposition. Il ne la connaissait pas, et il était déjà bien tard. En partant regarder les étoiles dans la soirée, il avait éprouvé le besoin de se retrouver seul, mais subitement cette solitude lui pesait. En outre, il était à peu près certain de ne pas trouver le sommeil s'il se couchait tout de suite. Autant partager un moment avec Dallas Jones. Et tant pis s'il était fatigué le lendemain.

Les travaux physiques au ranch avaient cela de bon qu'ils lui permettaient de décompresser, de chasser les démons qui le dévoraient depuis l'échec de son mariage. Si Levi s'était bien rendu compte que celui-ci battait de l'aile, il n'avait pas compris à quel point avant de rentrer de mission et de trouver la demande de divorce. Cela faisait alors huit mois qu'il n'avait pas vu sa femme ; il n'avait pas voulu parler séparation avant son retour. En poussant la porte de l'appartement, néanmoins, il avait dû se rendre à l'évidence : CeCe avait déjà pris sa décision.

Elle avait emporté toutes ses affaires et une bonne partie de celles de Levi, ne lui laissant que le coffre-fort où il rangeait ses armes et le vieux fauteuil dont il avait refusé de se séparer quand ils s'étaient installés ensemble. Après avoir essayé de la joindre plusieurs fois sans succès, il avait fini par la suivre depuis son lieu de travail jusqu'à son nouveau logement, et il avait découvert qu'elle vivait avec un autre homme. Leur histoire était donc bel et bien terminée.

Alors seulement, il avait signé les papiers du divorce. Par chance, le même jour, son ami Trace Travis l'avait appelé, lui fournissant l'excuse dont il avait besoin pour quitter la coquille vide de son foyer et commencer une nouvelle vie.

Aujourd'hui, Levi n'était pas sûr de ce qui lui faisait le plus mal : d'avoir perdu CeCe ou d'avoir échoué dans son mariage. Car jusque là, il avait toujours tout réussi. Star de son équipe de base-ball à dix ans, *quarterback* dans l'équipe de football du lycée… Et pour couronner le tout, il avait épousé la meneuse des pom-pom girls.

Quand il s'était engagé dans l'armée, CeCe n'avait pas sauté de joie, mais elle était restée avec lui, assez fière malgré tout qu'il ait été accepté au sein d'un corps d'élite. Elle ne s'attendait sans doute pas à ce qu'il passe autant de temps en mission. Quoi qu'il en soit, elle n'était pas la première épouse d'un soldat de la Delta Force à se sentir seule et à chercher du réconfort dans les bras d'un autre homme plus disponible.

Levi avait mené sa petite enquête. Le nouvel amoureux de son ex-femme n'avait rien à voir avec l'armée : il était courtier en assurances.

Le bruit d'une porte qui se refermait le tira de ses pensées. L'adjointe Jones venait de ressortir du bureau du shérif. Elle avait troqué son uniforme contre un jean délavé et un chemisier bleu, et ses longs cheveux blonds étaient détachés sur ses épaules. Il baissa sa fenêtre en la voyant approcher.

— On se retrouve au Sweeney's ? lança-t-elle.

— Chiche.

Elle grimpa dans un vieux pick-up Ford rouge et blanc garé un peu plus loin dans la rue. Après plusieurs essais infructueux, le moteur démarra en toussotant, et elle quitta sa place cahin-caha.

Levi sentit son pouls s'accélérer tandis qu'il suivait la jeune femme jusqu'au bar. Il aurait dû partir directement après l'avoir déposée, mais quelque chose chez elle lui donnait envie de rester avec elle, ne serait-ce que pour quelques minutes de plus.

- 2 -

En voyant le parking à moitié plein, Dallas ne fut pas mécontente d'avoir pris le temps de se changer. Ce n'était pas une très bonne idée de se présenter dans un bar du village en uniforme, surtout au Sweeney's. En quelques mois, Dallas y était intervenue un certain nombre de fois pour interrompre des bagarres, et elle avait embarqué plus d'un client au poste.

Elle gara son vieux camion en marche arrière. Comme elle ne savait jamais s'il allait redémarrer, elle préférait laisser le moteur accessible au cas où un bon samaritain devrait brancher sa batterie sur la sienne. Avec le beau pick-up noir de Levi parqué juste à côté, le contraste était saisissant… Malgré tous les défauts du Ford 1967 – les réparations incessantes, l'absence de climatisation –, Dallas ne parvenait pas à s'en séparer. Elle avait même vendu sa jeep pour ne garder que lui.

Endurer la chaleur du Texas sans air conditionné était peut-être pour elle une façon de faire pénitence. De même, chaque fois qu'elle s'abîmait les mains en grabotant dans le moteur, cela lui rappelait qu'elle était vivante.

L'ancien propriétaire du camion, lui, ne l'était plus.

Une vague de culpabilité la submergea. Qu'allait-elle faire dans un bar avec un autre homme ?

Ce n'est pas un rendez-vous galant, protesta une petite voix dans sa tête.

Et même si c'était le cas, où serait le problème ? Son fiancé était mort depuis deux ans. Combien de temps était-on censé faire le deuil de l'homme qu'on aimait ? Si elle rentrait chez elle se coucher, chaque fois qu'elle fermerait les yeux elle verrait Harold surgir devant elle sur la route, ou Brian étendu dans la poussière d'Afghanistan, le corps déchiqueté par la bombe artisanale qui avait explosé sous son camion.

Dallas agrippait le volant si fort que ses doigts avaient blanchi. Son cœur battait trop vite, comme à chaque attaque de panique qu'elle subissait depuis le décès de Brian. Ce jour-là, elle avait été chargée d'assurer la sécurité de son convoi jusqu'à une autre base opérationnelle. Six soldats avaient été tués dans l'attentat.

Avec l'aide de ses camarades, Dallas avait tenté de les sauver, mais leurs blessures étaient trop graves. Ils s'étaient vidés de leur sang en quelques minutes. Elle avait vu la vie s'éteindre dans les yeux de Brian et l'avait entendu murmurer son prénom en rendant son dernier souffle.

Un petit coup frappé à la vitre la ramena brusquement dans le présent. Levi ouvrit la portière.

— Vous allez bien ? s'enquit-il d'un air inquiet.

Pas vraiment, songea-t-elle, mais jamais elle ne l'admettrait tout haut. Quel genre de policier craquait sur le lieu d'un accident ou sur le parking d'un bar ?

— Oui, ça va, répondit-elle. Allons boire cette bière.

Elle descendit de sa camionnette, et ils se dirigèrent ensemble vers le Sweeney's Bar & Grill. Situé au nord de Whiskey Gulch, l'établissement était particulièrement prisé des cow-boys et des ranchers après une dure journée de labeur. L'autre bar, qui tenait davantage de la discothèque, attirait une foule plus jeune, plus bruyante. Quand on avait simplement envie d'une bière ou d'un sandwich en semaine, c'était au Sweeney's qu'on allait.

Ray Sweeney avait hérité l'endroit de son père et n'avait pas dépensé un centime en rénovations. Il ne se montrait pas non plus très généreux avec ses employés, estimant qu'ils pouvaient arrondir leurs fins de mois grâce aux pourboires. Son affaire marchait bien, pourtant : le Sweeney's était mieux placé et plus accessible que son concurrent.

— Vous voulez qu'on prenne une table, ou vous préférez consommer au bar ? demanda Levi.

— Installons-nous plutôt au bar, répondit Dallas.

Cela lui semblait moins… intime.

Alors qu'ils se perchaient sur des tabourets, une serveuse arriva et posa bruyamment son plateau sur le comptoir.

— Bonsoir ! Moi, c'est Angie. Je peux vous proposer de la bière, mais si vous voulez quelque chose de plus compliqué, il va falloir attendre le barman. Hé, Lucy ! cria-t-elle en s'adressant à une collègue à l'autre bout de la salle. Où est Bernie ?

— Il a dû partir. Sa femme était malade.

Lucy était en train de servir trois grands gaillards aux visages rouges et tannés par le soleil. Leurs vêtements étaient maculés de boue.

— Est-ce que Ray est revenu ? s'enquit Angie.

À cet instant, le patron du bar poussa la porte battante des cuisines et traversa la salle. Son T-shirt blanc immaculé et ses cheveux poivre et sel soigneusement coiffés en arrière contrastaient avec les tenues de travail de la plupart de ses clients.

— Qu'est-ce qu'il te faut ? demanda-t-il à Angie.

— Deux whiskies avec glaçons, et deux Bud Light en bouteille.

Elle se tourna vers Dallas et Levi.

— Sweeney va s'occuper de vous, leur dit-elle.

Après avoir préparé les boissons, le patron les interrogea du regard.

— Qu'est-ce que je vous sers ?

— Une pression, s'il vous plaît, répondit Dallas.

— Pour moi aussi.

Sweeney remplit deux chopes à la tireuse et les posa devant eux. Puis il se pencha au-dessus du bar.

— Vous n'étiez pas censée être de garde, cette nuit, adjointe Jones ?

Dallas se crispa.

— Si.

— J'ai appris que le pauvre Harold avait été percuté par un véhicule du shérif.

Il se redressa, les yeux écarquillés.

— Nom d'une pipe, c'était vous ?

Les joues en feu, Dallas regarda autour d'elle.

— Il y a des tables libres là-bas, chuchota-t-elle à Levi. Ça vous dit d'y aller ?

— Oh ! ne changez pas de place à cause de moi ! protesta Sweeney. Je ne dirai plus rien, promis. C'est juste que ça n'arrive pas souvent qu'un adjoint du shérif écrase un de nos concitoyens.

Levi se leva brusquement et le fusilla du regard. Après avoir jeté un billet de vingt dollars sur le comptoir, il tourna le dos au patron.

— Je vous propose qu'on parte, murmura-t-il à Dallas.

Pendant ce temps, Sweeney faisait mine de réfléchir.

— C'est quoi votre devise, déjà ? Ah oui, « servir et protéger ». Je vois ça… Vous savez, Harold était un bon gars. Alcoolique, certes, mais un bon gars quand même.

Dallas ne répondit pas. Elle descendit de son tabouret et se dirigea vers la porte en laissant la chope sur le comptoir. Levi l'imita sans dire un mot. Quelques clients qui avaient entendu Sweeney les suivirent des yeux, le visage fermé.

Une fois dehors, Dallas inspira une grande bouffée d'air.

— Ne faites pas attention à lui, lâcha Levi. C'est un sale type.

— De toute façon, je n'avais pas vraiment envie de cette bière. Une bonne tasse de café, voilà ce dont j'ai besoin. On essaye d'en trouver ailleurs ?

— Chez moi, par exemple ? suggéra Levi. En tout bien tout honneur, bien sûr. Je fais du bon café, et je n'habite vraiment pas loin. Au moins, on ne rencontrera personne.

— Je peux aussi en faire chez moi, répliqua-t-elle.

— C'est vrai.

Elle marqua une pause.

— Je vous invite ?

— Avec plaisir, dit-il, un grand sourire aux lèvres.

Ils repartirent chacun dans leur véhicule, Dallas ouvrant la voie. En chemin, elle ne put s'empêcher de songer que Levi et Brian n'avaient pas grand-chose en commun, si ce n'est qu'ils avaient tous deux fait partie de l'armée – opérateur dans la Delta Force pour l'un, conducteur de poids lourds chargé du soutien logistique pour l'autre. Les deux métiers étaient d'ailleurs tout aussi importants. Sans ravitaillement, les troupes ne pouvaient pas se battre.

Mais à quoi bon les comparer ? s'interrogea-t-elle. Il ne s'agissait en aucun cas d'une soirée romantique. Elle invitait juste Levi à boire un café.

Bientôt, ils arrivèrent devant son petit cottage situé en périphérie de la ville. Le quartier était calme et peuplé majoritairement de personnes âgées. La maison, qui donnait à l'arrière sur un vaste champ, se composait de trois pièces et d'une salle de bains. Cela suffisait amplement à Dallas. Elle la louait avec option d'achat dans l'éventualité où elle déciderait de s'installer définitivement à Whiskey Gulch – une perspective bien peu vraisemblable à présent… Car les gens du village allaient sans doute la chasser à coups de pierres pour avoir renversé l'un des leurs, quand bien même Harold Sims s'était pratiquement jeté sous ses roues. Aucun témoin n'avait assisté à l'accident ; si le rapport du médecin légiste ne corroborait pas ses dires, elle serait considérée comme responsable de la mort du pauvre homme.

Avant de sortir de sa camionnette, Dallas contempla un moment la façade bleu pastel et les moulures blanches qui lui avaient tant plu la première fois qu'elle avait vu cette maison. Cela ne faisait que quelques mois qu'elle avait posé ses valises à Whiskey Gulch, loin de tout ce qu'elle avait partagé avec Brian. En venant ici, elle avait voulu prendre un nouveau départ. Celui-ci risquait bien de tourner court.

Elle inspira profondément et descendit du véhicule. Dès que Levi l'eut rejointe, ils montèrent ensemble les marches du perron.

Le grand porche, avec ses balancelles suspendues de chaque côté, contribuait pour beaucoup au charme du cottage. Dallas y avait passé quelques soirées déjà, à profiter de la fraîcheur avant d'aller travailler. Elle s'y était sentie chez elle. Et elle avait aimé échanger quelques mots avec ses voisins, un peu curieux mais toujours prévenants.

En sortant le trousseau de clés de son sac à main, elle le fit tomber par terre. Levi le ramassa et entreprit d'ouvrir la porte.

— Vous n'avez qu'un verrou ? s'enquit-il, les sourcils froncés.

— Dans une si petite ville, ça ne me semblait pas utile d'en installer d'autres.

— La petite ville en question a été le théâtre d'un meurtre et d'un trafic d'êtres humains en l'espace de quelques mois. Je vous conseille vraiment d'ajouter des serrures sur la porte d'entrée et aussi sur celle de derrière. Vous vous rendrez service.

— C'est peut-être bien ce que je vais faire, maintenant

que j'ai tout mon temps, répondit-elle en le précédant dans la maison. Sauf si je suis trop occupée à chercher du travail.

— Le shérif ne va quand même pas vous renvoyer comme ça.

— Je vous rappelle que personne ne peut témoigner en ma faveur.

— Oui, mais l'aile enfoncée de votre SUV prouve que vous avez essayé d'éviter Harold.

Dallas acquiesça, tout en se dirigeant vers la cuisine.

— Je prépare du café ? Si vous préférez, j'ai quelques bières au frigo.

— Le café m'ira très bien.

Un sourire se dessina sur le visage de Levi.

— Ceci dit, je comprendrais que vous ayez envie d'une boisson fraîche après avoir roulé sans climatisation par cette chaleur, ajouta-t-il. Comment se fait-il que vous conduisiez une telle antiquité ?

— Ce camion a une valeur sentimentale pour moi. J'avais une jeep plus récente, mais ce n'est pas très pratique de garder deux véhicules. J'ai vendu celui auquel j'étais le moins attachée.

— Je comprends. J'imagine qu'il appartenait à votre père, ou à votre grand-père ?

Dallas se détourna pour attraper un filtre et du café dans le placard au-dessus de l'évier.

— Non, il était à mon fiancé. Il m'a légué tous ses biens matériels.

Un long silence accueillit sa réponse. Puis Levi dit doucement :

— Je suis désolé.

— C'est comme ça, avec l'armée. Peu importe dans quelle unité vous servez, quand vous êtes déployé sur une zone de guerre vous risquez votre vie. L'ennemi ne fait pas de différence.

— Non, en effet. Que s'est-il passé ?

Elle plaça le filtre dans la cafetière et versa dedans quelques cuillères de café moulu.

— Rien de très original, répondit-elle. La rencontre entre un convoi de ravitaillement et une bombe artisanale. Un instant, tout va bien et vous êtes en pleins préparatifs de mariage ; l'instant d'après, vous tenez votre fiancé mort dans vos bras.

Elle appuya sur le bouton de la machine, avant de se tourner vers le réfrigérateur.

— Je peux sortir du fromage et quelques crackers, si vous voulez.

— Volontiers. Je n'ai pas dîné.

Dallas se décida enfin à lui faire face.

— Sinon, il me reste de la pizza. Si vous ne la mangez pas, elle risque de s'abîmer.

— Présenté comme ça…

Il lui sourit.

— Dites-moi ce que je peux faire pour aider.

— Les assiettes sont dans le placard, à gauche, indiqua-t-elle en sortant le carton de pizza du réfrigérateur.

Pendant qu'elle allumait le four, Levi mit la table, puis il trouva deux tasses et les posa sur le plan de travail à côté de la cafetière. Chaque fois qu'ils se déplaçaient, ils manquaient de se heurter. La petite cuisine n'était pas conçue pour que deux personnes y circulent, à moins qu'elles ne soient déjà intimes.

Le cœur de Dallas se mit à palpiter à cette pensée. Elle n'avait jamais ressenti la moindre attirance pour un autre homme depuis la mort de Brian. Pourquoi maintenant ? Et pourquoi pour celui-ci en particulier ? Était-ce parce qu'il s'était montré prévenant à son égard ?

Avec Brian, l'attraction physique n'avait pas été immédiate. Ils s'étaient rencontrés dans un bar près de la base militaire de Fort Hood, au Texas. Le premier soir, ils avaient simplement bavardé, rien de plus. Puis, au fil des semaines, ils étaient devenus amis.

Dallas avait apprécié cette relation. Pas de tension sexuelle, pas d'appréhension, pas de malaise entre eux. Elle ne se rappelait même pas vraiment quand ils étaient devenus amants. Sans doute après s'être endormis dans les bras l'un de l'autre en regardant la télévision…

Levi lui faisait un tout autre effet. Cet homme exhalait la masculinité. Avec lui, Dallas se sentait à la fois en sécurité et étrangement troublée ; sa proximité suscitait en elle des émotions qu'elle n'avait jamais connues avec Brian, et elle en était extrêmement déconcertée.

— Vous pouvez vous asseoir, lui dit-elle, craignant de devoir encore le frôler. Je vais m'occuper du reste.

— Je ne suis pas venu pour me faire servir.

— Ça ne me dérange pas, insista-t-elle. Vraiment, asseyez-vous.

Il dut deviner sa gêne, car il accepta de s'installer à la petite table. Avec ses pieds en métal et son plateau moucheté, celle-ci paraissait tout droit sortie des années 1950 – tout comme les chaises en vinyle rouge vif. Dallas ne détestait pas ce style rétro. Pour tout dire, elle était déjà bien contente d'avoir trouvé une maison meublée. Si elle restait, néanmoins, sans doute remplacerait-elle une chose ou deux…

— Vous vous appelez Dallas, je crois ? demanda Levi.

Elle acquiesça, tout en servant le café.

— Ce prénom avait-il un sens particulier pour vos parents ?

— Pour mon père, oui. Il était VRP, et il avait fait un déplacement à Dallas juste avant que ma mère accouche de moi. J'imagine que c'est là aussi qu'il avait rencontré sa dernière maîtresse… Il y en a eu beaucoup d'autres après, jusqu'à ce que ma mère divorce.

— Aïe, murmura Levi.

Elle posa les tasses sur la table, glissa la pizza dans le four et régla le minuteur.

— Je n'ai pas vraiment souffert de leur séparation. Avec ma mère, on s'est très bien débrouillées sans lui. Quand elle s'est rendu compte qu'il la trompait, elle a repris ses études en les lui faisant financer. Elle a obtenu son diplôme d'infirmière, et dès qu'elle a réussi à décrocher une bonne place elle a demandé le divorce.

— Bien joué, observa Levi en souriant.

— Oui, ma mère était maligne. Et surtout, elle ne se laissait pas marcher sur les pieds.

— Si je comprends bien, elle n'est plus de ce monde ?

— Elle est morte d'un cancer du sein alors que j'étais postée en Allemagne. L'ironie, dans tout ça, c'est qu'elle travaillait dans un service d'oncologie… Je suis rentrée à temps pour lui dire au revoir, mais j'aurais tellement aimé être là plus tôt pour la soutenir pendant sa maladie ! Elle ne m'a prévenue qu'à la fin.

Dallas se glissa sur une chaise en face de Levi et but une gorgée de café.

— Vous avez donc perdu deux personnes que vous aimiez de manière assez rapprochée, commenta-t-il. Ça doit être très dur.

Elle hocha la tête, puis l'observa un moment.

— Vous m'avez dit tout à l'heure que vous auriez dû fêter votre dixième anniversaire de mariage aujourd'hui. Ça aussi, c'est dur. Est-ce qu'elle vous manque ?

Levi réfléchit.

— Oui et non. Ce que je regrette, c'est surtout le fait d'être marié, d'avoir quelqu'un à retrouver en revenant de mission. Mais je me rends compte à présent qu'on n'avait pas les mêmes attentes, et que notre relation était vouée à l'échec.

— Est-ce qu'elle savait en vous épousant que vous alliez intégrer la Delta Force ?

— Elle savait que je m'étais engagé dans l'armée, et ça ne la dérangeait pas trop, du moins au début. Mais je suis du genre perfectionniste ; je ne pouvais pas me contenter d'être un simple soldat, il fallait que je fasse partie d'une unité d'élite. Or ma femme n'avait pas signé pour que je sois absent tout le temps. Elle m'a demandé de démissionner, mais j'avais travaillé tellement dur pour devenir un Delta…

Dallas haussa les sourcils.

— Vous avez fini par partir, pourtant.

— Oui, mais trop tard. Quand je suis rentré, elle avait déjà emménagé avec son amant.

— Je vois…

Il haussa les épaules.

— J'imagine que je le méritais.

— Pourquoi n'avez-vous pas réintégré l'armée ?

— J'avais décidé de me reconvertir dans le civil.

— Je crois plutôt que vous n'aimez pas reconnaître vos erreurs.

Il secoua la tête en riant.

— Vous avez sans doute raison. Mais j'avais réellement envie de découvrir s'il y avait quelque chose de bien en dehors de la Delta Force.

— Et vous voilà à Whiskey Gulch, en train de boire du café avec une fliquette déprimée.

Il leva sa tasse.

— Buvons à la santé de deux anciens soldats déprimés, alors.

Elle trinqua avec lui, puis avala une longue gorgée de café.

— Mmm… Ça vaut bien toutes les bières du monde, murmura-t-elle.

— C'est vrai.

Comme l'alarme du four sonnait, elle se leva pour aller

chercher la pizza. Une délicieuse odeur de pain, de tomate et de fromage se répandit dans la cuisine. Dallas ne s'était pas rendu compte à quel point elle avait faim.

Ils se servirent chacun une part, qu'ils dégustèrent avec appétit.

— Elle est encore meilleure réchauffée, dit-elle entre deux bouchées.

— Moi, je crois que c'est le fait de la manger à deux qui la rend si bonne, répliqua-t-il.

— Merci de m'avoir tenu compagnie. Ça m'a permis de penser à autre chose.

À peine avait-elle terminé sa phrase qu'un bruit de carreau brisé retentit à l'avant de la maison. Dallas bondit de sa chaise et se rua vers le salon, suivie de près par Levi. Lorsqu'elle alluma la lumière, ils découvrirent des morceaux de verre sur le parquet. Un des rideaux ondulait dans la brise.

— Bon sang…

Alors qu'elle s'apprêtait à ouvrir la porte d'entrée, Levi posa une main sur son bras pour l'en empêcher.

— Vous ne savez pas ce qu'il y a de l'autre côté. Laissez-moi faire le tour par-derrière. J'aurai plus de chances d'attraper le coupable de cette façon.

— Je suis flic, je vous rappelle. C'est à moi de m'en charger.

— C'est vous qui êtes visée, Dallas. On cherche peut-être à vous attirer dehors pour pouvoir vous tirer dessus. Restez ici, je reviens tout de suite.

— Je ne veux pas que vous soyez blessé à cause de moi.

— Ça n'arrivera pas. Vous me promettez de rester à l'intérieur ? demanda-t-il en plongeant son regard dans le sien.

— D'accord.

Au même instant, un autre projectile traversa une vitre, répandant des débris partout dans le salon.

— Allez-y vite, dit Dallas entre ses dents serrées.

Pendant que Levi courait vers la porte de derrière, elle s'éloigna des fenêtres et attendit en rongeant son frein, frustrée de ne pouvoir agir. Qui osait s'en prendre ainsi à sa maison ?

Quelques instants plus tard, elle entendit une femme crier. N'y tenant plus, elle se précipita dehors.

Levi retenait Ouida Sims par le bras, l'empêchant de lancer une troisième pierre. Quand elle aperçut Dallas, l'épouse de Harold se mit à hurler.

— Sale criminelle ! Vous avez tué mon mari !

- 3 -

— Lâchez-moi ! cria Ouida Sims.

— Je suis désolé, madame, mais il va d'abord falloir reposer cette pierre.

La pauvre femme se tourna de nouveau vers Dallas.

— Pourquoi vous lui avez fait ça ? Pourquoi vous l'avez écrasé ?

— L'adjointe va vous expliquer ce qui s'est passé, lui dit calmement Levi. Écoutez-la.

— Je sais ce qui s'est passé ! Tout le monde en parle en ville. Elle a tué Harold !

Elle s'effondra dans les bras de Levi, secouée de sanglots.

— Harold est mort, gémit-elle. Le seul homme que j'aie jamais aimé est mort, et c'est sa faute à elle !

— Madame Sims, intervint Dallas en descendant les marches, je suis profondément désolée. Votre mari a surgi devant moi sur la route. J'ai tenté de l'éviter, mais je n'ai pas pu m'arrêter à temps.

— Harold est mort, répétait Ouida, sourde aux explications de la jeune femme. Harold est mort…

Elle enfouit son visage dans la chemise de Levi et laissa libre cours à son chagrin. Dallas s'approcha, mais quand elle voulut poser une main sur son bras, Ouida recula brusquement.

— Ne me touchez pas ! Vous êtes une meurtrière !

— Laissez-moi au moins vous dire comment c'est arrivé. C'était un accident, Ouida. Je ne l'ai pas « écrasé ». Je roulais en direction du ranch des Thatcher, et plusieurs kilomètres m'en séparaient encore quand j'ai soudain vu Harold tituber devant moi, au milieu d'une grande ligne droite. J'ai tourné le volant et écrasé les freins si fort que ma voiture a dérapé sur le côté.

Les sanglots de Ouida redoublèrent. Levi croisa le regard de Dallas. Que pouvaient-ils faire ? Tant qu'elle ne se serait pas calmée, il serait vain d'essayer de lui parler. Levi continua donc de la soutenir jusqu'à ce qu'elle n'ait plus de larmes à verser.

Au bout d'un long moment, elle sembla enfin s'apaiser. Elle s'écarta de lui, visiblement gênée d'avoir pleuré dans les bras d'un inconnu.

— Est-ce qu'il a souffert ? demanda-t-elle d'une petite voix à Dallas.

— Je ne crois pas. Je lui ai fait un massage cardiaque jusqu'à l'arrivée des secours, puis ils ont pris le relais. Mais son cœur n'est jamais reparti.

La jeune femme marqua un silence, comme si elle hésitait.

— Il y a quelque chose qu'il faut que vous sachiez, madame Sims, finit-elle par dire. Quand je l'ai percuté, Harold avait le visage en sang.

Ouida fronça les sourcils.

— Vous voulez dire qu'il était déjà blessé avant l'accident ?

— Oui. Il n'était pas dans son état normal quand il a déboulé sur cette route. Je me trouvais encore loin du ranch, et je ne m'attendais vraiment pas à croiser quelqu'un si tard le soir à cet endroit. Est-ce qu'il aurait pu avoir une autre raison de se trouver dans les parages ?

— Non, je ne crois pas… Il m'a dit qu'il avait une barrière à réparer et qu'il aurait sans doute besoin de rattraper une partie du troupeau. Vous pensez qu'il a été blessé par une vache ?

— Je ne sais pas. J'espère que le médecin légiste pourra nous en dire plus.

Ouida renifla.

— Tout ce que je sais, c'est qu'il partait vérifier les clôtures et s'assurer que les bêtes ne s'étaient pas enfuies. Il était censé revenir pour le dîner. C'est pour ça que je me suis inquiétée, ça ne lui ressemblait pas de s'absenter si longtemps sans me prévenir.

De nouveau, ses yeux s'emplirent de larmes.

— Il m'a demandé si je voulais l'accompagner… J'aurais dû y aller avec lui. Il serait peut-être encore vivant.

Et elle se remit à pleurer, dans les bras de Dallas cette fois-ci.

— Pourquoi ne viendriez-vous pas vous asseoir un moment à l'intérieur ? suggéra Levi.

La douleur de cette femme lui fendait le cœur. Il aurait voulu pouvoir faire plus pour l'aider à la surmonter.

— Non, non, il faut que je rentre, bredouilla-t-elle. Oh ! mon Dieu… La maison va être si vide maintenant, sans Harold ! Je lui avais préparé à manger. Il y a encore son assiette sur la table.

— Je vous en prie, entrez quelques instants, insista Dallas. Je viens de faire du café. J'ai aussi du thé, si vous préférez.

Ouida se laissa guider jusqu'à la cuisine.

— Dites-moi où je peux trouver une pelle et une balayette, glissa Levi à Dallas.

Elle lui indiqua le placard du vestibule et il s'y dirigea, avant d'aller ramasser les morceaux de verre dans le salon. Lorsqu'il rapporta la pelle remplie de débris à la cuisine, les deux femmes s'étaient installées à table devant une tasse de café.

— Madame Sims…, commença Dallas en posant une main sur la sienne.

— S'il vous plaît, appelez-moi Ouida.

— Seulement si vous m'appelez Dallas.

L'épouse de Harold eut un sourire timide.

— Ça ne va pas être facile. Pour moi, vous êtes l'adjointe Jones.

— Les amis s'appellent par leurs prénoms, répliqua Dallas. Et j'espère que nous pourrons être amies, malgré ce qui s'est passé.

— Il est vraiment mort, n'est-ce pas ? souffla Ouida tristement.

Levi sentit sa gorge se nouer. Il jeta le verre brisé dans la poubelle, avant de se resservir en café et de s'asseoir à côté de la jeune femme.

— Madame Sims, dit-il, savez-vous si quelqu'un en voulait à votre mari ?

— Non, je ne crois pas. Il ne devait d'argent à personne et il n'était pas du genre à se faire des ennemis, au contraire. À l'époque où il buvait, il avait plutôt l'alcool joyeux. Il ne s'est jamais battu. C'est juste qu'il n'arrivait pas à se raisonner sur la boisson. Ça ne faisait pas de lui un mauvais homme.

Elle regarda Levi en clignant des paupières.

— Pourquoi me demandez-vous ça ? Vous pensez que quelqu'un lui a fait du mal ? Que c'est pour ça qu'il titubait sur la route ?

— Pour le savoir, il faut attendre que le médecin ait examiné son corps.

De nouvelles larmes roulèrent sur ses joues.

— Si des bêtes se sont échappées, il a sans doute pris un des quads du ranch pour aller les chercher. Peut-être a-t-il eu un accident ? Peut-être a-t-il été éjecté ?

— C'est une possibilité, concéda Dallas.

— Avez-vous une idée de l'endroit où cette fameuse barrière était cassée ? demanda Levi.

— Non, mais je sais que Harold n'aurait pas hésité à faire tout le tour de la propriété pour le trouver. Il prenait ce travail très au sérieux. S'occuper du ranch des Thatcher en leur absence, c'était une façon pour lui de prouver qu'il s'était vraiment remis sur les rails après sa cure de désintoxication.

— Quand les Thatcher doivent-ils rentrer du Mexique ?

— Demain, répondit-elle.

Elle pressa une main sur sa bouche.

— S'ils étaient revenus aujourd'hui, rien de tout ça ne serait arrivé. Mon Harold serait avec moi à la maison, sain et sauf.

— Pourriez-vous nous donner leurs coordonnées ?

Ouida acquiesça. Elle sortit son téléphone de la poche arrière de son pantalon, parcourut sa liste de contacts jusqu'à trouver celui des Thatcher et tendit l'appareil à Levi. Celui-ci enregistra le numéro dans son propre téléphone.

— Avez-vous de la famille ou des amis qui pourraient rester avec vous cette nuit ? s'enquit Dallas.

— Non, je n'avais que Harold…

La jeune femme lui sourit gentiment.

— Et Betsy Allen ? Je vous ai déjà vues boire le café ensemble.

— Ah oui, Betsy ! C'est une bonne amie.

— Vous avez ses coordonnées ?

— Dans ma liste de contacts, dit-elle en montrant son téléphone, que Levi ne lui avait pas encore rendu.

— Je vais l'appeler, déclara-t-il. Elle pourra peut-être passer quelques jours chez vous.

— Merci. Je ne sais pas ce que je ferais sans vous.

Levi se retint de souligner qu'à peine quelques minutes plus tôt elle lançait des pierres sur les fenêtres de Dallas

Jones… C'était une bonne chose qu'elle ait recouvré ses esprits.

Betsy Allen mit un moment à répondre. À cette heure tardive, elle devait déjà dormir.

— Bonjour, je suis Levi Warren et je vous appelle de la part de Ouida Sims, dit-il lorsqu'elle eut enfin décroché. J'ai le regret de vous annoncer que son mari est décédé ce soir. Je crois que Ouida a grand besoin de compagnie.

— Oh ! mon Dieu ! s'exclama Mme Allen. Où est-elle ? J'arrive tout de suite. Ou peut-être pourriez-vous la conduire chez moi ? Elle n'a sûrement pas très envie de rentrer chez elle.

— Vous avez raison. Où habitez-vous ?

Elle lui indiqua son adresse, qu'il mémorisa.

— Merci, madame. Nous serons là dans quelques minutes.

Il raccrocha et se tourna vers Ouida.

— Betsy vous accueille chez elle cette nuit.

— C'est tellement gentil… Par contre, je n'ai pas d'affaires !

— Vous nous direz ce dont vous avez besoin, et nous passerons chercher tout ça chez vous, lui promit Dallas en l'aidant à se lever.

— Je ne sais pas ce que je vais faire de ma vie maintenant que Harold est mort.

— Pour l'instant, vous allez dormir chez votre amie. Il ne faut pas que vous restiez seule.

— Et ma voiture ? demanda Ouida alors qu'elles ressortaient de la maison. Je ne peux pas la laisser ici. Je vais en avoir besoin demain matin.

— Levi va vous conduire chez Betsy Allen, répondit Dallas. Moi, je suivrai au volant de votre voiture, que je garerai dans la rue.

— Merci, adjointe Jo… je veux dire, Dallas.

La jeune femme la serra dans ses bras, avant de lui ouvrir la portière du pick-up de Levi.

— Au fait, je vais avoir besoin de vos clés.

Ouida fouilla dans ses poches et secoua la tête.

— Je les ai laissées sur le contact. J'étais un peu perturbée, tout à l'heure.

— Ça va aller, Dallas ? s'enquit Levi.

— Ne vous inquiétez pas pour moi. Je vous suis.

Il s'installa au volant de son pick-up, puis attendit que la jeune femme ait fermé sa maison à clé et soit montée dans la berline de Ouida Sims pour démarrer.

Lorsqu'ils arrivèrent chez Betsy Allen, toutes les fenêtres étaient éclairées et la maîtresse des lieux attendait en robe de chambre sur le perron. Ouida lui tomba dans les bras.

— J'ai les clés de chez elle, expliqua Dallas. Je peux aller chercher ce dont elle a besoin.

— Ne vous tracassez pas pour ça, répondit Betsy. Je lui ai déjà mis de côté une chemise de nuit et une brosse à dents. Le reste, on s'en occupera demain. Tu ne prends pas de médicaments, je crois ? demanda-t-elle à Ouida.

— Non.

— Si tu veux quelque chose contre la migraine, ou pour t'aider à dormir, j'ai tout ce qu'il faut dans ma pharmacie.

— Merci, Betsy.

— Je vous confie ses clés, dit Dallas. C'est très gentil d'avoir accepté de l'accueillir.

— C'est bien normal. Merci à vous de l'avoir accompagnée jusqu'ici, adjointe Jones.

— Il n'y a pas de quoi. Surtout, n'hésitez pas à m'appeler.

Levi et Dallas remontèrent dans le pick-up et firent demi-tour.

La jeune femme ne prononça pas un seul mot durant le trajet. Même lorsque Levi se fut garé devant son cottage, elle continua de regarder par la vitre en silence.

— Ça ne va pas ? lui demanda-t-il.

— Non. Il faut absolument que je découvre ce qui s'est passé.

Elle se tourna vers lui.

— Que faisait Harold Sims si loin du ranch des Thatcher ? Pourquoi avait-il du sang sur le visage ? Que lui est-il arrivé avant que je le percute ?

— Le shérif va enquêter, lui assura-t-il. Il faut être patiente.

— En parlant du shérif, pouvez-vous me conduire au poste ?

Elle se corrigea aussitôt :

— Excusez-moi. Je commence à prendre l'habitude de me faire transporter… Je vais y aller avec mon propre véhicule.

Alors qu'elle commençait à descendre du pick-up, il la retint par le bras.

— Laissez-moi vous accompagner, Dallas. Ça ne me dérange pas du tout.

— Merci, souffla-t-elle, visiblement soulagée. Vous n'imaginez pas à quel point je vous suis reconnaissante.

Quand ils arrivèrent au bureau du shérif, ils trouvèrent Thomas Greer en pleine conversation téléphonique. Il les salua d'un hochement de tête, tout en leur faisant signe de patienter.

— Si c'est possible, nous aimerions avoir votre rapport demain, dit-il à son interlocuteur. Je sais bien… Mais le plus tôt sera le mieux. Merci, docteur Morrison.

Il rangea son portable dans sa poche.

— Vous avez du nouveau ? lui demanda Dallas.

— Non. Le corps de Harold vient d'arriver à l'institut médico-légal. Le Dr Morrison pratiquera l'autopsie demain à la première heure.

— Et sur les lieux de l'accident, vous avez trouvé quelque chose ?

— Non, rien du tout. J'ai demandé qu'on nous envoie une équipe de techniciens en scène de crime. Ils ne devraient pas tarder. En tout cas, je vous crois, Dallas.

Elle eut un rire amer.

— Merci, chef. J'espère que le juge et le jury seront du même avis.

— Ne vous inquiétez pas. On vous innocentera. En attendant, vous devez rester en retrait.

— Shérif, je sais que vous manquez de bras. Vous avez à peine assez de monde pour faire les patrouilles.

— On se débrouillera.

— Si vous avez besoin d'aide, intervint Levi, mon patron, Trace Travis, acceptera sans doute de vous en fournir.

Greer fronça les sourcils.

— Sous quelle forme ?

— Il a embauché plusieurs ex-militaires, dont je fais partie, pour monter une agence de sécurité, les Éclaireurs. Il semblerait bien que votre adjointe ait besoin d'assistance et de protection.

— Je vous l'ai dit, elle n'a pas le droit d'enquêter sur cette affaire.

— Qu'en est-il de moi ? répliqua Levi.

Greer plissa les yeux.

— Il faudrait que je procède à une vérification de vos antécédents, et qu'ensuite je vous nomme adjoint. Dois-je contacter Trace Travis ?

— Je lui demanderai de vous appeler, répondit Levi. Je suis sûr qu'il donnera son accord, puisque j'étais justement en attente d'une mission. Soit dit en passant, quand j'étais dans l'armée, j'avais une habilitation de sécurité de niveau « très secret ». Et j'en ai un peu marre de nettoyer les stalles, ajouta-t-il avec un grand sourire.

— Je dois admettre que c'est tentant, marmonna le shérif. Pour cette nuit, c'est moi qui vais m'y coller. Je n'ai trouvé personne pour remplacer l'adjointe Jones.

— Je suis vraiment désolée, chef.

— Ce n'est pas votre faute. Il faut juste qu'on arrive à le prouver. D'ici là, j'ai un département à gérer, une garde à assurer et une enquête à mener. Avec un peu de chance, les techniciens pourront me donner un coup de main… Vous devriez rentrer chez vous et vous reposer. Les jours qui viennent risquent d'être intenses.

— Merci, shérif, murmura Dallas.

— On reviendra vous voir demain, dit Levi.

Il sortit le premier du bureau pour ouvrir la portière à la jeune femme.

— Vous savez, je suis tout à fait capable d'ouvrir une porte, fit-elle remarquer.

— C'est vrai que je suis un peu vieux jeu, reconnut-il. J'aime bien tenir la porte aux gens, hommes ou femmes.

— Dans ce cas, merci.

Quand il se gara de nouveau devant chez elle, Dallas se tourna vers lui.

— Je vous remercie de tout cœur, Levi. Grâce à vous, cette affreuse soirée a été un peu plus facile à supporter.

— Je vous en prie. Mais cela m'inquiète de vous savoir dans cette maison avec deux fenêtres brisées. Je peux les barricader, si vous voulez.

— Ce n'est pas nécessaire. Si quelqu'un essaye d'entrer chez moi en finissant de casser une vitre, cela fera du bruit et je l'entendrai forcément. En plus, je dors toujours avec mon Colt 45 sur l'oreiller à côté de moi.

Il se mit à rire.

— J'essayerai de me rappeler qu'il ne vaut mieux pas vous embrasser si vous n'êtes pas complètement réveillée.

Les joues de la jeune femme virèrent au rose à la lumière

du tableau de bord. Sans rien dire, elle ouvrit sa portière. Levi se dépêcha de sortir pour l'aider à descendre, mais elle avait déjà sauté à terre.

— Vous poussez vraiment loin la galanterie, vous !

— Que voulez-vous, ma maman m'a bien élevé.

— Vous la remercierez de ma part, dit Dallas. Elle a fait du bon boulot.

Il eut un sourire triste.

— Ça va être difficile. Elle non plus n'est plus de ce monde.

— Je suis désolée.

— Vous ne pouviez pas le savoir. Ça nous fait donc un point commun en plus : on a tous les deux perdu notre mère.

— Comment ça, « en plus » ? Quels autres points communs avons-nous ?

— On aime boire du café à minuit et manger de la pizza réchauffée.

— C'est vrai. On est presque jumeaux, alors !

Elle ouvrit la porte de la maison.

— Merci encore, Levi.

— S'il vous plaît, laissez-moi vérifier que tout est normal.

Elle leva les yeux au ciel, mais lui fit quand même signe de passer.

— Allez-y, faites-vous plaisir.

Levi inspecta rapidement chacune des pièces pour s'assurer que personne n'était entré en leur absence. Quand il fut certain qu'il n'y avait aucun danger, il la rejoignit à la porte.

— Vous êtes sûre que vous ne voulez pas que je cloue des planches sur ces fenêtres ?

— Oui, j'en suis sûre. Je ne vois pas pourquoi quelqu'un essayerait d'entrer, de toute façon.

— Vous ne vous attendiez pas non plus à ce qu'on lance

des pierres à travers vos fenêtres, et vous voilà avec deux carreaux cassés.

— C'est vrai. Mais j'ai le sommeil léger, et j'étais censée être de garde cette nuit. Je vais sans doute passer une partie de mon temps devant la télé.

— Si j'obtiens le feu vert du shérif demain, la première chose que je ferai sera d'aller chercher des indices au ranch des Thatcher. On pourrait commencer par vérifier cette clôture.

— « On » ? répéta Dallas en haussant les sourcils.

— Vous ne voulez pas venir avec moi ?

— Je vous rappelle que je ne suis pas censée enquêter. Vous avez entendu le shérif, je dois rester en retrait.

— Ça ne vous interdit pas de me servir de guide. Vous savez, je suis nouveau dans la région.

Un sourire s'épanouit sur le visage de la jeune femme.

— J'aime votre façon de penser.

— Et moi j'apprécie votre compagnie. Je préfère passer du temps avec vous que de m'apitoyer sur mon sort.

— Vu comme ça… À quelle heure voulez-vous partir, demain ?

— Je dois d'abord nettoyer l'étable. Je passe vous chercher à 8 heures ?

— Je serai prête.

Elle se hissa sur la pointe des pieds pour planter un baiser sur sa joue.

— Merci encore.

Et elle referma la porte entre eux.

Levi toucha distraitement l'endroit où elle l'avait embrassé. Une sensation de chaleur se répandait de ce point précis à tout son visage, à son cou et au reste de son corps. Il ne s'attendait pas à cette réaction si peu de temps après avoir divorcé de sa femme… Et il ne se souvenait pas d'avoir ressenti un tel désir physique au cours des deux dernières années de son mariage.

Il avait fini par se dire que c'était normal, que dans toutes les relations la flamme devait s'éteindre peu à peu pour laisser place au contentement et au respect. Il avait bêtement pensé que cela suffisait.

Jusqu'à ce qu'une jolie policière le remercie d'un baiser innocent, réveillant en lui des émotions qu'il n'avait pas le pouvoir – ni l'envie, d'ailleurs – d'étouffer.

Levi repartit lentement, en se demandant s'il ne devrait pas camper devant chez elle par précaution. Puis il se rappela qu'elle avait fait l'armée et qu'elle était adjointe du shérif : elle savait se défendre, et elle n'aurait pas peur de se servir de son arme en cas de besoin.

En rentrant dans la petite maison qu'il louait non loin de la rue principale de Whiskey Gulch, il ne fut pas mécontent qu'un peu plus tôt Dallas ait proposé de boire le café chez elle. On ne pouvait pas dire que son logement était très accueillant, avec ses deux chaises de jardin dans la cuisine et son unique fauteuil dans le salon…

Après avoir pris une douche, il s'étendit sur son lit en tentant de s'accommoder du mince filet d'air frais que soufflait la climatisation. Très vite, ses pensées revinrent à Dallas Jones. Était-elle en train de dormir ? Ferait-elle des cauchemars ? Bon sang, ce devait déjà être le cas, après avoir vu son fiancé mourir sous ses yeux… Nul doute qu'elle ressassait à présent l'accident de ce soir.

L'idée de l'appeler lui traversa l'esprit, et il s'aperçut alors qu'il n'avait même pas son numéro de téléphone. Il corrigerait cette erreur le lendemain. En attendant, il fallait qu'il dorme – et ce n'était pas gagné.

- 4 -

Dallas passa la nuit à se tourner d'un côté et de l'autre en rejouant dans sa tête le film de la soirée. Ouida venant lui demander de chercher son mari, Harold apparaissant tel un mort-vivant sur la route, le choc, les tentatives de réanimation, la rencontre avec Levi… jusqu'à ce baiser incongru qu'elle lui avait donné.

Quelle mouche l'avait piquée ?

Elle ne s'endormit qu'aux alentours de 4 heures du matin, pour être aussitôt assaillie de cauchemars dans lesquels elle revivait la scène de l'explosion qui avait coûté la vie à son fiancé et à cinq autres soldats. Cette fois-ci cependant, lorsqu'elle se penchait pour prendre Brian dans ses bras, ce n'était pas son visage qu'elle voyait, mais celui de Levi.

Elle fut soulagée quand le réveil sonna à 6 heures. Ce rêve lui avait laissé un désagréable sentiment de culpabilité. Levi n'était pas l'homme qu'elle avait aimé et prévu d'épouser. C'était juste un type qui était passé par hasard sur les lieux de l'accident et qui avait eu la gentillesse de rester un moment avec elle.

Peut-être avait-elle été traumatisée au point d'associer inconsciemment Levi à son sauveur ? C'était ridicule. Dallas n'avait pas besoin d'être sauvée. C'était elle qui sauvait les autres.

Comme Harold, par exemple ? songea-t-elle amèrement.

À cet instant, le pauvre homme se faisait autopsier dans une salle de l'institut médico-légal. Elle espérait de tout cœur que l'enquête révélerait ce qui lui était arrivé avant qu'il se mette à divaguer sur la route en pleine nuit.

Et elle espérait par la même occasion être lavée de tout soupçon.

Elle se promit de prendre rapidement des nouvelles de Ouida. Le chagrin de la veuve l'avait bouleversée. Dallas avait beau savoir qu'elle n'avait rien à se reprocher, elle se sentait responsable. Qu'elle soit en faute ou non, Harold était mort juste après qu'elle l'avait percuté.

Comme chaque matin, elle enchaîna plusieurs séries de pompes, d'abdominaux et d'étirements, avant de partir courir cinq kilomètres. L'air frais l'aidait à s'éclaircir les idées, et l'effort physique lui permettait d'évacuer les tensions. Alors qu'elle revenait chez elle, une voix l'appela :

— Mademoiselle Jones !

C'était Ruth Miller, sa voisine d'en face, déjà habillée, coiffée et maquillée malgré l'heure matinale. La vieille dame ne sortait jamais de chez elle sans s'être soigneusement apprêtée. À soixante-dix-neuf ans, elle était encore en pleine forme et marchait au moins une heure par jour.

— Bonjour, madame Miller.

— J'ai entendu du bruit, hier soir. Tout va bien ?

— Oui, très bien.

Dallas ne prit pas la peine de lui expliquer qu'elle avait renversé un homme et que l'épouse de celui-ci était venue jeter des pierres à travers ses fenêtres… Ruth serait bientôt au courant, de toute façon. À la fois curieuse et attentionnée, elle finissait toujours par tout savoir sur tout le monde.

— Si vous avez besoin de quelque chose, n'hésitez pas à venir me voir, dit-elle à Dallas.

— Merci. Je n'y manquerai pas.

La vieille dame sembla hésiter. Puis elle montra le cottage d'un geste de la main.

— Je connais un vitrier. Vous voulez que je vous donne son numéro ?

Décidément, rien ne lui échappait… Avec elle comme voisine, plus besoin d'installer une alarme.

— Pourquoi pas, répondit Dallas.

— D'accord, je vais vous préparer ça. Et une dernière chose, adjointe Jones…

— Oui, madame ?

— Si vous avez besoin de parler, je suis là.

Dallas sentit sa gorge se nouer. Elle avait souvent vu des gens du quartier se confier à Ruth sous son porche. Et, autant qu'elle pouvait en juger, leurs secrets n'avaient jamais été trahis. Par ailleurs, chaque fois que quelqu'un était frappé par une tragédie, la vieille dame lui apportait des petits plats faits maison – comme si la nourriture avait le pouvoir de tout réparer.

Parfois, cela aidait beaucoup.

Dallas jeta un coup d'œil à sa montre. Il ne lui restait que quelques minutes pour se préparer avant l'arrivée de Levi.

— C'est très gentil, madame Miller, dit-elle. Mais je dois filer.

Elle rentra bien vite chez elle pour sauter dans la douche. Quelques instants plus tard, elle était habillée, les cheveux attachés en queue-de-cheval sur sa nuque. Cela lui donnait l'air un peu austère, mais elle s'en fichait. Efficacité et professionnalisme avant tout.

Elle venait de lacer ses chaussures quand elle entendit un véhicule s'arrêter dans la rue. Le cœur battant, elle glissa son téléphone et son portefeuille dans les poches arrière de son jean, enfila son holster d'épaule, passa sa veste et courut à la porte.

Ce n'était pas l'idée de retrouver Levi qui la mettait

dans cet état. Bien sûr que non. Elle avait juste hâte de démarrer cette enquête.

Menteuse, souffla une petite voix dans sa tête, qu'elle fit taire aussitôt.

En ouvrant la porte, elle découvrit sa voisine, Ruth, qui discutait avec Levi sur le trottoir.

— Ah, la voilà ! s'exclama la vieille dame. Je vous apportais le numéro du vitrier, et j'ai croisé votre petit ami.

Dallas faillit protester, mais son attention avait été captée par l'engin qui occupait l'arrière du pick-up de Levi : un quad arborant le logo du département du shérif.

— Comment avez-vous récupéré ça ?

— Thomas Greer me l'a prêté, expliqua-t-il.

Au moins, il est prévoyant, songea-t-elle.

Elle se tourna vers Ruth.

— Ce n'est pas mon petit ami.

— Oh ! je vous en prie ! répliqua sa voisine en riant.

Elle lui tendit une feuille de papier.

— Voilà le nom et les coordonnées du vitrier de Whiskey Gulch. Il devrait pouvoir vous remplacer vos fenêtres rapidement. Moi, il m'a réparé la mienne le jour même où je l'ai appelé. Le jardinier avait réussi à envoyer un caillou dans une vitre avec la tondeuse. Ça ne m'était jamais arrivé ! Il faut dire que je n'avais jamais fait appel non plus à cette entreprise. Avant, je tondais ma pelouse moi-même.

Elle poussa un soupir.

— Je regrette tellement cette époque… C'était à la fois relaxant et gratifiant de s'occuper du jardin. Et j'adore l'odeur de l'herbe coupée.

Elle regarda Dallas en fronçant les sourcils.

— Vous n'étiez pas censée être de nuit, cette semaine ? demanda-t-elle, passant du coq à l'âne.

— Si. Mais je ne le suis plus.

— Je n'arrive pas à croire qu'ils vous aient suspendue. Tous les gens qui vous connaissent savent que vous n'auriez jamais fait exprès de rcnverser Harold Sims. Vous n'avez pas une once de méchanceté en vous. C'est ce que j'étais en train de dire à M. Warren, et il est bien d'accord.

Dallas se mordit la langue. Comment M. Warren pouvait-il savoir quoi que ce soit à son sujet alors qu'il la connaissait depuis moins de vingt-quatre heures ?

— Il m'a dit que vous alliez à la campagne, aujourd'hui, poursuivit Ruth gaiement. Est-ce que vous allez faire du cheval ?

Dallas croisa le regard de Levi. Il se retenait de rire.

— Je ne sais pas ce qu'on va faire, répondit-elle.

— Je suis sûre que M. Warren a tout prévu.

— En effet, madame, affirma-t-il le plus sérieusement du monde.

— N'est-ce pas formidable ? C'est votre premier rendez-vous, alors ?

— Ce n'est pas un rendez-vous, la corrigea Dallas. On va juste à la campagne.

— C'est bien ce que je dis : une petite sortie entre amoureux.

— Non !

— Ah bon ? Vous êtes bien compliqués, les jeunes, maintenant. De mon temps, quand deux personnes célibataires allaient quelque part ensemble, eh bien, on disait qu'elles avaient un rendez-vous galant. Comment dit-on, aujourd'hui ? Je ne suis peut-être plus au courant…

Levi lui lança un clin d'œil.

— C'est bien un rendez-vous.

— Je le savais ! s'écria Ruth en tapant dans ses mains. Est-ce que vous allez pique-niquer ?

— Je n'avais pas pensé à ça. Je me disais qu'on pourrait revenir manger au restaurant du village.

— Ce sera bien aussi, approuva Mme Miller. D'ailleurs, pour une autre fois, ils peuvent vous préparer un panier de pique-nique si vous les prévenez assez tôt.

Dallas serra les dents.

— Bon, je ne vous retiens pas, lâcha Ruth joyeusement. Et n'oubliez pas d'appeler le vitrier !

— Merci encore, madame Miller.

Levi la regarda partir en souriant.

— Je l'aime bien, votre voisine.

— Moi aussi, répondit Dallas. C'est une bonne grand-mère qui veille sur tous les gens du quartier.

Elle fit un signe de la main à la vieille dame qui s'était retournée vers eux avant d'ouvrir sa porte.

— Alors, on y va ?

— Allons-y. Ça ne vous dérange pas qu'on prenne mon pick-up ? s'enquit-il en haussant un sourcil.

— Non, bien sûr. Mais, pour votre gouverne, le mien est tout à fait fiable.

— Je vous crois sur parole.

Ils grimpèrent dans la cabine.

— Je suis passé voir le shérif avant de venir, annonça Levi. Mon chef l'a appelé pour lui proposer mes services. Thomas Greer avait déjà vérifié mes antécédents.

— Et alors ?

— Alors il a constaté que je n'étais pas un criminel, et il m'a nommé adjoint.

Il sortit fièrement son étoile de shérif.

— Ma parole, ils laissent n'importe qui devenir adjoint, dans ce comté, plaisanta Dallas. J'aurais dû aller dans une grande ville, où ça compte vraiment d'avoir une formation en droit et en maintien de l'ordre.

— Eh, j'ai quand même de l'expérience ! Je sais me servir d'une bonne vingtaine d'armes à feu.

— Ouh, je me sens déjà plus en sécurité…

Il éclata de rire.

— Vous savez flatter l'ego des hommes, vous.

— Quelque chose me dit que le vôtre n'a pas besoin d'être flatté, rétorqua-t-elle.

— C'est là que vous vous trompez.

Elle lui lança un coup d'œil. Cet homme respirait la confiance en lui. Mais peut-être son divorce l'avait-il un peu ébranlé…

— Excusez-moi si je vous ai blessé, dit-elle. J'apprécie vraiment votre aide, et je vous suis reconnaissante de me laisser vous accompagner.

— Ne vous en faites pas, il m'en faut plus pour être blessé. Et à propos de m'accompagner, ce serait bien de vous baisser quand on passera dans la grand-rue.

— Vous êtes sérieux ?

Ils venaient d'arriver au stop, juste avant l'artère principale de Whiskey Gulch. Dallas se pencha pour cacher sa tête sous le tableau de bord.

— Oui, je suis sérieux, répondit Levi. La dernière chose que le shérif m'a dite, c'est que vous ne deviez absolument pas vous mêler de cette enquête. Comme c'est à peu près la sixième fois qu'il le répète, c'est sans doute qu'il y tient.

Dallas resta recroquevillée sur son siège jusqu'à ce qu'ils soient sortis de la ville. Tandis qu'ils s'éloignaient vers le sud, elle se redressa pour observer attentivement la route. Dans la grande ligne droite où elle avait percuté Harold Sims, plusieurs véhicules de la police de l'État étaient stationnés, les feux de détresse allumés. Des agents munis de gants fouillaient les bas-côtés. Dallas brûlait de s'arrêter pour leur parler.

— Je demanderai au shérif s'ils ont trouvé quelque chose, lui promit Levi, comme s'il avait lu dans ses pensées.

— Merci. Ça me rend folle de ne pas pouvoir travailler sur l'affaire.

— J'imagine. C'est vous qui avez le plus à perdre si les choses tournent mal.

Dallas secoua la tête.

— Celui qui a le plus perdu, c'est Harold. Je ne peux pas vraiment me plaindre.

— Vous avez raison. Mais je vous le répète : j'ai la ferme intention de faire toute la lumière sur les circonstances de sa mort.

— Il doit bien y avoir un indice quelque part qui nous permettrait de comprendre pourquoi il s'est à ce point éloigné du ranch…

— Eh bien, pendant qu'ils cherchent ici, allons voir directement sur place, dit Levi en distançant le groupe de véhicules.

Quelques kilomètres plus loin, ils quittèrent la route pour pénétrer sur la propriété du Rafter T Ranch. Par chance, il n'y avait pas de portail à ouvrir – seulement un passage canadien empêchant le bétail de s'échapper.

— Le shérif m'a dit qu'il avait informé les Thatcher du décès de Harold, expliqua Levi. Ils vont devoir trouver quelqu'un d'autre pour s'occuper des bêtes quand ils partent en vacances.

— Comment ont-ils réagi ?

— Ils étaient très peinés pour M. Sims. Ils prévoient de rentrer aujourd'hui, dans l'après-midi. Greer leur a demandé s'il pouvait envoyer un adjoint chez eux pour inspecter les lieux, et ils ont donné leur accord.

— C'est préférable. Sinon, on se rendrait coupables de violation de propriété privée.

— Et quelle est votre position à ce sujet ? demanda Levi.

— D'une manière générale, je m'efforce de respecter la loi. C'est la moindre des choses, vu le métier que j'exerce.

Dallas regardait droit devant elle à travers le pare-brise.

— Ceci dit, ajouta-t-elle, dans le cas où ma vie et ma

carrière sont en jeu, il se peut que j'accepte de contourner quelques règles.

— Tant mieux, répondit Levi. Imaginez qu'une piste nous conduise au-delà des terres des Thatcher…

— J'avais déjà réfléchi à cette éventualité.

Elle se mordit la lèvre.

— Parfois, il est plus facile de demander pardon que de demander la permission. Si nous croisons d'autres propriétaires, nous aviserons à ce moment-là.

— Bien d'accord avec vous. Ouida nous a dit que Harold devait réparer une clôture. L'ennui, c'est que le Rafter T Ranch couvre plus de trois cents hectares. La brèche en question peut se situer n'importe où. On devrait peut-être commencer par le côté nord, étant donné que c'est dans cette direction que vous avez trouvé Harold.

— Oui, ça me paraît être une bonne idée. Vous avez bien fait de prévoir un quad.

— Je ne voulais pas être contraint d'emprunter un véhicule ou un cheval aux Thatcher.

Elle lui décocha un sourire.

— Vous êtes sûr que vous n'étiez pas rancher, dans une autre vie ?

— Pour tout vous dire, quand j'étais jeune, je me faisais un peu d'argent l'été en travaillant dans un ranch.

— Vous connaissiez donc déjà le métier avant d'arriver au Whiskey Gulch Ranch.

— Un peu. Je sais à quoi ressemble une vache, et j'ai même appris à monter à cheval.

Elle l'observa un moment, les bras croisés sur la poitrine. Elle ne pouvait s'empêcher de se sentir admirative.

— Il faut vraiment que vous réussissiez tout ce que vous entreprenez, vous.

— N'exagérons rien. Je vous rappelle que j'ai raté mon mariage.

— Parce que vous vous êtes trompé de personne, répliqua-t-elle. Il vous fallait une femme plus indépendante. Une femme qui puisse supporter de rester seule pendant de longues périodes.

Il eut un petit rire.

— Vous avez quelqu'un en tête ?

— Pas comme ça, de but en blanc. Mais je peux y réfléchir, si vous voulez. Je serais bien capable de vous trouver la compagne idéale.

— Houlà ! Je vous arrête tout de suite, protesta-t-il. Je viens juste de divorcer. Je ne suis pas pressé de renouveler ce genre d'expérience.

— Ce ne sera pas une mauvaise expérience, si vous épousez la femme qu'il vous faut.

— Quelqu'un comme vous ?

— Peut-être.

Dallas sentit les battements de son cœur s'accélérer. Où allaient-ils, au juste, avec cette conversation ?

— Mais, comme vous, je ne cherche pas de relation pour le moment, ajouta-t-elle bien vite.

— Depuis quand votre fiancé est-il mort ?

— Un peu plus de deux ans.

— Ma question va peut-être vous paraître insensible, mais… combien de temps le deuil est-il censé durer ?

— Je ne sais pas. Aussi longtemps que nécessaire, j'imagine.

Levi reporta son attention sur la route.

— Vous deviez beaucoup l'aimer.

— Oui. Brian était mon meilleur ami. On avait prévu de se marier, de faire deux ou trois enfants, de voyager et de se poser quelque part pour vieillir ensemble.

— Vous êtes jeune, vous savez. Je ne doute pas un seul instant que vous trouverez quelqu'un qui recherche les mêmes choses et qui vous aimera autant que votre fiancé. Vous êtes une femme épatante.

Ellc grimaça.

— J'ai tendance à intimider les hommes. Et j'ai la trouille de démarrer une nouvelle relation.

— Vous ne devriez pas. Vous êtes quelqu'un de bien, Dallas. Vous méritez que vos rêves se réalisent. Et je suis sûr que vous feriez une excellente mère.

— C'est vrai que je voulais vraiment avoir des enfants, reconnut-elle.

— Alors n'attendez pas ! Cherchez vite quelqu'un à aimer.

Dallas y avait beaucoup pensé, ces dernières semaines, mais ce n'était pas facile de tourner la page. Cela lui donnait l'impression de perdre Brian une deuxième fois.

Levi gara le pick-up dans la cour de la ferme, puis il déchargea le quad.

— Vous avez prévu de m'emmener, n'est-ce pas ? demanda-t-elle, soudain inquiète.

Il eut l'air surpris de sa question.

— Je n'ai jamais imaginé les choses autrement.

— Vous me rassurez.

Ils commencèrent par faire le tour de la grange et des remises, puis ils inspectèrent les abords de la maison. Aucune trace d'altercation nulle part. Tout semblait à sa place, propre et bien rangé. Ils trouvèrent plusieurs quads garés dans une des stalles ; un des emplacements était vide.

— Harold avait deux solutions pour aller vérifier la clôture, observa Levi : partir en quad ou emprunter un cheval.

— Je pencherais plutôt pour la première, répondit Dallas. Les Thatcher sont connus pour être très jaloux de leurs chevaux. J'ai entendu dire qu'ils les avaient achetés une fortune, et qu'ils avaient dépensé encore plus d'argent dans leur dressage.

— On peut donc considérer que Harold a pris un quad, celui qui manque ici. Il ne nous reste plus qu'à le retrouver.

De retour dans la cour, Levi enfourcha l'engin du département du shérif. Il tendit un casque à Dallas et tapota le siège derrière lui.

— Accrochez-vous bien, conseilla-t-il lorsqu'elle se fut installée.

À l'entrée du pré, elle descendit le temps d'ouvrir et de refermer la barrière.

— Vous n'avez pu prendre qu'un quad ? s'enquit-elle.

— J'en aurais bien pris deux, mais ils n'auraient pas tenu dans la benne du pick-up.

Il lui lança un regard espiègle par-dessus son épaule.

— Et puis, reconnaissez que c'est plus sympa comme ça... Mais ne vous inquiétez pas, ce n'est pas un rendez-vous galant.

Tandis que Dallas passait les bras autour de sa taille, elle ne put s'empêcher de sourire.

- 5 -

Ils roulaient depuis un moment sur le terrain vallonné quand Dallas cria à Levi :

— Vous êtes sûr que vous savez où vous allez ?

— La boussole du quad m'indique qu'on se dirige vers le nord, répondit-il en tournant la tête vers elle pour se faire entendre par-dessus le bruit du moteur. On devrait bientôt voir la clôture.

Elle s'agrippa plus fort alors qu'il accélérait pour gravir une autre colline. Elle aimait sentir ses abdominaux sous ses mains à travers le fin T-shirt. Voilà un garçon qui ne s'était pas laissé aller depuis qu'il avait quitté l'armée… Dallas se demanda ce qu'il faisait pour se maintenir en forme. Peut-être pourraient-ils aller courir ensemble ?

Elle avait entendu parler d'un chemin agréable le long de la rivière, mais elle hésitait à s'y rendre seule. Une femme avait été agressée à cet endroit – un des amis de Trace Travis avait d'ailleurs aidé à retrouver le coupable. Le fait que cet homme ait été mis hors d'état de nuire ne signifiait pas pour autant qu'il n'y avait plus de danger. Même si elle savait se défendre, Dallas préférait ne prendre aucun risque et s'en tenir à son circuit habituel dans les rues de Whiskey Gulch.

Comme ils franchissaient le sommet de la butte, elle se pencha sur le côté, ne voyant rien du paysage derrière les larges épaules de Levi. Enfin, la clôture apparut. Un petit groupe de bêtes s'était agglutiné autour d'une ouverture, et quelques-unes avaient réussi à passer de l'autre côté.

— Regardez ! cria-t-elle.

Levi se faufila entre les vaches, qui s'écartèrent en mugissant. Cinq ou six d'entre elles suivirent le quad, espérant peut-être recevoir autre chose à manger que l'herbe qu'elles broutaient.

Levi s'arrêta devant la barrière, et ils mirent pied à terre.

— Les barbelés ont lâché, fit-il remarquer.

Dallas s'accroupit près d'un tas d'objets qui traînaient sur le sol : une boîte de clous, un rouleau de fil de fer et un tendeur.

— Maintenant, c'est sûr, Harold est passé par là. Mais pourquoi a-t-il laissé tous ses outils sur place ?

— Il voulait sans doute regrouper les vaches du bon côté de la clôture avant de la réparer, suggéra Levi. Cela expliquerait pourquoi son quad n'est pas ici.

Dallas se redressa et regarda au loin, les poings sur les hanches.

— Où a-t-il bien pu aller ?

— Nous devrions peut-être suivre les bêtes qui se sont aventurées chez le voisin.

— Comment être sûrs qu'elles appartiennent bien aux Thatcher ?

— Toutes celles qui se trouvent de ce côté-ci ont une étiquette verte à l'oreille. J'imagine que c'est la marque d'identification du Rafter T Ranch.

Dallas fronça les sourcils.

— Elles ne sont plus marquées au fer rouge ?

— Parfois, mais c'est plus facile de leur percer les oreilles. Et moins douloureux pour elles.

Les vaches qui les avaient suivis se mirent à meugler avec impatience. Après avoir franchi la clôture au guidon du quad, Levi étira le tendeur entre les deux poteaux pour les empêcher de passer.

— Espérons que cela suffira, marmonna-t-il.

Ils enfourchèrent de nouveau le véhicule et suivirent la piste laissée par les bêtes égarées. Avec un peu de chance, elle les conduirait dans la direction que Harold avait prise la veille. Une centaine de mètres plus loin, derrière une bosse, un bosquet d'arbres apparut.

Levi ralentit et longea l'orée du bois jusqu'à trouver un sentier qui s'y enfonçait. À l'entrée, Dallas repéra des traces de roues au milieu d'un tas de déjections animales.

— On dirait que Harold est passé par là, observa-t-elle.

Levi s'engagea entre les arbres.

Le feuillage masquait la lumière du soleil. Ils roulèrent lentement, évitant les branches tombées au sol. Quelques instants plus tard, ils débouchèrent dans une clairière au centre de laquelle s'élevait une vieille cabane de planches et de tôle. Les ranchers s'en servaient sans doute lorsqu'ils chassaient. Pour l'heure, elle semblait abandonnée.

Levi s'arrêta devant la porte.

— Il y a quelqu'un ? cria-t-il.

Comme Dallas descendait, il serra le frein à main, tout en laissant le moteur allumé.

— Laissez-moi entrer le premier, lui demanda-t-il en la rattrapant.

— Je suis tout à fait capable d'y aller, protesta-t-elle. Je vous rappelle que je suis adjointe du shérif.

— Je sais bien que vous en êtes capable, mais vous n'êtes pas censée enquêter.

Dallas réprima un grognement de frustration. À contrecœur, elle lui fit signe de passer devant. Mais Levi regardait fixement le sol devant la porte. En jetant un coup d'œil à son tour, elle découvrit une marque plus sombre dans la terre.

— Du sang ? murmura-t-elle.

— Ça m'en a tout l'air.

Levi dégaina son pistolet. Prudemment, il contourna la tache et ouvrit la porte, en prenant soin de se servir de son T-shirt pour ne pas laisser d'empreintes sur la poignée.

— Restez ici et surveillez que personne n'arrive, demanda-t-il à Dallas.

— D'accord. Je vous couvre.

Il disparut dans l'obscurité de la cabane. Quand il en ressortit, il avait remonté le col de son T-shirt sur son nez.

— Qu'y a-t-il ? s'enquit Dallas.

Elle perçut alors un relent caractéristique d'œufs pourris.

— De la meth ?

Levi acquiesça, avant d'inspirer une bouffée d'air frais.

— Je crois qu'il faut que le shérif voie ça.

— Et à part l'odeur, vous avez trouvé autre chose ?

— Non, rien. Juste des cartons vides. Tout a été nettoyé.

— Vous pensez qu'il s'agit du sang de Harold ?

— Ou de quelqu'un d'autre. Si c'est le sien, la personne qui l'a agressé est sans doute repartie avec son quad. Ou bien Harold a réussi à conduire un moment malgré ses blessures. Dans un cas comme dans l'autre, il faudrait qu'on retrouve ce véhicule.

Tout à coup, ils entendirent un moteur rugir au loin.

— On ferait mieux de partir avant de se faire repérer, lâcha Levi. Et plus vite le shérif arrivera, mieux ce sera. Quelque chose me dit que les indices qu'on pourrait encore trouver dans cette cabane ne resteront pas là longtemps.

Ils remontèrent sur le quad et filèrent vers les arbres les plus proches, à l'opposé du chemin par lequel ils étaient arrivés. Pendant que Levi se concentrait sur sa conduite, Dallas surveilla les alentours. Au moment où ils pénétraient dans les bois, une moto surgit dans la clairière qu'ils venaient de quitter.

Dallas lâcha un juron.

— Il y a quelqu'un derrière nous ! cria-t-elle.

— Il est armé ?

— Je ne sais pas.

À cet instant, le motard pointa un objet dans leur direction. Un coup de feu retentit.

— Oui, il est armé ! hurla Dallas. Allez plus vite !

Levi mit les gaz, slalomant entre les arbres. Elle s'accrocha à sa taille en priant pour qu'ils n'aient pas d'accident et, surtout, pour qu'aucune balle ne les atteigne.

Derrière eux, le motard gagnait rapidement du terrain. Son engin était plus maniable, plus léger. Soudain, Dallas vit apparaître un autre deux-roues dans son sillage.

— Ils sont deux, maintenant ! On n'arrivera jamais à les semer. Il faut trouver un endroit où abandonner le quad !

Étant ressorti du bois, Levi fonça vers une colline au pied de laquelle coulait un ruisseau. Il s'engagea dans le lit de celui-ci, projetant des gerbes d'eau et de boue tout autour. Alors qu'ils s'approchaient d'une courbe dominée par un affleurement rocheux, il cria :

— Préparez-vous à sauter !

Il serra les freins.

— Sautez !

Dallas plongea sur le côté, roula sur elle-même et prit position sous l'affleurement. Une seconde plus tard, Levi la rejoignait.

Le hurlement d'une moto leur parvint. Dallas s'agenouilla, l'arme pointée devant elle. Lorsque le motard déboucha du virage, elle prit le temps de viser. Elle n'avait pas l'intention de le tuer, seulement de le blesser pour le neutraliser. Mais Levi tira avant elle.

La moto se coucha brutalement et glissa dans la rivière, soulevant une vague sur son passage. Tandis que la roue continuait de tourner dans le vide, le pilote, lui, resta inerte, étendu dans l'eau.

Un autre moteur vrombit au loin. Dallas se concentra sur la courbe. Le son approchait, mais il ne semblait pas provenir du même endroit… En jetant un coup d'œil vers le promontoire au-dessus d'eux, elle vit surgir un motard brandissant un pistolet.

Levi ne l'avait pas vu ; il continuait de fixer le virage. Dallas roula sur le dos et fit feu. Sous l'impact, l'épaule de l'homme fut projetée en arrière. Il chancela un instant, mais réussit malgré tout à lever de nouveau son arme en direction de Dallas. Elle tira une deuxième fois, l'atteignant en pleine poitrine.

— Attention ! cria-t-elle.

Ils s'écartèrent juste à temps. L'homme et sa moto avaient basculé de l'affleurement et s'écrasèrent à l'endroit exact où Levi et Dallas s'étaient tenus quelques secondes plus tôt.

Le répit fut de courte durée : d'autres deux-roues approchaient. Leurs rugissements résonnaient contre la paroi rocheuse.

— Il faut qu'on dégage, dit Levi.

— Qu'est-ce qu'on fait de ces types ? demanda Dallas en montrant les deux corps.

— On ne peut pas les emmener. Il faut qu'on parte avant que les autres nous tombent dessus. On ne sait même pas combien ils sont.

Il courut vers le quad.

— Venez !

Dallas sortit son téléphone pour prendre une photo de l'homme le plus proche, puis elle se dépêcha de rejoindre Levi. Alors qu'ils repartaient sur les chapeaux de roues, elle tendit l'appareil au-dessus du motard qui gisait dans l'eau et le photographia lui aussi. À la vitesse à laquelle ils allaient, l'image serait sans doute très floue, mais qui sait – peut-être arriveraient-ils à en tirer quelque chose. Pour cela, encore fallait-il qu'ils survivent.

- 6 -

Levi suivit le ruisseau pendant quelques centaines de mètres, à la recherche d'un endroit où escalader la berge.

— Qu'est-ce qui se passe derrière, Dallas ? cria-t-il par-dessus son épaule.

— Je ne vois rien. Si, attendez… Deux… trois… quatre motos.

Levi accéléra, grimpa le talus et fila à travers la prairie. Il n'aimait pas rouler à découvert alors que la jeune femme se tenait derrière lui. Si quelqu'un leur tirait dessus, c'est elle qui prendrait les balles – et cette idée le révoltait. Il devait faire en sorte de distancer suffisamment leurs assaillants avant d'arriver à la clôture, car alors ils auraient besoin de temps pour détacher le tendeur qu'il avait installé entre les deux piquets.

Pendant un instant, il sentit que Dallas lui lâchait la taille d'une main pour tirer sur les motards. Ceux-ci firent un écart, sans pour autant renoncer à les poursuivre. Levi espérait qu'ils prenaient la bonne direction… D'après la boussole du quad, ils allaient vers le sud, mais il ignorait à quel point ils s'étaient éloignés en longeant le ruisseau.

Ce fut avec soulagement qu'il aperçut le bosquet d'arbres derrière lequel ils avaient découvert la clairière. Il pria pour que leurs ennemis n'aient pas laissé des hommes en attente près de la cabane délabrée... Mais personne ne surgit lorsqu'ils passèrent en trombe près du bois.

En parvenant à l'endroit où la clôture était endommagée, Levi n'eut pas besoin de prononcer le moindre mot : Dallas sauta du quad, décrocha le tendeur et revint s'asseoir derrière lui. En moins de cinq secondes, ils repartaient vers le Rafter T Ranch. Ils n'avaient pas le temps de s'arrêter pour appeler des renforts – y avait-il seulement du réseau dans ce coin perdu ? Le mieux à faire était de retourner au ranch pour récupérer le pick-up et filer au bureau du shérif.

— Bon sang..., lâcha Dallas.

— Quoi ?

— Je vois de la fumée à l'endroit où il y avait la cabane.

Levi grommela un juron. Bientôt, toutes les preuves, si maigres soient-elles, partiraient en fumée. Le temps que le shérif arrive sur les lieux, il n'y aurait plus rien à prélever. Et il ne resterait plus grand-chose non plus de Levi et de Dallas s'ils ne réussissaient pas à échapper au gang de motards.

Ils avaient perdu leur avance en s'arrêtant à la clôture. Des coups de feu retentirent derrière eux. Levi zigzagua, tout en craignant que cela ne les ralentisse encore.

Quelques instants plus tard, la grange du Rafter T Ranch se dessina enfin au loin. Un autre pick-up était garé dans la cour près de celui de Levi. Un homme et une femme attendaient à côté.

En voyant le quad et les motos approcher, ils se saisirent chacun d'un fusil dans leur véhicule. L'homme courut ouvrir la barrière du pré, puis ils se positionnèrent tous les deux derrière la palissade en prenant appui sur la plus haute planche, le canon pointé sur les motards.

Levi et Dallas franchirent le portail à pleine vitesse. Sitôt arrêtés, ils sautèrent du quad en dégainant leurs armes. Quand ils rejoignirent les propriétaires derrière la barrière, leurs assaillants avaient ralenti à une centaine de mètres de là. Ces derniers tirèrent quelques coups de feu, avant de repartir d'où ils venaient en faisant ronfler leurs moteurs.

Levi sortit son portable. Pas de réseau.

— Est-ce qu'il y a un téléphone fixe, ici ? demanda-t-il au couple. J'ai besoin de prévenir le shérif.

— Dans la grange, répondit l'homme en commençant à s'y diriger.

Levi hésita.

— Allez-y, lui dit Dallas. Je monte la garde.

Il suivit le propriétaire, qui était entré dans la sellerie et avait déjà composé le 911 sur le vieux téléphone accroché au mur. Dès que le régulateur décrocha, il tendit le combiné à Levi.

Celui-ci expliqua la situation et demanda qu'un camion de pompiers soit envoyé au cabanon de chasseurs au nord du Rafter T Ranch.

— Je ne peux pas vous donner de coordonnées précises, dit-il. Suivez la fumée. Ah, et il faudrait aussi une ambulance. Il y a deux victimes par balle. Retrouvez-nous au ranch, on vous conduira sur place.

Après avoir raccroché, Levi se tourna vers l'homme qui attendait à quelques pas.

— Merci, monsieur. Au fait, je suis Levi Warren, je travaille pour le bureau du shérif.

Il lui montra son badge.

— Frank Thatcher, répondit l'autre en lui donnant une solide poignée de main. Et là-bas, c'est Marion, mon épouse. Vous devez être l'adjoint dont Thomas Greer m'a parlé, celui qui est venu enquêter sur la mort de Harold Sims.

Il secoua la tête.

— Ça m'a fait un choc quand j'ai appris la nouvelle. Harold était un type bien, il essayait vraiment de se reprendre en main.

Ils ressortirent de la grange pour retrouver Dallas et Marion.

— Alors, vous avez revu les motards ? demanda Levi.

— Non, ils sont partis, répondit la jeune femme. Et la fumée est de plus en plus épaisse. Je suis sûre que ce labo clandestin a quelque chose à voir avec le décès de Harold.

— Reste à savoir quoi, répliqua Levi.

Quinze minutes plus tard, le hurlement des sirènes annonça l'arrivée de plusieurs véhicules d'urgence, qui se garèrent dans la cour. En tête du cortège, le shérif sauta de son pick-up et s'avança à grands pas vers ses adjoints.

— Vous allez bien, tous les deux ? s'enquit-il.

Dallas acquiesça.

— Nous ne sommes pas passés loin de la mort, mais nous sommes toujours là, répondit Levi en lui serrant la main.

— Vous voulez bien me raconter ce qui s'est passé ? Je n'ai eu que la version abrégée du régulateur.

Il s'était adressé à la jeune femme, mais elle se tourna vers Levi, qui entreprit de résumer leurs aventures au shérif.

— On a laissé deux cadavres dans ce ruisseau, conclut-il.

— Dans ce cas, allons vite sur place avant qu'il leur arrive quelque chose, déclara Greer. Je peux y accéder en pick-up ?

— Non, il vous faudra un quad, répondit Dallas.

— Il y en a plusieurs dans la grange, intervint M. Thatcher.

— Il faut faire vite, dit Levi. Les motards ont mis le feu à la cabane, et ils risquent de revenir pour récupérer les corps de leurs copains.

Thatcher mena le petit groupe vers la stalle où étaient garés les véhicules tout-terrain. Quand tout le monde fut équipé, ils s'élancèrent ensemble jusqu'à l'endroit où la clôture était endommagée. À peine une demi-heure s'était écoulée depuis que Levi et Dallas étaient passés devant la cabane en feu.

Cependant, lorsqu'ils arrivèrent au ruisseau, les deux corps avaient disparu.

Levi poussa un juron.

— Est-ce que vous les avez reconnus ? demanda le shérif à Dallas.

— Non, mais je les ai pris en photo.

Elle ouvrit l'application sur son téléphone. Comme elle s'y attendait, la dernière image était inexploitable, mais la première était parfaitement nette. Malgré son visage tuméfié, l'homme serait facilement identifiable par quiconque le connaissait.

— Je ne l'ai jamais croisé non plus, marmonna le shérif. On vérifiera dans nos bases de données. Allons voir cette cabane.

Quand ils parvinrent à la clairière, les flammes s'élevaient très haut dans le ciel. Thomas Greer poussa un soupir.

— Le temps que les pompiers arrivent, il n'y aura plus rien à sauver. Je leur dirai quand même de faire attention. Dallas, envoyez-moi la photo du motard. Je la transmettrai aux techniciens de la police scientifique que je ferai venir pour fouiller les ruines de ce cabanon. Autre chose…

Il regarda la jeune femme en fronçant les sourcils.

— Je sais, dit-elle. Je n'étais pas censée prendre part à cette enquête.

— En effet. Mais, entre vous et moi, je suis content que vous ayez été là. Sinon, M. Warren serait peut-être à la morgue à cet instant.

— C'est même sûr, shérif, affirma Levi. Tout seul, je ne m'en serais jamais sorti vivant.

Greer se pencha vers Dallas.

— Vous feriez mieux de rentrer à Whiskey Gulch avant que les policiers de l'État arrivent.

— D'accord, chef. Mais vous… Ça va aller, ici ?

— Ne vous inquiétez pas pour moi. Je doute fort que les motards reviennent tout de suite.

Il montra les flammes.

— Ils ont détruit le peu de preuves qui existaient. Tout ce qu'on peut espérer, c'est de pouvoir récupérer un échantillon de sang devant la porte.

Levi et Dallas enfourchèrent le quad qu'ils avaient pris tous les deux à l'aller.

— Voulez-vous qu'on reste avec vous, shérif ? demanda M. Thatcher.

— Je ne suis pas contre un peu de renfort, répondit Greer, visiblement soulagé de cette proposition.

— Avec plaisir.

Thatcher et sa femme se postèrent près de la cabane en feu, armés de leurs fusils.

— Hé, Jones ! lança le shérif. Quand vous serez revenue au ranch, dites aux ambulanciers qu'ils n'ont plus rien à faire ici. Ils peuvent rentrer au poste.

— Très bien, chef.

Dallas s'accrocha à Levi, et ils repartirent à travers champs.

Il aimait sentir les bras de la jeune femme autour de sa taille, la chaleur de son buste contre son dos. Cette proximité physique lui évoquait toutes sortes d'images qu'il s'empressa de chasser de son esprit. Ce n'était pas le moment de rêver à ce genre de choses. Ils avaient une enquête à mener.

De retour dans la cour de la grange, Dallas informa les ambulanciers que les corps qu'ils étaient censés récupérer avaient disparu. Pendant ce temps, Levi chargea le quad du bureau du shérif à l'arrière de son pick-up, puis ils reprirent la route de Whiskey Gulch.

— Vous n'avez pas beaucoup résisté, tout à l'heure, fit-il remarquer.

— Comment ça ?

— Quand le shérif vous a congédiée. Je pensais que vous insisteriez un peu plus pour rester sur place.

— La cabane va mettre un moment à finir de brûler, souligna-t-elle. En attendant, on a une piste.

Elle montra la photo de l'homme sur son téléphone.

— Il faut qu'on l'exploite. Et dès qu'on aura un peu de réseau, j'enverrai l'image au shérif.

Levi reporta son attention sur la route, un sourire aux lèvres. Cette femme l'impressionnait. Elle était trempée des pieds à la tête après leur passage dans le ruisseau, elle avait failli se faire tuer par de dangereux criminels, mais cela ne semblait pas entamer sa détermination. Il commençait à vraiment bien l'aimer.

Quand ils pénétrèrent dans Whiskey Gulch, il était plus de midi et l'estomac de Dallas gargouillait.

— On devrait aller manger un morceau au restaurant, dit-elle.

— Comment ça, vous ne voulez pas interroger les membres du gang tout de suite ? plaisanta Levi.

— Non, je suis affamée. Je n'ai pas pris de petit déjeuner.

— Ça me va, mais laissez-moi d'abord me débarrasser du quad.

Lorsqu'il se fut garé devant le bureau du shérif, elle l'aida à placer les rampes à l'arrière du pick-up pour qu'il descende le véhicule de la benne. Pendant qu'il conduisait l'engin jusqu'à la remise derrière le bâtiment, elle referma le portail.

Non seulement cet homme était capable de manœuvrer un quad à pleine vitesse sur un terrain accidenté, et ce alors qu'une bande de motards armés les poursuivait, mais il était en plus excellent tireur… et incroyablement séduisant. C'était une bonne chose qu'il soit affecté de façon temporaire au département du shérif, sans quoi elle risquerait de s'habituer à sa présence. Ils avaient formé une vraie équipe aujourd'hui. Ils s'étaient protégés l'un l'autre. Elle ne pouvait nier à quel point cela lui avait plu.

Son pouls s'accéléra quand elle le vit réapparaître au coin du bâtiment et s'avancer vers elle.

— On devrait peut-être se changer avant d'aller au restaurant, dit-il, l'air amusé.

Dallas baissa les yeux sur ses vêtements couverts de boue qui commençaient à dégager de la vapeur sous le soleil de la mi-journée.

— Je crois que vous avez raison, répondit-elle.

— J'habite plus près, mais je peux vous déposer chez vous et revenir vous chercher plus tard, si vous voulez.

— Non, arrêtons-nous d'abord chez vous. J'attendrai dans le pick-up.

— Vous pourrez entrer. J'ai du café, vous n'aurez qu'à vous en préparer pendant que je prendrai une douche.

Elle acquiesça, curieuse de découvrir où il vivait.

Il se gara devant une petite maison à quelques rues du bureau du shérif.

— Je loue au mois, expliqua-t-il. En arrivant, je ne savais pas combien de temps je resterais. Je m'excuse d'avance, il n'y a pas beaucoup de meubles, seulement ceux qui restaient quand je suis rentré de mission.

— Votre ex a tout pris ?

— Ce n'était pas plus mal. Je n'avais pas besoin de tous ces souvenirs. Comme ça, je peux repartir de zéro.

— Je comprends. Parfois, c'est plus facile.

Il ouvrit la porte et la précéda à l'intérieur.

— N'hésitez pas à vous asseoir dans le fauteuil, il est très confortable. Je n'ai pas encore acheté de vraies chaises, j'utilise celles que l'ancienne locataire avait laissées dans la cabane de jardin. Le premier meuble que je me suis offert, c'était un lit. Il fallait bien que je dorme quelque part…

Dallas regarda la pièce vide autour d'elle.

— Elle vous a vraiment dépouillé, dites-moi.

Il haussa les épaules.

— Ce n'est pas ce qui fait le plus mal. Mais une nouvelle page s'ouvre à moi. Le futur reste à écrire. Je peux être qui je veux, faire ce que je veux.

— Voilà une saine attitude, pour quelqu'un qui vient de divorcer.

— Ça ne sert à rien de s'appesantir sur le passé. C'est ce que je me suis dit l'autre soir, en regardant les étoiles. Le mieux que j'aie à faire, c'est d'embrasser mon avenir, qu'il soit avec Trace Travis et les Éclaireurs ou autre part.

— Avec la Delta Force, par exemple ?

— Peut-être.

Elle se tourna pour lui faire face, plongeant son regard dans le sien.

— Vos camarades vous manquent, n'est-ce pas ?

— Certains, oui, répondit-il en souriant. Mais j'en ai retrouvé quelques-uns au Whiskey Gulch Ranch.

— Vous voulez dire que Trace Travis était dans votre unité ?

— Oui, comme Irish. Et d'autres pourraient bien finir par nous rejoindre.

— Ce serait super ! Une vraie réunion de famille.

— Exactement. Ces gars, je les considère comme mes frères.

Il montra la cuisine d'un geste de la tête.

— Vous trouverez la cafetière et du café sur le plan de travail. Je n'en ai pas pour longtemps.

— Je crois que je vais attendre pour le café, vu que nous allons bientôt manger.

— Comme vous voulez. Je n'ai pas de télé, mais le

jardin est assez agréable. La femme qui habitait là avant moi avait planté des buissons à fleurs et des plantes vivaces. C'est vraiment joli, vous devriez aller voir.

— Bonne idée.

Dallas se dirigea vers le porche à l'arrière de la maison tandis que Levi filait dans la salle de bains. En entendant l'eau se mettre à couler, elle s'arrêta malgré elle. Derrière cette porte, un homme qu'elle ne connaissait que depuis la veille était nu sous sa douche…

Après la matinée qu'ils venaient de passer, elle se sentait étrangement proche de lui. Et il l'attirait, c'était indéniable. Était-elle enfin en train de surmonter le chagrin qui l'avait accablée depuis la mort de Brian ? Cela faisait plus de deux ans, après tout. Comme Levi l'avait fait remarquer, elle était encore jeune et il ne servait à rien de s'appesantir sur son passé. Il fallait qu'elle embrasse son avenir, elle aussi. Les possibilités étaient infinies, pour peu qu'elle leur donne une chance d'exister.

Elle poussa la porte du jardin, et celui-ci se révéla aussi joli que Levi l'avait décrit, avec sa végétation luxuriante rehaussée de lantanas jaune vif. Des oiseaux chantaient en sautillant de branche en branche. Que savaient-ils des trois hommes qui étaient morts ? Rien. Ils n'en avaient cure. Pendant que les êtres humains s'entre-tuaient, la nature continuait de vivre sa vie.

Durant les cinq minutes qui suivirent, Dallas flâna entre les buissons, admirant les fleurs, humant le délicat parfum des roses, s'imprégnant du calme du jardin. Quel contraste, après s'être fait tirer dessus à peine une heure plus tôt…

En entendant un bruit de pas derrière elle, elle comprit que Levi l'avait rejointe.

— Je suis heureux que ces roses sentent quelque chose, commenta-t-il. Celles qu'on achète en magasin n'ont presque jamais d'odeur.

— Je crois que c'est à force de les croiser pour qu'elles soient plus résistantes.

Elle se pencha sur une autre fleur au parfum divin, avant de se décider à se retourner.

— Alors, vous êtes prêt ?

Sa voix faillit s'étrangler dans sa gorge. Levi, qui était en train d'enfiler un T-shirt, venait de lui donner un aperçu de son torse délicieusement musclé.

Lorsqu'il surprit son regard, un petit sourire flotta sur ses lèvres.

— Je suis prêt, répondit-il.

— Tant mieux.

Parce que moi, je ne le suis plus, songea-t-elle.

À peine un instant plus tôt, elle avait pensé qu'il était peut-être temps de tourner la page, de sortir du deuil. Mais le spectacle de ce torse nu, incroyablement masculin, l'avait soudain paniquée.

Était-elle vraiment prête à renoncer à l'amour qu'elle avait éprouvé pour Brian ? Saurait-elle bâtir une relation avec un autre homme, après avoir tenu son fiancé mort dans ses bras ? Ne risquait-elle pas de les comparer sans cesse ? Et, plus effrayant encore, serait-elle capable de se laisser aller à la passion ?

Elle inspira profondément, baissa la tête et rentra dans la maison.

— Allons-y. J'ai vraiment besoin de prendre une douche. J'ai l'impression de sentir la vase.

Il fit mine de la renifler à son passage.

— Ce n'est pas qu'une impression, dit-il, taquin.

Quelques minutes plus tard, ils roulaient vers la périphérie de la ville.

— Au fait, vous avez contacté le vitrier ? s'enquit Levi.

— Non, je n'ai pas eu le temps.

— Si vous me donnez son numéro, je pourrai l'appeler pendant que vous prendrez votre douche.

— Pourquoi pas. Merci.

Dallas sortit de la poche arrière de son jean le morceau de papier que lui avait donné sa voisine. Malheureusement, il avait pris l'eau lorsqu'ils s'étaient retrouvés dans le ruisseau. L'écriture était illisible.

— Zut… Tant pis, je chercherai sur Internet, marmonna-t-elle tandis que Levi se garait devant chez elle.

— Ne vous embêtez pas. Je vais aller voir Mme Miller pour lui redemander le numéro. Je suis sûr que ça ne la dérangera pas.

Dallas haussa un sourcil.

— Je vous préviens, Ruth adore parler, et elle adore encore plus faire parler les autres. Ça ne fera pas un quart d'heure que vous y serez qu'elle vous aura déjà fait déballer toute l'histoire de votre vie.

— Parce qu'il va vous falloir plus d'un quart d'heure pour vous laver ? demanda Levi d'un air étonné.

Il s'empressa d'ajouter :

— Non pas que ça me dérange. Je discuterai avec Ruth, pendant ce temps.

— Je vous rappelle que j'ai été militaire, répliqua-t-elle. Quand on est déployé sur un terrain où l'eau est rare, comme en Afghanistan, on apprend à se laver vite, pour peu qu'on ait la chance de se laver. Je n'en ai pas pour plus de cinq minutes.

— Prenez tout le temps qu'il vous faut.

Tandis qu'il traversait la rue pour aller frapper chez la voisine, Dallas grimpa les marches du porche. Curieuse, elle se retourna et vit la vieille dame accueillir l'ancien soldat d'un air ravi. En insérant la clé dans la serrure, elle réprima un sourire. Par sa seule présence, Levi avait rendu les vingt-quatre dernières heures bien plus supportables. Nul doute qu'il égayait tout autant la journée de Ruth Miller.

Dallas venait de pénétrer dans l'entrée quand elle se figea. Les murs et les meubles avaient été tagués à la peinture rouge sang. Elle dégaina son pistolet et recula jusqu'au perron.

— Levi ! cria-t-elle sans se retourner. Vous pouvez venir, s'il vous plaît ?

Elle l'entendit qui traversait la rue en courant.

— Que se passe-t-il ?

— J'ai eu de la visite.

L'arme au poing, il franchit le seuil… et lâcha un juron.

Ensemble, ils firent le tour des pièces. Toutes avaient reçu le même traitement. Le coupable avait visiblement agi dans la précipitation, et il ne devait pas être reparti depuis longtemps, car la peinture était encore fraîche.

La porte de derrière avait été forcée. Le chambranle était fendu. Il n'y avait personne dans le jardin, personne non plus dans le champ au-delà de la barrière. Cependant, le vrombissement d'une moto résonnait au loin.

Debout sous le porche, Dallas se mit à trembler. Sa maison avait été envahie, profanée. Jusque-là, la jeune femme avait tenu le coup par la seule force de l'adrénaline, mais elle se rendait compte brutalement qu'elle n'était plus en sécurité nulle part.

Levi la prit par les bras.

— Hé… Ce n'est que de la peinture, dit-il doucement.

— C'est plus que ça… C'est un message. Ils n'en ont pas fini avec moi. J'ai tué l'un des leurs.

— Moi aussi, lui rappela-t-il.

Elle leva les yeux vers lui.

— Dans ce cas, vous êtes sans doute le suivant sur leur liste. On ne sera tranquilles ni l'un ni l'autre tant qu'on ne les aura pas arrêtés.

— Alors c'est une bonne chose qu'on puisse se soutenir mutuellement, répliqua-t-il, et il l'attira contre lui.

Lentement, Dallas passa les bras autour de sa taille et appuya sa joue contre son torse musclé. Sa force la rassurait. Mais que ferait-elle quand il ne serait plus là ? Elle, la policière, la soldate intrépide habituée à faire face à toutes les situations, elle se retrouvait soudain faible et fragile, dépendante d'un homme pour la protéger…

— Vous pouvez vous reposer sur moi, murmura-t-il. Quelqu'un s'est introduit dans votre maison, dans votre cocon, c'est normal que vous soyez choquée. Moi aussi je le serais à votre place.

Pendant quelques instants encore, elle absorba sa chaleur, les yeux clos. Puis elle s'écarta de lui, sans toutefois s'arracher à ses bras protecteurs.

— Vous savez ce qui nous reste à faire, n'est-ce pas ? déclara-t-il.

— Oui. Enfin, non.

Elle le regarda en fronçant les sourcils.

— Qu'est-ce qui nous reste à faire ?

— Résoudre cette enquête.

Dallas baissa les yeux.

— Vous êtes un Delta, pas un enquêteur.

— Peut-être, mais j'apprends vite. Filez vous doucher. On a du pain sur la planche.

— Merci d'avoir été là, lui dit-elle. Je ne suis pas certaine que j'aurais pu gérer ça toute seule.

— Bien sûr que vous auriez pu. Vous avez fait l'armée, et vous êtes adjointe du shérif. Vous pouvez tout gérer. Je ne suis là que pour vous soutenir moralement.

Il planta un baiser sur sa joue.

— Allez vous laver. Vous sentez mauvais.

— Merci pour le compliment, lâcha-t-elle avec un sourire.

À contrecœur, elle se détacha de lui et se rendit dans sa

chambre, où le lit, les murs et même l'intérieur du placard avaient été bombés à la peinture rouge. Après avoir réussi à dénicher des vêtements qui avaient échappé au carnage, elle s'enferma dans la salle de bains, la seule pièce épargnée. Cinq minutes plus tard, elle ressortait, ragaillardie et prête à affronter le monde.

Elle trouva Levi dans le salon en train d'essuyer la peinture avec des serviettes en papier. Elle ne put s'empêcher de rire, car il n'avait fait que l'étaler davantage.

— Laissez-la sécher, lui dit-elle. Je repeindrai par-dessus.

— Je crois que ce sera mieux, en effet.

Il se lava les mains dans la cuisine.

— Prête pour le restaurant ? demanda-t-il en la rejoignant.

— Oui, allons-y.

Dallas ne prit pas la peine de fermer la porte à clé : cela ne servait à rien, celle de derrière ayant été fracturée. En outre, si quelqu'un tentait d'entrer par l'avant de la maison, Ruth Miller s'en rendrait compte immédiatement. Cela avait du bon d'avoir une vigie dans le quartier…

En montant dans le véhicule de Levi, Dallas fit un signe de la main à sa voisine, qui les saluait depuis son porche.

— Au moins, ils ne s'en sont pas pris à votre camion, fit remarquer Levi.

— Sans doute parce qu'il était garé dans la rue et qu'ils sont entrés par l'arrière. Mais vous avez raison, c'est déjà ça.

— Donc, nous allons déjeuner, et ensuite nous continuons notre enquête ?

— En fait, nous allons faire les deux à la fois, répondit-elle mystérieusement.

— Comment ça ?

— Une des serveuses du restaurant sort avec un membre du gang de motards. J'ai quelques questions à lui poser.

Levi lui coula un regard amusé.

— Vous ne seriez pas en train d'oublier que vous n'êtes pas censée enquêter, par hasard ?

— Moi ? Absolument pas.

- 7 -

— Comment savez-vous que cette serveuse sort avec un des motards ? s'enquit Levi.

Dallas se tourna vers lui avec un grand sourire.

— C'est la petite-fille d'une amie de Ruth.

— J'aurais dû deviner… Est-ce qu'il y a quelque chose que cette dame ne sait pas ?

— Je ne crois pas.

— On devrait peut-être l'embaucher, pour l'enquête, suggéra-t-il avec humour.

— Je suis sûre qu'elle nous serait d'une grande aide. Mais après ce qui s'est passé au ranch, je préfère ne pas la mêler à tout ça.

— Très juste.

Une fois arrivés au restaurant, ils s'installèrent dans un box au fond de la salle.

— Comment s'appelle la serveuse ? demanda Levi.

— Je crois que c'est Jessica, mais tout le monde l'appelle Jess.

À cet instant, une jeune femme s'approcha de leur table, un calepin à la main.

— Bonjour, lui lança Dallas. Est-ce que Jess travaille, aujourd'hui ?

La serveuse fit claquer son chewing-gum en se grattant le bras à l'endroit où une énorme rose était tatouée sur sa peau.

— C'est moi. Qui la demande ?

Sachant qu'elle n'était pas censée interroger des témoins, Dallas glissa son téléphone à Levi sous la table, en ayant pris soin au préalable de cliquer sur la photo de l'homme qu'ils avaient tué.

— Euh… Bonjour, Jess, dit-il, pris de court. Je suis Levi, et je cherchais à vous parler. On m'a dit que vous fréquentiez un jeune homme qui fait partie d'un club de motards ?

— Ça se peut. C'est pas un crime, vous savez.

— Non, bien sûr. Mais quelqu'un m'a envoyé la photo d'un motard qui semble avoir des ennuis, et je ne sais pas qui contacter. Je n'ai pas voulu appeler le shérif, au cas où ce serait un canular.

Il posa le téléphone sur la table et le poussa vers Jess. Celle-ci blêmit en découvrant la photo.

— Il est mort ? demanda-t-elle à Levi.

— Peut-être. Je n'en sais rien. Vous le connaissez ?

— Oh ! purée…

Elle porta une main à ses lèvres, les yeux écarquillés.

— C'est Jimmy the Snake. Qui vous a envoyé ça ?

— C'était un message anonyme, prétendit Levi. Le numéro était masqué.

— Vous avez une idée de qui est Jimmy the Snake ? glapit Jess.

— Non, je suis nouveau dans la région.

Elle prit une grande inspiration, avant de lâcher :

— Jimmy est un des membres les plus mauvais et les plus impitoyables du gang des Serpents. Seul son frère, Johnny, est peut-être pire que lui. Ils sont inséparables, tous les deux. Si Jimmy est mort, vous pouvez être sûr que Johnny fera tout pour retrouver le coupable et lui faire la peau.

— Savez-vous où était Jimmy hier soir ? s'enquit Levi.

— Oui, je l’ai vu dans un bar de motards, au sud de Whiskey Gulch.

— Et vous sauricz dirc à quelle heure il en est parti ?

— Il était déjà là quand je suis arrivée, et il est reparti un peu avant moi vers 2 heures du matin.

La jeune femme se passa une main dans les cheveux.

— Purée…, répéta-t-elle. Il faut que je prévienne mon copain. Il ne va pas me croire. Jimmy the Snake est mort ! Johnny va être furax.

Dallas posa une main sur le bras de Jess.

— Et vous, est-ce que ça va aller ? lui demanda-t-elle gentiment. Les gens que vous fréquentez peuvent être violents. Certains pourraient même être mêlés à un trafic de drogue.

Jess eut un mouvement de recul.

— On ne trempe pas là-dedans, Dylan et moi ! C’est complètement stupide de dealer. Je n’ai pas l’intention d’avoir mon bébé en prison !

Dallas échangea un regard avec Levi.

— Vous êtes vraiment enceinte, Jess ? Il faut protéger votre enfant. Il se passe des choses dangereuses au sein de ce gang.

— Vous ne comprenez pas, murmura la jeune femme en se tordant les mains. Jimmy et Johnny ne vous laissent pas intégrer le gang si vous n’avez pas l’intention d’y rester. Mon copain y est entré quand il avait dix-sept ans. Aujourd’hui, il en a vingt et un. Même s’il le voulait, il ne pourrait pas partir.

— Et si vous déménagiez ? suggéra Dallas. Quittez le Texas, allez carrément vous installer à l’étranger ! Vous devez penser à votre bébé.

Jess posa une main sur son ventre très légèrement arrondi.

— Parce que vous croyez que je ne pense pas à lui ? Vous croyez que je m’en fiche ?

— Hé, Jess, viens prendre les commandes ! cria le cuisinier.

— On n'a pas assez d'argent pour partir, poursuivit-elle. On n'a même pas les moyens de s'acheter une voiture !

— Comment faites-vous pour vous rendre à votre travail ? s'enquit Levi.

— J'y vais à pied, ou Dylan m'emmène à moto. Je mets tous mes pourboires de côté, mais je suis encore loin du compte pour me payer une voiture.

— Jess ! insista le cuisinier.

Elle leur lança un sourire contrit.

— Désolée, il faut que j'y aille. Je suis à vous dans quelques minutes.

Elle fila vers les cuisines et en ressortit un instant plus tard avec quatre assiettes sur les bras, qu'elle apporta aux clients concernés. Puis elle disparut cinq minutes. À son retour, elle se dirigea tout droit vers la table de Dallas et de Levi, les yeux rougis de larmes.

— Je viens d'avoir mon copain au téléphone. Vous m'avez menti ! Vous m'avez dit que vous ne saviez pas si Jimmy était mort, alors que c'est vous qui l'avez tué !

— Jess, asseyez-vous, murmura Dallas en commençant à se lever.

— Hors de question ! Vous êtes l'adjointe qui a écrasé Harold Sims, et après ça vous vous en êtes prise à Jimmy the Snake et à Lee Brevard !

— Seulement parce qu'ils nous poursuivaient en nous tirant dessus, se défendit Dallas. C'était eux ou nous. On a choisi de vivre. Quant à Harold Sims, il était déjà blessé lorsqu'il s'est mis à tituber devant moi sur la route. Je n'ai pas pu l'éviter. Je pense qu'il était déjà très mal en point avant que je le percute.

Jess secoua la tête.

— Vous avez prétendu que vous ne saviez pas ce qui était arrivé à Jimmy. Vous vous êtes moqués de moi !

— Si nous avions joué franc-jeu, auriez-vous accepté de nous parler ?

— Sûrement pas ! Et n'allez pas imaginer que je vais vous dire autre chose. J'en ai peut-être déjà trop dit. À cause de vous, j'ai mis mon copain et mon bébé en danger !

— Je suis désolée, Jess. Nous essayons juste de trouver l'agresseur de Harold. Nous avons découvert une cabane cachée dans les bois qui semble avoir servi de laboratoire de méthamphétamines à certains membres du gang des motards. Que savez-vous à ce sujet ?

— Si je savais quelque chose, je ne vous le dirais pas, répondit-elle en relevant le menton.

Une autre serveuse s'approcha.

— Jess, le client de la table six voudrait du café. Tu as fini, ici ?

— Oui, Barb, j'ai fini, répondit-elle en fusillant Dallas et Levi du regard.

Et elle s'éloigna à pas furieux, attrapant la cafetière au passage.

Dallas la suivit des yeux. Elle aurait voulu pouvoir la convaincre, lui faire entendre raison. Il lui semblait inimaginable de mettre au monde un enfant dans une situation aussi instable.

— Jess a mauvais caractère, mais elle a un cœur en or, expliqua Barbara, comme pour excuser sa collègue.

— Je m'inquiète pour elle, confia Dallas en soupirant. Je crois qu'elle ne se rend pas compte du danger auquel elle s'expose.

— Entre vous et moi, je suis d'accord, et je ne m'en suis pas cachée auprès d'elle. Son petit copain n'est pas un mauvais bougre, mais il traîne avec des gens plus que louches.

— Vous ne savez pas où on pourrait le trouver, par hasard ? demanda Levi.

— Ça m'est déjà arrivé de ramener Jess chez elle. Elle vit avec lui dans un parc à mobile homes, à l'est de la ville. Le leur est le plus petit de tous.

— Je connais ce parc, dit Dallas.

— À votre place, je ferais attention. D'autres membres du gang y habitent aussi, et vous ne serez peut-être pas les bienvenus. Je vous sers du café, adjointe Jones ?

— Volontiers.

— Serait-il possible de nous préparer deux sandwichs et deux cafés à emporter ? s'enquit Levi.

— Bien sûr. Je vous conseille le spécial au rosbif, il est délicieux.

— Ça me va.

— À moi aussi, renchérit Dallas.

Dix minutes plus tard, la serveuse revint avec leur commande.

— Soyez prudents, tous les deux, leur dit-elle. Cette ville a connu assez de drames ces derniers mois. On mérite un peu de calme.

— Jess ne risque pas de nous suivre ? demanda Dallas.

— Je vais me débrouiller pour l'occuper. Allez, filez.

Dallas jeta un dernier coup d'œil à la jeune serveuse. Elle ne pouvait s'empêcher de penser au bébé que le couple allait accueillir alors qu'ils manquaient d'argent et que l'un d'eux appartenait à un gang de motards dirigé par un psychopathe. Elle quitta le restaurant le cœur lourd.

— Prochaine étape, le parc à mobile homes ? demanda Levi en se glissant derrière le volant de son pick-up.

— Oui, ne perdons pas de temps, répondit Dallas. Avec

un peu de chance, le petit copain de Jess sera plus disposé à nous parler du gang, de la meth et de Harold Sims.

Ils parcoururent les deux ou trois kilomètres qui les séparaient du terrain situé un peu à l'écart de la route. Jadis, l'endroit n'avait sans doute pas été désagréable, avec ses pelouses et ses coins arborés. Mais les caravanes avaient vieilli, la peinture s'était écaillée et les marches en bois qui menaient à chacun des logements étaient à moitié pourries ou cassées.

— N'entrez pas directement, dit soudain Dallas en lui touchant le bras.

Levi passa devant le portail sans s'arrêter.

— Pourquoi ?

— Je pense qu'il vaut mieux arriver à pied par-derrière. Autant éviter d'alerter tout le gang de notre présence… Si on pouvait discuter avec le copain de Jess en tête à tête, il serait peut-être plus bavard.

Elle lui lança un petit sourire.

— Et puis, pour être honnête, je n'ai pas très envie de tuer quelqu'un d'autre aujourd'hui.

Levi lui prit la main et la serra dans la sienne.

— Vous avez fait ce que vous deviez faire. Si vous n'aviez pas tiré sur Jimmy, il nous aurait certainement tués tous les deux.

— Je sais bien, mais ce n'est pas facile pour autant d'assumer. Je suis censée protéger les gens, pas les abattre. Whiskey Gulch n'est pas une zone de combat. On n'est pas en Afghanistan ou en Irak.

Levi eut un rire sans joie.

— Ça ressemble pourtant bien à une zone de guerre, avec des types armés qui nous prennent en chasse en nous tirant dessus…

Dallas désigna d'un signe de tête le cimetière qui approchait.

— Arrêtez-vous là.

— C'est de l'humour noir, ou juste une coïncidence ? demanda-t-il en ralentissant.

— Juste une coïncidence. On n'a qu'à se garer sous cet arbre et traverser le champ à pied jusqu'au parc.

Il fit ce qu'elle lui suggérait, puis ils s'enfoncèrent dans les hautes herbes parsemées de fleurs sauvages.

— On devrait faire semblant d'être un couple en balade, dit-elle. Comme ça, personne n'imaginera qu'on est venus rendre visite à un résident.

— Bonne idée.

Levi lui tendit la main.

— Qu'est-ce que vous faites ?

— On est un couple, oui ou non ?

Lorsqu'elle posa sa main dans la sienne, il la porta à ses lèvres.

— Vous ne trouvez pas que je ferais un bon acteur ?

Il avait parlé d'un ton léger, mais l'intensité du désir qu'il ressentait soudain menaçait de le submerger. Il brûlait de la prendre dans ses bras, de plaquer sa bouche sur la sienne. Il brûlait de s'allonger dans l'herbe avec elle et de…

Ressaisis-toi, mon gars, s'ordonna-t-il.

Dallas s'éclaircit la gorge, les joues rouges, comme si elle avait deviné ses pensées.

— Quand nous aurons parlé au petit copain de Jess, j'aimerais passer à l'institut médico-légal, dit-elle en s'écartant de lui.

— D'accord.

Elle voulut retirer sa main, mais il la garda serrée dans la sienne.

Alors qu'ils approchaient de l'arrière du parc, ils observèrent les mobile homes, tentant de repérer celui de Jess.

— Là-bas, murmura Dallas en montrant le plus petit et le plus délabré de tous.

Dépourvu de plinthes, il trônait au milieu d'un bric-à-brac d'objets abandonnés – une vieille machine à laver, l'épave démontée d'une voiture, une pile de pneus usés… Le revêtement des murs était tout craquelé, et la porte tellement abîmée qu'elle semblait à peine étanche.

— Et ils vont ramener un bébé ici ? se lamenta la jeune femme.

À peine avait-elle terminé sa phrase que des exclamations retentirent de l'autre côté de la petite habitation. Elle posa l'index sur ses lèvres et s'avança de quelques pas. Levi l'imita.

— Tu mens, Dylan ! tonna une voix grave. C'est toi qui as fauché la came.

— Je ne ferais jamais ça, Marcus.

Un bruit de coup, suivi d'un gémissement de douleur.

Dallas s'apprêtait à s'élancer, mais Levi la retint par le bras. Plaçant sa main en cornet autour de son oreille, il lui fit comprendre qu'ils devaient s'approcher encore pour ne rien perdre de la conversation. Tout en dégainant son arme, il l'entraîna le long de la caravane, prenant soin de rester plaqué contre la paroi.

— C'est forcément toi, lâcha celui qui se prénommait Marcus. Tu es le plus jeune d'entre nous, et mon acheteur m'a dit que c'était un gamin qui lui avait vendu la drogue.

— Non, ce n'est pas moi. Je ne trempe pas là-dedans, tu le sais. Je ne veux pas finir en taule.

— Tu mens. Depuis le début, tu piques dans les réserves. Mais là, tu es allé trop loin, tu n'as pas pu t'empêcher de tout prendre.

— Écoute, je ne suis pas débile. Je sais ce qui arrive à ceux qui volent le gang des Serpents. J'ai envie de vivre, moi.

Autre coup, autre gémissement. Levi grimaça. Il devait se faire violence pour se retenir d'intervenir, et il devinait que l'épreuve était tout aussi difficile pour Dallas.

— Je te jure que je n'ai rien volé ! insista Dylan. Sinon, je ne vivrais pas dans ce taudis. Je conduirais une voiture, au lieu de risquer ma vie sur cette vieille moto, et ça ferait longtemps que j'aurais quitté cette ville pourrie.

— Personne ne quitte les Serpents vivant, grogna une troisième voix.

— Avoue, Dylan, reprit Marcus. C'est toi qui as volé la came, et si tu ne l'as pas vendue, tu l'as remise à tes potes pour qu'ils s'en chargent.

— C'est ça, renchérit un autre homme. Et tu as laissé Sims porter le chapeau quand il est tombé par hasard sur le labo.

— Où est la drogue ? demanda la grosse voix de Marcus. Dis-nous où elle est, et je t'épargnerai peut-être.

— Je t'ai dit que je ne l'avais pas, répondit faiblement le jeune homme. Je ne sais pas où elle est. Je ne l'ai pas volée. Le deal, ça ne m'intéresse pas. Tu vends de la meth, tu finis en prison. Tu en consommes, tu meurs à petit feu. Non merci, pas pour moi ! Je ne l'ai pas volée.

— Je te laisse une dernière chance, mec. Dis-nous où elle est, ou tu meurs.

— Je ne peux pas te dire ce que je ne sais pas ! C'est peut-être quelqu'un d'autre. C'est peut-être toi, même, et tu essayes de te couvrir en m'accusant.

— Pour qui tu te prends, d'insinuer un truc pareil ?

Une pluie de coups s'abattit sur Dylan, qui les encaissa avec des grognements étouffés.

— Donnez-moi mon flingue, lâcha Marcus.

— Et s'il dit la vérité ? intervint un autre protagoniste.

— Je n'y crois pas une seconde. Il ment, c'est obligé. Et les menteurs n'ont pas une grande espérance de vie dans notre groupe.

— Ça ne va pas plaire à Johnny que tu descendes l'un des nôtres.

— Johnny n'est pas là. Il faut qu'on règle ce problème tout de suite. Donnez-moi ce foutu flingue !

— Ticns.

— Maintenant, lâchez-le.

— Ne fais pas ça, Marcus. Johnny ne va vraiment pas être content.

— Alors il n'a qu'à chercher lui-même le voleur ! On a un client qui attend sa came. Il a déjà payé la moitié de la somme. S'il ne reçoit pas sa marchandise, c'est à nous tous qu'il s'en prendra.

— Ce n'est pas en tuant Dylan que tu régleras le problème.

— Si ce n'est pas lui, qui a filé la drogue à ses copains ? demanda Marcus.

— Ce ne sont pas mes copains, se défendit le jeune homme.

— Ils ont ton âge. Tu étais au lycée avec eux.

— Et alors ? Mes amis ne vendraient jamais de la meth volée.

— Marcus, ne fais pas ça. Ne tire pas.

Levi passa devant Dallas. Au moment où il allait se montrer, une sirène retentit au loin. Il s'arrêta et risqua un coup d'œil à l'angle du mobile home.

- 8 -

Deux types costauds tenaient un jeune homme par les bras – Dylan, selon toute vraisemblance. Le fameux Marcus pointait un pistolet sur son front, mais tous les regards étaient tournés vers la route qui menait au parc.

— Laisse-le, Marcus. Il faut qu'on se tire d'ici. Ce n'est pas le moment de déclencher une guerre avec les flics. On a déjà perdu deux de nos gars parce qu'ils s'en étaient pris à des adjoints du shérif.

Marcus tapota la tête de Dylan avec le canon de son arme.

— C'est ton jour de chance, gamin. Tu ne vas pas mourir tout de suite. Mais si je découvre que tu as menti, tu n'y échapperas pas. Et je ne te mettrai pas tout de suite une balle dans la tête.

Il pointa son pistolet vers le bas.

— Je commencerai par le pied. Puis le genou. Puis la hanche, le bras, l'estomac… Et ensuite seulement je te ferai exploser la cervelle. Tu auras le temps de bien souffrir.

Les deux hommes lâchèrent Dylan, qui s'écroula. À quatre pattes par terre, il leva les yeux vers son tortionnaire.

— Tu n'auras pas ce plaisir, grommela-t-il, parce que je ne mens pas. Si quelqu'un du club a volé la drogue, ce n'est pas mon problème, c'est le tien.

Pour toute réponse, Marcus lui assena un violent coup de pied dans le ventre. Puis il rejoignit sa moto, en prenant son temps malgré les sirènes qui approchaient. Il fit vrombir le moteur et décrivit un cercle autour de Dylan, avant de filer entre le mobile home du jeune homme et celui d'à côté – juste à l'endroit où se tenaient Dallas et Levi.

Ce dernier eut à peine le temps de pousser la jeune femme sous la caravane et de s'y glisser derrière elle. Quand tous les motards se furent éloignés, il s'extirpa de leur cachette et aida Dallas à se relever. Ensemble, ils coururent vers Dylan, qui se tordait sur le sol en se tenant le ventre.

Elle s'accroupit à côté de lui.

— Ça va, Dylan ?

— Laissez-moi, grogna-t-il entre ses dents serrées. Vous êtes qui ?

— Je suis l'adjointe Jones. Et voici l'adjoint Warren.

— Super. Qu'est-ce que vous me voulez ?

À cet instant, un véhicule du bureau du shérif franchit le portail du parc. Il vint s'arrêter près d'eux et Thomas Greer en descendit.

— Pourquoi je ne suis pas étonné de vous trouver là, tous les deux ? lança-t-il en secouant la tête.

— Ce jeune homme a besoin d'une ambulance, lui dit Dallas.

— Je vais très bien, protesta Dylan. Laissez-moi tranquille.

Il releva la tête, montrant son visage couvert de sang et d'ecchymoses. Son œil gauche était tellement enflé qu'il ne s'ouvrait plus.

— Il faut montrer vos blessures à un médecin, insista Dallas. Vous avez sans doute un traumatisme crânien.

— Je ne veux pas voir de médecin.

Il tenta de se mettre debout, chancela et retomba à genoux.

— Qu'est-ce qui s'est passé ? s'enquit le shérif.

— D'après ce qu'on a entendu, Dylan a été tabassé par des membres de son club de motards, le gang des Serpents, expliqua Levi.

Le jeune homme le fusilla du regard.

— Vous racontez n'importe quoi. Je suis tombé, c'est tout.

— On a assisté à une bonne partie de la scènc. Il semblerait qu'un type prénommé Marcus ait organisé une expédition punitive avec quelques-uns de ses sbires.

Levi se tourna vers Dylan.

— C'est pour une histoire de drogue, c'est ça ? De la meth qui aurait été volée ?

— Je ne sais pas de quoi vous parlez.

— Dylan, je connais ta mère, affirma Greer. Elle a travaillé dur pour pouvoir t'envoyer au lycée.

— Et elle est partie dès que j'ai obtenu mon diplôme, répliqua le jeune homme en crachant par terre.

— Elle voulait que tu partes avec elle. Elle voulait t'arracher à cette ville, à ce gang. Elle t'a supplié de la suivre.

Dylan se mit à rire.

— Sauf qu'on ne quitte pas les Serpents comme ça. On y reste jusqu'à la mort.

— Comme Jimmy et Brevard ? rétorqua le shérif.

Dylan fronça les sourcils, ce qui le fit aussitôt grimacer de douleur.

— D'après ce qu'on m'a dit, ce sont des flics qui les ont tués.

— Ils ont décidé de tirer sur deux de mes adjoints. Jones et Warren, précisa Greer en montrant Dallas et Levi. Parce qu'ils avaient découvert votre labo clandestin.

— Je n'ai rien à voir avec ça, se défendit le jeune homme. Je ne prends pas de drogue, et je n'en vends pas non plus.

— C'est une bonne chose, surtout quand on va bientôt être papa, observa Dallas.

— Comment vous savez ça, vous ?

— Je le sais, c'est tout. Et faire partie d'un gang d'assassins, ce n'est pas l'idéal pour élever un enfant.

— J'ai essayé de convaincre Jess de quitter Whiskey

Gulch, mais elle refuse de partir sans moi. Elle pense qu'un gamin a besoin de son père. Moi, je me suis très bien passé du mien.

— Vous avez vraiment envie que votre enfant grandisse sans vous ? demanda Dallas.

— Pas forcément, mais ce qui est sûr, c'est que je ne veux pas que Jess et lui soient mêlés à ces histoires. La seule solution pour les protéger, c'est qu'elle s'en aille.

— Et comment comptez-vous la faire partir ? Vous n'avez même pas de véhicule !

— J'y travaille. Le vieux Campbell m'a cédé une carcasse de voiture. Pour l'instant, elle est posée sur des parpaings, mais je la répare dès que j'ai un peu d'argent de côté. Elle devrait pouvoir rouler quand le bébé sera né.

— Pour ça, il faudrait que vous soyez encore vivant, fit remarquer Dallas.

— Marcus ne m'aurait pas tué. Johnny ne l'aurait pas laissé faire.

Elle croisa les bras sur sa poitrine.

— Est-ce que Johnny était là ?

— Non, reconnut-il.

— S'ils vous avaient vraiment cru coupable, ils n'auraient pas hésité à vous descendre. Ça représente beaucoup d'argent. À côté, une vie ne vaut rien pour eux.

— Mais ils ne m'autoriseront pas pour autant à partir. Je sais trop de choses.

— Dans ce cas, il faut filer en douce, et le plus tôt sera le mieux. Avant ça, néanmoins, on a besoin de savoir qui a vendu cette drogue.

— Je n'en ai aucune idée.

— Marcus a dit qu'il s'agissait de jeunes de votre âge. Vous avez bien dû entendre des rumeurs. Est-ce que certains de vos anciens camarades de classe se sont soudain mis à rouler au volant de belles voitures, ou à porter des vêtements de luxe ?

— Je ne suis pas une balance.

— Je comprends, mais il se passe des choses vraiment pas nettes, ici, et vous y êtes mêlé, que vous le vouliez ou non. Jess et votre futur bébé ont besoin de vous. Vous pourriez au moins nous donner un indice, non ? Les dealers étaient-ils en classe avec vous ? Aurait-on une chance de trouver leurs noms dans l'album photos du lycée ?

— Pff… Ma mère n'avait pas les moyens de l'acheter.

— J'imagine qu'il y en a une copie à la bibliothèque, dit Dallas en réprimant son agacement.

Il fallait qu'elle réussisse d'une manière ou d'une autre à le faire parler. À gagner sa confiance, à lui montrer qu'elle était de son côté.

— Dylan…, murmura-t-elle en lui touchant le bras.

Il se dégagea brusquement.

— Vous devez penser à votre famille, pas seulement à vous, insista-t-elle. Si on pouvait pour ainsi dire couper la tête du serpent, Jessica et vous seriez bien plus en sécurité.

— Jess m'a raconté ce qui s'est passé aujourd'hui avec Jimmy, répondit-il en la regardant droit dans les yeux. C'est vous qui devriez avoir peur. Son frère Johnny ne vous pardonnera jamais. Il se vengera, c'est sûr !

— Alors aidez-nous à l'arrêter avant.

— Il ne suffit pas de couper la tête au serpent pour qu'il meure. Depuis que le grand frère de Johnny et Jimmy a quitté la ville pour aller travailler sur les plates-formes pétrolières, tout est parti en vrille.

— Est-ce que c'est à ce moment-là qu'ils ont commencé à fabriquer de la meth ? demanda Levi.

Dylan porta son attention sur lui et acquiesça.

— Judd a monté ce club de motards pour le plaisir, parce qu'il aimait prendre la route avec ses copains. C'est après son départ que ça a mal tourné. Malheureusement, il ne reviendra pas réparer les dégâts que ses frères ont causés. Il s'est marié, et sa femme et lui se sont installés à Houston. Elle est originaire de là-bas.

— Est-ce qu'il sait ce qui se passe au sein de son club ?

— S'il est au courant, ça n'a pas l'air de le déranger.

Les épaules de Dylan s'affaissèrent. Subitement, il faisait bien plus que ses vingt et un ans.

— Dylan, les jeunes gens qui ont vendu la drogue volée font-ils partie de votre gang de motards ?

— Non.

— Dans ce cas, cela ne vous coûte rien de nous dire qui ils sont, n'est-ce pas ? observa Dallas. Si nous les trouvions en premier, nous pourrions leur sauver la vie.

Il eut l'air étonné.

— Qu'est-ce que ça peut vous faire ?

— Ce qu'ils font n'est pas bien, c'est vrai, mais ils ont peut-être juste besoin d'un rappel à l'ordre. Comme vous, ce sont les fils de quelqu'un. Vous allez bientôt avoir un enfant. Imaginez qu'il fasse une bêtise, plus tard : comment réagiriez-vous si la société le laissait tomber ?

— Je ne sais pas. Ce gamin n'est pas encore né. On ne sait même pas si c'est une fille ou un garçon.

— Dylan, je suis sûre que votre mère, qui s'est tant sacrifiée pour vous, vous considère encore comme son petit garçon. Vous ne croyez pas qu'elle aurait envie qu'on vous offre une deuxième chance, si vous étiez mêlé à des histoires de drogue ?

Dallas était à court d'arguments.

— Si vous ne voulez pas nous donner leurs noms, intervint Levi, dites-nous au moins où ils traînent.

Dylan étudia longuement le visage de l'ancien soldat, avant de soupirer.

— Ils aiment bien jouer au billard au Sweeney's, et ça

leur arrive d'aller à la discothèque. Maintenant, fichez-moi la paix.

— On vous aide d'abord à rentrer chez vous.

Levi n'attendit pas l'autorisation du jeune homme. Il lui passa un bras autour de la taille et le soutint jusqu'au mobile home.

Après l'avoir assis dans un fauteuil délabré, il prit le temps de jeter un coup d'œil autour de lui. La caravane avait connu des jours meilleurs. Le sol stratifié formait des creux et des bosses, comme s'il avait subi plusieurs dégâts des eaux. Outre le fauteuil, le seul meuble était un canapé taché et affaissé. Un peu de vaisselle sale attendait dans l'évier, et dans un coin de la pièce avaient été empilés les morceaux détachés d'un berceau d'occasion.

— Quand vous voudrez le monter, prévenez-moi, dit Levi en désignant le petit lit. J'ai tous les outils nécessaires.

— Je n'ai pas besoin d'aide.

— Vous, peut-être pas, mais Jess et le bébé ? Si vous changez d'avis, passez-moi un coup de fil.

Levi attrapa un marqueur qui traînait sur le plan de travail de la kitchenette et nota son numéro de téléphone sur un vieux carton à pizza.

— Vraiment, n'hésitez pas à m'appeler. Vous n'êtes pas obligé de tout assumer tout seul.

— Vous ne connaissez pas les Serpents, marmonna Dylan.

— Vous avez l'air d'avoir peur d'eux, remarqua Dallas. Si c'est le cas, ce ne sont pas vos amis. Ils représentent un danger pour Jess et pour votre enfant à naître.

— Vous croyez que je ne le sais pas ? s'emporta le jeune homme. S'ils sont persuadés que j'ai volé leur meth, ils sont capables de se servir de Jess pour me faire avouer.

— Raison de plus pour nous aider à retrouver les dealers.

— Je ne veux pas collaborer avec la police. Pour moi, ce serait la mort assurée.

Levi acquiesça.

— Je comprends. Mais, au cas où, vous avez mon numéro. Si vous ne le faites pas pour vous, faites-le au moins pour Jess et pour le bébé. Réfléchissez-y.

Sur ces mots, il ressortit du mobile home avec Dallas. Le shérif les attendait dehors.

— Comment avez-vous su qu'il se passait quelque chose ici ? lui demanda Levi.

— Je connais un vétéran du Vietnam qui vit dans une caravane à l'entrée du parc. Il me prévient quand une bagarre éclate. Généralement, c'est plutôt calme : le propriétaire ne supporte pas les esclandres. Après ce qui s'est passé aujourd'hui, d'ailleurs, ça ne m'étonnerait pas qu'il mette Dylan dehors.

— Comme s'il avait besoin de ça… Bon, je crois qu'on n'a plus rien à faire ici ?

Dallas soupira.

— C'est dommage qu'il n'ait même pas voulu nous donner de noms, dit-elle.

— Ne soyez pas défaitiste. Il nous a tout de même fourni une information : les jeunes qu'il soupçonne d'avoir vendu la drogue vont souvent dans un des bars de Whiskey Gulch. J'ai une petite idée de ce que l'on va faire ce soir…

— Savez-vous où l'on pourrait trouver les anciens albums du lycée ? demanda la jeune femme au shérif.

Ce dernier répondit avec un grand sourire :

— En l'occurrence, oui. Mon épouse était prof là-bas, et elle a gardé une copie de tous les albums.

— Génial ! s'exclama Dallas en frappant dans ses mains. Si on pouvait les lui emprunter…

— Pas de problème. Vous n'avez qu'à passer chez moi. Je crois qu'elle prépare des spaghettis pour ce soir, et elle en fait toujours beaucoup trop.

— On ne va quand même pas vous envahir. On a acheté des sandwichs qu'on n'a pas eu le temps de manger. Ils sont encore dans le pick-up de Levi.

— Oubliez les sandwichs. Ce soir, c'est spaghettis pour tout le monde ! Vous verrez, ma femme fait une sauce tomate maison à se damner.

— C'est très tentant, avoua Levi.

— Si vous insistez…, dit Dallas. Cela nous permettra de feuilleter les albums sur place, plutôt que de les emporter.

— Et puisque vous habitez ici depuis plus longtemps que nous, renchérit Levi, vous pourrez aussi nous parler des jeunes gens qui ont déjà eu des problèmes avec les forces de l'ordre.

Le shérif grimpa dans son véhicule.

— Ce sera vite fait. Whiskey Gulch est une petite ville, et les lycéens sont peu nombreux. La plupart s'en vont étudier ou travailler ailleurs après avoir obtenu leur diplôme. On n'aura qu'à regarder les trois ou quatre années qui entourent celle où Dylan a passé son bac.

— Bonne idée, approuva Dallas. Et, pour tout dire, les spaghettis de votre femme sont exactement ce qu'il me faut, après tout ce qui s'est passé.

Le regard de Greer s'adoucit.

— Si vous avez besoin d'un endroit où dormir, vous êtes la bienvenue à la maison.

— Ce ne sera pas nécessaire, merci.

— Vous ne pouvez pas rester chez vous, Dallas. J'y suis passé tout à l'heure. J'ai vu les deux vitres cassées, et quand j'ai frappé à la porte, je me suis rendu compte qu'elle n'était pas fermée à clé. Vous auriez dû me prévenir.

— Vous avez déjà assez de boulot comme ça à cause de moi, chef. Je peux très bien dormir chez moi.

— Il n'en est pas question, décréta Levi. Si vous ne voulez pas accepter la proposition du shérif, vous viendrez chez moi.

— J'irai à l'hôtel, si ça peut vous rassurer.

Les deux hommes secouèrent la tête en même temps.

— L'idée, c'est que vous ne restiez pas seule, Dallas, souligna Greer. Johnny Marks risque de s'en prendre de nouveau à vous. D'ailleurs, vous n'êtes pas non plus en sécurité, Levi.

— Dans ce cas, nous irons au Whiskey Gulch Ranch. Avec le renfort de Trace Travis et des autres Éclaireurs, il ne nous arrivera rien.

Le shérif parut rassuré.

— Je crois que ce serait la meilleure solution, en effet.

— C'est décidé, alors.

Dallas fronça les sourcils.

— Je n'ai pas donné mon accord.

— C'est un ordre, répliqua Greer.

— Je vous rappelle que j'ai été suspendue.

— Et vous ne participez pas à cette enquête, c'est ça ?

Elle détourna les yeux, les mâchoires serrées.

— Très bien. J'irai dormir au ranch.

— Je préfère ça. Beverly sert le dîner à 18 heures. Ne soyez pas en retard.

— On sera là, promit Levi.

Alors que le shérif repartait au volant de sa voiture, les deux adjoints traversèrent le parc de mobile homes pour rejoindre la route. Là, ils prirent la direction du cimetière où ils avaient garé le pick-up.

Dallas était heureuse d'avoir un coéquipier. Ils se complétaient bien, tous les deux, et elle lui faisait confiance.

— Passons chez vous et chez moi tant qu'il fait encore

jour pour récupérer les affaires dont nous aurons besoin au ranch, proposa Levi en montant dans son véhicule.

Dallas sentit un frisson d'appréhension la traverser. Certes, elle aimait bien cet homme, mais elle n'était pas sûre de vouloir se retrouver seule avec lui dans une maison.

— Je continue de penser que je pourrais dormir chez moi, dit-elle.

— Et désobéir à un ordre du shérif ? Allons, ne soyez pas si têtue. Chez vous, il y a de la peinture partout, une porte cassée et deux vitres brisées. Vous ne pouvez plus y habiter pour l'instant.

— On ne sait pas combien de temps on va rester au Sweeney's, ce soir. Ça ne me rassure pas de devoir prendre la route en pleine nuit pour rejoindre le ranch.

— On improvisera le moment venu. Quoi qu'il arrive, vous ne dormirez pas chez vous. C'est trop dangereux.

Dallas commençait à protester, mais il leva une main.

— Vous êtes indépendante et vous savez ce que vous voulez, j'ai compris. Mais parfois, il faut reconnaître quand on a besoin d'aide. Là, c'est le moment de laisser les autres vous aider, Dallas.

— Comme vous voulez, grommela-t-elle.

Lorsqu'il se fut garé devant chez elle, Levi insista pour entrer le premier et faire le tour de la maison avant de l'autoriser à se rendre dans sa chambre pour rassembler quelques affaires. Elle le retrouva ensuite sur le perron.

— Et moi qui voulais prendre un nouveau départ, murmura-t-elle en jetant un dernier regard aux murs maculés de rouge.

— Ce n'est que de la peinture, Dallas.

Elle poussa un soupir, tout en refermant la porte derrière elle.

— Je sais, mais c'est un peu déprimant.

— Dites-vous que ce sera l'occasion de refaire la décoration. Je vous donnerai un coup de main.

— D'accord, à condition de choisir une autre couleur que le rouge.

Alors qu'elle venait de s'asseoir sur le siège passager, elle se tourna vers Levi, les sourcils froncés.

— Vous savez quoi ? Je n'ai pas très envie de laisser mon camion ici. Ces types pourraient très bien décider de revenir pour lui faire la même chose qu'à ma maison. Si ça ne vous dérange pas, je préfère le garer chez le shérif.

— Ce n'est pas une mauvaise idée.

Dallas fila bien vite vers son vieux pick-up, soulagée de pouvoir prendre ses distances avec l'ancien Delta. Elle s'habituait un peu trop à sa présence, et ce qu'elle ressentait chaque fois qu'il la touchait l'inquiétait. Le cœur qui bat plus vite, les jambes qui flageolent… Elle n'était pas encore prête à tomber amoureuse.

Vraiment ? fit une petite voix dans sa tête.

Elle lui ordonna de se taire.

Tandis que Levi suivait Dallas jusque chez le shérif, ses pensées ne cessaient de revenir au moment où il l'avait serrée dans ses bras, lorsqu'elle avait découvert l'intérieur de sa maison tagué à la peinture rouge. Au départ, il avait simplement voulu la réconforter, mais il avait très vite dû lutter pour se retenir de l'embrasser. Comment cette femme qu'il connaissait depuis si peu de temps pouvait-elle lui faire un tel effet ?

Oui, elle l'attirait. Elle était à la fois jolie, intelligente et courageuse. Et elle savait se servir d'une arme.

Levi ne put s'empêcher de sourire. Depuis quand cette dernière qualité était-elle nécessaire pour qu'il s'intéresse à une jeune femme ? Il n'avait pas de réponse. Tout ce qu'il savait, c'était qu'il trouvait cela incroyablement sexy.

Alors qu'elle se garait dans l'allée des Greer, il trouva une place dans la rue, puis il la rejoignit en bas du porche. Pendant qu'ils montaient les marches, il plaça machinalement une main au bas de son dos, comme si c'était la chose la plus naturelle au monde. Comme s'ils étaient en couple et avaient été invités chez des amis.

Pourquoi cette idée lui plaisait-elle tant ?

Le shérif avait encore son uniforme quand il vint leur ouvrir.

— Entrez, entrez ! leur dit-il. Le dîner est prêt.

La maison de plain-pied n'était pas bien grande, mais on s'y sentait aussitôt à l'aise. Les meubles, quoique un peu datés, avaient été choisis avec goût. Un appétissant parfum de tomates et d'ail flottait dans l'air ; Levi sentit son estomac gargouiller.

Une petite femme rondelette aux cheveux grisonnants émergea de la cuisine, un tablier autour de la taille et une cuillère à la main.

— Ah, vous êtes là ! lança-t-elle avec un grand sourire. Je suis contente que vous soyez venus. J'ai fait beaucoup trop de pâtes, comme d'habitude… Vous comprenez, j'ai eu quatre enfants à nourrir, alors j'ai un peu de mal à préparer à manger pour deux.

— Adjointe Jones, adjoint Warren, voici ma femme, Beverly, annonça le shérif. Beverly, tu connais déjà Dallas. Je te présente Levi Warren, qui travaille pour l'agence de Trace Travis.

— Ne faisons pas tant de cérémonies ! s'exclama-t-elle. Dallas, Levi, venez donc vous asseoir. Thomas et moi allons chercher les plats. J'ai ressorti les albums datant de l'époque où Dylan était au lycée. On les regardera après manger, et je pourrai vous parler de certains élèves que j'ai eus en classe.

— Quelle matière enseigniez-vous ? s'enquit Dallas.

— L'anglais. Je sais, ce n'est pas la préférée de tout le monde…

— Elle est pourtant indispensable.

— Je suis bien d'accord ! Installez-vous, on vous rejoint tout de suite.

Levi et Dallas s'assirent face à face à la petite table de la salle à manger, qui avait déjà été dressée. Quelques instants plus tard, le shérif revint avec un plat de spaghettis, tandis que sa femme portait un gros bol de sauce. Ils retournèrent à la cuisine et rapportèrent cette fois-ci de la salade verte, du pain et une bouteille de vin.

— Si vous n'aimez pas le vin rouge, je peux vous servir de l'eau ou un soda, dit Beverly.

— Cela ira très bien, assura Dallas.

— Pour moi aussi, répondit Levi.

Le shérif s'assit à table et remplit les quatre verres.

Le dîner fut des plus agréables. Les spaghettis étaient délicieux, et ils discutèrent à bâtons rompus de la ville et de ses habitants, en évitant soigneusement de parler des morts du jour et de la veille.

Levi apprécia tout particulièrement l'ambiance familiale qui régnait autour de la table. Son regard se trouvait irrésistiblement attiré vers Dallas chaque fois qu'elle souriait ; car alors, le visage de la jeune femme s'éclairait et lui donnait envie de sourire avec elle. Ou de l'embrasser…

Une fois le repas terminé, ils aidèrent leurs hôtes à débarrasser. Puis ils s'installèrent de nouveau tous les quatre à la salle à manger, autour de l'album du lycée correspondant à l'année où Dylan avait passé son examen final.

— Si je me souviens bien, il n'a rejoint le club de motards que durant son avant-dernière année, dit Beverly. Ça n'a pas trop plu à sa mère. Dylan travaillait quelques heures par semaine à l'épicerie. Elle n'avait pas les moyens de lui offrir une voiture, mais, à seize ans, il a pu s'acheter une vieille moto à retaper.

Elle montra la photo de Dylan dans le livre.

— Il a travaillé dur, et il était très fier quand il a finalement réussi à la faire rouler. Il n'a jamais posé de problèmes avant d'intégrer le club de Judd Marks.

Elle désigna d'autres jeunes hommes qui s'étaient fait remarquer au lycée.

— La plupart ont fini par trouver un emploi stable, ou bien leurs parents les ont envoyés à l'université. Dylan, lui, a été embauché à plein temps à l'épicerie. Ça ne paye pas beaucoup, mais c'est un travail honorable.

— Je connais ces garçons qui étaient en classe avec lui, précisa le shérif. Je les ai vus grandir. Certains ont quitté Whiskey Gulch pour tenter leur chance à la capitale. D'autres ont trouvé une place dans les ranchs ou les commerces de la région, comme Dylan.

Beverly ouvrit l'album de la promotion qui avait été diplômée un an avant le jeune homme, et elle donna son avis sur différents élèves. Thomas Greer pointa l'index sur une des photos.

— N'est-ce pas Evan Billings ?

Sa femme acquiesça.

— Evan a été exclu temporairement du lycée pour avoir fumé du cannabis sur le campus. Il vient d'une bonne famille au départ, mais il s'est mis à fréquenter les mauvaises personnes et ses résultats ont chuté. Ses parents auraient voulu qu'il poursuive ses études ; il a refusé de prendre des cours de remise à niveau pour pouvoir entrer à la fac.

— Depuis qu'il a quitté le lycée, il enchaîne les petits boulots, expliqua le shérif. Il a toujours quelque chose à reprocher à ses chefs : ils lui parlent mal, lui donnent trop d'heures ou pas assez, ne le payent pas suffisamment… Je crois qu'en ce moment, il travaille comme videur à la discothèque, le week-end. Je ne sais pas ce qu'il fait pendant la semaine.

— Est-ce qu'il a beaucoup changé depuis le lycée ? demanda Dallas.

— Pas vraiment. Il a juste les cheveux plus longs, et je dirais qu'il est un peu plus négligé d'une manière générale.

Levi mémorisa la photo du jeune homme. Quelqu'un qui se montrait incapable de conserver un emploi pouvait peut-être se laisser convaincre de vendre de la drogue pour gagner de l'argent facilement.

— Est-ce qu'il avait des amis ? s'enquit Dallas.

Beverly tourna la page.

— Oui, Sean Langley et Nathan Kirk. Aujourd'hui encore, ils sont inséparables, tous les trois. Sean est employé dans un magasin de pneus, et Nathan remplit les rayons au supermarché du coin. Ils aiment bien se retrouver au Sweeney's pour boire quelques bières après le travail.

— C'est notre prochaine étape, justement.

— Voulez-vous que je vous envoie mes adjoints en renfort ? demanda le shérif. J'en ai deux qui sont de garde cette nuit.

Dallas et Levi échangèrent un regard, avant de secouer la tête.

— Le Sweeney's est assez proche du village, répondit-elle. Ça m'étonnerait qu'on nous cherche des ennuis, surtout un soir de semaine.

Greer n'en avait pas l'air aussi convaincu.

— En temps normal, je serais d'accord avec vous, Dallas, mais rien n'est vraiment normal depuis quelques mois.

— On y va juste en reconnaissance pour l'instant, promit Levi. On fera profil bas.

— D'accord. Mais soyez prudents, tous les deux. Vous faites partie de mes meilleurs éléments.

Levi avait bien l'intention de préserver Dallas du danger. Restait à espérer qu'elle ne prendrait aucun risque de son côté.

- 9 -

Dallas se crispa en poussant la porte du Sweeney's Bar & Grill. La dernière fois qu'elle avait mis les pieds ici, le patron avait été odieux avec elle. Elle fut cependant soulagée de constater que c'était Bernie, son employé, qui tenait le comptoir.

Levi l'entraîna vers une table près du billard d'où ils avaient vue sur l'entrée, tout en étant suffisamment loin du bar pour échapper à Sweeney au cas où il se montrerait. Avant de quitter le shérif et sa femme, Dallas avait pris en photo les portraits des élèves dans les albums du lycée. Avec un peu de chance, ils en reconnaîtraient certains ce soir.

La salle était déjà partiellement remplie de villageois et d'ouvriers agricoles venus décompresser après une dure journée de travail. Deux hommes jouaient au billard. Le premier, vêtu d'un pantalon chino et d'une chemise à manches courtes impeccablement repassée, se positionna pour tirer et parvint à rentrer une bille rayée. Il rata son deuxième coup et laissa la place à son adversaire. Plus jeune, celui-ci portait un vieux jean et un T-shirt noir délavé à l'effigie d'un groupe de hard rock. Une cigarette non allumée au coin des lèvres, il se pencha sur la table et frappa, envoyant une bille pleine dans une poche latérale. La blanche continua de rouler et percuta une deuxième bille qui tomba dans un trou d'angle.

Tandis qu'il contournait la table pour préparer un autre coup, Dallas observa attentivement son visage.

— Ce ne serait pas…

Elle sortit son téléphone et fit défiler les photos, avant de s'arrêter sur l'une d'elles. À la différence du jeune homme qui jouait au billard, l'adolescent sur l'image avait les cheveux soigneusement coiffés en arrière, mais le nez, les yeux et le menton ne laissaient aucun doute : c'était Evan Billings.

Dallas tourna l'écran vers Levi.

— Regardez, c'est le garçon qui a été renvoyé du lycée pour avoir fumé sur le campus, murmura-t-elle.

— Ça ne fait pas de lui un dealer, mais il mérite qu'on le surveille. Vous voulez que j'aille lui parler ?

— Non, contentons-nous d'observer, pour l'instant. D'autres gens vont peut-être arriver.

À peine avait-elle prononcé cette phrase qu'un jeune homme blond de l'âge de Dylan poussa la porte du café. Repérant Evan Billings, il lui fit signe de la main. Evan lui répondit d'un coup de menton discret, avant de se concentrer sur son tir. D'un geste précis, il empocha la dernière bille pleine, puis il désigna l'angle opposé et y envoya directement la noire.

Fin de la partie.

Le perdant lui serra la main, posa un billet de vingt dollars sur la table et rejoignit ses amis, tous aussi élégamment vêtus que lui. Un brin découragé, il avala une longue gorgée de bière.

Dallas reporta son attention sur le dernier arrivé, qui s'était installé au comptoir. En passant en revue les photos sur son téléphone, elle n'en trouva aucune qui correspondait à son profil. Il ne pouvait tout de même pas avoir complètement changé depuis le lycée, n'est-ce pas ?

Peu importait. Il connaissait Billings, il était donc potentiellement suspect.

Un groupe de clients plus âgés débarqua dans l'établissement, riant et parlant fort. Ils se perchèrent sur des tabourets devant le bar et commandèrent des bières. Rien de bien intéressant de ce côté-là, décida Dallas.

Elle garda un œil à la fois sur le billard et sur la porte. Quelques minutes plus tard, deux ouvriers agricoles firent leur apparition, en jean, T-shirt et chapeau de cow-boy couvert de poussière. Ils s'assirent à la table voisine de celle de Dallas et Levi, et furent rejoints peu après par deux autres collègues.

Alors que la serveuse leur apportait des bières sans qu'ils aient eu besoin de commander, l'un d'eux lui mit une main aux fesses.

— Dis, Amy, c'est quand que j'aurai droit à mon strip-tease ?

Voyant la scène, un jeune homme qui venait tout juste d'entrer traversa la salle d'un pas furieux.

— Ne touche pas à ma copine ! rugit-il, et il poussa le cow-boy tellement fort qu'il le renversa en arrière avec sa chaise.

Amy tenta de s'interposer.

— Ce n'est pas grave, Tyler. Laisse tomber.

— Si, c'est grave ! Il te doit des excuses !

Les trois autres employés de ranch bondirent pour saisir Tyler par les bras et l'écarter de leur ami qui était toujours par terre, en train de se dépêtrer de sa chaise.

— Lâchez-moi !

Alors que Levi semblait prêt à intervenir, Dallas l'en dissuada d'un geste.

— Regardez Billings, murmura-t-elle.

Le jeune homme avait reposé sa queue de billard sur le support mural, et il se dirigeait à présent vers un couloir menant aux toilettes et à l'issue de secours. Le blond qui l'avait salué en entrant lui emboîta le pas.

— Subitement, j'ai très envie d'aller aux toilettes, chuchota Dallas.

— C'est moi qui y vais, répliqua Levi. Vous, vous restez ici.

Il contourna le groupe de clients qui se disputaient pour savoir qui devait s'excuser le premier. Bientôt, les coups de poing commencèrent à voler.

Dallas se leva peu après le départ de Levi. Alors que la bagarre prenait de l'ampleur, elle sortit par la porte principale du café et fit le tour du bâtiment. Si les deux hommes avaient l'intention de filer en douce, elle voulait être là pour voir où ils allaient.

Tandis qu'elle tournait au coin de l'établissement, une voiture de sport au moteur trafiqué démarra non loin d'elle. Elle se plaqua contre le mur et attendit que le véhicule soit passé, tout en mémorisant sa plaque d'immatriculation. À l'intérieur, elle crut reconnaître Evan et son ami.

Soudain, Levi déboula en courant et faillit la percuter.

— Qu'est-ce que vous faites ici ? lui demanda-t-il, les sourcils froncés.

— Vous pensiez que j'allais rester sagement à l'intérieur ? Il faut les suivre. Vite !

Ils se précipitèrent vers le parking où Levi avait garé son pick-up. Au moment où ils en repartaient, ils aperçurent la voiture de sport qui empruntait la bretelle d'accès à la quatre-voies.

— Plus vite ! cria Dallas en se penchant en avant sur son siège, l'adrénaline coulant à flots dans ses veines.

Une fois engagé sur la grosse route, Levi éteignit ses phares et baissa la lumière dans l'habitacle. Quand sa vue se fut habituée à l'obscurité, il enfonça la pédale d'accélérateur pour rattraper les deux points rouges qui filaient au loin.

— J'espère qu'on ne les suit pas pour rien…, marmonna Dallas.

— Je l'espère aussi.

La voiture allait de plus en plus vite. Quatre-vingt-dix, cent vingt, cent quarante kilomètres-heure. Le pick-up de Levi n'était pas conçu pour tenir longtemps cette vitesse, et ils perdaient du terrain.

Tout à coup, les freins s'illuminèrent devant eux. Levi freina lui aussi pour ne pas risquer de se faire repérer. La sportive venait de prendre une sortie.

— Si je ne me trompe pas, ils vont à l'ancienne carrière, commenta Dallas.

— Qu'est-ce qu'on y extrayait ?

— Du gravier. Elle est inondée, aujourd'hui. Les gamins y vont parfois pour se baigner. Ça m'est arrivé de devoir disperser des groupes d'ados qui avaient consommé de l'alcool.

— Super. Si ces types ont volé la meth, alors ils la vendent sans doute à des mineurs… Il faut les arrêter. Je vais me garer au bord de la quatre-voies. Elle est loin d'ici, cette carrière ?

— À cinq cents mètres à peine, répondit Dallas.

— Parfait. On va y aller à pied.

Ils laissèrent le pick-up caché derrière un bosquet et longèrent la petite route qui conduisait à la carrière, en prenant soin de rester à couvert. Pour un homme de son gabarit, Levi marchait d'un pas étonnamment léger et discret. Il avait dégainé son pistolet et le tenait pointé vers le sol.

La lueur des étoiles qui filtrait à travers le feuillage suffisait à éclairer leur chemin. En approchant du but, ils aperçurent la voiture de sport garée face à un autre véhicule. Trois personnes se tenaient dans la lumière des phares.

Ils s'accroupirent à l'abri d'un buisson, à une cinquantaine de mètres des individus. Dallas entendait le murmure de leurs voix mais ne pouvait distinguer ce qu'ils se disaient. En revanche, elle les vit clairement échanger quelque chose.

— Ça me démange de les coffrer, mais c'est trop tôt, chuchota-t-elle. Il faut absolument qu'on trouve le fournisseur. Qui a volé la drogue ? Cette personne est sûrement la même qui a tabassé Harold Sims. Pour l'instant, l'essentiel est d'identifier ces types. On pourra les coincer plus tard.

— Je suis d'accord, répondit Levi.

Ils n'avaient plus qu'à attendre que les véhicules quittent la carrière. Ils savaient qui était Billings. En retournant au bar, ils pourraient sans doute apprendre le nom du jeune homme qui l'avait accompagné ici. Mais comment pouvaient-ils être sûrs que les deux amis avaient bien vendu de la drogue au troisième homme ? Et d'où venait ce dernier ?

— Il faut qu'on suive ce type pour tenter de savoir qui il est, dit Dallas.

Au bout de quelques minutes, le petit groupe se sépara. Evan et son acolyte remontèrent dans la voiture de sport, tandis que l'inconnu s'installait dans l'autre véhicule. Il repartit le premier.

À présent qu'elle n'était plus aveuglée par les phares, Dallas nota qu'il conduisait un SUV de couleur sombre. Elle attendit qu'il passe devant eux en espérant voir la plaque minéralogique, mais celle-ci était manquante et les feux arrière ne marchaient pas. En rejoignant la quatre-voies, le conducteur éteignit ses phares.

Levi et Dallas regagnèrent le pick-up en courant. S'ils ne suivaient pas le SUV maintenant, ils ne découvriraient peut-être jamais l'identité de son propriétaire.

Lorsqu'elle grimpa dans le véhicule, Dallas vit la silhouette du SUV s'éloigner en direction de la ville. Mais alors que Levi démarrait et s'apprêtait à le prendre en filature, elle posa une main sur son bras.

— Lâchez la pédale de frein, lui dit-elle. Tout de suite.

Il s'exécuta. Quelques secondes plus tard, la voiture

de sport les dépassait. Dallas avait beau être curieuse de savoir qui était le troisième homme, elle n'avait pas envie que Billings et son associé s'aperçoivent qu'ils avaient été pistés et que quelqu'un avait assisté à leur transaction dans la carrière.

Ils suivirent donc la sportive jusqu'au parking du Sweeney's. En leur absence, plus d'une dizaine de motos avaient envahi les lieux.

— Ne vous arrêtez pas, ordonna Dallas, soudain tendue.

Levi lui lança un coup d'œil.

— Vous ne voulez pas qu'on aille se renseigner sur le copain de Billings ?

— Je n'ai aucune envie de retrouver les motards. Pas après ce qui s'est passé aujourd'hui.

Elle se baissa sur son siège tandis que plusieurs membres du gang des Serpents sortaient fumer sur le parking.

— À vrai dire, je n'en ai pas très envie non plus, avoua Levi. On en reste là pour ce soir ?

— Bien volontiers.

— Et Billings ?

— On essayera de le voir demain, quand il sera seul.

Levi continua de rouler vers le centre de Whiskey Gulch. Alors qu'il tournait dans sa rue puis se garait devant sa petite maison, Dallas sentit les battements de son cœur s'accélérer. Elle allait être seule avec un homme toute la nuit. Un homme qu'elle connaissait à peine et qui, pourtant, la troublait comme rarement elle l'avait été. Cela la rendait nerveuse. Était-elle prête ? Lui faisait-elle confiance ? Ou plutôt, *se* faisait-elle confiance ?

— Je devrais peut-être rentrer chez moi, bafouilla-t-elle en refusant de descendre du pick-up.

Il poussa un soupir.

— Je croyais que la question était réglée… Qu'est-ce qui vous dit que le gang des Serpents ne va pas revenir brûler votre maison, et vous avec ? Vous ne pouvez pas rester chez vous, Dallas, c'est trop dangereux.

— Je ne veux pas être un poids pour vous.

Il l'observa un moment.

— Écoutez, si c'est d'être seule avec moi qui vous inquiète, je peux vous jurer sur une pile de bibles que je ne vous toucherai pas, dit-il. Sauf si vous me le demandez, bien sûr, ajouta-t-il avec un sourire espiègle. Blague à part, je ne vais pas abuser de vous. Ce n'est pas mon genre.

Il sauta du pick-up, attrapa le sac de Dallas à l'arrière et vint lui ouvrir la portière.

— Et ne me parlez pas de dormir dans le camion. C'est non.

Il chercha son regard.

— Vous préférez peut-être qu'on pousse jusqu'au ranch ?

Dallas réfléchit un instant. Au fond d'elle, elle savait qu'elle pouvait le croire lorsqu'il lui promettait qu'il n'abuserait pas d'elle. Ce n'était pas cela qui lui faisait peur. C'était le fait que, justement, elle avait peut-être *envie* qu'il abuse d'elle.

Il lui tendit la main.

— Alors, qu'est-ce que vous décidez ? On reste ici ou on va au ranch ?

— On reste ici, répondit-elle d'une petite voix.

Tandis qu'elle acceptait son aide pour descendre de son siège, elle rata le marchepied et lui tomba dans les bras. Elle recula bien vite en se sentant rougir comme une pivoine.

Génial, songea-t-elle. *Maintenant, il va croire que tu lui sautes dessus.*

— Ça va ? s'enquit-il en la tenant par les épaules, comme s'il avait peur qu'elle s'écroule. Tout va bien se passer, vous verrez. On va dormir chacun dans une pièce et je ne viendrai pas vous embêter. Je vous laisserai le lit.

— Vous n'êtes pas obligé, protesta-t-elle. Vous êtes

grand, il vous faut de la place. Je peux très bien dormir dans le fauteuil.

— Non, non, j'insiste. Pour tout vous dire, ce fauteuil est assez confortable. J'y ai passé plusieurs nuits quand je me suis installé ici, avant d'acheter mon lit. Ça ne me dérange vraiment pas de le prendre.

Il la précéda à l'intérieur de la maison.

— Vous avez faim ?

— Après tout ce qu'on a mangé chez le shérif, pas vraiment.

— Alors vous voulez peut-être boire quelque chose ? J'ai des bières au frigo.

— Pourquoi pas.

Il referma la porte et alla chercher les boissons dans la cuisine.

— On peut s'installer dehors sous le porche, proposa-t-il en lui tendant une canette.

— Bonne idée. Je vous suis.

Levi la conduisit à l'arrière de la maison. Il s'assit sur la marche la plus haute et lui fit signe d'en faire autant.

— Désolé, c'est un peu spartiate. On pourrait sortir les chaises de la cuisine, mais je trouve que c'est tout aussi bien comme ça.

Dallas l'imita et commença à siroter sa bière. Si elle pensait que l'atmosphère serait moins intime dehors, elle se trompait. Tout était réuni pour que la situation dérape : les étoiles qui brillaient au-dessus d'eux, la douceur de l'air, le silence de la nuit…

Elle s'éclaircit la gorge, optant pour un sujet de conversation inoffensif :

— Vous pensez acheter d'autres meubles, un jour ?

— Peut-être. Cela me plairait d'avoir un bout de terrain à moi, voire une petite ferme. Pas une grosse exploitation comme celle de Trace Travis, mais au moins un jardin, quelques vaches… Avant d'acheter des meubles, j'attends de voir dans quel genre de maison je finirai par m'installer.

— Je croyais que vous en aviez marre de nettoyer des stalles.

— Ce n'est pas si terrible, en fait. C'est un travail physique, et j'en ai besoin.

Il avala quelques gorgées de bière, posa sa canette à côté de lui et s'appuya en arrière sur ses mains.

— Et vous ? Vous êtes propriétaire ou locataire ?

— Je loue, pour l'instant. Je ne suis pas ici depuis assez longtemps pour prendre une décision.

— Vous pensez rester ?

— Mmm… Pas sûr.

— Pourquoi ?

— Au cas où vous auriez oublié, j'ai tué un membre du gang des motards, aujourd'hui. Je ne suis peut-être plus en sécurité à Whiskey Gulch.

— Dans ce cas, on est deux.

— Vous n'envisagez pas de vous réengager ? demanda-t-elle. Ça ne vous manque pas, la Delta Force ?

— Si, mais comme je vous l'ai dit, j'ai retrouvé certains de mes coéquipiers ici. C'est un peu comme avoir sa famille près de soi.

Il haussa les épaules.

— J'apprécie la plupart des gens que j'ai rencontrés à Whiskey Gulch, à part ceux qui m'ont tiré dessus, bien sûr. Le shérif et sa femme sont sympas. Mes amis se sont trouvé des compagnes qui s'intègrent parfaitement dans notre petit groupe. J'aimerais avoir un lopin de terre, mais ce n'est pas compatible avec l'armée. Si je ne suis jamais chez moi, à quoi bon ?

— Vous m'avez dit que vous aviez envie de tourner la page, fit remarquer Dallas en traçant le bord de sa canette avec son index. Cela signifie-t-il que vous seriez prêt à vous remarier ?

— Je ne sais pas. Ça dépendra de qui je rencontrerai. Après ce que CeCe m'a fait, j'avoue que j'ai un peu de mal à imaginer de m'engager à nouveau. Il faudrait vraiment que cette femme soit très spéciale.

— Spéciale dans quel sens ?

— Elle devra savoir se servir d'une arme, pour commencer. Parce que, visiblement, j'ai des ennemis, et j'ai besoin que quelqu'un me couvre.

Il lui sourit.

— Merci, au fait.

— Je vous en prie.

Dallas gardait les yeux rivés au fond de sa canette.

— Vous avez fait partie de la Delta Force pendant onze ans, c'est ça ? s'enquit-elle.

— Oui, madame.

— Est-ce que ça devient plus facile avec le temps ?

— Quoi donc ?

— De tuer des gens, murmura-t-elle.

— Disons qu'on apprend à compartimenter.

Il poussa un soupir.

— Non, ça ne devient pas plus facile, reconnut-il. Mais on fait ce qu'on a à faire.

— J'étais obligée de lui tirer dessus.

— C'était lui ou nous. Vous n'aviez pas le choix, lui assura-t-il.

— Oui, mais cet homme était le fils, le frère, ou peut-être même le père de quelqu'un.

Levi lui prit doucement la canette des mains pour l'obliger à se tourner vers lui.

— Vous n'aviez pas le choix, Dallas, répéta-t-il.

— Je sais. Mais je ne peux pas m'empêcher de rejouer la scène dans ma tête.

— Et si vous essayiez de penser à autre chose ? suggéra-t-il en passant un bras autour de ses épaules pour l'attirer contre lui.

— À quoi voulez-vous que je pense ?

— Je ne sais pas… À quelque chose qui vous fait plaisir. Moi, ce serait monter à cheval, faire un barbecue avec mes amis, regarder les étoiles avec une jolie femme… Qu'est-ce qui vous rend heureuse, vous ?

Elle lui sourit timidement.

— Les sundaes au coulis chocolat, et les chiots.

— Mais oui, moi aussi j'adore les chiots et les sundaes ! Ça nous fait deux points communs en plus.

— Vous mettez de la chantilly sur la glace ? s'enquit-elle.

— Certainement pas ! Pourquoi gâcher un bon sundae avec de la chantilly ?

Dallas plissa les yeux.

— Et la cerise ?

— La cerise, oui.

Comme elle ne réagissait pas, il fronça les sourcils.

— Pas de cerise pour vous ?

— Si, répondit-elle en riant.

— On est vraiment faits pour s'entendre, pas vrai ? dit-il doucement, et il baissa les yeux sur sa bouche.

Dallas s'humecta les lèvres, prenant soudain conscience de sa proximité – et du désir impérieux qu'elle avait de l'embrasser.

— J'ai envie de vous embrasser, murmura-t-il.

L'espace d'un instant, Dallas crut qu'elle avait exprimé tout haut ses pensées. Mais non, c'était bien lui qui venait de parler…

— Encore un point commun entre nous, dit-elle.

Le regard de Levi s'enflamma. Il se pencha vers elle, tout en glissant une main derrière sa nuque.

— Dites-moi non et j'arrête tout de suite.

— Je ne peux pas, souffla-t-elle.

Et elle l'enlaça pour l'attirer à elle.

Quand il prit possession de sa bouche, il réveilla en elle une passion qu'elle ne se connaissait pas. Elle s'ouvrit à lui, mêlant sa langue à la sienne en une danse sensuelle. Après deux longues années de solitude, elle avait envie de s'abandonner dans les bras d'un homme. De cet homme en particulier. Non pas parce qu'il était son meilleur ami, comme Brian l'avait été, mais parce qu'elle le trouvait irrésistiblement attirant.

Sans réfléchir à la portée de ses gestes, elle chercha le premier bouton de sa chemise, qu'elle défit de ses mains tremblantes. Cette journée avait été placée sous le signe de l'action, et elle s'en remettait une fois de plus à son instinct. Or, celui-ci lui criait de faire l'amour à Levi sans penser au lendemain.

Elle avait retiré le troisième bouton quand il la retint doucement par le poignet.

— Tu es sûre de savoir ce que tu fais ? lui demanda-t-il d'une voix rauque.

Dallas ne put s'empêcher de rire.

— Je croyais que c'était évident.

Il lui releva le menton pour l'obliger à le regarder dans les yeux.

— Si on continue comme ça, je ne serai peut-être pas capable de m'arrêter. J'ai le corps en feu tellement j'ai envie de toi.

Elle défit le dernier bouton en soutenant son regard.

— Je ne veux pas m'arrêter, Levi. Je ne *peux* pas m'arrêter. Tu as ce qu'il faut ?

Il acquiesça.

— Pas de regret demain matin ? insista-t-il.

— Pas de regret, pas d'engagement, répondit-elle.

- 10 -

Levi sentait son sang bouillonner dans ses veines. Jamais il n'avait eu autant envie d'une femme. Il l'embrassa une dernière fois sur la bouche, avant de se lever à contrecœur.

— On s'arrête là ? demanda-t-elle avec un air déçu qui le fit sourire.

— Oh ! que non, on ne s'arrête pas là. Mais les voisins ont vue sur le jardin, et je ne suis pas sûr qu'ils dorment.

Il lui tendit la main pour l'aider à se redresser. Puis il la surprit en la soulevant dans ses bras et en la portant à l'intérieur.

— Je suis encore capable de marcher, protesta-t-elle en riant.

— J'ai peur que tu t'échappes.

— Ça ne risque pas…

Levi referma la porte d'un coup de pied, attendit qu'elle ait tourné le verrou et se dirigea tout droit vers la chambre et son lit tout neuf. Il aimait sentir le corps de Dallas contre lui, ni trop lourd ni trop léger, à la fois souple et musclé. Il imaginait déjà ses jambes serrées autour de lui…

Il accéléra le pas.

— Tu es sûre que c'est ce que tu veux ? s'obligea-t-il à lui demander lorsqu'il la reposa par terre.

Plongeant les yeux dans les siens, elle finit de lui ôter sa chemise.

— Oui, je suis sûre. Sans regret et sans engagement.

Et si je veux m'engager ? songea-t-il soudain.

Il chassa aussitôt cette pensée. L'encre avait à peine eu le temps de sécher sur son jugement de divorce. C'était trop tôt pour entamer une autre relation. Dallas avait perdu son fiancé il y a deux ans, il ne pouvait pas lui faire des promesses si c'était pour la quitter juste après.

— Sans regret, sans engagement, répéta-t-il.

Dallas détacha son holster d'épaule et le posa avec l'arme sur la table de chevet. Levi fit de même de son côté. Puis il entreprit de la déshabiller.

La jeune femme avait beau être sportive, elle avait toutes les formes qu'il fallait là où il fallait. Levi dut se retenir de la pousser sur le lit pour lui faire l'amour sans attendre.

Il voulait d'abord lui montrer qu'il se préoccupait de ses besoins. Rien n'était plus sexy à ses yeux qu'une femme criant son plaisir. Il se donna donc pour mission de l'y amener avant de penser au sien.

Une main sur sa nuque, il l'embrassa langoureusement, goûtant ses lèvres, jouant avec sa langue. Puis il abandonna sa bouche pour tracer un chemin de baisers le long de sa gorge.

Dallas rejeta la tête en arrière en gémissant.

Il continua son exploration, passant la pointe de la langue à la base de son cou. Quand il atteignit la peau laiteuse d'un sein, il referma la bouche autour du téton et se mit à le lécher délicatement.

Le dos cambré, Dallas enfonça les doigts dans ses cheveux.

— Levi…, souffla-t-elle.

Un sourire aux lèvres, il quitta ce sein pour s'occuper de l'autre, mordillant et aspirant doucement sa pointe durcie. Dallas s'agrippa à ses cheveux, la respiration de plus en plus saccadée.

Lentement, il défit le bouton de son jean et le lui retira

en même temps que sa culotte. En remontant, il embrassa l'intérieur de ses genoux, la peau sensible de ses cuisses, puis le triangle doré entre ses jambes.

— Tu veux que j'arrête ? chuchota-t-il.

— Non ! répondit-elle, comme un cri du cœur. Je t'en supplie, continue.

Il la souleva pour l'asseoir au bord du lit.

— Tu es une femme épatante, Dallas. Une vraie dure à cuire à l'extérieur, mais tellement belle et douce sous ton uniforme…

Il captura de nouveau sa bouche et l'embrassa avec fougue, tout en l'allongeant sur le dos. Peinant à se maîtriser, il couvrit son corps de caresses et de baisers, avant de se concentrer sur le cœur de sa féminité.

La jeune femme s'arqua sur le lit.

Enhardi par sa réaction, il la titilla de nouveau du bout de la langue.

— Levi…

— J'arrête ?

— Non ! gémit-elle.

Alors, il l'enveloppa de sa bouche et attaqua encore et encore ce point si sensible, avec toute la délicatesse et la dextérité dont il était capable.

Dallas se tortilla, balança les hanches et cria de plaisir, le corps parcouru de tremblements. Puis elle retomba en arrière, les joues rosies, le souffle court, en attirant Levi avec elle.

— Tu es magnifique, murmura-t-il.

— Ne t'arrête pas maintenant, dit-elle d'une voix voilée par le désir, et elle enroula ses jambes autour de lui.

Tous les événements de la journée, les morts, l'enquête, le danger, se trouvèrent remisés dans un coin de son esprit, chassés par les mots qu'elle venait de prononcer. Il n'arrivait pas à croire que Dallas et lui étaient – à peu de chose près – des étrangers. Il avait l'impression de la connaître depuis si longtemps ! *Pas d'engagement*, s'étaient-ils promis, mais ce serment ne correspondait pas à ce qu'il éprouvait. Il désirait bien plus de cette femme qu'une simple nuit passée entre ses bras.

Lorsque Levi se redressa afin de finir de se déshabiller, Dallas crut qu'elle ne supporterait pas d'attendre. Il sortit un préservatif de son portefeuille et le jeta sur le lit, avant de revenir au-dessus d'elle pour l'embrasser.

Elle laissa courir ses mains sur ses épaules nues, sur son torse puissant, jusqu'à sa taille. Sa peau était douce et brûlante, ses muscles tendus.

Il était superbe.

Elle descendit plus bas, couvrant de ses paumes le ferme arrondi de ses fesses. Elle le voulait en elle, vite. Son corps vibrait encore de l'orgasme qu'il lui avait donné, mais ce n'était pas suffisant. Elle le voulait tout entier.

Alors qu'il tendait la main vers le petit sachet en aluminium, elle s'en saisit avant lui et l'ouvrit d'un coup de dent. Puis elle déroula le préservatif sur son membre gorgé de désir.

— Viens vite, murmura-t-elle.

Il obéit sans se faire prier et se glissa entre ses cuisses. N'y tenant plus, elle l'attrapa par les hanches et le guida en elle jusqu'à ce qu'il l'ait complètement pénétrée.

Levi resta immobile un moment, comme pour lui laisser le temps de s'habituer à lui. Puis il commença à se retirer, lentement. Impatiente, Dallas serra les jambes autour de sa taille et se souleva pour l'accueillir de nouveau profondément.

Tandis qu'il se mettait à aller et venir en elle, elle agrippa le drap, sentant son corps se contracter sous l'intensité de ses assauts. Ceux-ci se firent de plus en plus amples, de plus en plus rapides, et alors qu'il plongeait en elle une dernière fois en poussant un cri rauque, une explosion de sensations l'ébranla tout entière, envoyant des vagues de frémissements jusqu'au bout de ses doigts et de ses orteils.

Levi s'écroula sur elle et roula sur le côté en l'attirant dans ses bras.

— Waouh, souffla Dallas.

Elle inspira profondément, tentant de calmer les battements effrénés de son cœur.

— Je crois que je ne suis plus capable de bouger un seul muscle, murmura-t-elle.

— Tu es sûre ? dit-il, pressant contre elle son membre encore dur.

Elle sourit langoureusement.

— Disons qu'il va me falloir une ou deux minutes pour me remettre de cette séance de sport.

— Ça prendra sans doute un peu plus de temps pour moi, avoua-t-il en riant.

Dallas aimait sentir sa peau contre la sienne, leurs jambes entremêlées. Cela faisait si longtemps qu'elle n'avait pas partagé le lit d'un homme… Mais ce qu'elle venait de vivre était bien différent de ce qu'elle avait connu avec son fiancé. Brian et elle avaient patiemment construit leur relation en explorant les limites entre l'amitié et l'amour ; la tendresse et la complicité avaient été les maîtres mots de leur union. Avec Levi, l'embrasement avait été immédiat. Un véritable feu d'artifice dès le premier contact. Mais cette passion durerait-elle ? Ou bien finirait-elle par s'éteindre en ne laissant qu'un tas de cendres derrière elle ?

Étrange, comme elle songeait soudain à l'avenir… Ils s'étaient pourtant mis d'accord sur ce qu'ils attendaient de cette nuit. Ils n'étaient prêts ni l'un ni l'autre à affronter la confusion et les complications d'une nouvelle relation.

Mais rien ne lui interdisait de savourer la satisfaction d'avoir passé un bon moment au lit.

Chassant de son esprit les pensées négatives, Dallas tenta d'imprimer dans sa mémoire les images et les sensations de l'instant présent. L'odeur masculine qui émanait de Levi, la texture de sa peau, la chaleur de son corps contre le sien. C'était un homme comme elle les aimait, courageux, droit, capable d'accomplir tout ce qu'il avait décidé d'entreprendre. Son ex-femme devait être folle pour s'être séparée de lui.

Ils restèrent ainsi un long moment, serrés l'un contre l'autre. Dallas commençait à s'assoupir quand la voix grave de Levi résonna contre son oreille.

— À propos d'engagement…

Il n'eut pas le temps de terminer sa phrase : une violente explosion venait de secouer la maison.

Soudain parfaitement réveillée, Dallas roula du lit en entraînant le drap avec elle. À quatre pattes par terre, elle tâtonna pour attraper son arme sur la table de chevet, puis elle rejoignit Levi. Accroupi, complètement nu, il s'était lui aussi saisi de son pistolet.

Ils se glissèrent dans le couloir pour gagner l'avant du cottage. Plusieurs fenêtres du salon avaient été soufflées. Un rougeoiement intense illuminait la pièce de l'extérieur. Dallas contourna les débris de verre pour jeter un coup d'œil dehors, par-delà les rideaux qui ondulaient au vent.

— Mon Dieu…, murmura-t-elle.

Levi poussa un juron.

Dans l'allée, son pick-up n'était plus qu'une boule de feu.

- 11 -

Levi détacha son regard des flammes pour observer les alentours. Une demi-douzaine de motos décrivaient des cercles autour du véhicule et de la maison. Leurs conducteurs étaient munis de fusils et de pistolets, clairement visibles à la lumière du feu.

— Surtout, ne te relève pas, murmura-t-il à Dallas. Je compte six motards, et ils sont tous armés.

— De là où je suis, j'en vois sept, corrigea-t-elle. Tu veux que j'aille vérifier à l'arrière ?

— Non. Je veux que tu restes là où je peux te voir.

— Qu'est-ce qu'on fait ?

— Rien, dit-il, les mâchoires serrées. Sauf s'ils font quelque chose d'abord. Tu as combien de balles ?

— Mon chargeur est plein, répondit-elle sans quitter leurs ennemis des yeux. Et toi ?

— Pareil.

— Ne tire pas tant qu'ils n'ont pas tiré, Levi. On n'est pas en Afghanistan.

— D'accord, madame.

Il lui décocha un sourire.

— Mais je te remercie de n'avoir pas suivi cette règle ce matin.

— Tu as raison. Je rectifie : tu as le droit de faire usage de ton arme si ta vie en dépend.

— Ou la tienne.

Des sirènes retentirent au loin. Dieu merci, le shérif et les pompiers seraient bientôt là. Les motards, qui avaient continué de faire vrombir leurs moteurs en tournant autour de la propriété, s'arrêtèrent brusquement. Certains se mirent à tirer en l'air, tandis que d'autres visaient la maison.

— Baisse-toi ! cria Levi en se jetant par terre.

Dallas plongea à plat ventre alors que des vitres explosaient tout près d'eux. Comme les véhicules de secours approchaient, les membres du gang décampèrent les uns à la suite des autres.

— Tu es prête à passer quelques jours au ranch, maintenant ? lança Levi.

— Je crois qu'on n'a plus trop le choix…

— Tu ferais peut-être mieux d'aller t'habiller avant que ton chef arrive. Je le retiendrai au besoin.

La jeune femme baissa les yeux et sembla se rendre compte qu'elle ne portait rien sous son drap.

— Je fais vite, promit-elle.

Elle se fraya un chemin parmi les éclats de verre et disparut dans la chambre. Une minute plus tard, elle revenait en remontant son pantalon, le T-shirt et le soutien-gorge sous le bras.

— À toi, dit-elle en finissant de s'habiller.

Levi s'éclipsa à son tour. Tandis qu'il enfilait son jean et ses chaussures, son regard se posa sur le lit défait et les oreillers froissés. *Pas de regret.* Les mots résonnaient encore dans sa tête.

Il en avait pourtant au moins un : qu'ils n'aient pas pu s'endormir dans les bras l'un de l'autre et se réveiller le lendemain côte à côte…

Il finissait de boutonner sa chemise quand un SUV du département du shérif s'arrêta dans la rue, suivi d'un camion de pompiers et d'une ambulance.

— Tu es prêt à sécuriser les lieux pour les secours ? lui demanda Dallas. J'ai envoyé un texto à Greer pour lui dire qu'on s'en occupait.

— Je suis prêt, répondit-il.

— Côté rue, tout semble normal. Allons vérifier l'arrière de la maison.

— Entendu.

Levi se dirigea vers la cuisine, ouvrit la porte et se faufila sous le porche. Sans un bruit, il descendit les marches et s'enfonça dans l'obscurité des buissons. Derrière lui, Dallas partit dans la direction opposée, et ils progressèrent au même rythme chacun de leur côté.

Levi n'aimait pas être séparé d'elle, même pour quelques minutes. Ils n'avaient aucun moyen de savoir si tous les motards avaient bien quitté les lieux.

Alors qu'il tournait à l'angle de la maison, un premier coup de feu déchira la nuit. Puis un deuxième.

Le cœur battant à tout rompre, il s'élança vers Dallas, avant de s'arrêter brusquement en entendant un bruit de crécelle caractéristique.

Le shérif, les pompiers et les ambulanciers étaient en train de descendre de leurs véhicules. Thomas Greer avait dégainé son arme.

— Stop ! hurla Dallas. Remontez !

— Que se passe-t-il ?

— Il y a au moins une dizaine de serpents à sonnette, expliqua-t-elle, le pistolet pointé vers le sol.

Levi fronça les sourcils.

— C'était ça, les coups de feu ?

— Oui. J'en ai tué deux, mais il y en a beaucoup plus. Ne les laisse pas se glisser sous la maison.

L'estomac de Levi se souleva. Affronter dix talibans à lui tout seul, ça ne lui faisait pas peur. Mais des serpents ?

Il s'en passait volontiers.

Sentant quelque chose lui frôler le pied, il baissa les yeux et découvrit un crotale de deux mètres enroulé près de lui, la queue dressée. Levi visa lentement sa tête. Au moment où le serpent allait attaquer, il tira.

L'animal retomba mollement par terre.

Les pompiers sortirent des pelles de leur camion et s'appliquèrent à assommer les reptiles qui les empêchaient d'accéder au pick-up en feu. Pendant ce temps, Dallas rejoignit Levi en tuant les bêtes qu'elle croisait sur son passage.

— Je ne crois pas qu'il y en ait sous le porche, annonça-t-elle.

— Tant mieux, sinon on aurait été obligés de brûler la maison, répondit Levi.

— Si je comprends bien, tu n'es pas un grand fan de serpents ?

— Je les déteste.

— Tu n'en as jamais eu comme animal de compagnie ?

— Tu plaisantes ? Qui peut être assez fou pour vouloir faire entrer ce genre de bestiole chez lui ?

— Beaucoup de gens, répliqua-t-elle avec un sourire.

— Même toi ? Si tu réponds oui, c'est fini entre nous. Je veux bien accepter des chiots dans mon lit, voire un chat, mais un serpent, hors de question.

— Relax ! Je n'en ai jamais eu moi non plus. Ceci dit, ils ne sont pas tous venimeux ou méchants.

Elle fronça les sourcils.

— Tu te rends compte quand même qu'ils ne sont pas très grands ?

— Pardon ? répliqua-t-il, les yeux écarquillés. Celui que j'ai tué faisait quasiment deux mètres !

— En longueur, d'accord. Mais en hauteur, il faisait combien ? Trois centimètres, à tout casser ?

— OK, j'ai compris, bougonna Levi. Ils ne sont peut-être

pas si impressionnants que ça, mais j'ai le droit de ne pas les aimer.

— Qu'est-ce qui se passe, ici ? s'enquit le shérif, qui venait de les rejoindre.

— Une attaque des Serpents, répondirent Dallas et Levi d'une même voix.

— Ça, je suis au courant. C'est à cause d'eux que vous avez mis le feu à votre pick-up ?

— On parle du gang de motards, précisa Levi.

— Vous êtes sûrs que ce sont eux les coupables ?

— Je ne crois pas qu'il y ait un autre gang à Whiskey Gulch, répondit Dallas. Ils ont assisté au spectacle pendant un moment, jusqu'à ce que les sirènes les fassent fuir.

Thomas Greer secoua la tête en soupirant.

— Je suis prêt à parier que Johnny Marks est derrière tout ça. Et quelque chose me dit qu'ils n'en ont pas fini…

— Surtout s'ils n'arrivent pas à savoir qui leur a volé la méthamphétamine, renchérit Dallas. Je n'aime pas être la cible de criminels. Il faut que ça cesse, d'une manière ou d'une autre.

Le shérif les regarda tour à tour, les yeux plissés.

— Je croyais que vous deviez dormir au Whiskey Gulch Ranch, ce soir ?

— C'est ma faute, dit-elle en rougissant. Je préférais rester ici plutôt que de faire la route de nuit. J'ai bien peur que mon erreur ait coûté son pick-up à Levi…

— Ce n'est qu'un véhicule, lâcha ce dernier. Ça se remplace.

— Au moins, vous n'êtes blessés ni l'un ni l'autre, souligna Greer. Les Serpents s'en sont pris à vous parce que vous avez tué le frère de Johnny. Mais si ça se trouve, ils croient aussi que vous avez récupéré la drogue.

— Ce serait n'importe quoi, protesta Dallas. Je suis un

officier de la loi. Mon boulot, c'est de la faire appliquer, pas de l'enfreindre !

— Ils ne sont pas très malins, et ils sont dans une situation désespérée. S'ils doivent livrer la meth à leur acheteur et qu'ils ne la retrouvent pas, ils risquent gros.

Dallas croisa les bras sur sa poitrine.

— Ça leur servira de leçon. J'espère juste que cette drogue a été détruite et qu'elle ne tombera pas entre les mains d'enfants innocents. Au fait, avez-vous des nouvelles de l'autopsie de Harold ?

— C'est bien ce que vous pensiez, répondit sombrement Thomas Greer. Il était blessé avant que vous le percutiez. Il a reçu de violents coups à la tête, et c'est même un miracle qu'il ait réussi à rejoindre la route à pied. Le coupable l'a probablement laissé pour mort. Harold aurait succombé à une hémorragie intracrânienne si vous n'aviez pas mis fin à son agonie.

Dallas sentit son ventre se nouer. Savoir qu'elle n'était pas responsable du décès de Harold Sims ne rendait pas les choses plus supportables. Le pauvre homme avait dû souffrir le martyre.

Levi passa un bras autour de ses épaules et l'attira contre lui.

— Tu ne l'as pas tué, murmura-t-il.

— Non, mais quelqu'un d'autre l'a fait. Et cette personne doit payer. Harold était un type bien. Il n'avait jamais fait de mal à personne.

— On retrouvera le coupable, assura le shérif.

— Dallas et moi avons déjà un peu fouiné, ce soir, dit Levi.

— Ah oui ? Et qu'avez-vous trouvé ?

— Pas grand-chose. On a passé un moment au Sweeney's Bar, expliqua-t-elle. On espérait croiser l'un ou l'autre des garçons dont vous et votre femme nous avez parlé, ceux qui posaient problème au lycée. Je crois que nous en avons trouvé un.

Le shérif haussa un sourcil, attendant la suite.

— Evan Billings jouait au billard quand on est arrivés, précisa Levi.

— Et alors ? En quoi cela fait-il de lui un voleur de meth ?

— Il est parti avec un ami qui conduisait une voiture de sport trafiquée.

— Une Camaro noire avec l'arrière surélevé ?

— Oui, c'est ça, répondit Dallas.

Greer acquiesça.

— C'est la voiture de Sean Langley. Il travaille au magasin de pneus. Billings et lui se retrouvent de temps en temps au Sweeney's. Mais, encore une fois, ça ne fait pas de lui un suspect.

— Une bagarre a éclaté dans la salle, raconta Levi. Billings et Langley ont profité de l'agitation pour s'éclipser et partir à bord de la Camaro.

— On les a suivis jusqu'à l'ancienne carrière, à l'est de Whiskey Gulch, continua Dallas. Là, ils ont retrouvé un homme qui est arrivé en SUV noir. On les a vus échanger quelque chose.

— Qui était cet homme ? s'enquit le shérif.

— On n'a pas pu distinguer son visage ni le suivre, parce qu'il est reparti en premier. Billings et Langley nous auraient repérés.

— Vous êtes sûrs que vous n'avez pas vu ce qu'ils se sont échangé ?

— Non, on était trop loin, répondit Levi. Et leurs mains étaient dans l'ombre.

— Bon, c'est déjà un début. S'ils vendent de la meth, ils ont forcément un fournisseur. Je vais les faire venir au poste pour les interroger.

— Ils sont retournés au Sweeney's après leur rendez-vous dans la carrière, lui fit savoir Dallas. Peut-être qu'ils y sont encore.

— Je vais vérifier. Si je ne les trouve pas là-bas, j'irai les voir demain sur leurs lieux de travail.

Thomas Greer lança un coup d'œil vers les pompiers qui finissaient d'éteindre l'incendie du pick-up.

— Ils n'ont pas besoin de nous, laissons-les travailler, déclara-t-il. Je vais vous conduire au Whiskey Gulch Ranch.

— Si ça ne vous dérange pas, shérif, vous pouvez simplement nous déposer chez vous, dit Dallas. J'y ai laissé mon pick-up tout à l'heure.

Il fit la grimace.

— Vous êtes sûre qu'il roulera jusqu'au ranch ?

— C'est incroyable, ça ! s'emporta-t-elle, mi-agacée, mi-amusée. Qu'est-ce que vous avez contre mon camion, tous les deux ? Il est peut-être vieux, mais il a parfaitement tenu le coup jusqu'ici.

— Oui, « jusqu'ici », répéta le shérif avec un sourire taquin. Mais c'est d'accord. Je vous dépose chez moi.

— Laissez-nous juste le temps de récupérer nos affaires à l'intérieur, demanda Levi. Quant au vieux pick-up de Dallas, il roulera toujours mieux que le mien dans son état actuel.

Ils se tournèrent tous les trois vers la carcasse fumante et secouèrent la tête à l'unisson. Dallas savait que ce n'était qu'un véhicule, mais elle n'aurait pas supporté qu'on fasse subir le même sort à son cher tacot. Pour elle, ce dernier était tout ce qui la reliait à son passé, à son fiancé, à la vie qu'elle n'aurait jamais avec lui.

Levi lui tendit la main, et ils rentrèrent ensemble dans la maison pour récupérer les sacs qu'ils avaient préparés plus tôt en prévision de leur séjour au ranch. Si seulement elle n'avait pas insisté pour rester chez lui ce soir…

Levi referma la porte du cottage à clé. Il était en colère pour son pick-up, mais après tout celui-ci était assuré et il en trouverait un autre. Le plus tôt serait le mieux, d'ailleurs. Dans une petite ville comme Whiskey Gulch, on ne pouvait pas se passer longtemps d'un moyen de transport personnel.

Alors que Dallas grimpait à l'arrière du SUV du shérif, Levi hésita.

— Tu peux monter à l'avant, tu sais, lui dit-il.

— Non, je suis censée être suspendue. Je dois me faire discrète.

— Malheureusement, c'est vrai, intervint le shérif en s'installant au volant. Le rapport d'autopsie vous disculpe totalement pour la mort de Harold Sims, mais il reste le problème de celle de Jimmy Marks.

Dallas acquiesça.

— Raison de plus pour que Levi continue de diriger l'enquête.

— Sans toi, je ne serais plus de ce monde à cette heure-ci, souligna l'intéressé.

— C'est vrai, répondit Greer. Je ne devrais pas vous encourager, Jones, mais j'ai besoin de vous sur cette affaire.

Il lui lança un regard sévère.

— À condition que vous fassiez profil bas, ajouta-t-il. Si les grands chefs découvrent que vous n'avez pas cessé le travail, je risque de perdre mon job, et c'est tout le département qui serait scruté à la loupe.

— Vous n'avez qu'à dire que vous m'avez nommé adjoint pour la protéger, suggéra Levi. Après tout, Dallas est réellement menacée par le gang de motards.

— Oui, je crois que je m'en tiendrai à cette explication.

Pendant que le shérif les ramenait dans sa rue, Levi envoya un message à Trace Travis pour le prévenir que Dallas et lui arriveraient dans l'heure. La jeune femme allait avoir besoin d'une chambre, mais lui se contenterait d'un canapé. Une minute plus tard, son ami lui écrivit :

Vous êtes les bienvenus. Et on a assez de chambres pour vous deux. À tout de suite.

Cette réponse lui réchauffa le cœur. Il savait qu'il pouvait compter sur Trace, Irish et n'importe lequel de ses anciens camarades de la Delta Force. Ils se soutenaient les uns les autres comme des frères.

Le pick-up de Dallas se trouvait toujours dans l'allée des Greer, intact. En s'avançant vers la portière du côté conducteur, la jeune femme laissa glisser sa main le long de la carrosserie comme pour saluer un vieil ami.

Levi sentit ses reins s'embraser. À peine une heure plus tôt, c'était à lui qu'elle avait prodigué ses caresses. Son corps s'en souvenait encore. Sans doute y repensait-elle elle aussi, car elle lui coula un regard alangui, les yeux mi-clos, les lèvres gonflées de leurs précédents baisers…

Maudit gang de motards qui avait interrompu leur soirée ! songea-t-il. Ce qu'ils avaient partagé avait été si fort que l'espoir renaissait en lui. Peut-être n'en avait-il pas terminé avec les relations amoureuses, finalement…

Mais était-il vraiment prêt à s'engager de nouveau, si peu de temps après son divorce ? Une fois de plus, la question fatidique revenait le hanter.

Dallas grimpa derrière le volant et l'invita à monter d'un petit signe de tête. Ses cheveux blond vénitien étaient encore tout emmêlés à la suite de leurs ébats fougueux. Elle n'en paraissait que plus belle – et presque vulnérable.

Se pouvait-il qu'il ait profité de cette faiblesse, après toutes les épreuves qu'elle avait traversées ?

Il sourit malgré lui en se rappelant comment elle l'avait supplié de lui faire l'amour. Il n'avait pas eu besoin de la convaincre, elle avait su lui dire exactement ce qu'elle voulait. Mais il n'aurait peut-être pas dû accepter.

Toutes ces pensées se bousculaient dans sa tête tandis qu'il l'observait à travers le pare-brise du vieux camion. Se rendant compte qu'elle l'attendait, il se secoua mentalement et alla s'installer à côté d'elle.

Si le véhicule n'était plus de première jeunesse, l'habitacle se révélait étonnamment bien entretenu. Les fauteuils en cuir, certes usés, ne l'étaient pas au point d'être déchirés, les vitres avaient été nettoyées récemment et pas un grain de poussière ne traînait sur le tableau de bord.

Alors que Dallas démarrait le moteur, le shérif s'accouda à sa portière.

— Si vous avez besoin d'aide ou de renforts, n'hésitez pas à m'appeler, dit-il. Ne cherchez pas à tout gérer seuls.

— D'accord, chef. Même chose pour vous. Tenez-nous au courant pour Sean et Evan. Si vous ne les croisez pas ce soir, nous essayerons de les voir demain. Et pensez à dormir. Vous ne pouvez pas travailler vingt-quatre heures sur vingt-quatre, sept jours sur sept.

— Oui, maman, répondit Greer en souriant.

Les rides sur son visage semblaient plus marquées que d'habitude.

— J'ai prévu de rentrer avant minuit, assura-t-il à son adjointe. Un collègue vous remplace pour la nuit.

— Je suis désolée. Je resterais volontiers si…

Il chassa sa remarque d'un geste de la main.

— Je sais, Jones. Mais c'est le protocole et on est obligés de le suivre. Allez vous reposer.

Dallas acquiesça, avant d'enclencher la marche arrière pour sortir de l'allée.

— Tu connais le chemin ? s'enquit Levi.

— Oui, je suis déjà allée là-bas. Ce n'est pas bien compliqué.

Comme ils quittaient la ville, Levi se détendit, bercé par le mouvement souple des suspensions. L'air tiède entrait à flots par les vitres ouvertes ; le bruit leur donnait une bonne excuse pour ne pas parler.

Dallas ralentit en approchant de l'intersection où elle devait tourner pour rejoindre le ranch. Parvenue au portail, elle franchit doucement le passage canadien, puis s'engagea dans une longue allée bordée d'arbres. Tout au bout se dressait la grande maison de pays entourée de son porche typique.

La lumière extérieure illuminait l'entrée, et les fenêtres du salon étaient éclairées.

Tandis que Dallas se garait dans la cour, Trace apparut sous le porche en même temps que sa mère, Rosalynn, enveloppée dans une robe de chambre. Lily, la fiancée de Trace, sortit peu après, vêtue d'un jean délavé et d'un long T-shirt qu'elle avait dû emprunter à son homme. Tous deux étaient pieds nus.

Levi et Dallas sautèrent du pick-up et rejoignirent leurs hôtes.

— Entrez donc ! leur lança Rosalynn en ouvrant la porte de la maison. Vous devez être fatigués. Vous voulez manger un morceau ?

— Personnellement, je n'ai pas faim, mais je boirais bien un verre d'eau, répondit Dallas.

— Je peux vous offrir quelque chose de plus fort, proposa Trace. D'après ce que j'ai compris, vous avez eu de sacrées émotions ces derniers jours.

— Tu es au courant ? demanda Levi en étudiant le visage de son ami.

Celui-ci acquiesça.

— J'ai appris pour Harold Sims, Jimmy Marks et Lee Brevard. Il y a autre chose à savoir ?

— Tu n'es pas au bout de tes surprises… Mais il est tard, vous avez peut-être envie de vous coucher.

— Maman et Lily peuvent accompagner l'adjointe Jones

jusqu'à sa chambre pendant qu'on boit une bière tous les deux, suggéra Trace.

— J'en veux bien une aussi, intervint Dallas. Si ça ne dérange personne, bien sûr.

Lily et Rosalynn échangèrent un regard.

— On se serait bien jointes à vous, mais on est debout depuis l'aube à cause d'un veau malade, expliqua cette dernière. Et on doit se lever tôt demain, comme tous les jours.

— Je vous en prie, ne veillez pas à cause de nous.

— Trace vous montrera vos chambres.

— Les lits sont faits, et il y a des serviettes propres dans la salle de bains, précisa Lily. Si vous avez besoin de quoi que ce soit, ne faites pas les timides. On se voit demain matin. Vous aimez les œufs et le bacon ?

— Ne vous sentez pas obligées de cuisiner pour nous, dit Levi. On pourra toujours s'acheter quelque chose en ville. On avait juste besoin d'un endroit sûr où dormir cette nuit.

— Normalement, vous devriez être en sécurité ici, assura Trace. Suivez-moi. Je vais vous servir ces bières, et vous pourrez me raconter ce qui s'est passé.

Pendant que les deux femmes montaient se coucher, Trace conduisit Levi et Dallas dans la cuisine. Il sortit trois bouteilles du réfrigérateur, les décapsula et leur en tendit deux.

— Je vous écoute.

— Je te laisse commencer, dit Levi à l'adjointe du shérif.

Les traits de la jeune femme s'assombrirent tandis qu'elle revenait sur le drame par lequel tout avait débuté. Levi poursuivit avec leur rencontre sur la scène de l'accident, leurs recherches au Rafter T Ranch, la découverte de la cabane qui avait servi de laboratoire de méthamphétamine, puis la course-poursuite avec les motards lors de laquelle ils avaient été amenés à tuer les deux hommes dont Trace avait mentionné les noms.

— Ensuite, on a retrouvé la maison de Dallas taguée à la peinture rouge. On a pris en chasse Evan Billings et, pour finir, les Serpents ont détruit mon pick-up, résuma-t-il.

— Attends… Qu'est-ce qui est arrivé à ton camion ?

— Boum ! Ils l'ont incendié. Heureusement, Dallas avait garé le sien chez le shérif, sans quoi on aurait été obligés de trouver un autre moyen pour venir ici. On ne pouvait pas rester en ville.

— Ça, ça paraît évident, dit Trace. Vous logerez ici autant de temps qu'il le faudra.

— Merci. On sera plus tranquilles quand on aura arrêté ce gang.

— Alors là, bonne chance… D'après ce que j'ai entendu dire, ça fait un moment qu'ils sont incontrôlables. Quel gâchis ! Au départ, c'était une simple bande de copains qui aimaient faire des virées ensemble à moto. Judd Marks était avec moi au lycée. C'est sûr, il n'est pas né dans la bonne famille, mais il n'a jamais eu de problème avec la police. Et il a réussi à trouver un bon travail sur une plate-forme pétrolière. Il s'en est bien sorti.

— On ne peut pas en dire autant de ses frères, fit remarquer Levi. À cause d'eux, le club de motards s'est lancé dans le trafic de drogue. Ils fabriquent et vendent de la meth.

Trace secoua la tête.

— Ils n'ont pas choisi la plus douce, en plus. Il paraît que ça vous détruit en quelques mois.

— L'ennui, c'est que quelqu'un leur a volé leur stock, rappela Dallas. Ils comptent bien le récupérer.

— Et ils veulent venger la mort de Jimmy Marks et Lee Brevard.

— Si je comprends bien, vous êtes dans de beaux draps, tous les deux, commenta Trace.

— Il faut absolument qu'on sache qui a tabassé Harold Sims et volé la drogue.

— Eh bien, vous avez du pain sur la planche… On en parlera avec le reste de l'équipe demain matin, histoire de voir ce qu'ils en pensent.

Levi acquiesça, avant de rejeter la tête en arrière pour finir sa dernière gorgée de bière. Quand Dallas eut terminé la sienne, il déposa les deux bouteilles vides dans la poubelle de verre, sous l'évier.

— Merci pour les bières, dit-il à son ami. Je crois qu'il est temps qu'on aille dormir. Une grosse journée nous attend demain.

— C'est vrai, et vous devez être épuisés, répondit Trace. Venez.

Levi et Dallas le suivirent à l'étage. Trace s'arrêta devant une jolie chambre décorée de rose et meublée d'un lit en fer-blanc ; celui-ci était recouvert d'un *quilt* en patchwork vraisemblablement fait main.

— Ma mère a pensé que vous aimeriez bien celle-ci, dit-il à la jeune femme.

— Elle est parfaite ! s'exclama Dallas en posant son sac sur le parquet.

— La tienne, Levi, est juste à côté. Là-bas, c'est la salle de bains. Notre chambre à Lily et à moi se trouve tout au bout du couloir. Si vous avez besoin de quelque chose, n'hésitez pas à venir frapper.

— Cela ne devrait pas être nécessaire, lui assura Levi. Merci beaucoup.

Il entra dans sa chambre, plus masculine avec son linge de lit bleu marine et son petit canapé en cuir installé face à la fenêtre. Il avait volontairement laissé la porte ouverte pour entendre les pas de Trace s'éloigner. Dès qu'il fut certain que ce dernier avait rejoint sa fiancée, Levi passa la tête par l'encadrement.

Dallas se pencha au même moment.

— Tu prends ta douche en premier ? lui demanda-t-il.

— Je veux bien, si ça ne te dérange pas.

— Vas-y.

Serrant sa trousse de toilette et son pyjama contre elle, Dallas passa devant lui pour se rendre à la salle de bains. Là, elle regarda d'un côté et de l'autre du couloir, avant de faire signe à Levi de venir.

Il fronça les sourcils, pointant le pouce vers son torse.

— Moi ? chuchota-t-il.

Elle acquiesça et désigna la douche derrière elle d'un petit coup de tête.

Levi n'eut pas besoin qu'on le lui dise deux fois. Il se rua dans le couloir, captura la jeune femme dans ses bras et plaqua sa bouche sur la sienne, tout en la faisant reculer dans la salle de bains pour pouvoir refermer la porte.

Finalement, cette soirée se termina sur une note positive. Ils firent l'amour sous la douche, sur le canapé de la chambre de Levi, puis dans le lit en fer-blanc de Dallas.

Sans regret.

- 12 -

La lumière du soleil qui filtrait à travers les rideaux tira Dallas d'un profond sommeil. Pendant quelques instants, elle cligna des yeux, étonnée de se réveiller dans cette pièce inconnue. Puis les événements des derniers jours lui revinrent en mémoire, avec pour point d'orgue la délicieuse soirée de la veille…

Un sourire aux lèvres, elle s'étira, s'attendant à rencontrer le torse musclé de Levi à côté d'elle. Quand elle ne sentit que le drap sous sa main, elle se tourna, les sourcils froncés.

Où était-il parti, si tôt ?

Elle vérifia l'heure sur son portable. Déjà 7 heures ! Levi était sans doute réveillé depuis longtemps. Ne lui avait-il pas dit qu'il nettoyait les stalles, le matin ?

Dallas pensa soudain qu'elle devrait participer aux tâches, elle aussi. On l'avait gentiment accueillie au ranch, c'était le moins qu'elle puisse faire.

Repoussant la couette d'un coup de pied, elle sauta dans ses vêtements. Puis elle brossa ses longs cheveux blonds, en songeant pour la centième fois qu'elle devrait les couper court, par souci pratique. Pour l'heure, elle les tressa rapidement avant de filer se laver les dents dans la salle de bains.

En examinant son visage dans le miroir, elle constata que ses joues et son cou étaient un peu rouges là où la barbe naissante de Levi avait frotté contre sa peau. Elle sourit à son reflet.

Pas de regret.

Et pas d'engagement ?

Son sourire s'effaça. Après ce qu'ils venaient de partager, comment pourrait-elle se contenter d'une seule nuit avec lui ?

Elle poussa un soupir. Ce n'était sans doute pas le moment de se poser cette question. L'urgence était de résoudre l'enquête.

Une odeur alléchante de bacon et de pain grillé montait depuis la cuisine. Lorsque Dallas arriva, Lily Davidson était en train d'apporter un plat d'œufs brouillés sur la grande table.

— Ah, vous voilà ! s'exclama-t-elle. J'espère que vous avez faim, parce qu'on en a préparé pour tout un régiment. Irish, Matt, Aubrey et Tessa vont bientôt nous rejoindre. On sera neuf en tout.

Elle regarda les œufs, soudain inquiète.

— Je me demande s'il y en aura assez, finalement… Tant pis, on partagera. Vous avez bien dormi ?

Dallas se sentit rougir.

— Très bien, merci.

Ce n'était pas totalement faux. Ses quelques heures de sommeil, quoique trop peu nombreuses, avaient été réellement reposantes.

— Les gars sont en train de nourrir les bêtes, précisa Lily. Ils devraient bientôt revenir.

Rosalynn, qui jusque-là avait été occupée aux fourneaux, s'approcha avec une assiette remplie de saucisses et de bacon.

— Bonjour, Dallas ! Qu'est-ce que vous buvez, le matin ? Café, thé, jus d'orange ?

— Je crois qu'il va me falloir une grande tasse de café bien fort, répondit la jeune femme. Mais je peux me servir moi-même.

— On ne fait que du café fort, ici, répliqua la mère de Trace en souriant. Faites comme chez vous. Il y a des bols et des tasses dans le placard, au-dessus de la cafetière.

Dallas suivit ses indications. Alors qu'elle s'apprêtait à boire une gorgée du liquide fumant, un bruit de pas résonna sous le porche à l'arrière de la maison.

Trace Travis ouvrit la porte et s'effaça pour laisser entrer Aubrey Blanchard, une jolie rousse aux yeux verts qui exerçait le métier d'infirmière à domicile. Dallas savait qu'elle était la petite amie de Matt Hennessey.

— Vous auriez dû voir la tête de Matt quand le taureau l'a chargé, lança Aubrey par-dessus son épaule. Je n'ai jamais vu quelqu'un courir aussi vite !

Des rires fusèrent sous le porche.

Aubrey s'avança dans la cuisine. Quand elle aperçut Dallas, son sourire s'élargit.

— Bonjour, adjointe Jones.

— Bonjour, madame Blanchard. Je vous en prie, appelez-moi Dallas.

— Seulement si vous m'appelez Aubrey. Pas de formalités, ici ! s'exclama-t-elle avec un clin d'œil.

Derrière elle venait d'entrer Tessa Bolton, la fiancée de Joseph « Irish » Monahan. Dallas l'avait croisée plusieurs fois à l'hôpital.

— J'ai appris ce qui est arrivé à votre maison, lui dit Tess. Irish et moi pourrons vous aider à repeindre les murs, si vous voulez.

— Merci, c'est très gentil.

Matt Hennessey apparut à son tour, reconnaissable à sa tignasse de cheveux bruns et à son beau regard sombre. Il rejoignit Aubrey et plaça une main au bas de son dos.

— Vous pouvez aussi compter sur nous, dit-il.

— Prévoyez de la bière, et on sera tous là, renchérit Lily en riant.

Elle déposa au milieu de la table deux corbeilles remplies de toasts.

— Le petit déjeuner est prêt. Lavage des mains obligatoire !

Le joyeux groupe quitta la cuisine pour se diriger vers la salle de bains. Alors que Lily commençait à retourner vers l'évier, Trace lui bloqua le passage pour planter un baiser sur ses lèvres.

Elle le repoussa gentiment.

— Bas les pattes ! Toi aussi, tu dois te laver les mains.

— Je voulais d'abord avoir mon bisou.

Comme il essayait de l'embrasser encore, elle fit mine de lui donner une fessée.

— J'y vais, j'y vais ! s'exclama-t-il, et il rejoignit la file dans le couloir.

De retour dans la cuisine, tous se servirent leur boisson de prédilection, avant de prendre place autour de la grande table. Ils attendirent poliment que la matriarche se soit installée.

— Ne faites pas tant de cérémonies, leur dit-elle. Commencez donc !

Tout le monde se mit à parler en même temps. Assise entre Lily et Levi, Dallas écouta sans rien dire, un peu intimidée. Les plats passèrent de main en main, jusqu'à ce que chacun soit copieusement servi en œufs brouillés, bacon, saucisses et toasts.

Trace leva sa tasse de café.

— Aux cuisinières ! lança-t-il. Merci de nous réchauffer le ventre et le cœur.

— Aux cuisinières ! répétèrent tous les convives.

Puis les voix se turent, remplacées par les bruits de fourchettes et de mastication.

Tandis qu'il étalait de la confiture sur son pain, Irish jeta un coup d'œil à Levi en face de lui.

— Alors, il paraît que ton pick-up a été attaqué, hier soir ?

— Oui. Les motards ont décidé d'y mettre le feu.

Irish secoua la tête.

— Ça devient n'importe quoi dans cette ville. Que fait le shérif ? Est-ce qu'il va arrêter les coupables ?

— J'imagine qu'il est en train d'interroger les voisins, en ce moment, répondit Dallas. Vous savez, le département est en sous-effectif, c'est difficile de résoudre toutes les affaires dans ces conditions.

— Je croyais que c'était pour ça que Greer avait nommé Levi adjoint, intervint Matt.

— Ça ne suffit pas. On manquait déjà de bras avant que je sois suspendue.

— On se croirait au Far West, observa Aubrey. À ceci près que les membres du gang ne terrorisent pas les villageois à dos de cheval.

— Non, répondit Trace. Ils sont à moto, ils tirent sur des maisons et ils brûlent des camions. Que peuvent faire les autres Éclaireurs pour aider ?

Les mâchoires serrées, Levi prit la main de Dallas sous la table.

— Se tenir prêts au cas où on aurait besoin de renforts, dit-il. Je ne sais pas ce qu'ils nous préparent. J'ai l'impression qu'on approche de la vérité concernant la mort de Harold Sims et le vol de la drogue. Plus l'étau se resserrera autour du meurtrier, plus ça risque de chauffer à Whiskey Gulch.

Dallas acquiesça.

— On serait sans doute morts tous les deux si Jimmy avait eu le temps de faire ce qu'il voulait faire.

— Vous n'avez qu'à nous passer un coup de fil et on viendra vous aider, promit Trace, tout en cherchant l'approbation des membres de son équipe.

— Sans la moindre hésitation, affirma Irish.

Matt opina.

— On prend toujours soin des nôtres.

— Ça me fait penser…

Trace se laissa aller en arrière sur sa chaise.

— J'ai eu des nouvelles de Becker Jackson hier. Il quitte l'armée.

— Il a prévu de nous rejoindre, j'espère ? demanda Levi.

— Oui, répondit Trace avec un grand sourire. Il devrait arriver à la fin de la semaine.

Les trois autres Delta applaudirent.

— Notre agence commence à se faire connaître, poursuivit Trace. On m'a déjà parlé de quelques personnes qui pourraient faire appel à nos services. Bientôt, on croulera sous les demandes, et on ne sera pas assez nombreux pour toutes les honorer.

— Comme chez nous, fit remarquer Dallas. Pendant que vous recruterez des hommes pour les Éclaireurs, n'hésitez pas à faire de la publicité pour le département du shérif. On n'y est pas très bien payés, mais le travail est souvent gratifiant.

— Je n'y manquerai pas. Notre ancienne équipe de la Delta Force est en plein renouvellement. Il est sans doute temps que ceux qui y sont encore laissent la place aux jeunes.

Irish se mit à rire.

— À t'entendre, ce sont de vieux croulants.

— C'est vrai qu'il vaut mieux être jeune pour ce genre de missions, souligna Levi. Même si, à trente-trois ans, je ne me considère pas encore comme un vieux.

— Heureusement ! s'exclama Dallas.

— C'est à partir de trente-quatre ans que les choses se gâtent, lâcha Aubrey. N'est-ce pas, Matt ?

— Fais attention à ce que tu dis, tu n'en es pas si loin ! répliqua-t-il en se penchant pour l'embrasser sur la bouche.

— L'âge n'a aucune importance, déclara Trace. C'est ce qu'on veut faire de sa vie qui devrait influencer nos choix.

Il prit la main de Lily dans la sienne.

— J'aurais pu me réengager dans l'armée.

— Et je t'aurais soutenu, lui assura-t-elle.

— Mais j'ai besoin d'être ici pour gérer le ranch familial. C'est mon héritage, je n'ai pas l'intention d'y renoncer.

Il porta la main de Lily à ses lèvres pour y déposer un baiser.

— C'est la meilleure décision que j'aie jamais prise, conclut-il.

Dallas sentit son cœur se serrer devant ces démonstrations d'affection. Trace et Lily avaient tellement de chance de s'être trouvés !

Elle jeta un coup d'œil vers Levi, en se demandant s'ils se regarderaient un jour de cette façon… Ils avaient beau avoir partagé une nuit de passion, cela ne suffisait pas à se déclarer un amour éternel. Ils se connaissaient à peine.

Et s'ils n'arrêtaient pas le gang de motards à temps, ils n'auraient sans doute jamais l'occasion de revivre de tels moments de magie.

En regardant les personnes réunies autour de la table, qui bavardaient à bâtons rompus dans une ambiance conviviale et chaleureuse, elle se rendit compte à quel point l'esprit de camaraderie de l'armée lui manquait. Ces anciens soldats avaient trouvé un moyen de cultiver leur fraternité et leur dévouement mutuel après leur retour dans le monde civil. Elle enviait leurs liens, et elle leur était reconnaissante de l'accepter parmi eux – ne serait-ce que temporairement.

Car une fois le danger passé, quand Levi se verrait confier une autre mission pour les Éclaireurs, Dallas retournerait à la solitude de son ancienne vie.

Subitement, elle n'était plus aussi satisfaite de son existence qu'elle avait pensé l'être avant de rencontrer Levi.

En peu de temps, elle avait eu l'impression d'établir une connexion avec lui ; jamais elle ne s'était sentie aussi bien avec quelqu'un depuis la mort de Brian. Peut-être même depuis toujours.

Levi observait la jeune femme du coin de l'œil. Elle souriait, écoutait, échangeait. Elle paraissait à l'aise au milieu du petit groupe. Sans doute son expérience dans l'armée facilitait-elle les choses.

En la voyant prendre du bon temps, il se fit la réflexion qu'elle ne souriait pas assez, d'habitude. Pourtant, elle méritait d'être heureuse. Et il avait très envie de faire partie des raisons pour lesquelles elle l'était.

Quand le petit déjeuner fut terminé, chacun aida à débarrasser et Dallas prit l'initiative de faire la vaisselle.

— Je vais finir, lui dit Rosalynn en posant une pile d'assiettes à côté de l'évier.

— Ça ne me dérange pas de m'en occuper, assura la jeune femme. Et puis, je me sens redevable de votre hospitalité.

— Redevable ? Après ce que vous avez vécu ces derniers jours, vous êtes largement dispensée de participer aux tâches ! Ne vous en faites pas pour nous. Une bouche de plus ou de moins à nourrir, ça ne fait pas une grande différence.

— Ma mère a raison, intervint Trace. En plus, quelque chose me dit que vous n'êtes pas au bout de vos peines avec les Serpents. Levi et vous allez être bien occupés, aujourd'hui.

— Et le reste de l'équipe aussi, fit remarquer Levi. On compte sur vous pour vous rendre disponibles dans les temps qui viennent.

— On se débrouillera pour l'être. J'ai des clients qui

doivent appeler aujourd'hui. Cela va devenir urgent de recruter de nouveaux agents.

— Heureusement que Becker nous rejoint, observa Irish. Tu sais si d'autres anciens de l'équipe sont intéressés ?

— J'ai entendu des rumeurs, mais rien de concret, répondit Trace.

— Ah oui ? fit Levi. Qui ça ?

Son ami sourit.

— Je ne peux rien dire tant que ce n'est pas sûr.

Irish tapa dans ses mains, la mine réjouie.

— À ce rythme, on va tous se retrouver ici ! Ce sera comme au bon vieux temps.

— Ce sera même mieux, le corrigea Trace en glissant un bras autour de la taille de Lily. On aura une vie beaucoup plus épanouie que lorsqu'on était en service.

— C'est vrai, concéda Irish. Si j'avais su ce que je ratais, j'aurais peut-être quitté la Delta Force plus tôt.

Trace secoua la tête.

— On est partis quand on a été prêts à le faire. J'aime penser qu'on a servi à quelque chose, là-bas.

— Tu en doutes vraiment ? répliqua Levi.

Dallas s'écarta de l'évier pour laisser la place à Rosalynn.

— On ferait bien d'aller voir si le shérif a réussi à parler à Billings et à Langley, dit-elle à Levi en s'essuyant les mains.

— Tu as raison. Plus vite on retrouvera cette drogue volée, plus vite on saura qui a tué Harold Sims.

Dallas sortit la première et grimpa dans son pick-up. Trace, qui les avait suivis dehors, regarda le vieux véhicule d'un air surpris.

— Ne me demande pas pourquoi, mais elle est très attachée à cette épave, lâcha Levi en secouant la tête.

— Mon camion n'est pas une épave ! cria Dallas par la fenêtre. Et au moins, il nous transporte là où on a besoin d'aller.

— C'est vrai qu'on ne peut pas en dire autant du mien, reconnut Levi.

— Je pourrais t'en prêter un en attendant que tu le fasses réparer ou que tu le remplaces, dit Trace.

— Réparer ? Ça ne risque pas. Ce n'est plus qu'un tas de ferraille brûlée.

— OK. Je demanderai à un des gars de t'en livrer un en ville dans l'après-midi.

— Merci, Trace.

Levi s'installa à côté de Dallas et lui lança un sourire contrit.

— Je n'ai rien contre ton pick-up, se sentit-il obligé de lui dire.

— J'ai bien compris. Tu préfères les modèles plus jeunes et plus sexy.

— C'est possible… Et j'aime bien la clim, aussi.

Dallas se mit à rire.

— Et moi qui pensais que tu étais un vrai dur !

— Je *suis* un vrai dur. C'est juste que je n'aime pas les serpents et que je tiens à mon petit confort. J'ai eu ma dose de chaleur pour toute une vie, en Afghanistan.

— Je te comprends. J'ai bien dû perdre mon poids en sueur quand je suis arrivée là-bas dans les premiers jours de l'été.

— Encore une chose qu'on a en commun.

— Quoi donc ? demanda-t-elle tandis qu'elle s'engageait dans l'allée de graviers. D'avoir perdu notre poids en sueur, ou de tenir à notre petit confort ?

Il sourit.

— D'avoir tous les deux été déployés en Afghanistan, et d'être conscients des sacrifices que font les soldats pour protéger notre pays et nos libertés.

Elle acquiesça.

— Je crois qu'on a déjà constaté qu'on avait beaucoup de points communs.

— En effet.

— Mais n'est-ce pas vrai aussi que les contraires s'attirent ? demanda-t-elle, tout en ralentissant le temps de franchir le passage canadien.

Levi l'observa un moment.

— À mon avis, il faut un équilibre entre les points communs et les différences pour qu'une relation soit à la fois intéressante et viable, dit-il.

— Bien d'accord. Il faut aussi être prêt à accepter l'autre pour ce qu'il est, sans essayer de le changer.

— C'était comme ça, avec ton fiancé ? Vous vous acceptiez tels que vous étiez ?

— Je crois, oui. On a commencé par être amis, donc on se connaissait bien.

— Est-ce que tu l'aimes encore ?

Dallas réfléchit, les yeux rivés sur la route.

— Oui, finit-elle par répondre. Comme on aime un membre de sa famille qui n'est plus là. C'était mon meilleur ami. On s'est fréquentés pendant plusieurs années avant de décider de se marier. Quand il est mort, j'ai eu l'impression de perdre une partie de moi. Ça a été très dur. Mais au bout d'un moment, la douleur finit par s'estomper.

— Est-ce que tu crois que tu seras capable un jour d'aimer un autre homme ?

Elle lui lança un coup d'œil, un sourire aux lèvres.

— Tu as quelqu'un en tête ?

— C'était une question théorique, répondit-il en haussant les épaules.

— Et toi, en théorie, tu penses que tu pourrais te faire assez confiance pour aimer à nouveau ?

Ce fut au tour de Levi de sourire.

— Tu as quelqu'un en tête ?

— J'ai dit « en théorie ».

— Eh bien, il me semble que oui. Si la bonne personne se présente.

Dallas fronça les sourcils.

— Si je comprends bien, elle ne s'est pas encore présentée ?

— Je n'ai pas dit ça.

— Donc, tu l'as déjà trouvée ?

— Ce n'est pas impossible, mais je préfère rester prudent.

Elle acquiesça.

— Vu comme s'est finie ta précédente relation, je comprends que ce soit difficile pour toi de confier ton cœur à quelqu'un d'autre.

— Ça résume assez bien mon sentiment.

— Mais du coup, quelle est notre place dans tout ça ? demanda-t-elle. Est-ce qu'on ne fait que se croiser, comme deux bateaux dans la nuit ?

— J'espère que non. Parce qu'en vérité… je t'aime bien.

Dallas resta silencieuse un moment, le regard toujours fixé sur la route tandis qu'ils approchaient de Whiskey Gulch. Enfin, elle se tourna vers lui.

— Moi aussi, je t'aime bien.

— Attention ! cria Levi.

Une dépanneuse transportant un véhicule accidenté venait de déboîter devant eux. Dallas écrasa la pédale de frein pour éviter de la percuter.

— Hé, ce ne serait pas la voiture de sport de Sean ? remarqua-t-elle.

— Je me faisais exactement la même réflexion.

— Allons voir le shérif. Il doit être au courant de ce qui s'est passé.

À leur arrivée au poste, Thomas Greer était en pleine conversation au téléphone.

— Vous êtes là, c'est parfait ! leur lança-t-il après avoir

raccroché. J'avais prévu de vous appeler. J'étais en ligne avec un enquêteur de l'État.

— On vient de croiser la voiture de Sean Langley sur une dépanneuse, le coupa Dallas. Que lui est-il arrivé ?

— Justement, c'est pour ça que j'ai demandé aux techniciens en scène de crime de venir. Sean est mort.

Les yeux de Dallas s'agrandirent de surprise.

— Comment ça ?

— Marge Schubert, qui est serveuse au restaurant, a repéré une voiture dans le fossé en allant au travail ce matin. Elle s'est arrêtée pour voir s'il y avait encore quelqu'un à l'intérieur, et elle a découvert Langley au volant.

Le shérif secoua la tête.

— Visiblement, il était décédé depuis plusieurs heures.

— Il a eu un accident ?

— Pas exactement. On lui a tiré dessus, et il était sans doute déjà mort avant que sa voiture finisse dans le fossé.

— Vous avez une idée de qui a fait ça ? demanda Levi.

— Pas encore, malheureusement.

— Est-ce que vous avez pu interroger Langley et Billings hier soir, au Sweeney's ?

— Quand je suis arrivé là-bas, ils étaient déjà partis. Mais je vais essayer de mettre la main sur Billings maintenant.

Il commençait à se diriger vers la porte quand le régulateur l'interpella :

— Shérif Greer ! On vient de recevoir un appel du supermarché.

— Qu'est-ce qui se passe, encore ?

— Une bagarre entre ouvriers agricoles.

— On s'occupe de Billings, déclara Levi. Allez faire votre travail, shérif.

— Merci. Evan vit encore chez sa mère.

Il nota l'adresse sur un morceau de papier, qu'il tendit à Levi.

— Bonne chance. Vous risquez d'avoir du mal à le trouver.

Greer quitta le bureau en pestant contre ces cow-boys qui se comportaient comme des gamins.

Dallas et Levi se hâtèrent de reprendre la route en direction de chez Mme Billings, qui habitait en périphérie de Whiskey Gulch. À peine avaient-ils frappé qu'elle entrouvrit la porte.

— Je n'achète rien aux démarcheurs !

— Madame Billings, je suis l'adjoint Warren, dit Levi en lui montrant son badge. J'aimerais parler à votre fils, Evan.

— Moi aussi j'aimerais bien lui parler ! Je ne sais jamais où il est, ce gosse. Il était censé nourrir les poules ce matin, mais il n'est pas rentré. La plupart du temps, il va au Sweeney's en sortant de son travail et il y reste jusqu'à la fermeture. Il a dû se trouver une fille…

— Vous auriez un nom à nous donner ? demanda Dallas.

— Je disais ça comme ça. De toute façon, c'est rare qu'il les ramène ici.

— Y a-t-il un endroit où il aurait pu aller s'il avait eu envie de se cacher ? s'enquit Levi.

Mme Billings fronça les sourcils.

— Il a encore fait des bêtises ? Si c'est le cas, croyez-moi, je serai la première à le dénoncer !

— Nous ne savons pas encore, répondit Dallas en lui souriant gentiment. Nous avons juste quelques questions à lui poser.

— Ces derniers temps, il traîne beaucoup avec Sean Langley. Et quand ils sont ensemble, ce sont les problèmes assurés.

— Pourquoi dites-vous cela, madame Billings ?

— Récemment, ils ont passé la nuit en garde à vue parce qu'ils avaient pris de la drogue et fait les imbéciles dans la rue. Ça aurait dû leur servir de leçon.

— Est-ce qu'il arrive qu'ils se disputent, tous les deux ? demanda Levi.

— Alors ça, ça m'étonnerait ! Ces deux-là s'entendent comme larrons en foire.

Ses yeux s'étrécirent.

— Pourquoi cette question ? Que se passe-t-il ?

— On a retrouvé le corps de Sean dans un fossé, ce matin. Il a été tué par balle.

La mère d'Evan blêmit.

— Et vous pensez que c'est mon garçon qui a fait ça ?

— Nous n'en savons rien, madame, mais si ce n'est pas Evan, il pourrait être le prochain sur la liste. Il faut vraiment qu'on le retrouve.

— Oh ! Seigneur ! s'exclama-t-elle en portant une main à sa poitrine.

Levi lui prit le coude.

— Ça ne va pas, madame Billings ?

— Je crois que j'ai besoin de m'asseoir.

— Venez.

Il passa un bras autour de sa taille et l'accompagna jusqu'à un fauteuil dans le salon.

— Evan n'aurait jamais fait de mal à son ami, dit-elle d'une voix tremblante. Ils se connaissent depuis l'école primaire ! Mais si quelqu'un a tué Sean, alors il va peut-être s'en prendre à mon garçon… Evan est en danger.

Dallas acquiesça, l'air grave, puis elle s'accroupit devant elle.

— C'est ce que nous craignons, répondit-elle. Nous devons retrouver Evan avant qu'il lui arrive quelque chose.

— Mais je n'ai aucune idée d'où il peut être !

— Il n'y a pas un endroit où il irait se cacher s'il avait peur ? insista Dallas. Ou une personne chez qui il chercherait à se réfugier ?

— Je ne vois vraiment pas chez qui il irait. Tout ce que

je peux vous dire, c'est qu'il allait se cacher dans les bois quand il se faisait gronder par son père. Il avait construit un fort derrière la maison.

Levi et Dallas levèrent les yeux en même temps pour regarder le jardin à travers la fenêtre du salon.

— Ce n'est pas ici, précisa Mme Billings. C'était là où on habitait avant, quand son papa était encore de ce monde. Evan s'était construit une sorte de cabane fortifiée dans un chêne avec de vieilles planches. Si ça se trouve, elle y est encore.

— Est-ce qu'ellc était loin de la maison ? demanda Levi.

— Pour lui, ça devait paraître très loin quand il était petit, mais son père et moi n'avons pas eu de mal à la trouver. C'était à l'ouest de notre petit pavillon, dans un bosquet de chênes. Ce sont les seuls arbres dans ce champ, on ne peut pas les rater.

— Pouvez-vous nous donner l'adresse ?

Mme Billings la leur dicta.

— Si vous trouvez Evan, dites-lui de rentrer vite. Je l'attendrai derrière la porte avec un fusil, pour le protéger au cas où.

— Madame..., murmura Levi en lui touchant la main. Vous devriez aller chez des parents ou des amis.

Elle le regarda en clignant des yeux.

— Pourquoi ?

— Celui qui a tué Sean pourrait venir chercher Evan ici.

— Vous pensez qu'il s'en prendrait à moi ?

— Ce n'est pas sûr, mais vous seriez plus en sécurité ailleurs.

— D'accord. Je vais peut-être aller chez Barb, alors.

— Prenez des affaires pour la nuit, lui conseilla Dallas. Nous ne savons pas combien de temps il va nous falloir pour retrouver Evan.

Mme Billings acquiesça, puis se dirigea vers sa chambre

d'un pas incertain. Quelques minutes plus tard, elle revenait en tirant une petite valise.

Dallas alla lui chercher son sac à main sur la table de la cuisine et l'accompagna jusqu'à sa voiture garée dans l'allée. La mère d'Evan tremblait lorsqu'elle inséra la clé dans le contact.

— Vous êtes sûre d'être capable de conduire, madame Billings ? demanda Levi en se penchant à sa fenêtre.

— Oui, ça va aller, répondit-elle.

Il tapota la carrosserie.

— D'accord. De toute façon, on sera juste derrière vous.

— C'est gentil. Merci de m'avoir prévenue, pour Evan.

Levi et Dallas la suivirent jusqu'en ville ; au dernier carrefour, quand elle tourna à droite pour se rendre chez son amie, ils partirent dans la direction opposée. La rue se terminait en impasse, et tout au bout se trouvait la maison dans laquelle Evan avait vécu avec ses parents avant la mort de son père. À présent, elle était inhabitée, victime comme tant d'autres de la désertion des villages.

Suivant les indications de Mme Billings, ils se garèrent devant le petit pavillon et en firent le tour à pied, avant de s'enfoncer dans le champ qui s'étendait à l'arrière. Les herbes hautes avaient été couchées récemment, ce qui laissait espérer qu'Evan était passé par là. Ils n'eurent aucun mal à repérer le fameux bosquet de chênes un peu plus loin.

Levi leva la main pour faire signe à Dallas de s'arrêter. Pressant l'index sur sa bouche, il s'accroupit et l'invita à en faire autant.

— Il est peut-être armé, chuchota-t-il, et s'il a peur, il risque de tirer. Couvre-moi. J'y vais.

La jeune femme secoua la tête.

— C'est moi qui devrais y aller.

— Fais-moi confiance, Dallas. Je suis doué pour ça.

Elle hésita un moment, avant d'acquiescer.

— D'accord. Je te couvre.

Courbé en deux, Levi fit un large détour pour s'approcher du bosquet par l'arrière. Si Evan était là, il s'attendrait surtout à voir arriver quelqu'un depuis la rue. Au fur et à mesure qu'il progressait, Levi distingua, à environ deux mètres du sol, un assemblage de planches clouées sommairement aux branches d'un vieux chêne. Il s'avança sans un bruit, passant d'ombre en ombre jusqu'à ce qu'il ne soit plus qu'à quelques mètres de l'arbre en question.

Un mouvement attira son attention. Il y avait bien quelqu'un là-haut… Mais alors qu'il se remettait en marche, une brindille craqua sous la semelle de sa chaussure ; le bruit sembla résonner dans le silence de la forêt.

— Qui est là ? cria une voix. Ne vous approchez pas, sinon je tire !

Avant que Levi ait eu le temps de répondre, Dallas le devança.

— C'est moi, l'adjointe Dallas Jones. Je veux juste te parler, Evan.

— Je ne parle à personne. Allez-vous-en !

— J'imagine que tu es au courant, pour Sean. Il est mort.

Evan lâcha un juron.

— Je sais qu'il est mort. C'est ce sale type qui l'a tué.

— De qui parles-tu ?

Il ignora sa question.

— Où êtes-vous, adjointe Jones ? Je ne vous vois pas.

— Je ne suis pas loin.

— Montrez-vous.

— Même pas en rêve, grommela Levi dans sa barbe.

— Je ne vais pas me montrer, Evan, répondit la jeune femme. Pas tant que tu n'auras pas lâché ton arme.

Le garçon eut un rire nerveux.

— J’en ai besoin. Il a tué Sean, et je suis le prochain sur sa liste.

— Qui ça, « il » ? Dis-moi son nom pour qu’on puisse le retrouver et l’arrêter avant qu’il s’en prenne à toi.

— Je ne sais pas qui c’est ! s’emporta le jeune homme d’une voix tremblante. Il avait un masque d’Halloween sur le visage.

— Tu n’as pas reconnu sa voix ?

— Non.

Evan laissa échapper un soupir.

— C’était la première fois qu’on revendait. Ce n’était pas censé se passer comme ça.

— Tu parles de la meth que vous avez volée au gang des Serpents, c’est ça ? le pressa Dallas.

Levi s’approcha à pas de loup. Bon sang, il était juste en dessous de l’arbre… Il apercevait même Evan entre les planches. Ce dernier était tourné vers la voix de Dallas.

Levi prit le temps d’observer le « fort » : à l’arrière, certaines planches s’étaient décrochées et pendaient par un clou, créant une brèche suffisamment grande pour qu’il se hisse à l’intérieur. Si Dallas retenait l’attention d’Evan assez longtemps, il pourrait sauter dans la cabane et le désarmer.

— Je n’ai pas volé la drogue, se défendit le garçon.

— Peut-être, mais Sean et toi avez cherché à la vendre. Alors qui l’a volée ? Sean ?

— Non. Ce n’est pas lui non plus.

— Comment vous l’êtes-vous procurée, dans ce cas ?

— C’est quelqu’un qui nous l’a vendue.

— Dis-moi qui.

— Eh ben, le type qui me fournit d’habitude !

— Et qui est cet homme ?

— Je ne peux pas vous le dire.

— Pourquoi ? Parce qu’il te tuerait ?

— Non, parce qu'il porte une cagoule quand on se voit. Je lui donne l'argent, et il me donne la came.

— Où ont lieu ces transactions ? demanda Dallas.

Levi se suspendit discrètement à la branche au-dessus de lui et attendit que le jeune homme se remette à parler.

— Derrière le Sweeney's Bar.

D'un mouvement souple et rapide, Levi se propulsa dans l'arbre, puis il se rua sur Evan pour le désarmer d'un coup de pied. Projeté en arrière, le jeune homme heurta violemment les planches, qui cédèrent sous son poids. Fort heureusement, il ne tombait pas de très haut, et sa chute fut amortie par l'herbe.

Alors que Levi lui sautait dessus, Evan eut le temps de se saisir de son pistolet qui gisait par terre et de rouler sur le dos.

Levi n'eut pas d'autre choix que de lever les mains en l'air.

— Ne tire pas.

— Je savais que je n'aurais pas dû vous faire confiance ! cria le garçon tandis que Dallas accourait en brandissant son pistolet.

— Lâche ton arme, Evan. Levi n'est pas là pour te faire du mal.

— Dans ce cas, pourquoi m'a-t-il fait tomber de la cabane ? J'aurais pu me briser les os !

— Pour me protéger, répondit-elle. Et tu n'es pas blessé, n'est-ce pas ? Allez, fais ce que je te demande.

Mais Evan continuait de tenir Levi en joue, alors même que celui-ci était assis à califourchon sur lui et l'empêchait de se relever. Les yeux rivés sur l'index du jeune homme, Levi se tenait prêt à lui balayer le bras. Au moindre geste, le gamin se ferait déposséder de son pistolet avant même d'avoir compris ce qui lui arrivait.

— Pose ton arme, répéta doucement Dallas. On sait que tu as peur. Et tu as des raisons de l'être. L'homme qui a tué

Sean est sans doute à ta recherche. Il faut que tu nous dises tout ce que tu sais pour qu'on puisse arrêter les coupables.

— Je vous ai déjà dit tout ce que je savais. On était censés vendre la came dans l'ancienne carrière, mais le type est arrivé avec un masque d'Halloween sur la tête et il nous a menacés.

— Donne-moi ton pistolet, Evan, insista Dallas en tendant la main.

Au bout de longues secondes, le jeune homme obéit enfin. Levi libéra le souffle qu'il avait inconsciemment retenu. Il se releva et aida Evan à en faire autant.

— Comment vous a-t-il menacés ? demanda Dallas, qui avait glissé le pistolet dans la ceinture de son jean.

— Il a dit que si on ne tuait pas la personne qui nous avait vendu la meth, il nous tuerait nous. On est retournés au Sweeney's en espérant trouver notre dealer, mais il n'est pas venu. En même temps, c'est normal, il n'est là qu'un soir sur deux. Je suis rentré chez moi. Sean est monté dans sa voiture. Ce matin, un copain m'a appelé pour me prévenir qu'il avait été retrouvé mort. Dès que j'ai appris ça, je me suis enfui en courant.

— Tu avais l'intention de tuer ton fournisseur ? s'enquit Dallas.

— Non. Je voulais juste le mettre en garde.

— Et Sean ?

— Non plus. On en avait parlé. On pensait que le type de la carrière nous laisserait plus de temps pour agir. On espérait pouvoir partir de Whiskey Gulch. Sean devait faire ses valises et passer me chercher ce matin.

— Vous achetez régulièrement de la drogue à votre dealer derrière le Sweeney's Bar ? demanda Levi.

— Tous les deux jours. On en avait acheté avant-hier.

— Si je comprends bien, votre gars devrait se pointer ce soir ?

— Peut-être, peut-être pas. D'ici là, tout le monde aura entendu parler de la mort de Sean. Si ça se trouve, il aura pris peur et préférera se faire discret.

— C'est possible, en effet, dit Levi. Si c'est lui qui a volé la meth aux Serpents, il est dans le pétrin. Toi aussi, d'ailleurs. Ils vont vouloir la récupérer, et ils risquent de croire que c'est toi qui l'as.

— C'est bien ce qui me fait peur.

Evan les regarda tour à tour.

— Qu'est-ce que vous allez faire de moi, alors ?

— Je crois qu'il vaut mieux que je t'arrête, répondit Dallas.

— Pour me mettre en prison ?

L'espoir s'entendait presque dans sa voix.

Elle acquiesça.

— C'est sans doute l'endroit où tu seras le plus en sécurité pour l'instant. Et encore plus si on t'envoie ailleurs qu'à Whiskey Gulch.

— Ça ne me dérange pas de partir loin de ce bled, lâcha-t-il. Même si c'est pour aller en prison.

— Dans ce cas, viens avec nous, dit Levi en le prenant par le bras. Pour l'instant, on va te ramener en ville.

Dallas se plaça de l'autre côté d'Evan.

— Est-ce que j'ai besoin de te menotter ?

— Vous n'êtes pas obligée. C'est comme vous voulez.

— Garde tes mains dans ton dos comme si tu l'étais, lui conseilla-t-elle. Si quelqu'un te voit, il pensera qu'on a de bonnes raisons de t'arrêter. Ce qui est le cas, d'ailleurs.

Les yeux du jeune homme s'emplirent de larmes.

— Je n'arrive pas à croire que Sean soit mort…, sanglota-t-il.

— Faisons en sorte que tu ne sois pas le prochain, répliqua Levi.

- 13 -

À leur arrivée au bureau du shérif, Greer n'était pas encore revenu du supermarché où on l'avait appelé pour une bagarre. Dallas se chargea de remplir les papiers pour l'incarcération d'Evan ; cependant, étant toujours officiellement suspendue de ses fonctions, elle laissa Levi les signer.

Ils confièrent ensuite le jeune homme à un autre adjoint qui le fit monter discrètement dans un véhicule banalisé afin de le conduire à San Antonio, où il serait détenu jusqu'à la date de son procès. Evan avait plaidé coupable pour vente de stupéfiants, préférant reconnaître son crime plutôt que d'être libéré et de risquer de tomber aux mains d'un assassin.

Le temps de s'occuper de son transfert, l'après-midi était déjà bien avancé. Dallas et Levi n'avaient rien avalé depuis le petit déjeuner.

— Et si on allait manger un morceau au restaurant ? proposa ce dernier.

— Bonne idée, répondit-elle. On a besoin de recharger les batteries. Quelque chose me dit que la journée va être longue.

À cette heure-ci, le restaurant était presque désert. Deux clients prenaient le café au comptoir, et un vieil homme finissait sa coupe glacée au fond de la salle. Levi se dirigea tout droit vers la table qu'ils avaient occupée à leur dernier passage.

À peine s'étaient-ils installés que Jess sortit des cuisines avec une pile de serviettes en papier dans les mains.

— Encore vous ! s'exclama-t-elle. J'arrive dans une seconde.

Elle rechargea un des distributeurs de serviettes, puis revint vers leur table en tirant un stylo et un calepin de la poche de son tablier.

— Qu'est-ce que je vous sers ? Un café ?

— C'est encore possible de manger ? s'enquit Levi.

— Bien sûr. Le chef peut vous préparer des sandwichs, ou même des hamburgers et des frites, si vous préférez. Par contre, on ne sert pas encore le menu du soir.

— Un hamburger frites, ce sera parfait.

— Pour moi aussi, précisa Dallas.

Jess alla passer leur commande en cuisine et leur rapporta un pichet d'eau fraîche.

— Merci, dit Levi. Et je veux bien aussi ce café dont vous parliez tout à l'heure.

— Bien sûr.

Un instant plus tard, alors qu'elle était de retour avec deux tasses et une carafe remplie du breuvage noir, la jeune serveuse sembla hésiter à leur dire quelque chose. Dallas l'encouragea d'un sourire.

— Je voulais savoir… Est-ce que vous avez trouvé les types qui ont volé la meth ?

Sans attendre leur réponse, elle ajouta :

— Sean Langley en était, non ? J'ai appris qu'il avait été tué par balle.

— Nous ne pouvons pas vous donner ce genre d'information, dit Dallas. L'enquête est en cours.

— Est-ce que la mort de Sean a quelque chose à voir avec la drogue ?

Dallas grimaça.

— Encore une fois, nous n'avons pas le droit de vous répondre.

Jess secoua la tête.

— J'en étais sûre. Il faut vraiment que je quitte cette ville. Et Dylan doit venir avec moi. On ne sera jamais en sécurité à Whiskey Gulch. Je ne peux pas avoir mon bébé ici.

— Ce n'est pas forcément un mauvais endroit pour élever des enfants, argua Dallas. C'est juste qu'il y a des personnes qui rendent la vie difficile aux autres.

— Difficile ? répéta Jess. Impossible, vous voulez dire ! Ce gang de motards fait la loi ici, et si vous n'êtes pas avec eux, vous êtes mort. Ils sont capables de nous utiliser, mon bébé et moi, pour obliger Dylan à se tenir à carreau. La seule solution, c'est qu'on se tire d'ici, qu'on change de noms et qu'on reparte de zéro ailleurs.

— Je suis navrée que vous vous sentiez obligée d'aller jusque-là, dit Dallas.

Jess croisa les bras sur sa poitrine.

— C'est votre boulot d'assurer la sécurité des gens. Qu'est-ce que vous avez fait pour les arrêter ?

— Sans aide, nous sommes impuissants. Nous avons besoin de témoins, nous avons besoin de savoir où ils ont établi leur nouveau laboratoire pour pouvoir attraper les coupables. Nous ne pouvons rien faire sans preuves.

— Personne ne prendra le risque de dénoncer un membre du gang. On ne veut pas finir comme Sean.

Jess coula un regard vers la fenêtre.

— Est-ce que vous savez où est Evan Billings ? Sean et lui traînaient toujours ensemble. Je parie que c'est le prochain qu'on retrouvera dans un fossé.

Dallas ne répondit pas. Impossible de révéler à la jeune femme qu'Evan était en route pour la prison de San Antonio, où il serait normalement à l'abri des Serpents.

— Vous pouvez nous aider, Jess, murmura-t-elle en se penchant vers elle.

— Comment ?

— En nous prévenant si vous entendez ou si vous voyez quelque chose.

— Comme quoi ?

— Des indices sur l'endroit où les Serpents cachent leur drogue, par exemple. Ou sur l'endroit où Johnny Marks se planque. Ou sur l'homme qui a tué Sean. Même un détail qui pourrait vous sembler anodin est susceptible de nous conduire aux coupables.

— Vous me demandez de balancer, mais je ne peux pas. Au cas où vous auriez oublié, j'habite ici.

Elle posa une main sur son ventre.

— Malheureusement, on n'a pas les moyens de quitter Whiskey Gulch pour l'instant. On n'a pas assez d'argent pour réparer la voiture, et encore moins pour déménager. Que ça nous plaise ou non, on est coincés ici.

— Raison de plus pour nous aider à arrêter ce gang.

— Je comprends ce que vous voulez dire, mais je ne pense pas pouvoir vous être utile.

— Envoyez ! cria le chef depuis les cuisines.

Jess se hâta d'aller chercher leur commande. Après les avoir servis, elle repartit s'occuper des distributeurs de serviettes et de condiments.

Dallas croqua dans son hamburger. Elle n'avait plus aussi faim qu'en entrant, mais il fallait bien qu'elle fasse le plein d'énergie. Ils ignoraient ce que la soirée leur réservait.

— Jess et Dylan sont vraiment dans une situation précaire, dit-elle. Et ça ne va pas s'arranger quand elle aura accouché.

— S'ils s'aiment vraiment, ils y arriveront, assura Levi. Avec un peu de chance, le fait d'avoir un bébé les aidera à comprendre que toutes les décisions comptent dans la vie, et qu'ils doivent prendre les bonnes.

— C'est sûr que cet enfant devrait les faire gagner en maturité. Je l'espère, en tout cas.

Dallas suivit la serveuse du regard. Régulièrement, celle-ci portait une main à son ventre, alors que sa grossesse ne se voyait pas encore. Elle semblait réellement s'inquiéter pour l'avenir de son enfant.

— Il faut absolument qu'on règle les problèmes avec le gang des Serpents, affirma Levi. Ils ne peuvent pas continuer à terroriser les habitants de cette ville comme ça.

— Et dire qu'au départ, c'était un simple club d'amoureux de moto…

— C'est triste que les frères Marks en aient fait une organisation criminelle. Judd n'avait certainement pas ça en tête quand il a créé l'association.

Soudain, alors qu'ils terminaient leur repas, Dylan surgit des cuisines. Il fit signe à Jess de le rejoindre près des portes battantes.

— Qu'est-ce que tu fais là ? lui lança la serveuse.

— Viens, il faut que je te parle.

Elle jeta un coup d'œil autour d'elle avant d'obtempérer. Alors, il sembla lui expliquer quelque chose à voix basse, la mine sombre.

Jess secoua la tête.

— N'y va pas, s'il te plaît, le supplia-t-elle.

Du moins, c'est ce que Dallas crut lire sur ses lèvres. Dylan regarda par-dessus son épaule en direction des deux adjoints. Puis il entraîna Jess dans les cuisines et les portes se refermèrent sur eux.

— Je me demande ce qui l'a mis dans cet état, commenta Levi.

— Et moi donc…

Dallas commençait à se lever de sa chaise pour chercher à

en savoir plus quand Jess reparut seule, le visage empourpré. Elle leur apporta la note.

— Ça va ? lui demanda Dallas.

— Oui, bien sûr. Tout va parfaitement bien, répondit-elle nerveusement.

— Jess, si vous avez des soucis, vous pouvez nous le dire.

— Je n'ai aucun souci.

— Vous êtes sûre que vous n'avez pas envie d'en parler ?

— Je ne peux pas. Personne n'est en sécurité dans cette ville, et encore moins ceux qui parlent.

— Donnez-moi votre stylo, s'il vous plaît.

Jess le lui tendit, et Dallas nota son numéro de téléphone sur une serviette en papier.

— Si vous changez d'avis, appelez-moi. Si vous avez besoin de vous confier, ou si vous apprenez quelque chose qui pourrait nous aider à régler cette situation, n'hésitez pas. Même en pleine nuit.

Jess fourra la serviette dans la poche de son tablier et tourna les talons.

De retour au bureau du shérif, Levi et Dallas retrouvèrent Thomas Greer. Il semblait épuisé.

— Celui qui pense que c'est dur de travailler avec des femmes n'a jamais eu affaire à une bande de cow-boys éméchés, lâcha-t-il.

— Comment cela s'est-il terminé ? s'enquit Dallas, compatissante.

— Ils sont tous rentrés chez eux, sauf ceux qui ont dû être conduits à la clinique pour soigner un nez cassé ou une côte fêlée. La bonne nouvelle, c'est qu'ils sont vivants. Ils pourront bientôt recommencer à se battre, conclut-il avec ironie.

— Qu'est-ce qui a déclenché cette bagarre ?

Le shérif haussa les épaules d'un air las.

— Je n'en sais rien, et très franchement, je m'en fiche.

Ce qui est fait est fait. Dites-moi plutôt ce qui s'est passé avec Evan Billings.

Ils lui racontèrent comment ils avaient retrouvé le jeune homme et ce qu'ils avaient fait de lui.

— Très bien. Et pour la suite, que prévoyez-vous ?

Dallas croisa le regard de Levi.

— Billings a dit qu'il rencontrait son fournisseur derrière le Sweeney's Bar. Je crois que ça vaudrait le coup d'aller y faire un tour.

Greer fronça les sourcils.

— Sweeney ne vous laissera rien faire sans mandat de perquisition.

— Je n'avais pas l'intention de lui demander son avis, répliqua-t-elle.

Levi eut un sourire.

— Tu n'aimes pas beaucoup ce type, n'est-ce pas ?

— Pas particulièrement, non. C'est quand même derrière son bar que Billings achète sa drogue. Je crois qu'il serait intéressant de vérifier si la meth volée n'est pas cachée quelque part là-bas. J'en doute, mais ça ne coûte rien de regarder.

— Vous pensez que Sweeney pourrait être impliqué dans cette affaire ? demanda Greer.

Dallas haussa les épaules.

— Je n'en sais rien. Ce qui est sûr, c'est que Sean et Evan se sont procuré leur drogue auprès d'un fournisseur, et qu'un autre individu souhaite la mort de celui-ci. Il faut qu'on découvre qui sont ces deux personnes. Elles nous mèneront sans doute à la drogue volée et à notre meurtrier. Ou *nos* meurtriers, si ce n'est pas le même qui a tué Harold et Sean. Dans tous les cas, nous allons au Sweeney's Bar ce soir.

— Eh bien, soyez prudents. Et appelez-moi si vous

avez besoin de renforts. Mais avant cela, passez chez Sean Langley. Vous trouverez peut-être des indices.

— D'accord, chef.

Le shérif enfonça son stetson sur sa tête.

— De mon côté, je vais rentrer dîner. Je sens que je ne suis pas près de me coucher.

Dallas et Levi se rendirent à l'adresse où avait vécu l'ami d'Evan. À peine vingt minutes plus tard, ils avaient fini de fouiller le garage transformé en studio, sans rien découvrir d'intéressant à part l'attirail habituel des toxicomanes. Si Sean avait volé la meth, ce n'était pas chez lui qu'il l'avait cachée…

Tandis que dehors les ombres s'allongeaient, ils repartirent en direction du Sweeney's Bar. Mais Dallas ne voulait pas y arriver trop tôt. Mieux valait s'y présenter après la nuit tombée, une fois que l'établissement se serait rempli et que leurs allées et venues passeraient inaperçues. En chemin, ils firent donc de nouveau une étape au bureau du shérif, où ils reçurent des nouvelles de l'adjoint qui avait conduit Evan Billings à San Antonio. Le jeune dealer était arrivé à bon port et avait été placé à l'isolement dans l'éventualité où le gang de motards aurait des relations parmi les détenus de cette prison.

Comme ils avaient un peu de temps devant eux, Dallas et Levi s'installèrent dans la salle d'interrogatoire pour nettoyer et recharger leurs armes. À 21 heures, la jeune femme ne tenait plus en place.

— Tu es prêt ? lança-t-elle à Levi.

— Oui, allons-y.

Par précaution, ils se garèrent à l'écart du Sweeney's Bar, dans une ruelle qui longeait un magasin de fleurs. Dallas vérifia que son pistolet était bien rangé dans son holster, sous sa veste. Elle s'apprêtait à glisser son téléphone dans son soutien-gorge quand elle se ravisa.

— Ce serait bien que chacun puisse géolocaliser le portable de l'autre, au cas où on se retrouverait séparés, dit-elle. Personnellement, le mien ne me quitte jamais.

— Tu as raison.

Levi sortit son téléphone de la poche arrière de son jean.

— Regarde, j'ai installé cette application, expliqua Dallas en lui montrant l'écran de son appareil. Le shérif l'a aussi, si bien qu'il peut savoir à tout moment où je me trouve.

Levi chercha le logiciel sur Internet pour le télécharger.

— Le mieux, ce serait encore qu'on évite de se perdre, non ? dit-il d'un air inquiet.

— Évidemment. Je te manquerais, si ça arrivait ?

Il l'attira dans ses bras et plongea les yeux dans les siens.

— Bien sûr que tu me manquerais.

— Pourtant, on se connaît à peine.

— Peut-être, mais j'aime déjà bien ce que je connais de toi, répliqua-t-il.

Il repoussa une mèche de cheveux qui tombait sur la joue de Dallas.

— Et j'ai envie de te connaître mieux.

— Dans ce cas, ne prenons pas de risques ce soir.

— Je ne saurais mieux dire.

Il captura ses lèvres avec ardeur. Quand il s'écarta pour reprendre son souffle, son regard brûlait de désir.

— Tu crois que c'est réel, ce que l'on ressent l'un pour l'autre ? murmura-t-il.

Sa question la fit rire.

— Je l'espère !

— Moi aussi. On a tellement de choses en commun.

— Toi et tes points communs… Tu n'en avais donc aucun, avec ton ex-femme ?

— Si. On est allés dans le même lycée, et on partageait quelques amis. Mais c'est tout. Elle n'aimait pas l'armée, alors que moi, ça me plaisait de faire partie de quelque chose de plus grand que moi. De servir mon pays, et d'être là pour mes frères et mes sœurs d'armes.

— J'ai adoré mon expérience dans l'armée, confia Dallas. Sauf le moment où j'ai perdu des amis sur le terrain. J'imagine que ça me distingue d'elle et que c'est une bonne chose, non ?

— C'est une excellente chose. Tu es forte. Tu es courageuse. Tu t'es engagée pour ton pays, ce que peu de gens sont capables de faire. Je t'admire pour ça.

— La plupart des hommes trouvent plutôt ça intimidant, observa-t-elle en grimaçant.

Les bras de Levi se resserrèrent autour d'elle.

— Je ne suis pas comme la plupart des hommes.

— Ça, c'est certain.

Elle se hissa sur la pointe des pieds pour l'embrasser, et il répondit à son baiser avec encore plus de passion que précédemment. L'espace d'un instant, Dallas oublia tout le reste, savourant la chaleur de leur étreinte. Un gémissement de frustration s'échappa de ses lèvres lorsqu'il abandonna sa bouche.

— Alors, c'est quoi le plan ? demanda-t-il, un peu essoufflé.

Dallas prit le temps de recouvrer ses esprits.

— On fait le tour du bar pour chercher des indices, dit-elle.

— Tu soupçonnes vraiment Sweeney ?

— Je ne sais pas… Ça ne me paraît pas logique. Il est propriétaire d'un établissement qui a l'air de bien marcher. Pourquoi risquer de tout perdre en vendant de la drogue ? Pourquoi risquer sa vie en volant de la meth aux Serpents, alors que tout le monde sait à quel point ils peuvent se montrer impitoyables ?

— Pour l'argent. Cela fait perdre la raison à beaucoup de gens.

Dallas acquiesça.

— Allons voir cet endroit où Evan Billings rencontrait son dealer cagoulé.

Levi ouvrit la marche, empruntant les ruelles et les allées en retrait de la rue principale jusqu'à ce qu'ils parviennent à l'arrière du Sweeney's Bar. La berline du propriétaire y était garée à côté d'une grosse benne à ordures, d'une pile de cartons aplatis et d'une poubelle de recyclage remplie de bouteilles en verre. Ils inspectèrent les lieux, soulevèrent les cartons, firent le tour de la voiture. Celle-ci était fermée à clé, sans quoi ils auraient aussi fouillé l'intérieur.

— Je vais chercher une lame métallique dans le pick-up pour crocheter la serrure, dit Dallas.

— Je viens avec toi.

— Ce n'est pas la peine. J'en ai pour cinq minutes.

— Désolé, mais ce n'est pas négociable. On y va ensemble.

Il la prit par le bras et l'entraîna vers la petite rue où ils avaient garé le camion. Dallas récupéra l'outil dont elle avait besoin, puis ils rebroussèrent chemin. Mais alors qu'ils approchaient, la porte donnant sur l'arrière du bar s'ouvrit sur Sweeney.

S'étant réfugiés au coin du bâtiment, ils le virent monter dans son véhicule et partir.

— Je crois qu'on ne saura pas ce qu'il y a dans cette voiture, commenta Levi. Par contre, c'est le bon moment pour aller jeter un coup d'œil dans son bureau.

— Tu as raison, ne perdons pas de temps.

Il tendit le bras pour l'empêcher de le suivre.

— J'y vais seul. Toi, tu restes ici pour me prévenir si Sweeney revient. Il ne faudrait pas qu'il me trouve dans son bureau.

— Laisse-moi y aller, protesta-t-elle. Tu peux monter la garde, toi.

— Si quelqu'un doit se faire prendre, autant que ce soit

moi. Tu n'es pas censée enquêter. Sur un coup comme ça, tu perdrais ton boulot, alors que moi je perdrais seulement mon étoile.

Il lui sourit.

— Promets-moi de rester à couvert. Je ne veux pas qu'il t'arrive quoi que ce soit.

— Ne t'inquiète pas, je ferai attention.

— Envoie-moi un texto en cas de problème. Mon téléphone est sur vibreur.

— D'accord. Dépêche-toi, il n'est peut-être pas parti très loin.

Levi tenta d'ouvrir la porte, sans succès.

— Je vais être obligé de passer par-devant. Cache-toi.

Dallas se réfugia dans l'ombre de la benne à ordures pendant qu'il disparaissait à l'angle du bâtiment. Elle n'aimait pas attendre sans rien faire dans le noir, mais Levi avait raison : c'était plus prudent que l'un d'eux fasse le guet.

Tandis que les minutes passaient, elle repensa aux baisers qu'ils avaient échangés quelques instants plus tôt. Un sourire s'invita sur ses lèvres. Visiblement, il l'aimait bien, et c'était réciproque. Plus elle y réfléchissait, plus elle se rendait compte qu'elle l'aimait *vraiment* bien. Était-elle en train de tomber amoureuse ?

Lorsque Brian était mort, elle s'était dit qu'elle ne commettrait plus jamais cette erreur ; c'était trop douloureux de perdre une personne à laquelle on tenait. Mais la vie valait-elle la peine d'être vécue, s'il n'y avait pas ces moments de bonheur pour contrebalancer le chagrin ? Elle était réellement heureuse avec Levi. Il lui faisait éprouver des émotions qu'elle n'avait jamais connues avec Brian. Des émotions qu'elle avait envie de ressentir à nouveau – et même, de ressentir chaque soir en allant se coucher et chaque matin en se réveillant. Elle voulait avoir la chance d'explorer cette relation naissante, de voir si elle résisterait à l'épreuve du temps.

Soudain, des phares surgirent au coin de l'établissement.

Dallas se figea en reconnaissant la berline de Sweeney qui venait de tourner dans la ruelle pour se garer à côté de la poubelle. Elle ne s'attendait pas à ce qu'il revienne si vite… Aussitôt, elle envoya un message à Levi.

Pourvu qu'il ait le temps de décamper !

Dès que Sweeney fut entré à l'intérieur du bâtiment, Dallas passa à l'action. C'était l'occasion rêvée de fouiller la voiture. Elle glissa la lame de métal entre la vitre et la portière du côté passager et tâtonna jusqu'à ce que la serrure saute.

Rapidement, elle vérifia la boîte à gants, le tableau de bord, éclaira le dessous des sièges avec la lampe de son téléphone. Hormis quelques papiers et emballages de nourriture, elle ne trouva rien.

Restait à inspecter le coffre.

Elle activa la commande d'ouverture puis se dépêcha de rejoindre l'arrière de la voiture, en priant pour que Sweeney ne décide pas subitement de ressortir. À l'intérieur du coffre, deux cartons vides et un sac de sport. Celui-ci était étonnamment lourd… En l'ouvrant, elle découvrit une dizaine de paquets remplis de poudre blanche. L'un d'eux avait été éventré.

Son pouls s'accéléra. Elle venait de mettre la main sur la drogue volée. Enfin, leur enquête avançait ! Mais alors qu'elle éteignait sa lampe et levait le bras pour refermer le hayon, quelque chose la frappa violemment à l'arrière du crâne. Une douleur fulgurante l'aveugla. Elle eut juste le temps de se rendre compte qu'on la poussait dans le coffre avant de perdre connaissance.

Levi avait presque fini de fouiller le bureau de Sweeney. Rien d'intéressant dans les meubles classeurs, sur la table de travail ni dans les tiroirs. En revanche, l'un de ceux-ci était fermé à clé… Il était justement occupé à en crocheter la serrure quand son portable vibra.

Il revient.

Aussitôt, Levi entendit s'ouvrir la porte donnant sur la ruelle. Pas le temps d'inspecter le tiroir, qu'il avait pourtant réussi à débloquer. Pas le temps non plus de sortir du bureau. Il n'eut d'autre choix que de se réfugier à l'intérieur d'un placard, en espérant que le propriétaire des lieux ne ferait que passer.

La porte de la rue claqua. Des pas résonnèrent dans le couloir, pénétrèrent dans la pièce. L'individu – Sweeney, selon toute vraisemblance – jeta quelque chose sur la table avant de repartir en direction de la salle du bar. Levi s'apprêtait à quitter sa cachette lorsque les pas revinrent.

Il referma le placard à la hâte, laissant un jour suffisant pour pouvoir observer ce qui se passait. Par chance, Sweeney se contenta de ramasser ce qu'il avait posé sur son bureau et de ressortir par l'arrière du bâtiment.

Sachant que le temps lui était peut-être compté, Levi se précipita vers le tiroir dont il avait forcé la serrure… et y découvrit une cagoule de ski, percée de trois trous pour les yeux et la bouche.

Bingo.

Ray Sweeney était donc le fournisseur d'Evan et de Sean. C'était aussi l'homme que l'acheteur au masque d'Halloween voulait éliminer. Sans doute avait-il volé la meth au gang des Serpents et tabassé à mort le pauvre Harold Sims.

Levi n'avait pas une minute à perdre. Il devait vite rejoindre Dallas et prévenir le shérif. Il referma le tiroir, sortit du bureau et traversa discrètement le bar pour gagner la porte principale. Une fois dehors, il fit le tour du bâtiment et se faufila dans la ruelle.

La voiture de Sweeney n'était plus là.

— Dallas ! chuchota-t-il.

Comme elle ne répondait pas, il répéta un peu plus fort :

— Dallas !

Son cœur se mit à cogner violemment dans sa poitrine. Où était-elle passée ? Il regarda derrière la benne à ordures, jeta même un coup d'œil à l'intérieur. De toute évidence, la jeune femme avait disparu.

Il fit de nouveau le tour du bâtiment dans l'espoir de la trouver plus loin. En vain. Il courut jusqu'au magasin de fleurs où ils avaient laissé le pick-up : elle n'y était pas non plus. Et comme c'était elle qui avait les clés, il ne pouvait même pas prendre le volant…

Il lui envoya un message.

Pas de réponse.

Il tenta de l'appeler, sans résultat. Elle avait dû activer le mode silencieux.

Tout en retournant vers le bar au pas de course, Levi composa le numéro du bureau du shérif et demanda à parler à Thomas Greer.

— Je l'ai perdue, lâcha-t-il dès que celui-ci eut pris la ligne.

— Qui donc ?

— L'adjointe Jones.

Il lui raconta ce qui s'était passé. Le shérif poussa un juron.

— Vous pensez que Sweeney l'a enlevée ?

— Je ne vois pas ce qui a pu lui arriver d'autre, répondit Levi, l'estomac noué.

— Il faut qu'on la retrouve avant qu'il lui fasse du mal.

Si ce n'est pas déjà trop tard, songea Levi.

— Je vais lancer un avis de recherche pour la berline de Sweeney, ajouta Greer.

— Tenez-moi au courant. En attendant, je contacte mes collègues.

— Bien. On aura besoin de toute l'aide qu'on pourra trouver.

Levi vérifia une dernière fois à l'extérieur, puis à l'intérieur du bar. Dallas n'était nulle part en vue. Alors qu'il s'apprêtait à appeler Trace en ressortant de l'établissement, il faillit percuter Jess.

— Dieu merci, je vous ai trouvé ! dit-elle d'un air affolé. J'ai essayé d'appeler l'adjointe Jones mais elle ne répond pas.

Fou d'inquiétude pour Dallas, Levi prit malgré tout le temps d'écouter ce que la serveuse avait à lui dire.

— Que se passe-t-il, Jess ?

— C'est Dylan. Les Serpents se réunissent tous dans l'ancienne carrière. Je ne sais pas ce qu'ils vont faire, mais Dylan avait l'air terrorisé.

— S'il a peur, pourquoi y va-t-il ?

— Il craint de se faire tuer s'il ne participe pas au grand rassemblement. Et moi j'ai peur qu'ils le tuent quoi qu'il en soit…

— L'ancienne carrière, vous dites ?

— Oui, c'est ça.

Levi se rappela soudain qu'il avait installé une application pour pouvoir géolocaliser le téléphone de Dallas. Il cliqua sur l'icône, puis sur le numéro de la jeune femme… Le petit point rouge se déplaçait tout droit vers la carrière.

Il étouffa un juron.

Si Sweeney l'emmenait au rendez-vous des Serpents, Johnny la tuerait pour venger la mort de son frère. Levi ne pouvait pas le laisser faire.

— À quelle heure sont-ils censés se retrouver ? demanda-t-il à Jess.

— Je n'en sais rien. Dylan est parti il y a quelques minutes.

Elle montra la liasse de billets qu'elle serrait dans sa main.

— Il m'a donné ça, en me disant que s'il ne revenait pas, il fallait que j'achète un billet de car pour partir loin de Whiskey Gulch.

- 14 -

— Vous allez y aller ? demanda Jess en touchant le bras de Levi.

Il posa une main sur la sienne.

— Oui. Mais je ne serai pas seul.

— Je viens avec vous, décréta-t-elle.

— Hors de question. Vous, vous allez vous mettre à l'abri quelque part. Chez le shérif, par exemple ; vous pourrez rester avec sa femme. Vous avez un moyen de transport ?

— Je suis venue à vélo.

— Filez là-bas directement, sans vous arrêter et sans parler à personne.

Les yeux de la jeune femme s'embuèrent.

— Et Dylan ? Je ne veux pas que mon bébé grandisse sans jamais connaître son père.

— Je m'occupe de lui, promit-il. Pour l'instant, vous devez prendre soin de vous et de votre enfant à naître.

Elle acquiesça, puis alla enfourcher son vélo. En la regardant s'éloigner, Levi espéra qu'elle arriverait saine et sauve chez les Greer. Il l'aurait volontiers accompagnée si Dallas n'avait pas été en danger.

Sans perdre une seconde, il appela Trace Travis.

— J'ai besoin des Éclaireurs, annonça-t-il dès que son ami eut décroché.

— Pas de problème. Où es-tu ?

— Au Sweeney's Bar. Dallas a disparu, précisa-t-il en serrant le poing.

— Bon sang… On arrive dans quinze minutes.

— Faites vite, et venez armés.

Le shérif fut le premier à rejoindre Levi. Celui-ci l'entraîna dans le bureau de Sweeney pour lui montrer ce qu'il avait découvert dans le tiroir. Cette preuve, couplée au témoignage d'Evan Billings selon lequel il s'était procuré sa drogue auprès d'un homme cagoulé, désignait clairement Sweeney comme le coupable.

Greer prit une photo de la cagoule et la glissa dans un sachet qu'il rangea dans le coffre de son SUV. Entre-temps, Irish, Matt et Trace étaient arrivés à bord du pick-up de ce dernier. Le shérif avait également fait venir le seul autre adjoint de garde. Réunis sur le parking du Sweeney's Bar, les hommes convinrent de partir ensemble en direction de l'ancienne carrière. Ils se gareraient à quelques centaines de mètres en amont et finiraient à pied pour éviter de se faire repérer.

Thomas Greer leur demanda de ne tirer que si les membres du gang faisaient usage de leurs armes. Levi y consentit, tout en sachant au fond de lui qu'il aviserait en fonction des circonstances. Si la vie de Dallas ou de ses coéquipiers était menacée, il n'hésiterait pas à tirer le premier.

Ils se répartirent dans deux véhicules et filèrent vers la quatre-voies qui menait à l'ancienne carrière. À l'endroit convenu, ils laissèrent le pick-up et le SUV à l'abri des buissons.

Trace avait déjà équipé chaque Éclaireur d'un micro-oreillette. Il en tendit deux autres au shérif et à son adjoint.

— Laissez-moi partir en tête, demanda Levi. Je voudrais essayer de localiser Dallas avant qu'on soit trop près et qu'ils s'aperçoivent de notre présence.

— C'est moi qui devrais y aller, objecta Greer.

— Je suis entraîné pour ça, insista Levi. Infiltrer un groupe sans me faire repérer, c'est ma spécialité.

Trace acquiesça.

— Levi est le plus discret d'entre nous. Il est capable de s'approcher à un mètre de l'ennemi sans que celui-ci se rende compte de rien.

— C'est sûr que je ne peux pas en dire autant, reconnut le shérif. Soit. Vous partirez en reconnaissance, et on attendra votre feu vert.

— Souvenez-vous, Sweeney a très certainement kidnappé Dallas, leur rappela Levi. Si vous devez tirer, faites en sorte qu'elle ne devienne pas une victime collatérale. Autre chose : le jeune Dylan est là, contre son gré. Essayez de l'épargner lui aussi. Il a un bébé en route.

Ils se mirent en marche, progressant discrètement sous le couvert des arbres et des buissons. Au bout de quelques minutes, Levi fit signe à ses coéquipiers de s'arrêter. À partir de là, il continuerait seul ; les autres resteraient en retrait jusqu'à ce qu'il ait repéré Dallas.

Il s'avança courbé en deux en direction de la carrière. Parvenu à une centaine de mètres, il aperçut les phares d'une dizaine de motos. Une voiture était aussi présente : celle de Sweeney.

— Je les ai en visuel, murmura-t-il dans son micro. Je m'approche encore.

— N'essaye pas de les affronter seul, lui dit Trace. Préviens-nous le moment venu, on te couvrira.

Tout en prenant soin de rester dans l'ombre, Levi se remit en route afin de se positionner au plus près du groupe rassemblé sur le terrain découvert. De là où il se tenait, il entendait très bien leur conversation – et ce d'autant plus que les membres du gang, visiblement en plein règlement de comptes, criaient plus qu'ils ne parlaient.

Un brun bâti comme une armoire à glace faisait face à

un homme plus chétif arborant des cheveux blonds longs et gras et un bandana sur le front. Levi reconnut aussitôt le premier : c'était Marcus, celui qui avait failli tuer Dylan.

Dallas ne figurait pas dans le groupe de motards. Pourtant, à en croire l'application de géolocalisation, son portable se trouvait bien dans les parages. Peut-être était-elle encore dans la berline de Sweeney ?

— Où est la drogue ? lança Marcus en bombant le torse.

— Je te l'ai dit, je n'en sais rien.

— Tu mens, Johnny. Ton frère et toi, ça fait un moment que vous volez dans les réserves.

Johnny Marks croisa les bras sur sa poitrine.

— Tu ne peux pas le prouver. Et pourquoi je volerais ma propre famille ?

— Parce que tu es comme ton frère, un sale égoïste avide de fric, répliqua Marcus. Tu n'aimes pas partager, c'est pour ça que tu as tué Sean.

— Je ne sais pas de quoi tu parles.

Le brun dégaina son pistolet et le pointa sur la tête de Johnny.

— Et maintenant, tu sais de quoi je parle ?

— Hé, mec, on est dans la même équipe, lui rappela l'autre en levant les mains en l'air.

— Non. Tu n'as toujours roulé que pour toi, depuis le début. Je t'ai surveillé, Johnny. J'ai installé une caméra sur la cabane, je sais que c'est toi qui as pris la meth. Tu dois nous la rendre, tout de suite.

— Je ne peux pas te donner ce que je n'ai pas.

— Dans ce cas, tu as intérêt à la retrouver vite. Notre acheteur menace de nous tuer tous si on ne lui remet pas la drogue dans les prochaines vingt-quatre heures.

— Je ne l'ai pas, je te dis.

— Tu n'as quand même pas tout vendu en si peu de temps ?

— Je n'ai rien à voir avec ça. Je ne sais pas ce qui a été fait avec cette drogue ! se défendit Johnny.

— Alors à qui l'as-tu donnée ? Parce qu'il y a quelqu'un qui l'a écoulée dans le coin par l'intermédiaire de Sean Langley et d'Evan Billings.

— Tu n'as qu'à leur demander, à eux.

Marcus secoua la tête.

— Ça va être dur, vu que le premier est mort. Mais tu es certainement au courant. Je parie que les flics vont découvrir que Sean a été tué avec ton flingue.

Johnny sortit son arme de son holster d'épaule et la tendit vers son accusateur.

— Je ne l'ai pas tué ! Tu t'en prends à la mauvaise personne.

— On sait que tu as volé la drogue, insista Marcus en continuant de tenir Johnny en joue. La question, c'est comment Harold Sims s'est retrouvé mêlé à tout ça ? Pourquoi l'as-tu éliminé ?

— Je n'ai rien fait. C'est l'adjointe qui l'a renversé.

— Tu l'avais tabassé et laissé pour mort juste avant.

— Encore une fois, je ne sais pas de quoi tu parles.

— Ah oui ? Il y a quelqu'un qui dit le contraire, pourtant. Amenez-la, ordonna-t-il.

Deux grands costauds traînèrent jusqu'au milieu du cercle une femme qui hurlait et donnait des coups de pied. Levi se crispa, puis il se rendit compte qu'il ne s'agissait pas de Dallas mais d'une blonde décolorée vêtue d'un *crop top* et d'un jean moulant.

— Lâchez-moi ! criait-elle. J'ai rien à voir avec tout ça ! J'ai pas volé de meth.

— On ne dit pas que tu l'as volée, répondit Marcus. On dit que tu sais qui l'a fait.

La femme cessa de se débattre et dévisagea Johnny Marks. Ses yeux s'étrécirent, et elle pointa l'index vers lui.

— C'est lui qui l'a fait. Il a volé la drogue dans la cabane.

— Et comment tu le sais ? s'enquit Marcus.

— Parce qu'il s'en est vanté au lit. Il m'a dit qu'il en avait récupéré un gros paquet. Ce radin n'a même pas voulu m'en donner un peu !

Marcus se tourna de nouveau vers Johnny, qui secouait la tête en signe de dénégation.

— Tu ne vas quand même pas croire cette folle ? Comment tu peux être sûr qu'elle ne ment pas ?

— Et comment je peux être sûr que toi, tu ne mens pas ? rétorqua Marcus.

— Pourquoi je mentirais à mon gang ?

— Si tu fais vraiment partie de notre gang, dis-nous la vérité. Tu exiges la plus grande loyauté des autres, mais tu n'en montres aucune. Dis-nous où est cette drogue, sinon je te descends.

— Je ne sais pas où elle est.

— Mauvaise réponse.

Marcus lui tira une balle dans le bras.

— Bon sang, murmura Levi.

— C'était quoi, ça ? demanda le shérif.

— Marcus a tiré sur Johnny.

— Ça suffit, il faut qu'on intervienne.

— Non, pas tout de suite. On ne sait pas encore où est Dallas.

— Je ne vais pas rester là sans rien faire alors que ces gens s'entre-tuent, protesta Greer.

— On ne peut pas y aller tant qu'on n'est pas certains que Dallas est en sécurité, insista Levi. Il n'a pas tué Johnny, il l'a juste blessé.

— Pourquoi tu as fait ça ? hurla justement ce dernier en serrant son bras dans sa main pour tenter d'empêcher le sang de couler. Je t'ai dit que je ne l'avais pas, cette drogue !

— Tu as intérêt à la retrouver, sinon je te bousille l'autre bras !

— Si je ne l'ai pas, c'est parce que…

Un coup de feu retentit. Tout le monde baissa la tête. Johnny porta une main à sa poitrine, tomba à genoux et bascula face contre terre.

— Qu'est-ce qui se passe ? demanda Trace dans l'oreillette de Levi.

— Le gang fait le ménage dans ses propres rangs, chuchota-t-il.

— Tu as vu Dallas ?

— Toujours pas.

L'un des motards, qui s'était tenu jusque-là à l'écart, s'approcha de l'homme qui avait tiré.

— Tu as tué Johnny ! s'exclama-t-il. Tu n'avais pas le droit de faire ça !

— Ah ouais ? Tu étais peut-être de mèche avec lui, alors ? répliqua l'autre.

Et il lui logea une balle dans le ventre.

— Je crois qu'il est temps qu'on se regroupe, annonça Levi dans son micro.

— Vous avez trouvé Dallas ? demanda le shérif.

— Non, mais la situation est en train de dégénérer.

— On te rejoint, répondit Trace.

Levi repéra Dylan un peu en retrait du cercle de motards. Il s'était accroupi, sans doute pour échapper aux balles au cas où celles-ci se remettraient à fuser.

— On n'en serait pas arrivés là si Judd Marks était resté, fit remarquer quelqu'un.

— Qu'est-ce que tu racontes ? tonna Marcus. Judd n'est pas là, tout de suite, que je sache. Johnny et Jimmy nous ont trahis. J'imagine que ça fait de moi votre nouveau leader. Tu as un problème avec ça ?

— Non. Je voulais juste dire qu'au départ, Judd n'avait pas monté ce club pour qu'on vende de la drogue.

— Encore une fois, Judd n'est pas là, dit Marcus comme s'il s'adressait à un enfant attardé. Si les choses ne te plaisent pas telles qu'elles sont…

Il agita son pistolet.

— Laisse-le, Marcus, intervint un autre homme. Laisse-le.

— J'en ai marre des mensonges. Et j'en ai marre des gens qui volent leur propre famille. Celui qui a cette meth ferait bien de la rendre maintenant, sans quoi il va y avoir d'autres morts ce soir.

Il braqua son arme sur un des motards.

— C'est toi qui l'as, Ross ?

— Non, ce n'est pas moi. Et ne pointe pas ton pistolet sur quelqu'un à moins que tu aies l'intention de t'en servir.

Marcus changea de cible.

— Ce que vous ne comprenez pas, c'est qu'on a un client qui a payé pour cette came. S'il ne l'obtient pas avant demain soir, on va tous mourir.

— Rends-lui son argent, dans ce cas, suggéra un autre membre du gang.

— Je ne peux pas. Johnny et Jimmy l'ont déjà dépensé.

— Allez, Marcus, pose ce flingue. Ce n'est pas en se tirant dessus les uns les autres que ça va régler le problème.

— Je ne lâcherai pas mon flingue tant que celui qui a la drogue ne l'aura pas rendue.

L'homme qui venait de tenter de raisonner Marcus dégaina son arme et abattit le chef des Serpents. Alors, les coups de feu jaillirent dans tous les sens.

Levi s'aplatit au sol pour éviter les balles. Où que soit Dallas, il priait pour qu'elle échappe aux tirs… Petit à petit, les motards grimpèrent sur leurs engins et s'enfuirent de la carrière. Dylan fut le premier à partir.

Du coin de l'œil, Levi aperçut Sweeney qui commençait

à se diriger vers sa voiture. Tout le monde avait décampé, à l'exception des morts et des blessés, et Dallas n'était nulle part en vue. Levi quitta son poste d'observation et courut vers la berline, mais Sweeney l'atteignit avant lui, sauta derrière le volant et démarra en trombe.

Il ne pouvait pas le laisser filer. Dallas était sans doute dans ce véhicule, et à présent jamais Sweeney ne l'épargnerait.

Quand Dallas reprit conscience, elle était enfermée dans un endroit obscur et exigu. Le coin d'un carton s'enfonçait dans son dos et une douleur lancinante lui vrillait le crâne.

L'espace d'un instant, elle fut incapable de se rappeler ce qui s'était passé. Puis, peu à peu, la mémoire lui revint. Elle se revit penchée au-dessus d'un sac de sport rempli de drogue. Sweeney avait dû l'assommer et la pousser dans le coffre de sa voiture.

Elle tâtonna autour d'elle, à la recherche d'une poignée ou d'un loquet qui lui permettrait d'ouvrir le hayon. Comme ses efforts restaient infructueux, elle se mit à frapper à coups de pied le dos de la banquette. Celle-ci ne bougea pas d'un pouce.

Soudain, elle entendit la portière avant s'ouvrir et claquer, puis le moteur démarra et le véhicule commença à rouler sur un terrain accidenté.

— Laissez-moi sortir ! cria-t-elle.

Aucune réponse.

— Laissez-moi sortir ou je fais usage de mon arme !

— La ferme ! aboya une voix masculine tandis que la voiture accélérait, rebondissant sur chaque creux et chaque bosse.

C'était bien Sweeney.

Glissant la main sous sa veste, Dallas trouva son pistolet là où elle l'avait laissé : dans son holster, sous son bras gauche. Le patron du bar n'avait même pas pensé à la désarmer…

Elle visa au jugé et appuya sur la détente. Le véhicule fit une embardée vers la droite. Dallas tira à nouveau, et il vira à gauche. Elle continua ainsi en priant très fort pour qu'une des balles finisse par atteindre Sweeney.

Et c'est sans doute ce qui arriva, car subitement la voiture prit de la vitesse, avant de percuter un obstacle et de partir en tonneaux. Dallas fut projetée en tous sens comme dans une essoreuse, jusqu'à ce que la berline retombe lourdement sur ses roues et s'immobilise enfin.

La jeune femme lutta pour ne pas perdre connaissance. Elle avait la tête qui tournait et tout son corps lui faisait mal. Pendant quelques instants, elle resta immobile, inspirant et expirant profondément. Puis elle essaya à nouveau de repousser la banquette – sans succès.

Faute de mieux, elle se mit à crier et à taper contre la carrosserie, malgré la migraine que cela lui déclenchait. Elle pouvait au moins se réjouir d'avoir réussi à atteindre sa cible. Sweeney devait être mort ou blessé grièvement. Dans un cas comme dans l'autre, il n'était plus en état de lui faire du mal.

Au bout d'un moment, comme personne ne venait à son secours, elle se demanda s'il ne l'avait pas emmenée sur une route déserte. Et si elle restait là plusieurs heures, voire plusieurs jours, avant qu'un véhicule passe ? Affolée par cette idée, Dallas hurla et cogna de plus belle jusqu'à en avoir la voix brisée et les poings meurtris.

— S'il vous plaît, aidez-moi ! croassa-t-elle.

Les larmes lui montèrent aux yeux.

— Sortez-moi de là ! Je vous en prie…

Où était Levi ? Sans doute au Sweeney's Bar et dans

l'impossibilité de partir à sa recherche, puisqu'elle avait toujours les clés de son pick-up dans la poche… Alors qu'elle commençait à perdre espoir, elle crut entendre une voix familière qui l'appelait.

— Dallas !

— Levi, c'est toi ?

Dans un regain d'énergie, elle martela le hayon à coups de pied.

— Dallas, fit la voix de Levi, beaucoup plus proche cette fois-ci. Où es-tu ?

— Je suis là, gémit-elle. Dans le coffre de la voiture de Sweeney !

— Tiens bon, ma belle. Je vais te sortir de là.

— Dieu soit loué, murmura-t-elle avec un soupir de soulagement.

Plusieurs longues minutes plus tard, la porte s'ouvrit enfin et Levi apparut au-dessus d'elle, un pied-de-biche à la main. Son visage baigné par le clair de lune était la plus belle vision qui lui ait jamais été offerte.

Il la souleva dans ses bras et la serra contre lui.

— Bon sang, j'ai eu tellement peur ! murmura-t-il.

— Ah oui ?

Dallas se mit à rire, ce qui la fit aussitôt grimacer.

— Pourtant, ce n'est pas toi qui étais enfermé dans un coffre.

— Comment tu vas ? Tu es blessée ?

— J'ai un mal de crâne atroce, mais à part ça, je crois que je vais survivre.

— Que s'est-il passé ?

— J'étais en train de fouiller la voiture de Sweeney. Entre parenthèses, j'ai retrouvé la meth volée… Il est arrivé derrière moi et m'a frappée à la tête.

Elle toucha délicatement sa blessure ; ses doigts revinrent couverts de sang.

— On va t'emmener à l'hôpital, dit Levi, d'un ton qui ne souffrait aucune contradiction.

— Je crois que ce serait mieux, en effet, reconnut-elle. Et Sweeney, dans quel état est-il ?

Trace Travis apparut à côté de Levi.

— Il respire encore, mais il est inconscient, annonça-t-il en rengainant son arme. Il nous faut une ambulance.

— Deux, corrigea Levi. Vous avez entendu, shérif ? demanda-t-il dans son micro.

— Oui, je m'en occupe, répondit Greer.

Moins de cinq minutes plus tard, les véhicules de secours arrivaient. Levi dirigea les premiers secouristes vers Dallas tandis que leurs collègues s'occupaient de désincarcérer Sweeney. Celui-ci était encore vivant mais souffrait de plusieurs blessures par balles et de diverses contusions dues à l'accident.

Levi insista pour accompagner Dallas dans l'ambulance, allant jusqu'à montrer son étoile du bureau du shérif pour convaincre les soignants. Il tint la main de la jeune femme durant tout le trajet jusqu'à l'hôpital de Whiskey Gulch.

— Est-ce que tu as dit à Thomas Greer que j'avais retrouvé la drogue ? lui demanda-t-elle faiblement tandis qu'on poussait son brancard à travers les portes des urgences.

— Pas encore, mais je vais le faire tout de suite. Où l'as-tu découverte ?

— Dans le coffre, enfermée dans un sac de sport.

Levi envoya l'information au shérif, qui répondit :

On a trouvé le sac. Il a déjà été rapporté au poste.

Un court échange s'ensuivit :

Super. Je transmets à l'adjointe Jones.

Comment va-t-elle ?

Traumatisme crânien, on en saura plus quand le médecin l'aura examinée.

Prenez soin d'elle. C'est dur de trouver d'aussi bons éléments.

Je n'y manquerai pas.

À la demande du médecin, Dallas passa un scanner. Levi attendit devant la salle, puis patienta avec elle lorsqu'on la reconduisit dans son box. Quand le docteur vint leur donner les résultats, il piaffait d'impatience.

— Alors, c'est grave ? s'enquit-il.

— Elle a un bel hématome à l'arrière de la tête, mais il n'y a aucun saignement intracrânien. On va quand même la garder en observation pour la nuit.

— Je reste avec elle, décréta Levi.

— Vous êtes son compagnon ? Son époux ?

— Je pourrais l'être, répondit-il sans réfléchir.

— Normalement, seuls les membres de sa famille sont autorisés à rester auprès d'elle, expliqua le médecin.

Levi se passa une main dans les cheveux. Ils venaient de traverser l'enfer dans cette fichue carrière. Ses nerfs avaient été mis à rude épreuve.

Il montra son badge au docteur.

— Je suis shérif adjoint. Cette femme est mon témoin. Je passerai la nuit à son chevet, point barre.

— D'accord, d'accord…

Plusieurs soignants arrivèrent pour transférer la blessée sur un lit d'hôpital. Dallas grimaçait à chaque secousse. On la conduisit dans une chambre à l'étage, où une autre infirmière prit ses constantes vitales et nota toutes les informations sur un ordinateur. Quand elle eut terminé et se fut assurée que sa patiente n'avait besoin de rien, elle quitta la pièce en baissant la lumière.

Levi approcha une chaise du lit et prit la main de Dallas

dans la sienne. Il resta ainsi jusque tard dans la nuit et finit par s'endormir, la tête posée au bord du matelas. Hors de question de la laisser tant qu'il ne serait pas certain qu'elle était tirée d'affaire.

Il avait envie qu'elle guérisse vite pour pouvoir explorer ces sentiments qu'il éprouvait pour elle. Des sentiments nouveaux et rafraîchissants, qui l'emplissaient d'espoir pour l'avenir. Ce qu'il partageait avec Dallas n'avait rien à voir avec une relation « rebond » dans laquelle on se lance après une rupture difficile. C'était du solide. Du *vrai*.

Au petit matin, il se réveilla en la sentant remuer.

— Comment ça va ? Tu veux que je t'apporte quelque chose à boire ?

— J'ai un peu mal à la tête, dit-elle en souriant.

— Je vais appeler l'infirmière.

— Attends… Je suis sûre que ça va passer. Raconte-moi plutôt ce qui est arrivé dans l'ancienne carrière.

— Je t'en parlerai plus tard. Pour l'instant, tu as besoin de te reposer.

Elle acquiesça, trop fatiguée pour protester.

— À une condition, dit-elle.

— Je t'écoute.

— Tu dors avec moi.

— Je ne sais pas ce que les infirmières vont penser de ça, mais d'accord.

Il abaissa la barrière du lit et s'allongea à côté d'elle. Dallas se tourna sur le côté pour lui faire de la place, et ils s'enlacèrent.

— Mmm… C'est beaucoup mieux comme ça, murmura-t-elle.

Comme Levi effleurait ses lèvres des siennes, elle fronça les sourcils.

— Tu appelles ça un baiser ?

— Dors, lui ordonna-t-il gentiment.

Dallas se lova contre lui et sombra bientôt dans le sommeil. Alors qu'il la tenait serrée dans ses bras, il remercia le ciel de l'avoir retrouvée saine et sauve.

- 15 -

— Les steaks arrivent !

Rosalynn sortit sous le porche avec un plateau rempli d'épaisses pièces de bœuf.

— Où en sont les pommes de terre ?

Posté devant l'énorme barbecue qu'ils avaient installé au Whiskey Gulch Ranch pour les grands rassemblements, Trace répondit à sa mère :

— Elles devraient être prêtes en même temps que la viande.

Levi se leva de la balancelle qu'il partageait avec Dallas pour prendre le plateau des mains de la maîtresse des lieux.

— Laissez, je m'en occupe, lui dit-il.

Il descendit les marches et posa les steaks sur la table à côté du gril.

— Quelqu'un a des nouvelles de Becker ? demanda Irish. Je croyais qu'il était censé arriver aujourd'hui.

— Il a appelé ce matin pour prévenir qu'il serait là à peu près… maintenant, répondit Trace en jetant un coup d'œil à sa montre.

— J'espère qu'il ne s'est pas perdu, dit Rosalynn.

— Je suis sûre que son GPS saura le guider, affirma Lily. Tu as déjà une mission à lui confier ?

Trace secoua la tête.

— J'ai quelques clients intéressés, mais ils ne se sont

pas encore engagés. Quand ils le feront, par contre, on aura assez de travail pour nous occuper un moment.

— Si j'ai bien compris, notre agence commence à faire parler d'elle, commenta Matt. On risque d'avoir besoin de renforts assez vite.

— C'est prévu, répliqua Trace avec un sourire. Non seulement on a reçu quelques demandes de clients potentiels, mais plusieurs camarades ont appelé : ils viennent de quitter l'armée et cherchent du travail.

— C'est parfait ! s'exclama Levi. J'espère que les gars de notre ancienne unité seront nombreux à nous rejoindre au ranch. Ce serait super de se retrouver tous ensemble.

À cet instant, le shérif arriva avec son épouse, Beverly. Ils s'installèrent dans deux rocking-chairs sous le porche.

— Alors, est-ce que vous avez pu interroger Sweeney ? s'enquit Dallas.

— Oui. Il dit que ce n'est pas lui qui a volé la drogue. Les coupables seraient Johnny et Jimmy, et ils auraient ensuite confié la marchandise à Sweeney pour qu'il l'écoule. En contrepartie, il gardait une part des bénéfices. Il jure qu'il n'a jamais su où se trouvait le labo clandestin.

— Qui a tué Harold Sims, dans ce cas ? demanda Levi, tout en aidant Trace à disposer les steaks sur la grille du barbecue.

— D'après Sweeney, Sims est tombé sur la cabane par hasard. Jimmy et Johnny, qui étaient présents à ce moment-là, l'ont tabassé et laissé pour mort. Ils ont menacé Sweeney de lui faire la même chose s'il les trahissait.

— Pourquoi s'est-il rendu dans l'ancienne carrière ? voulut savoir Trace. C'était censé être un rassemblement entre membres du gang, non ?

Le shérif grimaça.

— Après avoir entendu dire que Johnny avait demandé à Sean et à Evan de l'éliminer, Sweeney a décidé de se présenter au rendez-vous pour dénoncer le traître et rendre la drogue. Il voulait sauver sa peau.

— Pourquoi a-t-il enlevé Dallas ?

— Elle s'est retrouvée au mauvais endroit au mauvais moment. Et elle a eu de la chance que les Serpents se mettent à se tirer dessus. Sweeney n'a pas eu le temps de la faire sortir de la voiture et de la leur livrer.

— Il a signé des aveux ? demanda Matt.

— Oui. Il jure qu'il n'a jamais voulu tuer personne. Les meurtres sont à mettre sur le dos de Jimmy et de Johnny Marks. Et vous savez quoi ?

Un grand sourire éclaira le visage du shérif.

— Quelqu'un a appelé Judd Marks. Il lui a appris la mort de ses deux frères et lui a expliqué ce qu'était devenu le club de motards qu'il avait créé.

— Et alors ? lança Trace depuis le barbecue.

— Et alors, il a décidé de revenir vivre à Whiskey Gulch avec sa femme et ses enfants pour remettre de l'ordre dans tout ça. Il ne veut pas que sa ville natale se transforme en champ de bataille.

Dallas frappa joyeusement dans ses mains.

— Ça veut dire que Jess et Dylan ne sont plus obligés de partir ?

— Pourquoi partiraient-ils ? répliqua le shérif.

— Maintenant, il n'y a plus de raison, en effet, dit-elle d'un air réjoui. Pour ceux qui voudraient leur donner un coup de main, j'ai lancé une cagnotte pour les aider à s'acheter une voiture et à s'installer dans un logement plus grand avant l'arrivée du bébé.

— Je double la mise pour toute contribution, ditTrace.

Rosalynn regarda son fils avec affection.

— Ton père serait fier de toi. Il a aidé tellement de gens dans notre petite communauté…

Laissant son ami s'occuper des steaks, Levi rejoignit Dallas sur la balancelle.

— J'ai quelque chose d'important à te demander.

Elle eut l'air surprise.

— Maintenant ?

— Oui, maintenant. Est-ce que tu serais d'accord pour…

Dallas retint son souffle et lui prit la main.

— Pour quoi ?

— Pour sortir avec moi en bonne et due forme ?

— Mais on se connaît à peine, dit-elle, le cœur battant.

— Justement, j'ai envie qu'on se connaisse mieux.

Il porta sa main à ses lèvres.

— Alors, tu es d'accord ?

— Bien sûr que je suis d'accord. Moi aussi j'ai très envie de te connaître mieux, Levi.

— Est-ce que tu crois qu'on a une chance que ça marche, tous les deux ? S'il te plaît, dis oui.

Dallas acquiesça, les yeux emplis de larmes.

— Oui, je crois qu'on a de très bonnes chances.

— Et pourquoi penses-tu ça ? murmura-t-il.

— Parce qu'on a beaucoup de points communs, répliqua-t-elle en riant.

— Lesquels, par exemple ?

— On s'aime bien. On s'aime beaucoup. Du moins, c'est mon cas.

— J'irai même jusqu'à dire que je t'aime, tout court.

— Si tôt ?

— Il faut saisir le bonheur quand il se présente, ma belle, dit-il en passant un bras autour de ses épaules. Moi, j'ai décidé de saisir le mien. J'espère que tu feras pareil.

Il déposa un baiser sur sa bouche.

— Et j'espère que je serai celui qui te rendra heureuse.

Dallas lui caressa la joue.

— Tu me rends déjà heureuse. Et ce bonheur, je veux le saisir moi aussi.

Elle l'embrassa avec ardeur, jusqu'à ce que quelqu'un s'éclaircisse la gorge à côté d'eux. Dallas tourna la tête, rouge de confusion.

— On vous dérange ? demanda Irish d'un air amusé.

— Pas du tout, répondit Levi. On discutait juste, il n'y a rien à voir.

— J'ai l'impression que Levi a découvert notre secret, lança Irish à la cantonade. Celui qu'on a tous appris depuis qu'on a intégré les Éclaireurs.

— Et quel est ce secret ? s'enquit Dallas.

— Qu'il y a une vie après l'armée, répondit Trace. Félicitations à vous deux.

— Mais on ne serait pas devenus ceux qu'on est aujourd'hui si on ne s'était pas engagés, fit remarquer Matt.

Tous acquiescèrent avec vigueur.

— Je n'échangerais pour rien au monde l'expérience que l'armée m'a donnée, confia Trace. Je n'en suis que plus reconnaissant de ce que j'ai aujourd'hui.

En entendant ces mots, Lily descendit de la terrasse pour le rejoindre, et ils s'embrassèrent tendrement.

— C'est en venant travailler pour les Éclaireurs que je t'ai rencontrée, dit Irish à Tessa. Et tu es la meilleure chose qui me soit jamais arrivée.

Elle lui répondit d'un baiser.

Pendant ce temps, Aubrey et Matt s'étaient enlacés.

— Et toi, tu ne me dis pas que je suis ce qui t'est arrivé de mieux dans la vie ? demanda-t-elle d'un ton taquin.

— Tu le sais déjà, répliqua-t-il en la serrant contre lui.

— Je crois qu'on a déclenché quelque chose, murmura Levi à l'oreille de Dallas.

— Tant mieux.

Elle noua les bras autour de son cou.

— Reprenons là où on s'était arrêtés.

Et elle pressa ses lèvres contre les siennes.

Retrouvez prochainement,
dans votre collection

BLACK ROSE

Mortelle ressemblance, de R. Barri Flowers - N°762

ENQUÊTES DANS LE PACIFIQUE – 1/4

À Hawaï, un nouveau corps de femme est retrouvé. Une fois encore, il s'agit d'une jeune Maorie. Peu de pistes. Pas de témoins... Pour le détective Logan Ryder, l'enquête tourne au fiasco. Seul réconfort dans son désarroi, la présence d'Elena Kekona. Elena, la séduisante psychologue qui l'aide à surmonter la mort de son coéquipier. Elena qui ressemble beaucoup trop aux victimes du tueur de la Grande Île...

Le bébé de l'ombre, de Lara Lacombe

Le bébé est à moi... Juste ces mots tracés sur son pare-brise et une cible : la signature du tueur de l'Alphabet. Le cœur battant, Ridge Colton tente de mettre de l'ordre dans ses idées. Qui donc est ce *bébé*, cette fillette âgée de deux semaines qu'il a trouvée devant sa porte avec un message : *S'il vous plaît, occupez-vous d'elle jusqu'à mon retour ?* Et quel lien y a-t-il entre elle et le criminel que la police recherche depuis des mois ?

Je veillerai sur toi, de Julie Anne Lindsey - N°763

La femme porte un bébé dans ses bras et lui tourne le dos. Puis elle se retourne et il la reconnaît : Jen Jordan, la veuve de son meilleur ami, mort au combat... Silencieux, luttant contre le trouble qui l'envahit, il écoute son récit : son agression dans le parc voisin, la disparition de sa colocataire. Et aussitôt sa décision est prise : il va aider Jen et les protéger, elle et son fils...

Rapprochés par le risque, de Tara Taylor Quinn

Jalousement, la procureure Emma Martin veille sur son jardin secret. Pourtant, lorsqu'elle se retrouve contrainte de travailler en étroite collaboration avec l'agent de probation Jayden Powell, elle doit bien se résoudre à enfreindre ses propres règles. Victime d'une tentative de meurtre, c'est avec soulagement qu'elle accepte à ses côtés la présence permanente de Jayden : rassurant, protecteur... et tellement séduisant.

Retrouvez prochainement, dans votre collection

BLACK ROSE

Un voisin si rassurant, de Rachel Lee - N°764

En arrivant dans le Wyoming pour s'occuper de la fille de Lily, sa sœur jumelle, Jazz est séduite par la sérénité des lieux. Séduite aussi par Adam, son voisin, qui est le seul dans le village à ne pas la prendre pour Lily. Mais cette confusion va bientôt lui attirer les pires ennuis. Fleurs fanées, lettres anonymes… Les menaces se multiplient, et la présence d'Adam à ses côtés est de plus en plus précieuse…

L'ultime cavale, de Juno Rushdan

Accusés de trahison par la CIA, les membres de l'unité Topaz sont traqués sans relâche par leur ex-chef d'équipe : Kelly Russell. Pourtant, Hunter Wright, leur chef, a le plus grand mal à croire à la culpabilité de Kelly. Les souvenirs qu'il a gardés d'elle sont ceux d'une collaboration sans faille et… d'une nuit d'amour torride. Se pourrait-il que Kelly elle aussi ait été manipulée ?

Une enfant en danger, de Beverly Long - N°765

LE DÉFI DES HOLLISTER – 3/4

En retrouvant Summer, la femme qui lui a brisé le cœur quinze ans plus tôt, Bray a compris qu'il n'avait jamais cessé de l'aimer. Aujourd'hui, elle est divorcée, elle a deux enfants – un grand garçon et une fillette de cinq ans – et un passé dont elle se refuse à parler. Jusqu'au jour où Adie, sa fille, est enlevée, et c'est vers Bray qu'elle se tourne pour qu'il la retrouve…

Le rempart du mensonge, de Beverly Long

LE DÉFI DES HOLLISTER – 4/4

Rafe est vivant ! En voyant réapparaître son mari, disparu en mer quatre ans plus tôt, Trish est submergée par le bonheur. Mais bientôt elle sent la peur monter en elle. Car elle vient de comprendre que Rafe est revenu pour la protéger, et que l'agression dont elle a récemment été victime n'était qu'un piège destiné à le faire sortir de la clandestinité…

Retrouvez prochainement,
dans votre collection

BLACK ROSE

Un secret dans la brume, d'Elle James - N°766

En arrivant au manoir de Cape Churn, Dixie Reeves découvre avec stupéfaction l'imposante demeure construite sur une falaise abrupte. Bientôt elle est reçue par Andrew Stratford, le séduisant milliardaire qui l'a engagée pour veiller sur lui et Leigha, sa fille de six ans, une enfant sauvage qui s'échappe souvent pour de mystérieuses escapades…

Mystérieuse disparition, de Colleen Thompson

Sans nouvelles de son père et de ses deux enfants, Liane part à leur recherche… Inlassablement, elle chevauche à travers les vallons tandis qu'à ses côtés Jake Whittaker, son amour de jeunesse, tente de la rassurer. Pourtant, rien ni personne ne peut calmer son angoisse. Car un homme est à leur poursuite : Mac McCleary, son ex-mari, un individu violent et prêt à tout pour se venger d'elle.